EU DIGO SIM

ELIZA KENNEDY

EU DIGO SIM

TRADUÇÃO
ELISA NAZARIAN

Título original
I TAKE YOU

Esta é uma obra de ficção. Nomes, personagens, lugares e incidentes são produtos da imaginação da autora e foram usados de forma fictícia. Qualquer semelhança com pessoas reais, vivas ou não, acontecimentos ou localidades é mera coincidência

Copyright do texto © 2015 *by* Eliza Kennedy

Todos os direitos reservados

Direitos para a língua portuguesa reservados
com exclusividade para o Brasil à
EDITORA ROCCO LTDA.
Av. Presidente Wilson, 231 – 8º andar
20030-021 – Rio de Janeiro, RJ
Tel.: (21) 3525-2000 – Fax: (21) 3525-2001
rocco@rocco.com.br
www.rocco.com.br

Printed in Brazil/Impresso no Brasil

preparação de originais
SÔNIA PEÇANHA

CIP-Brasil. Catalogação na fonte.
Sindicato Nacional dos Editores de Livros, RJ.

K43e	Kennedy, Eliza
	Eu digo sim / Eliza Kennedy; tradução de Elisa Nazarian. – 1ª ed. – Rio de Janeiro: Rocco, 2016.
	Tradução de: I take you
	ISBN 978-85-325-3020-0
	1. Ficção norte-americana. I. Nazarian, Elisa. II. Título. III. Série

15-28874	CDD-813
	CDU-821.111(73)-3

Para Joshua

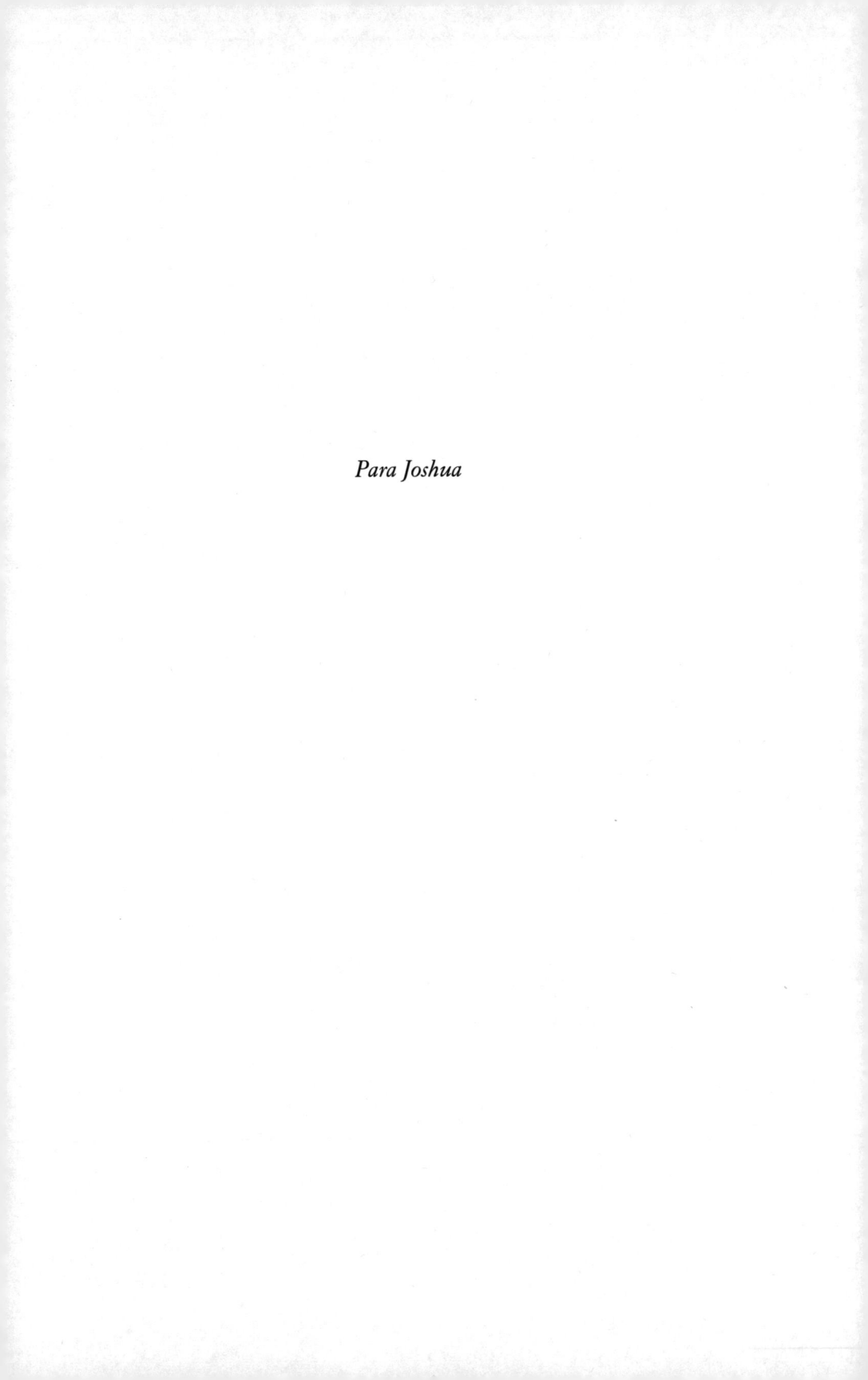

SÁBADO

I

Vou me casar.

Ele é perfeito!

Vai ser um *desastre*.

– Você é louca – diz Freddy, enquanto me passa outro drinque. – Will é um encanto. Tem um trabalho legal. Cozinha. É superdoce.

– Ele é tudo que eu não sou – digo. – Anula todos os meus defeitos.

– Ah, ah! – diz Freddy. – Nem pensar.

Estamos em um clube *downtown*. Está escuro, quente, lotado, e o som numa altura insana. Nicole está mexendo no seu celular na outra ponta da mesa. O resto das garotas dança perto da cabine do DJ.

– Você é uma fraude! – Freddy grita acima da música. – Por fora parece ótima, mas vai alguém te levar pra casa! – Ela vira o drinque na boca. – Esqueça.

Suspiro.

– Nem ao menos tenho certeza de como as coisas chegaram a esse ponto.

– É verdade? – Ela me cutuca com uma de suas pontudas unhas roxas. – Ele armou pra você dizer sim? Distraiu você assim – ela acena as mãos no meu rosto –, ei, ei, que luzes lindas, e enfiou o anel no seu dedo?

– Foi muito romântico! – Reajo. – O luar, o museu!

Ela concorda com um gesto de cabeça, pensativa.

– Quando Patrick me pediu em casamento, escondeu o anel na boca do seu tapete de pele de urso.

— O que fica no hall?

— O que fica na sala de mídia.

— Por que nunca ouvi essa história?

— Ele me fez engatinhar pelo chão à procura dele — acrescentou. — Nua em pelo.

Sinto falta do Patrick.

— E também algemada — diz. — O que, você sabe, ajudou.

Estou prestes a seguir esmiuçando essa breve fofoca, quando alguém se senta ao meu lado. É um gato. Sorrio para ele. Ele sorri de volta.

— Posso matar pessoas com o poder da minha mente — digo a ele.

Ele ri e diz:

— Posso te oferecer uma bebida?

É inglês. Me apaixono perdidamente.

Estendo a mão e toco seu cabelo cacheado. Logo estamos aos beijos. Ele tem gosto de cigarro e bourbon. Poderia beijá-lo a noite toda, mas Freddy me puxa para a pista de dança. Nós nos entrelaçamos, contorcemos, estremecemos. Giramos e agachamos. Fazemos a outra rodar.

— Você trouxe *las drogas*? — grito.

Ela parece surpresa.

— Pensei que estivéssemos diminuindo.

— Winifred! Justo hoje?

Ela agarra a bolsa na mesa e me leva para o banheiro. Quando voltamos, o inglês gato se foi. Nicole continua mandando mensagens de texto. Leta, Chelsea e Joy pulam pra cima e pra baixo nos seus assentos, feito malucas, gritando junto com a música, as bebidas voando pra tudo quanto é lado.

Amo isto aqui. Estou muito feliz neste exato momento! Quero ter uma despedida de solteira toda semana.

— Vamos passar trotes! — digo.

— Vamos a um clube de strip! — diz Freddy.

— Vamos! — todas nós gritamos, menos Nicole, que ainda está na maldita mensagem de texto.

Meu celular dá um sinal. Uma mensagem de Philip.

— Wilder. Preciso que você venha imediatamente.

Me levanto, um pouco cambaleante.
— Meninas, pra quem fica, tchau!
— Já? — Freddy grita sem acreditar. — Eles não podem fazer isto!
Dou um tapinha no seu ombro.
— Volto logo.
Ah, ah! Sem chance.
O escritório está um hospício. Assistentes correndo pelos corredores com pilhas de fichários e arquivos, secretárias noturnas imprimindo e xerocando como se o destino do mundo estivesse em risco. Nunca fui trabalhar neste estado, então tudo é estranho e novo, e um pouco engraçado. Começo a rir, o que atrai olhares tenebrosos. Então, dou de cara com um foco inesperado de turbulência no corredor. Ah, não, vou cair! Por sorte, uma parede me salva. Sabe de uma coisa? Graças a Deus que existem paredes. Quem quer que as tenha posto neste corredor, era muito previdente. Quem quer que as tenha *inventado* era uma porra de um...

Me enfio no banheiro e jogo água no rosto. Assim está melhor.

Vou para o meu escritório. Na sala de Lyle as luzes estão acesas, então dou uma entrada. Lá está ele, cercado por pilhas de papel e embalagens engorduradas de comida para viagem, batucando no seu laptop, parecendo todo suado, pálido e enfartado. Lyle e eu trabalhamos na mesma equipe de litígios, para o mesmo sócio. É o meu segundo ano na firma, o dele é o quinto. Você poderia dizer que somos rivais amistosos, espíritos que combinam, super, superpróximos.

— Vá se foder — ele diz.

Desabo numa cadeira.

— O que está havendo, Super Mouse?

Ele suspira pesadamente.

— Quantas vezes já pedi pra você não me chamar assim?

— Onze. O que está acontecendo aqui? Já passa da meia-noite.

— Os reclamantes do caso Lucas entraram com uma liminar inicial. — Ele continua digitando furiosamente. — Temos quarenta e oito horas pra responder. Você pode ajudar?

Dou um piparote num confete cintilante do clube agarrado ao meu vestido.

– Acho que não.

Lyle lê o que digitou, pressiona o Enter, pressiona a mesma tecla com mais força, grita "Puta que pariu!" para a tela, aperta o Enter realmente com força, bufa, estala o pescoço e se vira para mim.

– Ela. Não pode. Ajudar. – Está fazendo sua irritante atuação monótona de um zumbi na terceira pessoa. – Por que. Ela. Está aqui?

Confete insistente. Dou um novo piparote nele.

– Porque. Philip. Mandou. Mensagem. Pra ela.

Lyle franze o cenho.

– Ele está aqui?

– É o que parece, Meio-Quilo.

– Philip não sabe mandar mensagem de texto.

Dou de ombros.

– Vai ver que a secretária dele ensinou.

– A Betty tem noventa anos. Por que ele escreveu pra você?

– Lyle está. Nervoso. Lyle se pergunta. Por que o sócio. Não mandou mensagem. Para ele. Lyle tem medo. De estar. Por fora.

Ele pega uma caneta e a segura com força.

– Seus olhos expressam tanto amor neste momento, Lyle. – Levo a mão ao coração. – Está difícil de aguentar.

Por um segundo, acho que ele vai atravessar a mesa e me furar o olho, mas ele consegue se conter.

– Fora – diz, apontando a porta com a caneta. – Já.

Subo dois lances até o quadragésimo quinto andar, onde os sócios têm seus escritórios. A luz é rebaixada e cara, o carpete felpudo. Até o ar tem um cheiro melhor aqui em cima – vigoroso e fresco, como se acabasse de ter sido importado dos Alpes, sabe-se lá o quê! Caminho pelo corredor, admirando a arte cara e os objetos emoldurados do glorioso passado da firma. Fotografias em sépia dos sócios fundadores. Notas de agradecimento de empresários oportunistas e magnatas da indústria. Uma carta de Theodore Roosevelt reclamando da sua conta.

Philip está lendo uma pasta, os pés em cima da mesa. Paro na entrada da sala. Recosto, ah-muito-casualmente, no batente da porta. Meio que não dá certo. Então bato e digo:

— Fala, Mathter.

Ele me olha por sobre os óculos de leitura.

— Wilder. Entre.

Está de smoking.

— Acabei de chegar de um evento beneficente — explica.

— Uau. — Levanto as mãos. — Ei. Um evento beneficente. Não vamos entrar em pormenores, OK?

Ele me olha em silêncio por um tempinho, depois retoma sua leitura. Apoio-me na beirada de uma de suas cadeiras de braços e espero.

É um belo smoking.

Transfiro a atenção para sua mesa. É sólida, barroca, intimidante. Perco-me completamente em suas volutas, espirais e florais decorativos. Fico pensando em quem a teria esculpido. Órfãos, provavelmente. Órfãos franceses do século XVIII. Imagino-os se esfalfando na oficina, suas minúsculas mãos rachadas tremendo no vento frio que sopra das planícies de... qualquer lugar. Algum lugar francês. Tentando pegar suas ferramentas para madeira, deixando-as cair, cortando um dedo da mão aqui, um dedo do pé ali, rasgando tiras de cadarço dos seus aventais para fazer pequenos torniquetes chiques, depois voltando ao trabalho.

Começo a perguntar a Philip sobre eles, depois penso melhor.

Cruzo as mãos sobre o colo. Meu vestido está subindo. Muito. Perigo! Puxo a barra. Alguma coisa se rasga.

Philip joga a pasta sobre a mesa.

— Então você vai se casar — diz.

— É isso aí! — Levanto dois estúpidos dedões para ele. Por quê? E por que estou aqui? Na verdade, eu não deveria. — Vamos voar pra Key West amanhã.

Ele sorri.

— Parabéns.

— Obrigada!

— Precisamos que você cancele.

— O quê?

— Que você adie, melhor dizendo. — Ele tira os pés da mesa e endireita o corpo. — Só por alguns meses.

Fico furiosa. Eles não podem fazer isto! Quero me casar! Will e eu somos almas gêmeas!

— Nem pensar – digo. – *Je refuse.*

Philip está remexendo numa pilha de papéis, procurando alguma coisa. Ele para e levanta os olhos.

— É seu primeiro casamento?

— É, e...

— Eu me lembro do meu primeiro. — Fica um pouco emotivo. — É verdade o que dizem: o primeiro casamento é realmente o melhor.

— Bom saber, mas...

— O próximo depoimento do caso EnerGreen está marcado pra sexta-feira. — Ele consulta uma folha de papel tirada daquela bagunça. — A testemunha é um contador, Peter Hoffman.

— Hoffman? – pergunto. – O cara dos e-mails?

— Segundo Lyle, o sr. Hoffman não está pronto pra depor. Precisamos de alguém para prepará-lo. — Ele me olha com as sobrancelhas arqueadas.

Ah, Philip só está confuso.

— É a parte do caso que trata de fraude – lembro a ele. – Trabalho com as reivindicações ambientais. – Cruzo as pernas e sorrio. Problema resolvido.

Mas ele franze a testa e sacode a cabeça.

— Lyle diz que você conhece os documentos, conhece o relatório. Tem que ser você.

Eu deveria saber quem estava por trás disso.

— Lyle está fazendo das dele, quero dizer, está *mentindo*, Philip! Está tentando acabar com o meu casamento. Ele...

Philip me olha por sobre seus óculos de leitura. Faz o professor durão frente à minha indisciplinada aluninha. Capto total a situação. Levanto o queixo e olho de volta para ele, desafiante. Tento apoiar o cotovelo no braço da cadeira, mas é muito escorregadio, o que é estranho, sendo um brocado. Em vez disso, cruzo os braços.

– Você vai ter que achar outra pessoa.

Philip desembesta nessa grande preleção de como a EnerGreen é o cliente mais importante da firma... este é um caso histórico... bilhões de dólares em risco... agências governamentais furiosas arfando nos nossos cangotes... muita vigilância pública desde o derramamento de óleo... o verdadeiro teste do compromisso de uma advogada é sua disposição em fazer sacrifícios pelo bem do seu cliente...

Sinceramente? Não consigo me concentrar. Sua voz é muito suave e controlada. Quase hipnótica. E me distraio ao ver como a luz da mesa faz seu cabelo prateado brilhar. Philip tem um cabelo ótimo. Um cabelo maravilhoso. Mas também, ele é um homem bonito. Ele...

– ... como esses documentos da testemunha estão cheios de armadilhas em potencial, ele *precisa* estar bem preparado para depor, e tem que ser você, Wilder, quem vai prepará-lo. Apesar disso, tenho algumas informações que você deverá achar providenciais. Por uma feliz coincidência, nesta semana o sr. Hoffman está de férias nos Keys da Flórida. Ele quer depor ali, e os demandantes consentiram. – Philip sorri para mim.

O smoking, mais os óculos de leitura, mais o sorriso?

Ele está me *matando* neste exato momento.

– Então, este é o nosso plano – continua. – Você encontrará o sr. Hoffman na terça-feira em seu resort, um lugar chamado – ele dá uma olhada no papel – baía da Tranquilidade. Que encanto! Eu voo pra lá na quinta à noite. Na sexta, assisto ao depoimento – ele levanta os olhos – com sua ajuda, é claro. Na sexta-feira à noite, você estará livre para aproveitar seu merecido descanso.

Reflito a respeito.

– Então, não preciso adiar o casamento.

– Correto.

– Então por que você disse...

– Porque adoro ver como a raiva faz você concentrar sua atenção. – Ele volta a sorrir.

Fecho os olhos.

– Mande outra pessoa – digo baixinho.

– Tudo bem, mando. Com uma condição – diz Philip.

Abro os olhos. Nós nos entreolhamos em silêncio.

Levanto-me e fecho a porta.

– Com ou sem vestido?

Ele dá a volta na mesa.

– Que pergunta!

Estendo o braço para trás para abrir o zíper.

– Quero que você me bata de novo.

– Você gostou? – Ele se estica no longo sofá de couro. Subo em cima dele.

– Não – digo com a boca próxima ao seu ouvido. – *Detestei*.

Mais tarde, deito-me ao lado dele e descanso a cabeça em seu peito. Aquilo era exatamente o que eu precisava. E exatamente o motivo de eu ter deixado a minha festa. Talvez isso fosse óbvio. Pra mim não era. Não logo de cara.

Sinto a mão dele na minha cabeça, seus dedos passando pelo meu cabelo embaraçado. Philip tem muita energia para um cara velho. Penso nos caras velhos. Eles são gente boa. Eles todos são tão, tão...

– Wilder?

– Sim, senhor.

Adoro chamá-lo de senhor. Isso me deixa toda excitada de novo. Subserviência!

– Tem uma coisa me preocupando – Philip diz.

– Lamento ouvir isso, senhor.

Sinto-o separando um cacho do resto, enrolando-o no dedo e o puxando com delicadeza.

– O fato é que eu posso ter acabado de te enganar.

– Em que sentido?

– Você ainda vai ter que preparar o Hoffman.

Suspiro satisfeita, e dou um tapinha em seu peito.

– Eu sei.

Ele levanta a cabeça para me olhar.

– Sabe?

Sento-me e me estico. Começo a juntar minhas roupas.

– Claro. E não me importo. – Olho para ele. – Embora tenha sido errado da sua parte tentar me coagir.

– Eu sei. – Ele sorri. – Não foi maravilhoso?

Realmente foi. Então, deixo que ele me coaja de novo. Depois, eu o coajo por um tempo. Em seguida, me visto, pego um táxi e vou para casa.

Will e eu moramos em um loft na North Moore Street. Antes de ele se mudar para cá, há cinco meses, o lugar era vazio, gelado e sem vida – muito como a minha alma, como Freddy gosta de dizer. Agora, é aconchegante e convidativo, cheio da velha mobília de Will, de arte e das coisas lindas que ele escolhe em suas viagens.

Ele deve ter me ouvido tropeçando ao sair do elevador, porque está me esperando à porta, de camiseta, calça de pijama, o cabelo todo bagunçado do chuveiro. Freddy tem razão, ele é muito fofo.

Ele boceja e sorri para mim.

– Oi, Lily.

– Amor! Você me esperou acordado!

A lenha está estalando na lareira, música suave tocando, desmorono em seus braços. Ele perscruta meu rosto com olhos amorosos.

– Você precisa do balde? – pergunta com ternura.

– Ainda não – sussurro.

Ele me ajuda a ir até o sofá e me traz um copo de água gasosa. Aspirina. Uma caneca de chá. Tinha tudo isso à minha espera.

Eu me estendo e deito a cabeça no seu colo. Ele me cobre com um cobertor.

– Sua noite foi boa? – pergunta.

Não o mereço. Sei disso.

– Normal.

Ele afasta algumas mechas de cabelo da minha testa.

– Você está linda.

O fato de eu reconhecer que sou péssima não me torna menos péssima. Sei disso também.

Olho para ele, desanimada.

– Sou uma fraude, Will!

– Gosto de você do jeito que você é – ele diz.

– Hã, hã – digo debilmente. – Hã, hã.

Vou melhorar. Vou!

Descobrirei um jeito de ser digna dele.

– Nosso voo sai cedo. Vamos te pôr na cama.

– Eu te amo, Will! – exclamo. – Te amo muito, muito.

E nesse momento, eu amo. Amo de verdade!

Ele sorri para mim.

– Então, tenho uma ótima ideia.

– Qual?

– Vamos casar!

Ai, meu Deus!

Fecho os olhos.

– Tudo bem!

O que eu estou fazendo? O que foi que eu *fiz*?

Pare. Simplesmente... se acalme.

Vai dar tudo certo. Supercerto!

Como? Não tenho certeza. Não tenho mesmo. Mas vai dar. Sei que vai dar.

Tudo vai dar certo.

DOMINGO

2

A ida até o JFK é puxada. Tenho que usar o balde duas vezes. O check-in e a segurança são dois pequenos infernos à parte. Will me leva pelo terminal. Basicamente rastejo pelo corredor do avião e desmorono no meu assento.

A mulher ao meu lado está chorando, a cabeça entre os joelhos. Toco suas costas levemente:

– Você está bem?

– Estou pra lá de enjoada! – ela geme.

– Ei, eu também! Ontem foi minha despedida de solteira.

Ela levanta a cabeça.

– Fala sério!

O nome dela é Lola. Vai se casar daqui a três dias, em Boca Raton.

– Case-se numa quarta-feira – Lola me explica –, e é menos provável que você se divorcie. Tipo, muito menos.

– Está falando sério?

– Está provado – me diz solenemente. – Com *estatísticas*.

É claro que começamos a trocar experiências.

– Tem uma loja de smokings na ilha – conto para ela. – A pessoa que organizou o nosso casamento deu o depósito, e poucas horas depois o lugar foi roubado. À mão armada.

– Pode ser que eu conheça os caras que fizeram isso – Lola diz.

– Foram pegos dois dias depois.

– Ah – ela diz. – Então não.

Debruço-me sobre Will para dar uma olhada no corredor.

– Quando você acha que eles vão começar a servir as bebidas?

– Ainda nem saímos do terminal.

– Essa merda de roupas formais é uma besteira – Lola diz. – Bettina, minha dama de honra, é o tipo de garota toda natureba. Não compra toalha de papel, come couve, sabe como é?

– Ah, sei. – Aceno a cabeça com simpatia. – Conheço o tipo.

– Escolhi um vestido tomara que caia para as damas de honra, certo? Lindo. – Lola comprime os lábios pequenos e cheios com batom cor de camarão. – Agora Bettina está dizendo que não vai se depilar!

– Eca!

– É nojento! Escurão e peludo? – Lola estremece. – É como se ela estivesse escondendo dois animais lá em cima. Sabe quais?

– Hamsters?

– Não, olinguitos.

– Olinguitos? – repito.

– São do Equador. – Ela sacode a cabeça. – Uns porrinhas vesgos.

Tento colocar a conversa de volta nos trilhos.

– O primeiro resort que reservamos para os nossos convidados era superecológico, como a sua amiga – digo. – Energia solar, sem emissão de carbono, nenhuma poluição, entende?

– Igual às drogas daquelas lâmpadas?

– Exatamente. Mas ouça isto. – Inclino-me para mais perto dela. – Fechou no mês passado, depois de encontrarem uma puta morta na cisterna.

– Ah, *merda*! – Lola exclama.

– Não é?

– Que coisa mais horrorosa!

– Pois é!

Ela cutuca, pensativa, um pedaço de pele laranja despelando do seu nariz. – Vão vir essas primas para o casamento, gêmeas idênticas, pra lá de pesadas, sabe como é? – Ela faz uma pausa. – É óbvio que elas estão se atracando.

Sinto meu queixo cair. – Uma com a outra?

— Sempre dando uma saidinha de leve durante os encontros de família, indo até a garagem, escrevendo esses poemas esquisitos uma pra outra. – Ela tira o celular da bolsa e começa a percorrer suas fotos. – Vamos ver se tenho uma foto. Você não vai acreditar como é péssimo.

Will murmura:

— Ela está te fodendo com essa manipulação.

Viro-me para olhar para ele. Está encurvado sobre o celular, o corpo comprido contorcido no assento minúsculo. Usa um agasalho com capuz e um boné de beisebol verde desbotado, enterrado no cabelo despenteado. Não se barbeou e está tão absorvido na mensagem que está teclando que seus óculos escorregaram para a ponta do nariz. Basicamente, parece um vagabundo bonito, não alguém que fala quatro línguas mortas.

Dou uma cutucada nele.

— Acabaram de fechar a porta. Você não pode ficar mandando mensagens de texto aqui.

Ele me cutuca de volta.

— Tente me impedir.

Arranco o celular dele. Ele tenta pegá-lo, mas eu o mantenho fora do alcance.

— Preciso dele! – protesta.

— Você está muito viciado nessa coisa.

— Viciado – ele diz. – *Eu*, viciado.

— Tenha dó. Sou uma principiante, comparada com você.

Ele tenta pegá-lo novamente, mas seguro com força.

— Ian fez uma pergunta sobre minha proposta de pesquisa – ele diz, rindo. – Tenho que responder!

— O primeiro passo para a cura – digo a ele – é reconhecer que você tem um problema.

Ele cruza as mãos no colo.

— Tenho um problema.

— Um problema sério.

— Sou uma pessoa muito doente – ele diz, submisso – e preciso de ajuda.

– Bom menino.

Olho o telefone mais de perto, enquanto o devolvo para ele.

– Espere. É novo?

– É meu celular de trabalho – ele responde, terminando o texto.

– O museu te deu um celular?

– Pra quando eu viajar. – Ele desliga o celular e o enfia no bolso. – Todos os curadores ganham um.

– Faz sentido – digo. – Caso uma daquelas urgências urgentíssimas arqueológicas surja de repente.

Will suspira.

– Vai começar.

– Como se aqueles nazistas encrenqueiros tentarem roubar a Arca da Aliança de novo.

Ele segura minha mão.

– Alguma vez já te disse como gosto do respeito que você tem pelo meu trabalho?

Beijo o seu rosto.

– De nada, baby.

Finalmente, decolamos. Lola e eu temos uma disputa amigável-mas-nem-tanto do braço da cadeira que fica entre nós. Cochilo um pouco. Uma mulher idosa sai do banheiro. Solto meu cinto.

Lola me olha em dúvida.

– Você vai lá?

– Claro. Por quê?

– Nunca uso o banheiro depois de alguma velha.

– Idosos – digo. – São muito asseados.

– Eles são uns porcos promíscuos – ela me informa.

Dou um tapa em sua perna.

– Lola, você me surpreende!

– Pensa que eles estão se lixando pra doenças sexualmente transmissíveis? Estão basicamente mortos! Minha tia-avó Rita, de oitenta e quatro anos? Ela está com uma bolsa de colostomia e, digamos, raquitismo. Teve gonorreia três vezes.

— Pobre senhora! – digo.
Lola faz um muxoxo.
— Tia Rita não é uma senhora, meu bem.
Will enfia uma espécie de muffin de fibras do inferno no meu rosto.
— Por que não tenta comer alguma coisa?
Olhar praquela coisa faz meu estômago se agitar de novo.
— Não acho que consiga.
— Uma mordida?
Dou uma mordida para agradá-lo.
— Ele é um anjo da guarda – Lola afirma. – Um prêmio.
Descanso minha cabeça no ombro dele.
— Eu sei.
— O meu emprenhou uma stripper na despedida de solteiro do pai – ela continua.
— Espere aí – digo. – Na despedida de solteiro do *pai* dele?
— Quarto casamento – explica.
— Parece a minha família. Isso foi antes de vocês se conhecerem ou...?
— Não. Benny e eu estamos juntos desde o ginásio. Mas ele me compensou, está vendo? – Ela me mostra seu anel de noivado.
— Lindo – digo.
— Da hora – ela concorda.
— O que aconteceu com o bebê?
— Cordélia tem quase três anos – Lola me conta. – Tão fofa! Vai ser a menina que joga as pétalas. – Ela pega seu celular. – Vamos ver se tenho uma foto.

Temos uma conexão em Miami. Nosso avião para Key West é menor, e as fileiras só têm duas poltronas. Não tenho ninguém com quem conversar, exceto Will, que está com o nariz enterrado num livro.
Dou uma cutucada nele.
— O que você está lendo?
— Epictetus – ele diz, sem levantar os olhos.
— O subúrbio de Cleveland?
Will vira a página.

— Esse mesmo.

Dou nova cutucada nele.

— Estou com tédio. Converse comigo.

— Por que você não lê um livro?

— Não estou *tão* entediada. Me conte sobre Epitectus.

Ele fecha o livro e arruma os óculos.

— Foi um antigo filósofo. Um estoico. Nasceu escravo no primeiro século d. C., no que hoje é a Turquia. Mas viveu a maior parte do tempo em Roma e na Grécia.

Eu me aninho no meu assento. Adoro ouvir Will falar sobre seus interesses intelectuais. É preciso e metódico de um jeito delicioso. Frases longas e complicadas fluem dele. É como estar noiva de um *audiobook*.

Pego uma de suas mãos e começo a brincar com ela.

— Epitectus acreditava que nossa capacidade de escolha é nossa maior força e a origem da nossa liberdade. Ela nos permite reconhecer o limitadíssimo número de coisas na vida que está dentro do nosso verdadeiro controle.

Gosto das mãos de Will. São fortes e calosas, por causa de todo seu trabalho de campo, imagino. Tem dedos longos com nós grossos, pulsos ossudos. Levanto uma das mãos e comparo as duas, palma com palma.

Ele interrompe sua sentença no meio.

— Você está tentando me distrair?

— Claro que não! – Solto a mão dele. – Por quê, está funcionando?

— Sempre. – Ele sorri para mim. – Onde estávamos?

— Escolha. Liberdade. Controle.

— Certo. – Ele retoma seus pensamentos. – Epitectus acreditava que todo sofrimento humano é resultado de nossas tentativas fúteis de controlar as coisas que não estão em nosso poder controlar. Nossos corpos, nossas posses, eventos externos, outras pessoas.

— Epitectus era contra o sofrimento? – pergunto. – Que coincidência. *Eu sou* contra o sofrimento!

— Só renunciando aos nossos desejos e apegos podemos obter um nível de paz interior e viver em harmonia com o universo.

— Estou com *muita* sede – digo. – Você se incomoda de renunciar a seu apego a esse suco de laranja da sua bandeja?

— Por que eu não renuncio a ele em cima da sua cabeça?

— Não acho que seria harmonioso com o universo, Will.

— É verdade – ele concorda. – Mas me traria uma paz interior extremamente necessária.

Quando aterrissamos em Key West, estou me sentindo mil vezes melhor. Avisto mamãe assim que entramos no terminal. Está encostada em uma parede, as mãos enfiadas no fundo dos bolsos, dizendo alguma coisa para uma mulherzinha de cabelos grisalhos, que está pulando de um pé para o outro, esquadrinhando os recém-chegados na maior ansiedade. O desbotado cabelo acobreado de mamãe está preso num rabo de cavalo malfeito, e sua pele marmórea – sinal de uma verdadeira nativa da Flórida – parece reluzir entre os turistas descascados em suas camisas tropicais. Parece relaxada e natural. Atualmente, só a vejo quando ela e vovó me visitam em Nova York. Ela parece tão deslocada lá, uma perdida ansiosa e mal-arrumada, entre as feras superproduzidas que rondam as ruas de Manhattan. Aqui, ela pertence, o que explica por que nunca quer ir embora. Isso, e seu trabalho. Ela restaura prédios antigos, em sua maioria, arquitetura histórica da Flórida. Tornou-se uma verdadeira especialista. Veste-se de acordo, também: bermuda cargo salpicada de tinta, camiseta velha, botas de trabalho.

Mamãe me vê e dispara da parede. Joga os braços à minha volta, já fungando. Que manteiga-derretida!

— Lily! Você veio mesmo!

— Vim – digo, enfiada no seu cabelo, que cheira a limão e serragem.

Ela me solta, rindo e enxugando os olhos, e nós duas nos voltamos para Will.

— Esta é minha mãe, Katherine – digo a ele. – Mamãe, este é o Will.

É. Eles estão se vendo pela primeira vez.

Mamãe fica sem fala. Cora.

— Isto é... Estou tão... Isto é incrível! – Ela ignora a mão dele estendida e o abraça também.

A senhora de cabelos grisalhos circula à nossa volta.

– Ah, me desculpe! – mamãe diz. – Me esqueci! Lily e Will, esta é a Mattie.

Mattie. A organizadora do nosso casamento. Mamãe contratou-a há cinco meses, quando Will e eu ficamos noivos e decidimos fazer o casamento aqui. Se bem que "contratou" pode ser o termo errado. Livrou de um asilo? Salvou de um bueiro quando ela estava ajustando a antena do seu capacete de controle da mente e cantando para os peixes-boi? Porque Mattie é completamente...

– Graças *a Deus* vocês chegaram! – Ela agarra minha mão em sua palma pequena e ossuda. – Eu estava tão *preocupada*! O homem do tempo disse que havia uma zona de baixa pressão sobre o Sudeste e uma tempestade se formando sobre o Atlântico. Eu só pensava em você e no Will, presos num *avião*! – Seus olhos azuis vivos se escancararam. – No ano passado, um voo ficou encalhado em Minneapolis por vinte e oito horas! Um cão-guia teve uma *convulsão*! Imagine se acontece isso com *vocês*?

Ajude-me Epictetus. A bagagem finalmente começa a se mover no carrossel. Mattie está parada ao meu lado. Afasto-me disfarçadamente. Ela chega mais perto, nervosa. Estou prestes a dizer a ela que logo vai precisar de uma lanterna, quando ela limpa a garganta e diz:

– Lily? Você recebeu o meu... coiso?

– Seu coiso?

– É, meu, meu... ah, pelo amor de Deus! – Dá um tapa na testa. – Como é que se chama? Meu... você sabe... com o...? – E ela dedilha no ar.

– Piano? – digo, optando pela tentativa mais maluca.

– Não, não, não, é a coisa com o... e você usa o...? – Ela continua fazendo o movimento com os dedos.

– Luvas? – pergunto. – Unhas postiças? Minhoquinhas?

– E-mail! – exclama. – Recebeu meu e-mail?

Mattie não tem boa memória. Isso fez das nossas conversas telefônicas um desafio.

– Não – respondo. – Hoje não.

Ela franze o cenho.

— Os computadores não são muito pouco confiáveis?

— Na verdade, eles são muito...

— Vou te dizer o que eu escrevi. Escrevi... — Ela se interrompe e começa a rodopiar. — O vestido! Cadê o vestido de noiva?

— Tudo bem — digo, tentando acalmá-la. — Freddy está com ele.

— Bom, é melhor ele *devolvê-lo*!

Minha ressaca está ameaçando voltar com mais força. Por sorte, Will interfere.

— Freddy é a dama de honra de Lily. Ela fez o vestido. Ela vai pegar um voo pra Miami hoje à tarde e vem de carro com outra dama de honra.

Mattie assente lentamente com a cabeça.

— Entendo. Isso é... Bom, não quero pôr em dúvida o seu discernimento, mas não acho que seja uma ideia muito boa. Tem aquela zona de baixa pressão, e você sabe como os motoristas inexperientes deslizam da ponte Seven-Mile o tempo *todo*...

Nossas malas finalmente aparecem, e vamos para o estacionamento. Olho pra mamãe.

— Não comece — ela diz.

Levanto as mãos.

— Não fiz nada.

— Nossas opções eram muito limitadas — observa.

— Eu não disse nada!

Ela me ignora, nervosa.

— É isso que acontece quando a pessoa fica toda apressada para se casar.

Inclino o rosto para o sol. O céu está de um azul luminoso, e uma brisa vinda do oceano agita as folhas das palmeiras altas que circundam o estacionamento. É difícil acreditar que há apenas cinco horas Will e eu estávamos na cinzenta e enlameada Nova York.

— Relaxe, mamãe. Mattie é uma joia. Vai exercer uma influência zen maravilhosa em nós todos.

Nós duas rimos. Então, ela pergunta:

— Está feliz por estar em casa?

Percebo a preocupação em sua voz. Viro-me e vejo isso em seus olhos. Passo o braço sobre seus ombros e beijo sua bochecha.

— Muito.

Parece que ela vai dizer mais coisas, mas, em vez disso, começa a ajudar Will a colocar nossas malas no bagageiro do carro de Mattie.

— Agora, Lily. — Mattie me olha pelo retrovisor, enquanto sai do estacionamento. — Amanhã, a primeira coisa que precisamos fazer é ir até o Blue Heaven e conferir o menu para o jantar de ensaio.

— Sim, sim, capitão.

— Ah, eu não sou o capitão deste navio! — Mattie ri. — Sou apenas o...

— Contramestre? — digo.

— Marinheiro? — Will sugere.

— Artilheiro-chefe?

— Encarregado da pólvora?

Mamãe vira-se e nos dá uma olhada tipo "Crianças, por favor".

— *Primeiro imediato* — diz Mattie, com entusiasmo. — Você é o capitão, e eu sou o primeiro imediato. Mas, em relação ao ensaio, temos várias opções. Podemos escolher peixe, massa ou frango, ou frango com massa, ou peixe e frango *juntos*, embora eu não tenha certeza que isso seja bom...

Estamos seguindo pelo litoral sul da ilha. À nossa esquerda, está a praia Smathers. Velas pontuando o horizonte, bolas de vôlei voando pelo ar, corpos pálidos enchendo a praia. Ciclistas, skatistas e bêbados segurando sacos de papel. A diversão de inverno padrão da Flórida.

— Eles fazem uma entrada excelente. Chama-se... ah, me esqueci. Alguma coisa a ver com frutos do mar crus. Mas talvez esta não seja uma boa ideia, agora que estou pensando um pouco no assunto. Talvez não. Afinal de contas, vocês não iriam querer *envenenar* todo mundo na véspera do casamento...

— Todo mundo, não — diz Will, simpático.

Passamos por um quarteirão com um condomínio rosa detonado, um parque de arbustos, um motel. Poderíamos estar em qualquer lugar — qualquer lugar pobre, sulista e triste — exceto que, à nossa direita, visíveis entre prédios e através de alambrados enferrujados, estão os lagos salgados, há muito abandonados, lentamente invadidos pelos mangues, os pelicanos em busca de comida e o silêncio.

Inclino-me para a frente e dou um tapinha no ombro de mamãe.

– Quando é que Jane e Ana chegam?

– Elas chegaram ontem à noite – ela responde.

– É mesmo?

– É. – Rapidamente, ela se volta para Mattie e faz uma pergunta.

– Suas madrastas? – Will pergunta. Confirmo com a cabeça. O casamento é só daqui a seis dias. Fico me perguntando por que elas já estão aqui.

Mattie vira à direita, depois à esquerda, pegando a Truman. Passamos por uma loja de autopeças, um guarda-móveis, um supermercado, um grande strip club, seu estacionamento vazio, sendo domingo cedo. De uma hora para outra, as coisas florescem. A vegetação invade, enchendo os prédios dilapidados em seus terrenos minúsculos. Palmeiras, bananeiras, arbustos-de-neve, oleandros, hibiscos. Um milhão de outras árvores e arbustos de cujos nomes não me lembro, ou nunca soube. E buganvílias por toda parte, acompanhando as cercas brancas de madeira, subindo pelas paredes baixas de concreto, loucas, rosa e incansáveis.

Estamos agora na White Street, entrando em meu antigo bairro. Que venha o inusitado! As ruas são estreitas, algumas apenas vielas de mão única, sombrias de tantas plantas. As calçadas estão trincadas e cheias de pragas. Mas as casas, minúsculos chalés de madeira, casas vitorianas imponentes e outras construídas sobre pilares, com varandas na fachada, bem típicas da Flórida, são lindas. Elas passam rapidamente, apenas um detalhe destacando-se aqui e ali. Um conjunto de venezianas altas e brancas, um telhado inclinado de folha de flandres, o teto de uma varanda pintado de azul-celeste.

Relaxo no banco de trás e aperto a mão de Will. Achei que seria estranho vir pra casa. Achei que seria difícil depois de tanto tempo. Mas parece natural. Como um abraço caloroso.

Enquanto isso, Mattie mal fez uma pausa para respirar.

– Martin recomendou gardênias para os centros de mesa, mas eu me pergunto se isso confere o tom certo.

– Quem é Martin? – Will pergunta.

– O florista – Mattie responde. – É muito talentoso, mas fico preocupada que não esteja bem... – Ela bate na testa. – *No clima*, se é que vocês me entendem.

Uma galinha raquítica se arremessa pela rua. Dois moleques de bicicleta surgem do nada, acompanhando o carro. Uma menina e um menino, talvez nos seus dez anos, talvez doze. Meu coração congela. Somos eu e Teddy. Por um momento, tenho certeza disso. O menino tem o cabelo despenteado, raiado de sol. A menina é só braços e pernas. Estão gritando e rindo, desviando-se de buracos, dando trombada um no outro. O menino espia por sobre o ombro e começa a pedalar mais rápido. Viram numa travessa, derrapando, quase caindo. O menino grita. A menina guincha. Nosso carro continua.

Eu me viro, esticando o pescoço para olhar pelo vidro de trás, mas me demoro muito. Eles se foram.

Will está me olhando.

– Amigos seus?

Tento pensar numa resposta, mas não consigo. Sacudo a cabeça, sorrio, e não digo nada.

3

Algumas conversões a mais, alguns outros lindos quarteirões da antiga Flórida, e chegamos em casa. Nossas malas mal são tiradas do carro, quando Mattie sai desabalada, murmurando algo sobre aluguel de guardanapos. Olho para a casa. Minha casa. É uma velha e isolada Queen Anne, com uma varanda em dois níveis, e uma torre redonda de um lado. Uma profusão de volutas goteja de toda superfície disponível, pouco visível através das palmeiras e das figueiras em nosso minúsculo quintal da frente.

Will parece impressionado.

— Você cresceu aqui?

— Naquela época, parecia muito maior — comento.

— Talvez a cor nova tenha feito com que parecesse menor — mamãe sugere. — Você gosta? Fiz um pouco de pesquisa na comissão de preservação no ano passado. Este é o amarelo original.

Will vira-se para ela, curioso:

— Como foi que você conseguiu a cor?

Mamãe dispara numa explicação detalhada, enquanto ele ouve, absorto. Não está puxando o saco dela; vive para detalhes históricos ao acaso, como este. Passo pelo portão de madeira, e subo os degraus, correndo.

Ana está aguardando logo junto à porta de entrada.

— Lilyursa! — Joga-se para mim como um minitornado. — Como diabos está você? Como foi o voo? Olhe pro seu cabelo, santo Deus!

Will entra atrás de mim.

– Este é o Will? – Ana pergunta. – Olhe só pra mim, que idiota. Claro que é o Will!

– Will, minha madrasta, Ana. Ana, Will.

Ele estende a mão.

– É uma grande honra.

Ela pega a mão dele entre as suas e lhe dirige um sorriso fulgurante.

– Não posso lhe dizer o quanto gosto disso, Will. Recebo muito mais ameaças de morte do que cumprimentos. Na semana passada, eu...

– Ana, você vai arrancar o braço dele.

– Me desculpe! – Ela solta a mão dele com sua risada estridente. – Risco profissional.

Will ri também. Parece totalmente à vontade perto dela, o que é um alívio. Ana tende a intimidar as pessoas. Está no Congresso, cumprindo seu oitavo mandato na Casa, uma das destacadas damas da Califórnia, então tem uma verdadeira aura de poder a sua volta, o que de certa forma é intensificado pelo fato de ter apenas um metro e cinquenta e dois. É intensa e combativa, famosa por suas tiradas nos programas de entrevistas de domingo, e por antagonizar seus eleitores nas reuniões comunitárias. Diz o que for pra qualquer pessoa, o que tende a provocar uma devoção fanática ou uma raiva homicida.

Está maravilhosa. Não a vejo desde julho, quando esteve em Nova York para uma coleta de fundos. Lá, estava vestida com um de seus horríveis conjuntos sisudos, e toda mal-humorada por ter que pedir dinheiro aos ricos. Aqui ela é a verdadeira Ana, cabelo comprido solto, olhos faiscando. Abraço-a novamente:

– Estou tão feliz por você estar aqui – sussurro.

Ela sussurra de volta:

– Precisamos conversar.

– Lily, querida. – Todos nós olhamos para cima, enquanto Jane desce a escada. Está usando um vestido azul brilhante e saltos aflitivamente altos. Seu cabelo perfeitamente reto, perfeitamente platinado, flutua com leveza à sua volta. Foca diretamente em Will, mostrando-lhe seus dentes milionários. O pobrezinho vai ficar cego com todo esse sorriso.

– Will, esta é minha madrasta Jane – digo. – Jane, Will.

Ela estende a mão elegante.

– Espero que o voo de vocês não tenha sido tão miserável quanto o meu – diz em sua voz monocórdica, ligeiramente entediante. Olha-o diretamente nos olhos, mas sei que está avaliando cada centímetro: roupas, sapatos, corte de cabelo.

– Ah, não! – exclama Will, sinceramente preocupado. – Seu voo foi ruim?

Mas ela já se voltou para mim, toda executiva.

– Deixe-me ver.

Estendo minha mão esquerda para ela. Examina o anel a distância, depois mais de perto. Gira-o no meu dedo. Sua testa se franziria agora mesmo, mas não tem feito isso há anos. Finalmente, ela olha para mim.

– Cadê o diamante?

Will limpa a garganta.

– Não tem. É uma réplica de um anel romano do Museu Britânico. Os romanos não usavam pedras em seus...

– E por que está todo... riscado desse jeito? – Jane pergunta, cutucando o anel com uma unha afiada.

– Acrescentei uma inscrição – Will diz, desanimado. – Em latim.

Puxo a mão.

– Dá um tempo, Janey. Adoro meu anel.

– Eu também – diz mamãe, entrando pela porta da frente. – É muito artesanal.

Posso sentir Will se encolhendo. Ele detesta essa palavra. Jane me lança um olhar de imensa pena, depois se encaminha para a sala de visitas. Will observa-a indo. Aperto seu braço em solidariedade. Sempre fiquei deslumbrada em ver como Jane é o oposto de Ana em quase todos os sentidos. É culta e equilibrada. Um tipo elegante da sociedade, que passa o tempo organizando festas e minimizando as rugas do seu colo; condescendendo com maîtres e fingindo interesse em arte; contratando caçadores para levar todas as mulheres mais moças e mais bonitas para a floresta e... você sabe.

— Vó! — grito.
— Cozinha! — ela grita de volta. Alguma coisa se espatifa a distância.
Volto-me para Ana que está teclando em seu celular.
— Ela não está cozinhando, está?
Ana assente com desânimo.
— Isso é ruim? — pergunta Will.

Antes que eu possa responder, vó dispara pela sala de jantar, com o cabelo enlouquecido e farinha no nariz.
— Finalmente! — rosna. Recebo outro abraço de esmagar, e ela se inclina para cheirar meu hálito.
— Sem essa! — sussurro, empurrando-a para longe. — Vó, este é o Will. Will, esta é minha avó, Isabel.

Vó olha-o de cima a baixo, enquanto pega sua mão.
— Que prazer — diz. — Ouvi *tão pouco* sobre você!
Ele ri.
— Ouvi um monte sobre você.
Bato palmas.
— Tenho uma ideia. Vamos sair pra almoçar!
Vó dá um puxão num cacho do meu cabelo.
— Boa tentativa. A comida está pronta.

Entramos em fila na sala de jantar e nos sentamos. A mesa é uma cena de crime. Tem uma salada de aspecto doentio, lascas de carne cinzenta empilhadas em uma travessa, e uma terrina cheia de... Nem mesmo sei o que é. Sopa de aveia, será? Enchemos nossos pratos respeitosamente. Baixa o silêncio, interrompido por ocasionais ruídos de ânsia.
— Obrigado, Isabel — Will diz. — Está delicioso.

Ana sufoca uma risada. Mamãe suspira. Jane sacode a cabeça com tristeza.

Vó aponta sua faca para Ana, que está checando o celular.
— Largue essa máquina antes que eu atire ela na porra da rua.
— Mãe, por favor! — mamãe diz. — Temos visita!
— Estou esperando um e-mail importante — protesta Ana.

— Faça isso, Izzie — Jane diz, arrastando as vogais. — Você estará prestando um serviço público.

Olho no olho de Jane e levanto meu copo de limonada. Articulo: *Vodca?* Ela finge não entender.

A luz do sol infiltra-se pelas janelas altas e envolve a silhueta da minha mãe numa aura paradisíaca. Estou tão feliz em vê-las! Raramente elas estão todas em um só lugar, como agora. Olho para Will. Está se remexendo no assento e brincando com os talheres, alinhando-os com a borda da mesa. Dá uma olhada nelas do outro lado da mesa, depois desvia o olhar. Mas quando mamãe se inclina para ele, dizendo alguma coisa, responde com um sorriso escancarado e bobo. Então, não está muito derrubado. Ótimo.

— Por que vocês já chegaram? — pergunto para Jane e Ana.

Jane sorri calmamente.

— Ótimo ver você também, querida.

— Estou falando sério. Ainda falta uma semana pro casamento.

Ela dá de ombros, tocando o pendente cintilante do seu colar.

— Você sabe que não aguento Nova York em fevereiro.

— Uma história plausível. — Viro-me para Ana — E você?

— A Casa está em recesso.

— Não tem ninguém encarregado do governo? — Arregalo os olhos. — Como é que dá pra decidir qualquer coisa?

Ela joga um pãozinho em mim.

— Como você é engraçada!

— E aí, Will? — diz vó bruscamente. Ele se coloca de prontidão. — A Lily me disse que sua mãe é a Anita Field.

— Sim, senhora.

— Anita Field — diz Ana. — De onde conheço esse nome?

— Ela é a promotora dos Estados Unidos em Chicago — explico. Ana assente com a cabeça e se levanta, pegando seu copo vazio. Levanto o meu. *Vodca?* Ela revira os olhos e desaparece na cozinha.

— Uma promotora federal como mãe — Jane observa. — Como foi a sua infância?

– Um pouco como Guantánamo – Will responde animado –, antes de banirem a tortura.

– Sua mãe tem uma porcentagem excelente de condenações – concede vó.

– Alguma vez você tentou algum caso contra ela?

– Nunca – diz vó. – E agora, jamais tentarei.

Will parece surpreso.

– Izzie aposentou-se em dezembro – Jane explica.

Vó faz um muxoxo.

– Me aposentei porra nenhuma. Fui forçada a sair é mais de acordo.

– Ah, mãe – diz mamãe. – Você sabia que estava na hora.

Vó é – era – advogada de defesa criminalista. Uma das melhores no sul da Flórida. Abriu seu próprio escritório logo depois da faculdade, quando nenhum dos velhos garotos de ouro queria contratá-la. Não era trabalho para uma mulher, diziam, mas logo ela provou que estavam errados. Era esperta, persistente e batalhadora. E ganhou – muito. Logo passou de representar criminosos triviais a casos realmente grandes: tráfico de drogas, corrupção policial, assassinato em primeiro grau. Construiu sua própria firma do nada, contratando e treinando outros advogados, trabalhando por todo o estado.

Quando eu era pequena, costumava entrar de mansinho e ver vó trabalhando. Naquela época, dava para fazer isso nos tribunais de Key West. Ela mantinha os júris na palma da mão. Dava um nó nas testemunhas. Enfrentava outros advogados – frequentemente homens presunçosos, complacentes – e passava a perna neles vezes seguidas. Parecia muito divertido.

Infelizmente, vó andava desacelerando nos últimos anos. Estava mais ranzinza do que o normal; esquecia coisas, cometia erros. Por fim, seus sócios intervieram. Ela não ficou satisfeita com isso, mas não podia negar a verdade do que eles estavam dizendo. Então, com muita relutância, se retirou.

– Não consigo imaginar como seria a vida sem trabalho – Will diz para ela. – Deve ser uma transição dura.

Vó sente-se tocada por sua solidariedade. Esconde o fato, me cutucando com o garfo.

— Cotovelos fora da mesa! Seus modos são de uma maldita caipira.

Ana volta da cozinha e se senta. Olha seu prato, remexendo a comida discretamente com o garfo.

— O que estamos comendo? Frango?

— Acho que é porco — diz mamãe.

— É peixe — diz vó.

Will diz:

— Adorei o arroz.

Vó diz:

— É polenta.

— Como é possível? — murmura Jane.

Vó atira o garfo na mesa.

— Puta que pariu! Desta vez, usei um livro de receitas!

— Pense positivo, Iz — diz Ana. — Suas habilidades culinárias poderiam fazer deslanchar uma nova carreira. A perda da atividade legal poderia ser o ganho da indústria da comida prisional.

Rimos.

— Pro inferno todos vocês! — grita vó. Mas está sorrindo.

— Sério — digo. — É difícil acreditar que eu não tenha comido tão mal em treze anos.

Will volta-se para mim, curioso.

— O quê?

A conversa à mesa morre.

— Hã, faz um tempo que eu não venho — explico.

— Treze *anos*?

Todos me olham, agora.

— Mais ou menos. Desde que me mudei para o Norte pra morar com o papai e a Jane. Sem dúvida, senti falta da comida da vó! — Lanço a ele um sorriso enorme, de mudança de assunto. Não funciona.

— Você nunca voltou? Nem mesmo pra visitar?

Mamãe me salva:

– Não damos chance pra ela, Will. Ficamos muito felizes em ir até ela..

Vó acena com a cabeça, em concordância, seus olhinhos intensos fixos em mim.

– Conte pra gente o que você faz, Will – diz Ana rapidamente. – Alguma coisa a ver com museus, certo?

– Trabalho no Metropolitan Museum of Art – ele responde, com um toque de orgulho muito encantador. – Sou curador associado no Departamento de Arte Greco-Romana.

Elas parecem adequadamente impressionadas. Com meu incentivo, ele explica um pouco mais o seu trabalho, algumas das escavações em que esteve presente, artigos que escreveu e exposições que projetou. Elas estão presas a cada palavra.

– Agora, estou surpresa que a gente não tenha se conhecido antes – diz Jane. Ela se vira para mim. – Por que você não trouxe o Will *uptown*?

Franzo o cenho, me desculpando.

– Eu queria, mas apareceu aquele novo regulamento.

– Que novo regulamento?

– Não se pode ir além da rua Cinquenta e Nove, a não ser que você tenha um atiçador de fogo bem quente enfiado no rabo.

– Lily – mamãe diz. – Olha a língua.

Jane só sorri.

– Elegante como sempre, querida. Mesmo assim, espero ver vocês na minha festa beneficente, em abril, no Pierre.

– É black tie?

Jane parece chocada que eu tenha até mesmo perguntado.

– Que outro tipo existe?

Gosto muito de homens de smoking.

– Vamos com certeza.

Estendo a mão para mais um punhado de batatas fritas. Jane captura meu olhar.

– Lembre-se, querida, casamentos vêm e vão, mas as fotos do casamento são pra sempre.

— Deixe ela em paz — retruca Ana. — Está magra demais do jeito que está.

— São essas horas ridículas — mamãe acrescenta.

— Ela precisa se dedicar muitas horas, se quiser ser uma boa advogada — diz vó.

— Alô? — Aceno para elas. — Ela está bem aqui na sala, com vocês. Sintam-se à vontade pra se dirigir a ela diretamente.

— Quando você vai largar aquela firma horrorosa? — exige mamãe.

— Quando a Ana me contratar.

Ana dá uma risadinha.

— Boa.

— A gente se divertiria muito! Quero ser citada em todos os jornais como "fiel escudeira" e "estrategista política" de longa data da Representative Mercado.

— Sem chance, Lilyursa — diz Ana. — Você seria um fardo enorme.

— Exatamente! — digo com entusiasmo. — Eu distrairia a imprensa de todos os seus verdadeiros escândalos.

Ana só ri.

— Por que a Lily seria um fardo? — Will pergunta.

A pausa desconfortável é das mais curtas, antes que Ana diga:

— Só estou provocando! Ótima limonada, Izzie.

— Deliciosa — Jane concorda.

Vou para a cozinha procurar a maldita vodca. Quando volto, Will está dizendo:

— Você mesma reformou esta casa, Katherine?

Mamãe enrubesce.

— Há quase vinte anos. Foi minha primeira restauração completa. É por isso que parece tão terrível.

— Não parece! — Will protesta. — É linda.

Ela o dispensa com um gesto.

— Eu não passava de uma principiante. Me encolho sempre que olho pra carpintaria.

— Eu também — diz Ana. — Sempre penso, lugar agradável, mas o que acontece com a porra da carpintaria?

— Ah, Ana — mamãe suspira. Diz pra Will: — Normalmente a gente não diz tanto palavrão.

— É verdade — digo. — A gente reserva os xingamentos para as ocasiões especiais. Como divórcios.

Will ri. Ele gosta delas, e elas também gostam dele, dá pra ver. Ele coloca os cotovelos sobre a mesa.

— Então, por falar em divórcios...

Todas riem; estavam esperando por isto.

— Você quer saber a ordem das jogadas.

Will aponta para mamãe.

— Acho que... Você foi a primeira, Katherine?

— É isso aí — ela diz. — Depois Ana, depois Jane.

— Fui seguida por Annette — Jane explica —, mas — faz uma pausa delicada — não somos próximas.

— Atualmente, Henry está casado com Ekaterina — Ana diz. — A noiva por reembolso postal.

— Isso é maldade — Jane diz. — Você sabe que ele pagou a mais pelo DHL.

Todas riem.

— Trina é superdoce — conto para Will.

— Lily! — Ana grita. — Ela é três anos mais nova que você.

— Ela é tão incrível! Montou o meu *wireless*.

— Você já conheceu o Henry? — mamãe pergunta a Will.

— Ainda não. Estou um pouco nervoso. Algum conselho?

— Não entre num concurso de bebedeira com ele — Ana aconselha. — Você vai perder.

— Não se deixe enganar pelo sotaque britânico — vó diz. — Ele é burro feito uma porta.

— E seja lá o que você fizer — Jane instrui —, não olhe muito profundamente nos olhos dele. Ele vai te hipnotizar. Como uma cobra.

Mamãe, Jane e Ana se entreolham, depois caem na risada. Vó faz um muxoxo e se levanta para recolher nossos pratos.

— Vocês se dão tão bem! — Will diz maravilhado. — Como foi isso?

Minhas mães trocam outro olhar, meio orgulhosas, meio envergonhadas.

— Qual é o ditado, Kat? — Ana diz. — Alguma coisa do tipo, antes que pudéssemos nos chamar de irmãs, tivemos que nos chamar de um monte de outras coisas.

— Antes da risada, vieram as lágrimas — mamãe concorda.

— E os processos — Jane observa.

— As medidas cautelares — Ana diz —, as cirurgias de reconstrução.

Mamãe sorri.

— Agora, somos uma grande família feliz.

— Com uma maravilhosa coisa em comum — diz Jane.

Todas elas olham para mim.

— Ichi — digo.

Engolimos a torta à força na varanda, enquanto mamãe dá uma volta pela casa com Will. Eles entram numa viagem bem nerd, falando sobre pilares e miolo de pinheiro. Posso ouvi-los rindo no andar de cima. Por fim, chamo um táxi para que possamos levar nossas malas para o hotel.

Jane põe a mão no meu braço.

— Fique mais um pouco. Gostaríamos de falar com você sobre uma coisa.

Acompanho Will até a porta.

— Foi um inferno?

Ele ri.

— Está me gozando? Estou apaixonado por todas elas.

— Pode parar, idiota. Elas não podem te ouvir. — Fico na ponta dos pés para dar um beijo nele. — Te vejo no hotel?

— Vou buscar o Javier no aeroporto às cinco. A gente te acha depois.

Ele sai. Vou até a sala de visitas e paro de repente. Elas estão todas lá, dispostas como um retrato vitoriano: Jane e vó no sofá de veludo verde, mamãe e Ana de pé, atrás delas. Todas estão me olhando, parecendo sisudas e com um pouco de prisão de ventre.

— Tem alguma coisa nos meus dentes? — pergunto.

— Ele não sabe nada de nada a seu respeito, sabe? — vó pergunta.

– Quem, o Will?

– Não – ela retruca. – Mr. Clean.

Mamãe limpa a garganta com nervosismo.

– O que sua avó está querendo dizer, querida, é que discutimos o assunto, e...

Ana vai direto ao ponto:

– Achamos que você deveria cancelar o casamento.

Afundo-me lentamente numa cadeira.

– O quê?

Jane inclina-se para a frente e pega minha mão nas dela.

– Nós te amamos, querida, você sabe disso.

Ana concorda com a cabeça.

– Mas você não tem exatamente a ver com casamento, tem?

Tenho que rir frente a isso.

– Vocês estão falando sério? Estou ouvindo um sermão sobre casamento de um bando de divorciadas?

– Quem melhor? – Jane contra-argumenta. – Todas nós sabemos exatamente o que é ser casada com alguém que não serve, digamos assim, constitucionalmente, para a coisa.

Ela olha para mim de maneira significativa. Reviro os olhos.

– Will parece um rapaz muito legal – vó diz.

– É charmoso – mamãe concorda.

– E gentil, e inteligente – Jane acrescenta. – E normal.

– Ele é todo errado pra você – Ana diz.

– Puxa, obrigada.

– Não, não, não, querida! Não é isso que queremos dizer. É só que... – Mamãe faz uma pausa, esforçando-se pra falar: – É só que você é um... espírito livre!

– Um fio desencapado – sugere Ana.

– Uma puta desavergonhada – diz Jane.

As outras olham para ela. Ela dá de ombros, enquanto arruma a pulseira.

– Não vejo o menor sentido em moderar as palavras.

— Lilyursa, não achamos que você esteja pronta. Não queremos que o Will se machuque. Ou você, claro.

— Vocês me fazem parecer um verdadeiro pesadelo.

— Você é uma pessoa muito doce — mamãe diz. — É a luz das nossas vidas. Tão cheia de alegria, divertida...

— E de amor! Pelo Will! — grito. — Estou de saco muito cheio disso!

— Está? — Ana me encara com seu olhar deixa-de-bobagem. — Está mesmo?

Encaro de volta.

— Então é por isso que você e a Jane vieram cedo. Para fazer uma pequena intervenção.

Vó começa a me cutucar com um dos seus dedos nodosos.

— Não mude de assunto, Lillian Grace! Você está noiva há, quantos, cinco meses, agora? Há quanto tempo você conhece esse rapaz?

— Seis meses.

Vó sacode a cabeça lentamente.

— Que pressa danada é essa? Você não está grávida, está?

Todas elas ficam paralisadas com uma expressão de total horror no rosto.

— Claro que não — retruco.

Elas soltam um enorme suspiro coletivo de alívio. Então, retomam o assunto.

— Izzie tem razão — Ana diz. — Você conhece mesmo o Will? E ele te conhece?

— Ele sabe dos seus... seus vários interesses? — mamãe pergunta com delicadeza. — Seus... você sabe, seus hábitos?

— Ele me conhece bem o bastante.

— Não pode ser — Jane insiste. — Não estaria aqui, se conhecesse.

— Obviamente você não contou a ele que esta é a primeira vez que você volta — Ana acrescenta. — Ele sabe por que você foi embora?

— Não — admito.

Vó faz um muxoxo e levanta as mãos.

– Senhoras, senhoras – digo animada –, vocês não estão sendo um pouco dramáticas em relação a isso?

– Não! – elas gritam em uníssono.

– Will e eu somos ótimos juntos, vocês não conseguem perceber? Temos química. Temos uma boa batida.

– Batida – Ana repete. – Você está se casando com ele porque vocês têm uma boa batida.

– Ele é fofo, é doce. Ele... ele cozinha!

– Lily. – É a vez de Jane olhar fixo nos meus olhos. – Fale sério por um instante. Por que você está fazendo isto? Por que se casar com alguém que mal conhece?

Não respondo.

– A gente acha que tem o direito de perguntar – ela acrescenta.

Tento explicar, mas peno para reunir meus pensamentos. Por fim, digo:

– Will é uma pessoa verdadeiramente boa. É divertido de conversar, passamos ótimos momentos juntos.

– Esses parecem motivos que fazem dele um ótimo namorado, Lillian Grace – vó diz com uma delicadeza incomum –, mas não são razões pra se casar com ele.

– Você sabe o que significa um casamento, querida? – mamãe pergunta. – Não é uma espécie de brincadeira. Estamos muito preocupadas. Não queremos te ver transformada como a sua...

– Não, mãe – eu a previno. – Não diga isso.

– Você precisa ser honesta com ele sobre quem você realmente é – Ana me diz.

– Ou a gente vai ser – Jane acrescenta.

Sorrio com doçura e mostro o dedo para elas.

– Chega. – Vó se levanta. – Já demos o recado. Por favor, faça a gentileza de pensar a respeito. – Ela se dirige para a cozinha, mas para. – A propósito, andei sondando sobre sua futura sogra.

– E?

– Tome cuidado. Ela é fogo. – Com isso, vó some pelas portas vai e vem.

4

Depois de outra vodca-limonada e alguns ataques a mais a meu caráter, escapo das minhas mães e subo para o meu antigo quarto. Acho que esperei que ele ficasse intocado todos esses anos, minhas relíquias intactas: a colcha de patchwork esgarçada cobrindo minha cama estreita, o abajur de poodle, meus livros de Harry Potter. Mas não. Agora meu quarto é uma sala de exercícios. Tem uma esteira elétrica, uma parede espelhada e um desses canos de exercício que as mulheres usam para...

Ah, Deus, realmente eu não precisava dessa imagem.

Ainda assim, o fantasma do meu velho quarto permanece nas marcas de crescimento assinaladas a lápis no batente da porta e nos adesivos colados na parte interna da porta do armário; nas dezenas de cortezinhos no teto acima da cama, das horas que Teddy e eu passamos deitados de costas, atirando canivetes e tentando fazê-los grudar.

Por fim, me esgueiro da casa e vou para o hotel. Pego as ruas secundárias, vielinhas empoeiradas onde os operários costumavam viver. Quando saí de Key West, várias dessas casas estavam muito dilapidadas: a madeira das paredes apodrecendo, telhados descascando, quintais maltratados. Algumas ainda estão assim, mas a maioria foi reformada com uma perfeição surpreendente em tons pastel, um paisagismo artisticamente desordenado e carros alemães parados à frente. Os pescadores e fabricantes de charutos não reconheceriam suas velhas casas. Acho que isso é progresso.

Ainda é uma tarde de domingo, quente. Um galo canta na vizinhança. Um homem xinga. Uma scooter acelera à distância. E de uma hora para outra, tenho novamente catorze anos. Saí pela janela do meu quarto, e me contorci para descer o chapéu de sol no quintal lateral e escapar de mais um castigo. Uma tarde infindável de domingo se estende à minha frente. Dobro uma esquina, esperando ver Teddy encostado a uma cerca, aguardando por mim.

Meu celular toca, estilhaçando a fantasia. Olho no visor antes de atender.

– A gente estava justo falando em você.

– Querida, me desculpe! Meu voo está atrasado. Estou sentado numa droga de bar de aeroporto, mas só consigo pensar que logo vou estar te apertando nos braços.

A voz do meu pai é ardente, ansiosa, ofegante. Por três segundos fico muito confusa.

Depois entendo.

– Você discou errado, papai.

Há uma longa pausa.

– Quem está falando? – ele pergunta, desconfiado.

Rio.

– Quantas pessoas te chamam de papai, papai?

– Ah, *Lily*! – Ele também ri. – Me desculpe, querida, pensei que estivesse ligando pra outra pessoa.

O rei do óbvio.

– Devo perguntar quem?

Ele hesita.

– Acho que não.

– Certo. Deixe eu te liberar.

– Não, não, espere! – Ouço cubos de gelo chacoalhando num copo e o ruído de uma conversa por perto. – Estou entediado, pequenina. Divirta-me. Me conte as novidades.

Dobro uma esquina, passando a mão ao longo de uma cerca de madeira.

– Ouça isto. Elas querem que eu cancele o casamento.

– O quê?! – ele exclama.

– Quem?

– A irmandade das bruxas. Elas dizem que não é justo com o Will. Que ele não me conhece de verdade.

– Como se isso fosse razão pra não se casar com uma pessoa – papai diz com desdém.

– Então... Você não concorda?

Ouço-o dizer:

– Mais um do mesmo, por favor. – E depois para mim: – Claro que não! Essas mulheres não têm ideia do que estão falando. Pense nisso, Lily. O coração humano é o mais impenetrável dos mistérios. Quem, dentre nós, pode dizer honestamente que conhece, conhece *de verdade* alguém? Quem conhece até a si mesmo? Você não. *Com certeza*, eu não. Ora, noutro dia eu me vi...

Fecho os olhos e me deixo envolver. Meu pai tem a voz mais maravilhosa que conheço. É grave e melodiosa. Elegante. Parece caramelo inglês derretido.

– Dá pra você imaginar o que aconteceria se as pessoas *conhecessem* de fato seus cônjuges, antes de se casar? – ele está dizendo. – Seria uma calamidade! A instituição definharia e morreria. A unidade familiar se desintegraria. A humanidade – conclui grandiosamente – *pereceria*.

Abro os olhos.

– Mas papai, e se eu e o Will nos casarmos e depois percebemos que não fomos feitos um pro outro?

– Querida – ele dá uma risadinha –, pra que você acha que serve o divórcio?

Tento destruir sua argumentação:

– Ouça, Henry, não posso me casar achando que se não funcionar posso ir embora. As mães acabaram de representar essa grande e divertida cena pro Will, fingindo que o divórcio era coisinha à toa. Os divórcios foram mini Hiroshimas. Não quero me divorciar nunca. E se eu tiver filhos?

Papai diz:

– Obrigado, está delicioso, saúde. – Depois, suspira fundo no celular. – Acho toda essa conversa sobre crianças muito cansativa. Hoje em dia, estamos obcecados com crianças. Pense nas crianças. E as crianças? As criancinhas sofrem. O que as pessoas não percebem é que o divórcio é *maravilhoso* para as crianças.

— O quê?

— O divórcio te preparou para enfrentar o mundo, pequenina. Ensinou a você a instabilidade fundamental do universo, a inevitabilidade da mudança. Mostrou que a única coisa de que você pode ter certeza na vida é que nada permanecerá o mesmo.

— Então, todos os rompimentos horrorosos foram para o meu bem? Uau, papai. Isso é...

Ele nem sequer me ouve.

— Não me surpreende nada que os gays queiram ter o direito de se casar. Eles simplesmente querem que seus filhos tenham as mesmas vantagens que os filhos dos heterossexuais.

— A vantagem de pertencer a um lar desfeito?

— Precisamente!

— Isto não está exatamente me ajudando, papai.

Mais chacoalhar de cubos de gelo.

— Lily, você não percebe que só estou brincando?

— Está?

— Bem, não – ele admite. – Acho que estou falando bem sério.

— Papai...

— Sinto *muito*, querida. Você sabe que sou um lixo nessas conversas emocionais. Se quer a minha opinião, acho que não deveria levar isso tudo tão a sério. Você deveria simplesmente... levantar o queixo e todo o resto. Siga o fluxo, siga seu coração, e... etc. etc.

Não digo nada.

— Olhe – ele continua. – Não faça nada drástico, e pare de deixar essas mulheres encherem seus ouvidos de veneno. Em poucos dias estarei aí, e estarei do seu lado. Vamos nos defender do que quer que elas joguem em você. O que acha?

— É, papai. Parece o máximo.

— Esse é o espírito! Cheers, amor! Tchau!

Desligamos, e viro na entrada do nosso hotel. É um antigo lugar da década de 1930, com telhado de telhas e paredes de estuque creme, empoleirado na extremidade sul da ilha. Compartilhar meus medos com meu pai não foi exatamente confortante. Mas no que eu estava pensando, pedindo seu conselho? Este foi o homem que me empurrou para a Faculdade de Direito de Harvard, em vez de Yale, baseado numa única noite que passou em Cambridge, anos atrás, bebendo martínis perfeitos no Charles Hotel. Um bom julgamento não é exatamente seu forte.

Além disso, os martínis do Charles? Fracos demais.

Fico imaginando o que Will vai achar de Henry. Meu pai organizou toda sua vida em torno de um único princípio: maximizar seu próprio prazer. É irresponsável, simples, não pensa demais nas coisas. É possível dizer que não pensa de jeito nenhum. Não tem medo do futuro, nem arrependimento pelo passado. Simplesmente vai aonde suas inclinações o levam. Graças a alguns antepassados esforçados, que passaram o século XIX navegando ao redor do mundo, comprando e vendendo (e roubando) coisas, Henry nunca precisou ganhar a vida. Depois de ter sido expulso de Oxford, decidiu se tornar romancista, então se mudou para Key West, onde conheceu mamãe. Nunca terminou o livro. Gostava mais das bebedeiras e das pescarias do mito Hemingway do que das horas exaustivas junto a uma escrivaninha. Assim, decidiu entrar no ramo cinematográfico, o que o levou a Los Angeles, onde conheceu Ana. Quando isso não funcionou, foi para Nova York tentar uma chance em filantropia, e isso resultou em Jane.

É um tanto difícil explicar Henry para alguém como Will, tão sério e intelectual, tão focado em sua carreira. O encontro dos dois deverá ser interessante.

O saguão do hotel está fresco e agradável, com tapetes espalhados pelo chão de mogno e ventiladores de teto girando lentamente. Portas francesas se abrem para a praia, ao longo da parede dos fundos. Um pacote do escritório me aguarda na recepção. Ótimo, um pouco de distração profissional vem a calhar.

Encontro nosso quarto, arejado e claro, com uma sacada dando para a água. O pacote contém um fichário e um bilhete de Lyle: "Divirta-se com os dois primeiros e-mails."

Abro o fichário. Leio os dois primeiros e-mails. Lyle atende no primeiro toque.

– Fala.

– Você está tirando sarro da minha cara com esta merda?

– Gente, me dão licença um minuto? – Lyle diz para alguém. Para mim: – Não tenho muito tempo, então cale a boca e ouça. Ouça o que você precisa fazer: encontre Hoffman, prepare um depoimento padrão, depois, ajude-o a arrumar uma explicação plausível para ser um filho da puta tão estúpido.

– Podemos recuar um minuto? – digo. – Não trabalho nessa parte do caso. Trabalho com as reivindicações ambientais, se lembra? Não sei nada sobre Hoffman nem sobre este material contábil.

– É uma preparação de depoimento, Wilder, não um bicho de sete cabeças.

– Certo. – Estico-me na cama e começo a folhear o restante do fichário. – E tenho certeza que você adoraria me ver fazendo merda e parecer péssima na frente do Philip. Mas será que poderia me dar um mínimo de coordenadas pra que esse depoimento não seja um desastre completo?

– Tudo bem. – Ouço sua cadeira guinchar, conforme ele se recosta. – Quer começar por onde?

– Me explique por que os demandantes querem o depoimento de um contador num processo sobre derramamento de óleo.

– Derramamento de óleo – Lyle repete. – Não estou familiarizado com esse termo. Será que você está se referindo ao suposto acidente industrial em uma plataforma de petróleo *offshore* que, supostamente, provocou a dispersão de certa quantidade de petróleo bruto no Golfo do México?

– Seja o que for, Lyle. A plataforma explodiu, milhões de barris de óleo jorraram no Golfo, e os demandantes estão processando a Ener-Green em nome de todas as pessoas que tiveram a vida arruinada por essa foda colossal.

— Suposta foda colossal — ele diz.
— Onde é que entra o contador?
Ouço vozes abafadas.
— Não — diz Lyle. — Eu disse dupla face. Isto pra mim é inútil. Faça de novo. — De volta para mim: — Então, depois do *suposto* acidente, nosso cliente, a EnerGreen Energy, alcançou um grande êxito em suas declarações financeiras, baseado nas perdas antecipadas pelo derramamento.
— Compensação para as vítimas, multas etc., certo? Foram cinquenta bilhões ou alguma coisa insana como essa. — Levanto-me e levo o fichário até a sacada, onde desabo numa cadeira.
— Certo — Lyle responde. — Mas segundo a queixa emendada, protocolada no mês passado, a EnerGreen supostamente inflacionou a cifra pra esconder perdas sofridas em outra parte da companhia. Os demandantes agora afirmam que a EnerGreen explorou um desastre ambiental horroroso pra esconder erros não relacionados.
Eu tinha lido essas novas alegações, mas deduzi que tudo não passava de um bando de retórica vazia para fazer a EnerGreen parecer pior do que é.
— Eles têm alguma prova?
— Prova sólida? — Lyle diz. — Não. Mas existem discrepâncias nas declarações financeiras da EnerGreen que parecem embasar o argumento dos demandantes.
— Que discrepâncias?
— É alguma coisa que tem a ver com a contabilidade técnica — ele diz evasivamente. — Urs diz que os financistas podem explicar isso com facilidade, mas parece duvidoso, que é tudo que interessa aos demandantes.
Coloco os pés para cima no parapeito e olho para a água. Há um barco de pesca ancorado perto da praia, e um homem de pé na proa atrás de iscas. Com um movimento longo e gracioso do braço, ele joga a rede num giro leve até as ondas. Gaivotas circulam famintas. Trinta metros adiante, a água turquesa fica mais escura onde o fundo do oceano se perde.
— E aí, qual é o papel do Hoffman nisso tudo? — pergunto.
— Ele analisou as declarações financeiras da EnerGreen antes que elas fossem para os auditores externos. Ele é a pessoa que seria responsável

por flagrar qualquer erro ou manobras dúbias de contabilidade. – Lyle faz uma pausa. – Seu título oficial é Contador Público Certificado de nível médio, mas, como você viu, ele também detém o posto não oficial de poeta imortal da era de ouro do e-mail.

Abro o fichário e leio o primeiro e-mail de Hoffman em voz alta:

> Do ponto de vista de um relatório financeiro, este derramamento de óleo é a melhor desgraça que já nos aconteceu.

– Sinto arrepios, toda vez – diz Lyle.

Volto-me para o segundo e-mail:

> Vou dar um bom trato nessas estimativas de perda, antes de elas irem para a Ernst & Young. É uma espécie de maracutaia, mas quem vai perceber?

– É uma espécie de maracutaia – Lyle repete vagamente. – Não é uma maracutaia absoluta, não uma grande maracutaia, ou uma maracutaia leve, mas... *uma espécie de* maracutaia. A ambiguidade é arrepiante.

– Então, os demandantes têm razão? A EnerGreen cometeu fraude?

– Qual é, Wilder? – ele diz, impaciente. – Você sabe como a coisa funciona. Algum idiota solta um e-mail terrível e uns demandantes ao acaso o tiram completamente do contexto pra mostrar que a companhia toda é uma empresa altamente criminosa. Hoffman é um idiota, um burro de carga. Não sabe nada.

– Ótimo.

– Mas mesmo assim, a EnerGreen não quer que ele deponha sobre os e-mails. Se houver a mais leve suspeita de que alguma coisa curiosa acontece com seu relatório financeiro, o Departamento da Justiça e a Comissão de Títulos e Câmbio vão cair em cima deles. Acrescente isso ao atual pesadelo das Relações Públicas nos esforços ineptos de limpeza, os manifestantes, os negócios perdidos? Esqueça.

Observo dois windsurfers deslizando pela superfície da água. Parece divertido.

– Por que a EnerGreen simplesmente não faz um acordo?

— Porque são uns filhos da puta ricos do Texas, que não querem pagar vinte bilhões de dólares pra um bando de capitães de barcos de camarão.

— Urs não é um filho da puta — ressalto. — Nem texano.

Urs é o consultor interno da EnerGreen, designado para o nosso caso. Foi transferido da divisão europeia da companhia, que está baseada em Genebra. Deveria estar supervisionando nosso trabalho, mas tem pavor de Philip e não faz ideia de como funciona uma ação no estilo americano. Outro exemplo perfeito da negligência de nosso cliente: designar um estrangeiro como advogado consultor interno numa ação de 20 bilhões de dólares. Não que isto tenha importância, neste caso, eles têm Philip.

— Sem frescuras, tudo bem? — Lyle diz. — Você tem que preparar o Hoffman pra enfrentar um interrogatório agressivo de um advogado contrário habilidoso. Precisa ensinar a ele como ouvir e como responder sem, na verdade, dizer nada. Ele precisa parecer calmo, amistoso e confiável. Depois que você fizer tudo isso, precisa ajudá-lo a explicar aqueles e-mails. Talvez fossem uma brincadeira. Vai ver que ele foi hackeado. Pode ser que, acidentalmente, tenha tomado o Xanax da esposa, em vez do seu Lipitor, e passou o dia escrevendo e-mails malucos pro escritório todo. Seja o que for. Ele precisa de uma história coerente que explique por que os e-mails não são importantes para a ação. Philip tomará conta do resto do depoimento.

— Saquei — digo.

— Ótimo. Não foda com isso.

Então, um clique, e ele se foi.

5

Volto para o quarto e me atiro na cama. Estou devaneando quando meu celular recebe uma mensagem: *aqui sedentas, venha já*.

Encontro Freddy e Nicole tomando drinques espumantes ao lado da piscina. Freddy está usando um vestido havaiano amarelo e óculos escuros gatinho; o cabelo lustroso e preto está preso num coque no alto da cabeça. Nicole está largada à sua frente, digitando, é claro.

– Damas de honra! – exclamo. – Como foi a viagem?

– Um paraíso! – Freddy diz com entusiasmo. – Cento e quarenta e cinco quilômetros de lojas de conchas e barracas de lembrancinhas bregas. Paramos num parque estadual incrível, pra nadar.

– Fui picada por uma água-viva – Nicole murmura.

– Pobre Nickie! – Esfrego seu braço em solidariedade, mas ela mal levanta os olhos do celular.

– Comemos fritada de moluscos – Freddy diz. – Deliciosa!

– Seria bom se tivesse um pouco menos de gordura – observa Nicole.

– Este hotel é fantástico! – Freddie acrescenta. – Estamos pertinho de vocês.

– Vocês estão dividindo um quarto?

– Por que não? – Nicole responde. – Este casamento está custando uma fortuna. E não é que eu vá conhecer alguém aqui.

Ela olha com melancolia as pessoas brincando na piscina.

Freddy olha para mim e finge estar se enforcando, depois se matando com um tiro, depois se esfaqueando no rosto.

Nicole termina a bebida e se levanta com esforço.

— Os voos cedo me matam. Vou tirar um cochilo.

Observamos enquanto ela se arrasta para dentro do hotel.

— Ela ficou assim o caminho todo?

— Pior — responde Freddy.

— Sinto muito.

— Tudo bem. Dirigi a maior parte do tempo planejando um bom roteirozinho de assassinato-suicídio pra nós duas.

O barman chega:

— Outro coquetel *pink squirrel*? — pergunta a Freddy. Ela aceita. Sorrio para ele:

— Faça dois, Lloyd.

Nós o vemos se afastar.

— Depois de pensar muito, decidi atravessar um *guardrail* com o carro e me jogar de uma ponte — Freddy diz. — Era pra ser como *Thelma e Louise*, só que menos sobre a emancipação feminina e mais sobre Thelma só querendo que a Louise calasse a boca.

— O que te impediu?

— Seu vestido de noiva. Estava no porta-malas do carro.

Dou um tapinha carinhoso na sua mão.

— Quantos sacrifícios você faz.

Ela dá de ombros.

— Vamos voltar juntas de carro. Acho que tenho outra chance.

Nossos *pink squirrels* chegam. Fazemos um brinde. Bebemos.

— Ei! — Ela me chuta debaixo da mesa. — Você deu o cano na gente ontem à noite.

— Me desculpe. O trabalho estava... — Sacudo a cabeça. — Uma loucura.

— Seu chefe estava lá?

— Não — digo rapidamente. — Com certeza não.

Ela me analisa por cima da borda do copo.

— Me engana que eu gosto.

Hora de mudar de assunto.

— Escuta só — digo a ela —, ainda nem estou de férias. Tenho que preparar uma testemunha.

— Tem que fazer o quê?

— É pro meu grande caso ambiental, aquele sobre o derramamento de óleo no Golfo, há alguns anos. Tem esse contador que vai depor e...

Freddy levanta a mão.

— Pare. Acabei de morrer de tédio. Além disso, por que você está fingindo que está indignada? Você adora isso. Está completamente encantada.

Beberico o meu drinque.

— Gosto do meu trabalho. Isso agora é crime?

— Deveria ser. — Ela faz um gesto para mais uma rodada. — Sabe quem adora o que faz? Provadores de uísque, tratadores do zoológico, clones do Elvis. Advogados? Não é natural. Tem alguma coisa errada com você.

— Provavelmente.

Checo meu celular, Nada do Will. Digito pra ele:

– kdvc

Ele escreve de volta:

– Javier acabou de chegar. Voltamos logo.

– voe!!

– voo

Jogo o celular de volta na bolsa.

— Freddy?

— O quê, querida?

— Você alguma vez pensou que o Will parece um pouco bom demais pra ser verdade?

Ela coloca o drinque sobre a mesa.

— Não.

— Ele é tão perfeito, tão maravilhoso, tanto isto e aquilo. — Jogo a cabeça para trás para pegar o que restou de rosa no fundo do copo. — Não dá pra ele ser tudo isso.

— Dá sim — ela diz.

Chegam novos drinques.

— Então, se case com ele.

— Não faz o meu tipo e, além do mais, ele quer *você*. É louco por *você*. Você entra numa sala e os olhos dele pulam das órbitas e começam a rolar pelo chão como cachorrinhos desajeitados.

— Ele conheceu as mamães no almoço.

— Como é que foi?

— Surpreendentemente bem. Eu tinha certeza que ele ficaria todo nervoso e idiota, mas ele estava supercharmoso.

— Will não é tão tonto, você sabe.

— Claro que é. — Sorrio. — É por isso que amo ele.

— Há um minuto ele era bom demais pra ser verdade — ela diz. — Agora você o ama?

— Puxa, Freddy, eu não sei! Não dá pra eu não saber? Quem dentre nós pode dizer com absoluta certeza que ama, ama *de verdade*, a pessoa que acha que ama?

— A maioria — diz Freddy de imediato. — Não, espere, a grande maioria das pessoas. Não, espere. Todo mundo.

Rodo o canudo dentro do copo.

— Elas me tocaiaram depois. Acham que eu deveria cancelar o casamento.

— Vamos ver se eu adivinho — ela diz. — Isso só te fez ficar mais determinada a ir em frente.

Não respondo. Ela chama um garçom e pede nova rodada. Em algum lugar próximo, uma criatura começa a soltar gritinhos de aflição. Olho e vejo um pai tirando da piscina uma criancinha que se debate.

— Que gracinha — digo.

Freddy parece chocada.

— A criança?

— Cruzes, não! O pai.

— Por um minuto você me assustou. — Ela o observa, a cabeça inclinada, avaliando-o. — Não. Magrelo demais.

— Todas elas falaram como se fosse *muito* fácil. Simplesmente — estalo os dedos —, cancele o casamento.

– Fácil é – Freddy me diz. – Já fiz isso três vezes.
– Duas – corrijo-a. – O Norman *te* chutou, se bem me lembro.
– Só porque me pegou com a Zoe – ela me recorda. – Isso equivale a um empate.
– Por que você continua ficando noiva de homens? Agora você pode se casar com quem quiser.
– O dr. Boog acha que ainda estou atrás da aprovação dos meus pais – Freddy explica.
– Interessante. Ele não sabe que seus pais morreram?
– Aparentemente, isso não faz diferença. Tenho uma ideia geral do que eles gostariam. Ele também diz que meus esforços estão condenados porque tenho um otimismo absurdo em relação à minha capacidade de mudança.
– Ele parece divertido.
Uma brisa agita as palmeiras acima das nossas cabeças. Um garçom chega com mais *pink squirrels*. Coloca-os na mesa. Olhamos, enquanto ele se afasta. Brindamos.
– Então, o que você vai fazer? – Freddy pergunta.
– Com relação ao Will?
– Não – ela diz –, com relação aos israelenses e aos palestinos.
Dou um gole no meu coquetel.
– Vou ver como as coisas se desenrolam. Acho que vai dar certo.
Ela boceja e estende os braços acima da cabeça.
– Bom, você tem bastante tempo pra pensar.
– Tenho?
– Não, idiota. Você tem seis dias.
– Mas são os seis dias antes do meu casamento – digo. Isso faz com que eles fiquem supercompridos. Como os anos de vida de um cachorro.
Freddy concorda com um gesto de cabeça. Depois para.
– Você está querendo dizer o contrário.
– O quê?
– Os anos de vida de um cachorro são curtos – ela diz. – Cabem nove anos de um cachorro em um ano humano. Um cachorro de sete anos, na verdade, tem noventa e seis.

Penso a respeito.

— Nove vezes sete é oitenta e um, não noventa e seis.

— Você me entendeu.

Ficamos sentadas, olhando os últimos banhistas que ainda estavam se bronzeando recolherem suas coisas sob a luz que se esvai. Um jovem casal passa por nós de mãos dadas. Uma banda de tambores de aço começa a tocar no bar. Chegam mais drinques. Sorrio para o novo garçom. Ele sorri de volta. Vejo-o se afastar.

— Agora, aquele cara — começo.

— É gay — Freddy termina.

Dou um gole no meu drinque.

— Talvez Will esteja se casando comigo por causa do meu dinheiro.

— Os milhões dos Wilder? — Freddy tira os óculos escuros e limpa as lentes com um guardanapo. Pensei que a sua parte estivesse toda presa em fundos.

— Aí é que está a genialidade do plano dele. Ele se casa comigo agora, espera até eu ter cinquenta, entra na minha herança, e depois... *bam*! me dá de comer aos peixes.

— Vinte e três anos é um puta de um tempo pra te aguentar — ela observa.

— Ele é paciente. Paciente e dissimulado.

— Não entro nessa. Aliás, cadê o cara de sorte?

— Foi pegar o Javier no aeroporto.

— Javier — suspira Freddy. — Enfim, a gente vai se conhecer.

Freddy criou uma fantasia enorme em torno do melhor amigo de Will, baseada inteiramente no seu nome.

— Você vai se decepcionar — digo a ela.

Ela me lança um olhar de pena.

— Excesso de ciúmes?

— Ele é mais branco do que eu.

— Tem dó — ela caçoa. — Você precisa enfrentar o fato de que eu e meu amante latino e moreno vamos fazer um amor lindo, multirracial, a semana toda, enquanto você fica entalada com o branquelo chato. De novo.

— Eu não sou atraída só por caras brancos.
— Racista — ela cantarola. — Amante de brancos!
— E o cara indiano? O estudante de graduação?
— *Stalkers* não contam — ela replica.
— O que eu quero dizer, Winifred, é que achava ele bonitinho.
— O que eu quero dizer, Lillian, é que foi só porque ele era um *stalker*.
— Então, o cara negro — digo. — O que fazia picles, morava no Brooklyn? Ele tinha uma incrível...
— Aí está o Will — diz Freddy, animada.
— Baby! — Fico de pé num pulo e dou um beijo nele. — E aqui está o Javier! Javier, esta é minha melhor amiga, Freddy. Vocês vão entrar juntos na igreja.
— Prazer em conhecê-la — diz o louro de olhos azuis, Javier Collins, de Schaumburg, Illinois.
Freddy olha para ele sem fala.
— Quem está com fome? — Will pergunta.
Freddy pega no meu braço, ao sairmos do bar.
— A mãe dele é de Barcelona — cochicho. — Uma dessas espanholas claras, do Norte.
— Você me paga — ela sibila.
— Não seja racista — aviso. — Não seja alguém que odeia brancos.
Ela me belisca.
— Chamo isto de uma merda de propaganda enganosa.
Passo o braço ao seu redor.
— Você é quem sabe, coreana de nome Freddy. Você é quem sabe.

Arrancamos Nicole da cama e jantamos num restaurante cubano à moda antiga, na Catherine Street. Num bar no mesmo quarteirão, uma garçonete nos conta sobre um lugar novo na William. Tomamos alguns drinques lá, até Freddy decidir que precisa ir onde Ernest Hemingway bebia. Caminhamos pela Duval, o centro fuleiro da ilha, onde brilha o néon. Mesmo num domingo à noite, as calçadas estão lotadas de bandos de jovens cambaleantes, bêbados e barulhentos, drag queens, hippies drogados e pessoas comuns olhando o show de queixo caído. Passamos por strip clubs, bares irlandeses, o ocasional saguão de narguilé, lojas de mergulho, de chapéus, de lembranças kitsch feitas de cocos, folhas de palmeira e conchas, camisetas obscenas, lingerie vulgar, copinhos de uma dose, chaveiros.

E arte com galinhas. Muita arte com galinhas.

Passamos por um malabarista, por um mímico. Alguém está vestido como Darth Vader, tocando banjo. Os restaurantes estão escancarados para a noite quente e úmida. Música ao vivo jorra de alguns bares e clubs. De outros, mulheres parcamente vestidas acenam. Carros sobem e descem a rua correndo, vibrando com o baixo.

Bebemos por um tempo no Sloppy Joe, onde um ciclista nos diz que, se quisermos realmente ver onde Papa bebia, deveríamos ir a um lugar na Eaton Street. Lá pela meia-noite, estamos em nosso quarto "bar do Hemingway". Will vai até o banheiro. Javier e Freddy estão conversando com um casal de turistas alemães na mesa ao lado. Nicole está... Olho em volta. Não sei onde está Nicole.

Sinto-me muito relaxada e feliz. É ótimo estar em casa.

Will volta e se senta. Corre a mão pelo cabelo, fazendo com que se espete de maneira divertida. Mas normalmente ele está espetado de maneira divertida. Mesmo assim, Will parece nervoso. Cubro a mão dele com a minha.

– Você está bem, querido?

– Estou, estou bem.

– Seus pais chegam amanhã, né? Está preocupado?

Não conheço meus futuros sogros. Eu deveria ir a Chicago no Natal, mas aconteceu uma emergência em um dos meus casos. Will fica um pouco tenso sempre que fala neles. Acho que deve haver algum drama aí.

– Preocupado? De jeito nenhum. – Ele aperta minha mão.

– Vai ser ótimo – garanto para ele. – Os pais me amam.

Ele sorri e beija o lado da minha cabeça.

Vejo uma barulhenta despedida de solteiro irromper pela porta. Levanto-me para pegar outro drinque.

Os sogros chegando amanhã.

O casamento daqui a seis dias.

Olho em volta. Este lugar é chato. Vou-me embora.

Vejo-me no restaurante vizinho. Tem um cara supergato sentado no bar. Tem cabelo escuro e uma barba por fazer. Sento-me ao seu lado. Sorrio para ele. Ele sorri de volta.

– Tudo bem tudo bem tudo bem. – Levanto as mãos em rendição. – Pode me pagar um drinque.

Ele ri constrangido.

– Eu adoraria, mas... sou casado, então você sabe.

– Sou noiva – digo. – Oficialmente, isso é um empate.

Ele parece surpreso.

– Não pense demais – aconselho. – Pensar demais é supervalorizar.

Começamos a conversar. Seu nome é Tim.

– Então, Tim – digo.

– Tom – ele diz.

Talvez seja Tom.

– Esse negócio de casamento – digo. Como está funcionando pra você?

Ele dá de ombros.

– Você sabe. É o que é.

Conversador brilhante! Mas com aqueles olhos, quem se importa? Tomamos mais um drinque. Ponho minha mão sobre a dele, no bar. Ele deixa assim. Viro sua palma para cima. Aliso-a de leve com meus dedos. Roço os dedos pelo seu pulso, sentindo a pulsação. Olho para ele.

– Onde é que está sua suposta esposa?

Ele se remexe no assento.

– Voa para cá em poucos dias. Uma amiga minha vai se casar.

Sorrio para ele.

– Que coincidência! Também estou aqui por causa de um casamento.

Estamos nos encarando em nossos banquinhos. Prendo um dos seus joelhos entre os meus e seguro. Inclino-me para ele.

– Ei, Tom, quer que eu te conte um segredo?

Ele hesita. Depois, me olha no olho e sei que o tenho.

Chego mais perto, colocando as mãos em suas coxas.

– O estado da Flórida não reconhece casamentos realizados fora dos seus limites.

Ele levanta as sobrancelhas e sorri.

— É verdade?

— É verdade. — Corro minhas mãos por suas pernas. — Portanto, a não ser que você e sua mulher tenham se casado aqui, você não está *realmente* casado por ora.

Ele abaixa os olhos, sacudindo a cabeça, mas ainda sorrindo. Levanto-me e coloco as mãos em seus ombros. Olhos nos seus olhos.

— Pode acreditar em mim, Tom. Sou advogada.

Ele ri, e eu me inclino mais para perto. Cheira a praia, como sal, areia e protetor solar. Passo a mão atrás do seu pescoço, pelo seu cabelo. Deixo meus lábios roçarem sua orelha. Digo:

— Vamos pra algum lugar.

Sinto um tapinha no ombro.

— Vamos lá, Noreen — diz Freddy. — Está na hora da sua injeção.

— Vá embora — sibilo.

Mas é claro que ela não vai. Por fim, deixo que me pegue pelo braço e me leve para fora.

— Não sei se você ouviu falar, Winifred, mas existe um lugar especial no inferno pras mulheres que não ajudam outras mulheres.

— Você tem sorte que tenha sido eu quem veio procurar você, e não Will — ela diz.

— Tenho sorte. Sou uma menina de muita, muita sorte. E você é uma amiga de verdade. Uma grande amiga. A melhor de todas. — Jogo o braço sobre seus ombros.

Um grande pedaço de concreto ergue-se e me ataca. Oscilo. Freddy me agarra.

Metáfora!

Voltamos para o primeiro bar.

— Ótimo, você encontrou ela — diz Will. — Vamos embora.

Will e Javier nos enfiam às pressas em um táxi rosa. Freddy recosta a cabeça no meu ombro. Javier está na frente, conversando com o motorista. Inclino-me para trás e olho o perfil de Will, tremeluzindo sob a iluminação da rua, enquanto subimos pela Duval. Está segurando minha mão, absorto, passando o polegar para cima e para baixo do meu.

Por que saí, por que fico vagando quando tenho isto logo aqui? E entre todas as pessoas, tive que escolher um homem *casado*? Clássico, como diria Jane. Mas quem é ela pra dizer? Minhas mães são muito cara de pau, pretendendo me dizer quem serve e quem não serve pra casar.

Mas... será que elas também têm razão? O que estou fazendo, exatamente? Será que esta sou eu, mudando de ideia? Sou eu, eternamente indecisa, para começo de conversa? Estou querendo cancelar? Estou querendo que me flagrem?

Amo Will?

Henry estava certo com relação a uma coisa: as pessoas são imprevisíveis. Sou um completo mistério para mim mesma. Mas Freddy também tem razão. Como é que eu posso *não* saber se o amo? Será que tanto Freddy quanto Henry podem estar certos? Isso causaria um grande estrago na harmonia do universo. Falando nisso, o que Epictetus diria a respeito?

Provavelmente, nada. Apenas juntaria um monte de pedras na sua toga e me apedrejaria até a morte.

Porque eu deveria amar Will. Ele é uma pessoa maravilhosa. Muito merecedora de amor. Tem inúmeras qualidades maravilhosas, adoráveis, admiráveis. Só falta uma: a de ser mais de um homem.

Tantas qualidades, mas um só corpo! Se pelo menos ele tivesse mais corpos. Poderia dividir todas as suas qualidades. Parcelá-las. Assim seria mais igualitário. Uma qualidade para cada corpo. E talvez alguns corpos extras, sem qualidades. Provavelmente, esses seriam meus favoritos.

Recosto a cabeça no assento. Ele sorri para mim.

– Cansada?

– Um pouco.

Mas... *casamento*? Vou me *casar* com ele? Estou *maluca*? Quero dizer, não seria um problema se a situação fosse diferente. Se fôssemos personagens naquele mito grego, e toda noite ao nascer da lua, quando os lampiões fossem acesos, meu marido se transformasse em um homem diferente, e de madrugada voltasse a ser Will.

Existe um mito grego assim?

Acho que não. Deveria haver. Os gregos poderiam não ter sido extintos.

Os gregos foram extintos? Eles não são dinossauros. Só estão muito endividados.

Por que estou pensando nos gregos? Por que estou pensando, afinal?

Tudo bem, foi um dia longo. Ainda tenho tempo de descobrir uma solução. Muito tempo. Anos de cachorro. Ou de burros. Seja o que for.

– Amanhã estará melhor. Estarei melhor. Amanhã.

– Feche os olhos – diz Will. – Te acordo quando a gente chegar.

SEGUNDA-FEIRA

6

Primeiro sinto sua mão. Perto do meu joelho, passando com delicadeza, traçando um desenho na minha pele. Estremeço.

Estou de costas, um braço jogado sobre os olhos. Onde estamos? Há uma brisa. Cheiro de mar. Claridade no quarto.

Key West. Estou em casa.

Sua mão entra debaixo do meu joelho, levantando-o. Ele separa minhas pernas. Seus dedos sobem pelo interior da minha coxa, suspendendo a seda fina da minha combinação.

– Lily – ele sussurra.

Sinto o calor do seu corpo junto ao meu, seu peso no colchão me trazendo para junto dele. Resisto, afastando-me ligeiramente. Sua mão roça meu estômago. Murmuro e me estico, fingindo ainda estar dormindo. Dou as costas para ele, mas ele me puxa de volta, empurrando meu ombro com delicadeza contra o travesseiro. Afasta meu cabelo do rosto, as pontas dos seus dedos nas minhas faces e na minha testa. Mantenho os olhos fechados. Seu hálito é quente e doce. Beija minhas têmporas com suavidade. Aspiro profundamente quando sua garganta roça minha boca. Beija minhas orelhas, minhas sobrancelhas, meu nariz, a linha do meu queixo. Levanto a mão e o empurro sonolenta. Ele a segura, beija o interior do meu pulso, meu braço, meu cotovelo. Morde um dedo.

É *tão* difícil não responder, mas quero ver o que ele vai fazer. Está beijando meu ombro. Sua boca está mais calorosa, movendo-se com urgência, agora. Gemo um pouco e me afasto, mas ele me traz de volta novamente. Desce as alças da minha combinação pelos meus braços. Seus lábios estão na minha garganta, na minha clavícula. No meu seio direito. No esquerdo. Beijando, lambendo e mordendo de leve. Lentamente, estico o braço e acho seu pau, esfregando-o suavemente com os dedos. Agora ele coloca uma das mãos entre minhas pernas, um dedo dentro de mim, depois dois. Afundo os calcanhares no colchão e pressiono contra eles.

– Lily – ele sussurra.

Então, só de farra, empurro-o com força e começo a me sentar.

É aí que Will me agarra e me joga de volta na cama. Tento lutar contra ele, mas, com uma das mãos, ele imobiliza meus pulsos acima da cabeça, separa minhas pernas com a outra, e entra dentro de mim com uma longa estocada. Para mim é uma surpresa, aconteceu rápido demais, e é *incrível*. Ofego, os olhos escancarados agora, mas os de Will estão fechados. Sua boca encontra a minha. Beija-me profundamente. Desesperadamente. Sua boca insiste e está insuportavelmente excitante. Não consigo parar de beijá-lo. Ele tira e enfia de novo com brutalidade, e mais uma vez, mais uma vez. Grito. Ele só enfia com mais força. Digo:

– Will?

E, com os lábios próximos ao meu ouvido, ele diz:

– Cala a boca.

Solta meus pulsos e passo os braços em volta do seu pescoço. Suas mãos descem pelo meu corpo, até que ele agarra minhas coxas e me puxa para junto dele, repetidas vezes. É intenso, excitante e... o quê? Bruto. E perfeito. Afundo meus dedos no seu cabelo e beijo sua boca, suas faces, sua garganta com a barba por fazer. Mordo sua língua. Inclino a cabeça e pego um mamilo entre os dentes. Movo minha língua à volta dele, em círculos, sentindo gosto de sal na pele delicada.

Depois, ele se ajoelha sobre a cama e me puxa para cima dele. Suas mãos estão novamente no meu quadril, os dedos se afundando, enquanto ele me guia para cima e para baixo. Debruço-me sobre ele de modo que meus seios rocem sua boca. Fecho os olhos e me movimento com ele, lentamente, depois cada vez mais rápido até não aguentar mais. O calor espalha-se por todo o meu corpo e gozo, gritando, caindo sobre ele repetidas vezes, até que o mundo perde um pouco o brilho.

Ficamos quietos por um tempinho, eu sobre ele, ele acariciando meu cabelo, ainda duro dentro de mim. Depois ele me empurra, me vira e me coloca de joelhos. Estou um pouco zonza, um pouco inerte, não que o fosse impedir de fazer qualquer coisa agora. Ou algum dia. Ele me penetra por trás, uma das mãos no meu quadril, outra no meu cabelo. Move-se com lentidão e propósito. Depois de um tempo, eu me recobro. Consigo pensar.

São nossos três primeiros dias, começando tudo de novo.

Bem quando pensei que nunca mais voltariam.

Empurro-me contra ele, querendo tê-lo o máximo possível dentro de mim. Tudo, músculo, pele, sangue e osso. Ele sai completamente e me penetra de novo, agora mais rápido, vezes seguidas. Bate na minha bunda com força, grito, e ele bate outra vez. Olho para ele por cima do ombro. Está com os olhos fechados, o rosto tomado. Diz meu nome repetidamente, penetrando-me tão fundo que não consigo respirar, e justamente quando acho que não aguento mais, ele estende o braço e me toca, e gozo outra vez, um gozo comprido e alto, glorioso, de corpo inteiro, convulso. Ele também.

Desmoronamos juntos na cama, os lençóis retorcidos debaixo de nós. Estou levitando numa nuvem de pura felicidade.

— Will? — sussurro.

— Humm?

— Puta merda!

Ele ri baixinho.

— Às ordens.

Posso sentir seu sorriso contra a minha pele. Ele beija atrás do meu pescoço. Sua mão permanece leve no meu quadril.

Viro a cabeça para poder ver seu rosto.

— Posso perguntar uma coisa?

— Não.

Caímos na risada. Dou uma virada para ficar de frente para ele. Minha risada morre e a dele também. Estamos com os olhos presos um no outro. Os de Will são tão escuros que quando estou perto como agora posso ver meu reflexo. Mas agora estou vendo algo mais. Estou vendo além dos seus olhos, bem dentro dele. Estou vendo-o por inteiro, tudo de uma vez. Estou vendo...

Alguém bate à porta.

Pisco. Retomo a respiração.

– Deus. Quem poderia ser?

– Os paramédicos – diz Will, tirando o cabelo da minha testa. – Respondendo a múltiplas chamadas 911.

Rimos novamente.

– Lily – Mattie chama – A gente vai se atrasar!

– Cai fora! – grito.

– Blue Heaven? O jantar do ensaio? Se vamos servir frango, massa, ou frango com massa...

Por fim, nos arrastamos para fora da cama e nos vestimos. Will me alcança quando estou prestes a sair. Empurra-me contra a parede, e sua mão sobe pela minha saia. Enfio a mão dentro da sua calça. Ele já está duro de novo.

Ele diz:

– Não se esqueça. Temos um almoço com os meus pais, hoje.

– Ah, baby – sussurro. – Adoro quando você fala baixaria.

Ele ri e desce minha calcinha.

– Uma hora.

Pressiono-me contra sua mão.

– O que acontece se eu me atrasar?

– Coisas ruins. – Ele começa a desabotoar a minha blusa. – Coisas muito ruins.

– Ah, meu Deus. – Encosto a cabeça na parede. – Quem *é* você?

– Um idiota. – Ele beija minha garganta. – Um idiota apaixonado.

Transamos de novo, rápido, logo ali, perto da porta. Por fim, desço até o lobby, onde Mattie está à espera. Ela me estende uma xícara de café fumegante.

– Mattie! Abençoado seja seu coraçãozinho coordenador de evento.

– Não beba demais – ela avisa. – Não queremos que você saia nas fotos com os dentes manchados e horrorosos.

— Essas gracinhas não vão se manchar — conto a ela, batendo nos meus dentes. — São cem por cento falsos.

Ela parece chocada.

— São?

— Abusei *demais* da metanfetamina na Faculdade de Direito.

Ela me encara.

— Estou brincando.

— Ah — ela diz. — Ah. Que engraçado.

Dirigimo-nos para o seu carro. Ela destranca a porta e entramos.

— Como está você esta manhã? — pergunta.

— Não poderia estar melhor, Mattie. Não poderia. — Levanto meu rosto para o sol que entra pelo para-brisa. — O dia está lindo. Estou cercada pela minha família. Vou me casar com o homem perfeito. A vida é boa.

— Estou encantada de ouvir isso.

Ela sai do estacionamento, desviando de um galo de penas coloridas que atravessa a rua desfilando. As galinhas andam à solta em Key West. Basicamente, são nossos esquilos.

— Muitas noivas acham a semana antes do casamento uma das piores das suas vidas — Mattie continua. — É trágico! Elas deveriam estar no auge da felicidade, mas, em vez disso, ficam estressadas e infelizes.

— Eu não, Mattie. Quero dizer, tive minhas dúvidas recentemente, sabe? Não mais. — Recosto-me no banco e bebo meu café. — Tirei a porra da sorte grande com esse cara.

Ela me olha em dúvida.

— É, ele parece...

— A porra — olho no seu olho para dar ênfase — da *sorte grande*.

— Minha nossa! — Ela ri. — Você é uma nova-iorquina perfeita, não é mesmo?

Ponho a mão para fora da janela, sentindo o ar quente empurrando-a. Ainda estou sentindo o gostinho do prazer.

Voltou. Mal posso acreditar, mas o sexo incrível com Will está de volta.

Numa quinta-feira à noite, em agosto, eu estava no bar Walker's, na rua do meu apartamento. Era um encontro com alguém que conheci numa festa, um banqueiro. Um tesão, mas um pouco previsível. Levantei-me para ir ao banheiro. Tinha um cara parado no corredor dos fundos. Era alto e magrelo. Cabelo castanho-claro. Óculos. Vestido com certo descuido. Normalmente, alguém que eu não olharia duas vezes.

Qual é a minha? Olho pra todo mundo duas vezes.

Mas a questão é a seguinte: conforme fui me aproximando, reparei que havia alguma coisa insólita nele. Estava imóvel. Perfeitamente imóvel. Encostado à parede; sem mexer no seu celular, sem teclar, sem olhar em torno. Mas também não estava entediado ou surtado. Sua aparência era a de alguém que está tendo uma conversa interessante consigo mesmo.

Pus a mão no seu braço, ele se virou e me olhou com delicadeza. Tinha olhos castanhos e sobrancelhas grossas e expressivas.

Eu disse:

– Você está na fila pro banheiro?

– Estou sim – Will disse.

– Tudo bem – eu disse. – Mas eu estava aqui antes de você. Só pra você saber.

Ele me deu aquele sorriso lento e tímido.

– É verdade?

– Eu estava aqui ontem à noite – eu disse. – E anteontem.

– Você vem muito aqui?

Assenti, séria.

– Praticamente vivo aqui.

Ouvimos o barulho da descarga. Alguém saiu. Will fez um gesto elegante em direção à porta aberta.

– Por favor.

Quando saí, ele me deu um sorriso rápido, abaixando a cabeça ao passar por mim para entrar.

Quando ele saiu, eu ainda estava esperando.

– Esqueci uma coisa lá dentro – expliquei.

Ele pareceu surpreso:

– O que foi?

Sorri para ele:

— Você.

Ele caiu na risada. Will tem essa risada ótima, muito repentina e feliz. O tipo de risada que dá orgulho de ter provocado, o tipo que você quer continuar ouvindo. Fui me despedir do banqueiro. Will foi se despedir dos amigos. Encontramo-nos no restaurante do outro lado da rua.

De início, ele estava um pouco tímido, mas não durou muito. Conversamos durante uma hora. Ele me contou que era arqueólogo. Disse a ele que era astronauta. Ele disse que estava falando sério. Ri dele. Mostrou-me sua carteirinha do museu para provar. Depois, me contou sobre seu trabalho de um jeito muito determinado e charmoso. Contei a ele o que eu fazia, e ele fingiu interesse. Pedi que ele falasse latim, e ele falou, mas não traduziu o que disse. Depois falou algumas outras línguas, acho que aramaico e grego antigo. Em seguida, a gente começou a se beijar. E fomos embora. Meu prédio ficava a um quarteirão. Mal entramos no elevador, e já estávamos arrancando as roupas um do outro. Depois que entramos no apartamento, passamos três dias sem sair de lá.

O sexo foi incrível. O melhor que já tive. Ardente, intenso, obsceno, e... honesto, esta é a única maneira que encontro para descrevê-lo. Sabíamos como nos comunicar um com o outro, de imediato. E foi muito *divertido*. Quando eu não estava gozando, estava rindo. E quero dizer, *este* cara? Este cara doce e inteligente? Will é um gato, mas é totalmente alheio a isso. Não estava naquele bar pra pegar mulher. Não era um desses homens muito impressionados consigo mesmos, loucos para transmitir sua excelência. E, no entanto, revelou-se esse maníaco sexual bem-dotado e desinibido.

Foi uma baita surpresa. E eu *amo* surpresas.

Em algum momento, no meio da primeira noite, acordei ciente de que Will estava me tocando. Não como tinha feito nas horas anteriores, frenético e selvagem. Agora era lento, cuidadoso, reverente. A luz estava acesa, e ele estudava meu corpo centímetro a centímetro. Demorando-se no meu rosto. Passando os dedos pelo meu cabelo. Era como se estivesse me memorizando.

— Você é tão linda! — disse baixinho.

Não sou, realmente não sou, mas quem sou eu pra contradizer? Em vez disso, levantei o rosto e beijei sua boca, puxando-o novamente para mim.

Como era de se esperar, a coisa teve um fim. Na segunda-feira, fui arrastada de volta ao trabalho, quando a contraparte de um dos meus casos preencheu uma moção de emergência. Varei a noite no escritório, depois mais uma. Voei para a Califórnia com Philip e Lyle para uma audiência. Quando voltei, Will tinha partido para uma conferência acadêmica em Londres. Ficou fora uma semana. Conversávamos e trocávamos e-mails sempre que possível, mas fiquei sobrecarregada e as coisas meio que se perderam. Freddy e eu demos uma saída uma noite, enquanto Will estava fora. Encontrei uma pessoa, o cara do picles. Fui pra casa com ele. Foi bem bom, o que me deixou estranhamente culpada. Mal conhecia Will. Ele não tinha direitos sobre mim. Nunca tinha me sentido mal antes. Mesmo assim, me senti.

Duas semanas depois do nosso primeiro encontro, eu e Will nos vimos novamente. Saímos para jantar, depois voltamos para sua casa e fomos diretamente para a cama. Foi bom, mas não a mesma coisa. Ele estava reservado. Quase desconfortável. A mesma coisa aconteceu algumas noites depois, e na noite depois dessa. Era doce, terno e romântico, mas... um pouco sem graça. Não disse nada, esperando que as coisas voltassem ao que tinham sido. E eu gostava *mesmo* dele, então, continuamos nos vendo.

Duas semanas depois, ele me pediu em casamento. Disse que tinha mandado fazer o anel enquanto estava em Londres, porque mesmo lá ele sabia.

Ele sabia! Qual é o grau de loucura? Nunca ninguém tinha querido se casar comigo. Não sou nem um pouco esse tipo de garota. Mas Will quis. Ele me amava. Fiquei chocada. Odiei a ideia de desapontá-lo. Então, aceitei.

Nossa vida sexual nunca chegou à mesma dimensão, embora eu continuasse perseguindo aqueles três primeiros dias. Finalmente, concluí que Will não tinha um forte impulso sexual. Alguns caras são assim, acho.

Não insisti no assunto. Somos pessoas ocupadas, nós dois trabalhamos muitas horas, apenas não é uma prioridade para ele. Será que eu deveria ter forçado o assunto, pedido para conversarmos a respeito? Deveria ter tomado mais iniciativa em relação a sexo? Acho que sim, e em parte ainda estou surpresa por não tê-lo feito. Talvez eu estivesse me reprimindo um pouco. Ou muito. Não queria que ele tivesse uma ideia errada a meu respeito. Ou uma ideia certa. Seja o que for.

Pouco importa. Depois desta manhã, tudo que era médio em nossa vida sexual está no passado. Estamos de volta ao ponto onde começamos, e eu não poderia estar mais feliz. Não vou perder tempo especulando o motivo. Talvez seja o clima fresco do oceano. Talvez seja o ambiente sensual. Talvez ele não conseguisse se soltar e recuperar sua lascívia até agora, na véspera do nosso casamento.

Acho que os *amishes* são assim.

A conclusão? Para mim chega, *definitivamente* chega de questionar minha decisão de me casar. Aquela coisa de ontem à noite? A incerteza, a preocupação, o flerte ao acaso e, vamos encarar, o pânico gratuito? Tão bobo. Tão sem sentido. Meus instintos iniciais sempre estiveram certos.

Tudo vai dar certo.

Bebo meu café.

— O que há na agenda esta manhã, Mattiefofa?

— Deixei a coisa leve — ela responde, virando na Whitehead Street. — Depois do restaurante, só temos que parar no novo florista e rever o plano para a recepção.

— Ótimo! — digo. — Espere. Temos um novo florista?

— Temos. Despedi o antigo.

— É mesmo?

Mattie suspira, pesarosa.

— Ele não estava dando o seu melhor.

Reflito sobre isso.

— Eu não deveria ter sido consultada?

Ela se vira para mim, horrorizada:

— Você gostava do Martin?

– Bem, não – admito. – Quero dizer, não faço a menor ideia do que ele estava fazendo. E provavelmente, teria concordado com o que quer que você me pedisse. Mas...

Por que estou me opondo? Sempre dei a Mattie rédea solta. Preciso que ela tenha rédea solta. Talvez não goste da lembrança enfática do quanto andei alheia a essas atividades. Indiferente.

Mattie para em frente ao Blue Heaven, um café despretensioso na Thomas Street. Desliga o motor e irrompe em lágrimas.

– Estou decepcionando você – geme.

Ai, Jesus.

– Claro que não – garanto-lhe.

– Planejar este casamento tem sido profundamente exaustivo – confessa. – Sua família é muito... *diferente*. E tudo tem sido tão de última hora! Eu queria que tudo ficasse perfeito, mas não recebi muita orientação sua. E agora ultrapassei os limites!

– Não, não! Você está fazendo um trabalho incrível, Mattie.

Ela assoa o nariz e olha para mim, esperançosa.

– É mesmo?

– Com certeza – digo. – A culpa é minha. Nem sempre respondi, com a rapidez que deveria, seus e-mails, mensagens de texto, de voz e do Facebook, e... tudo mais. Mas isto vai mudar. A partir de agora.

– Tem certeza, querida?

– Seja o que for que você precise que eu faça, Mattie, estou aqui. É só dizer. Vamos à luta. Vamos *planejar* este casamento, está bem?

– Está bem – ela gorjeia feliz, e salta para fora do carro.

Entramos no pátio ao ar livre do restaurante melhores amigas. Percebo que estou morrendo de fome, e o dono é gentil o bastante para me dar um prato de frutas e um delicioso Bloody Mary. Percorremos o menu para o jantar de ensaio, e com a ajuda de um segundo Bloody Mary tomo uma série de decisões críticas de noiva (frango *e* peixe, vacas!). Depois de um terceiro e último Bloody Mary, sigo Mattie de volta ao carro.

– Key West mudou muito desde que você cresceu aqui – ela me conta, enquanto nos leva de volta em direção à Duval Street. – Agora somos

muito cosmopolitas. Aquela loja ali é interessante. – Aponta um animado chalé amarelo. – Foi aberta em novembro. Eles fazem... ah, como é que vocês chamam? – Ela estala os dedos. – Pelo amor de Deus! Por que não consigo me lembrar? Vem de uma vaca.
— Leite?
— Não – ela diz. – Mais duro.
— Sorvete?
— Não, não é doce.
— Queijo?
— *Queijo!* – exclama. – Eles fazem seu próprio queijo.
— Você esqueceu a palavra para queijo?
— Minha memória anda terrível, ultimamente – lamenta.
— Será que você não deveria, sei lá, dar uma checada nisso?
— Os médicos não podem fazer nada por mim, querida. É a Mudança.
— A Mudança? – repito. – Isso parece muito assustador.
— Menopausa. Não dá folga. Os calores. As alterações metabólicas. O esquecimento. – Sua mão vai e volta adejando até a testa. – Minha mente é... ah, como é que vocês chamam isso? A coisa com buracos.
— Uma peneira?
— É! Uma peneira.
Rio.
— Você esqueceu a palavra que queria usar para descrever como anda esquecida. É engraçado.
Ela apenas me olha.
— Você tem razão – digo. – Não é engraçado.
A Duval Street parece muito menos degradada à luz da manhã. Os bares estão fechados. Os turistas vagam a esmo, tomando *smoothies* e café cubano. As calçadas estão úmidas e limpas.
— Está vendo aquela igreja ali? – Mattie pergunta, apontando uma capela branca de tábuas de madeira.
— Tenho uma ideia! Vamos servir Bloody Marys no jantar do ensaio!
Mattie inclina a cabeça.
— Isso não é mais uma bebida para uma manhã, querida?

– Talvez pudéssemos fazer um tema café da manhã como jantar – sugiro. – Com panquecas!

– Não – ela diz. – Como eu estava dizendo, tem uma pastora nova naquela igreja. As pessoas adoram ela. Achei que você poderia ficar interessada em que ela oficiasse no sábado.

Mattie deslancha numa história sobre a pastora, enquanto observo uma família de turistas comprar chapéus-panamá de um hippie maltrapilho. Teddy e eu tecemos chapéus num feriado de primavera, quando tínhamos onze ou doze anos. Nossos chapéus eram péssimos, mas nós éramos muito engraçadinhos. Fizemos fortuna. Depois, gastamos tudo que ganhamos em sorvetes e fogos de artifício.

– Lily? – diz Mattie.

Eu me viro. Ela está me esperando para dizer alguma coisa.

– Me desculpe. A gente já não tem um pastor?

– Tem – diz Mattie, relutante. – Leonard Garment.

– Certo. Will falou com ele pelo telefone. Ele realmente gosta dele. – Na verdade, acho que Will só quer que nossa certidão de casamento seja assinada por alguém que se chame reverendo Garment. Mas ele tomou a decisão, não posso passar por cima dele.

– A última coisa que quero fazer é criticar suas escolhas – diz Mattie. – Mas acho que Len seria um sério erro.

– Por quê?

Mattie pisa no freio bem a tempo de evitar uma batida num carrinho elétrico que trafega à nossa frente.

– Vejo o seu casamento como um acontecimento elegante, uma espécie de conto de fadas – replica. – Bem formal e tradicional.

Tenho que rir.

– Você me rotulou, irmã.

– Len é tão... contracultura. – Mattie franze o cenho. – É muito irreverente. Acho que ele não vai agir de acordo.

Olho pela janela enquanto ela continua falando. Agora estamos na Margaret Street. Certidões de casamento. Clérigos. Tudo soa tremendamente... oficial.

— Lily? — Mattie me olha intensamente.

— O quê? Ah, me desculpe. — Abro a janela. De uma hora para outra, está realmente quente aqui dentro. — Se você acha que é importante, falo com o Will a respeito.

— Maravilha! Você vai ficar feliz por ter feito isso.

Meu celular toca. Atendo.

— *Hola*, madrasta bonita!

— Se você se casar com aquele pobre rapaz, vocês dois vão se arrepender pelo resto da vida — diz Ana.

Recosto no apoio de cabeça.

— Você poderia, por favor, ir se foder?

Mattie dá um pulinho em seu assento.

— Me desculpe! — sussurro. De volta a Ana: — Não vou mudar de ideia. Vá se acostumando.

— Então, que tal isto — ela diz. — Adie. Dê a vocês tempo para se conhecerem melhor. Se ainda quiserem se casar, todos nós nos reuniremos aqui em seis meses. O que diz?

Tenho que tomar cuidado. Ana é tremendamente persuasiva, e sua convicção íntima pode ser contagiosa. Quando eu era pequena, ela sempre me convencia a fazer coisas que eu não queria: comparecer a convenções, acompanhá-la em campanhas, experimentar comidas esquisitas. Ela é passional, dramática, e está sempre, sempre certa. O que com frequência a torna muito, muito chata.

— Sinto muito. Não vou fazer isso — digo.

— Porra, Lilyursa. Você é muito teimosa.

— Adivinha onde aprendi isso.

— Sua merdinha inútil! — exclama aos brados.

Seguro o celular longe do ouvido.

— Isto é um pouco grosseiro, você não acha?

— Não é com você — ela diz vagamente. — Estou lendo um e-mail.

— Ah, é? Bom saber que você está mantendo o foco na preocupação comigo.

— Isto é *ridículo* — ela sibila, e ouço o barulho das teclas, quando ela começa a digitar furiosamente.

– Tem mais alguma coisa em que eu possa te ajudar?
– Não – ela diz, a mente claramente em outro lugar. – Quero dizer, sim. Me dê o número da sua amiga. A designer. Preciso de ajuda pra achar um vestido.
– Você não tem vestido pro casamento?
– Quando é que tenho tempo pra comprar? – ela protesta. – E francamente, não pensei que você fosse mesmo seguir em frente.
Passo a ela o número de Freddy.
– Agora – Ana continua –, se você começar a mudar de opinião...
Desligo na cara dela, enquanto Mattie se aproxima de uma casa cinzenta com acabamento em roxo, maltratada pelo tempo. A inclinada varanda da frente está estourando de plantas e flores. O cartaz pintado à mão diz Flores e Presentes Rose.
– Chegamos! – Mattie gorjeia.
Olho para ela surpresa.
– Você me trouxe numa sex shop?
Ela parece mortificada.
– Não, não, não! Esta é...
– Mattie, isto é nojento. Não sou dessas!
– Eu jamais...
Dou um tapinha em sua coxa.
– Relaxe. Só estou te provocando.
– Ah, ela diz, um pouquinho mais calma. – Bom, esta é...
– Esta é obviamente uma casa funerária – digo.
– O quê? Não!
Três drinques em um estômago vazio, e estou atormentando esta pobre mulher. Peço desculpas e entramos na casa, onde fico conhecendo Rose, uma mulher agradável, com faces rosadas e um halo de cabelo branco crespo. Tem uma pasta com uma papelada aberta no balcão à sua frente.
– Esses são os planos criados por Martin – diz. – É um lindo começo. Mas acho que posso dar uma aperfeiçoada.
Rose e Mattie inclinam a cabeça ao mesmo tempo. Checo meu e-mail e a mensagem de voz do trabalho. Meu celular sinaliza uma mensagem de texto.

– Cmo eu tcl nes csa de mda,

É vó. Teclo de volta.

– par de m mdar spam

Cerca de cinco minutos depois, recebo:

– vc7 idiot8

Isto é divertido.

– vc é um desses pervertidos da internet, né? Vou te entregar pro Procon

– esta mda

– você é doente, senhor, sabia? doente

Por fim, ela telefona espumando de raiva.
— Supõe-se que mensagem de texto seja pra economizar tempo – digo a ela. – Não faz nenhum sentido pra alguém na sua situação.
— Que diabos? – ela retruca. – Que situação?
— Um pé e todos os dedos na cova. – Puxo dois raminhos de mosquitinho de um vaso e começo a esmagá-los entre os dedos. – O que houve?
— Preciso acrescentar um convidado. Partindo do princípio de que você vá seguir em frente com essa bobagem de casamento!
— É claro que vou seguir em frente com essa bobagem de casamento!
Mattie e Rose param de falar e levantam os olhos.
— É trote – explico. Para vó: – Me desculpe, parente idosa, estamos no limite.
— Você pode incluir mais uma – vó insiste. – Minha cliente preferida de todos os tempos recebeu a condicional.
— *Mazel tov*. Estava presa por quê?
— Passou em cima do marido com uma lancha.
— Ele merecia?
— Todos eles merecem – diz, sombria.

Começo a furar buracos em um tijolo úmido e esponjoso de espuma de florista. Rose me olha. Faço uma expressão de *Sinto muito!* e vou em frente.

– Sua amiga parece um acréscimo superdivertido, vó, mas...

– A Dawn é animada, e está solitária. Pensei que talvez ela pudesse conhecer alguém.

– Você quer usar o meu casamento pra ajudar uma assassina a arrumar um caso?

Rose e Mattie levantam os olhos novamente.

– Homicídio culposo – diz vó. – Ela aceitou um acordo.

– Ah! – digo. – Tudo bem. Feito.

Jogamos mais um pouco de conversa fora, e desligo. Mattie está em êxtase quanto ao tipo de magia floral que Rose está fazendo. Ouço as duas com indolência. Jantares de ensaio, vestidos da madrasta da noiva, convidados de última hora. Desde o momento em que Will e eu ficamos noivos, o casamento tem sido um tantinho irreal pra mim. Ligeiramente teórico. Eu estava em Nova York, me matando de trabalhar, vivendo minha vida. A maior parte dos preparativos foi sendo feita aqui, pelas mãos de pessoas que nunca vi. Tudo o que precisei fazer foi mandar as listas dos convidados, ouvir o falatório de Mattie, e dizer sim, não, ou vou perguntar pro Will.

Agora tudo é muito real.

– ... e um lindo ramo de margaridas aqui – diz Rose, esboçando rapidamente. – Algumas pessoas dizem que as peônias murcham muito rápido, mas não concordo de jeito nenhum. Então, poderíamos ter algumas *aqui*...

Real! Isso é bom! O realismo é uma boa coisa. Penso em Will, em como ele estava na cama esta manhã. Se for necessário um casamento, com seus votos de fidelidade e constância, pra ter toda uma vida assim? Sem problema. Sem problema algum.

– Tenho mais uma coisa pra mostrar pra vocês. – Rose nos dirige para uma mesinha coberta com pedaços de tecido. – Mattie disse que você precisa de saquinhos de gaze para colocar as lembrancinhas do casamento.

— As o quê?

— Amêndoas confeitadas, estampadas com as suas iniciais e as de Will — Mattie explica. — Num saquinho de amarrar, fechado com uma fita e um raminho de flores de seda. Deixei um recado pra você falando isso.

— Peguei algumas amostras de tecido — diz Rose —, mas não tinha certeza de qual combinava com os vestidos das damas de honra.

— Tem que combinar?

— Tudo combina — ela retruca.

— Tudo?

— De uma perspectiva visual, um casamento tem tudo a ver com simetria, coesão e continuidade — Rose diz com empenho. — É por isso que queremos que as flores da cerimônia e da recepção sejam sugeridas pelas flores no jantar do ensaio, e repercutam, pode-se dizer, nas flores das mesas do brunch de domingo.

Sugeridas? Repercutam?

Brunch?

Mattie concorda.

— Este também é o motivo de a fonte usada nos programas combinar com a fonte dos convites e dos cartões, que indicam os lugares nas refeições.

— Portanto — Rose continua —, o tecido usado para as lembrancinhas do casamento deveria combinar com a cor dos vestidos das damas de honra.

— Que também combina com o forro dos envelopes que levam os convites — Mattie conclui.

Elas estão olhando para mim.

Olho de volta.

Fui raptada por uma dupla de alienígenas obsessivo-compulsivas.

Estão esperando que eu diga alguma coisa.

— Senhoras? — Bato as mãos uma na outra. — Vamos combinar alguma gaze filha da puta!

Rose parece um pouco chocada, mas se recobra e me mostra seis quadrados de tecido champanhe.

Olho para eles.

— São totalmente idênticos.

– Não, não são – diz Rose.

Viro-me para Mattie:

– A Rose está viajando.

– Não tenha pressa – Mattie me estimula. – Levante-os em direção à luz.

Olho pra ela, depois pra Rose:

– Senhoras? Dizer que não dou dois peidos por este assunto, superestima enormemente o valor que dou pros peidos.

Por um minuto, elas tentam entender o que eu disse. Eu também. Aqueles Bloody Marys deviam estar bem fortes.

– É a segunda amostra – Mattie me diz.

– É a segunda amostra – digo a Rose.

Ela varre as outras com um sorriso.

– Você é uma noiva fácil.

Rio.

– Querida, você não faz ideia.

– Tenho algumas ideias sobre como decorar os banheiros na Audubon House – Rose continua.

– Onde?

– A Audubon House – Mattie murmura. – Onde vai ser sua recepção.

– Certo! – exclamo. – Espere. Temos que decorar os banheiros?

– É o costume – Rose me informa. – Velas *réchaud*, sabonetes perfumados, toalhas de mão bordadas. Talvez um buquê.

– Um buquê – concordo com a cabeça. – Mas apenas talvez.

Ela está remexendo em um recipiente de plástico.

– Eu tenho a coisa perfeita.

Meu celular sinaliza uma mensagem de texto de Will.

– Cadê você?

Uma e quinze. Estou atrasada pro almoço.

7

Deixo Mattie com Rose e corro para o restaurante. Quando viro na Simonton Street, quase dou de encontro com uma mulher que sai de um salão. Está usando shorts e havaianas, mas seu cabelo está puxado com elegância e arrematado com um véu. Outra noiva ensaiando para o grande dia. Parece muito feliz.

Meu celular toca. Atendo.

– Fala, minha chapa!

– Lily? – Jane diz. – Preciso de um favor.

– Pra você, *mon cherie*? Qualquer coisa.

– Estou entendendo que você não mudou de ideia sobre o casamento?

– Por que todo mundo fica me perguntando isso?

– Sofremos de uma ilusão coletiva de que algum dia você poderia fazer alguma coisa sensata.

– Ah! Quando os porcos criarem asas. No dia de São Nunca.

– De fato – Jane diz secamente. – Agora, por favor, ouça com cuidado. Dois casais vão vir pro casamento. São meus amigos. Os Gorton e os Heydriche. Eles precisam se sentar em mesas separadas.

– Hum, hum. Quem fodeu quem?

– Com quem – ela me corrige, depois hesita. – Donald Heydrich e Mitzy Gorton.

– Não! – exclamo. – Não Donald e Mitzy!

Na verdade, não faço ideia de quem são essas pessoas. Não conheço metade das pessoas que meus pais convidaram pro casamento.

Jane suspira.

— Acho que sim.

— Você convive com uma gente descolada, Janey. Ei, isso me faz lembrar, os da troca de casais vão vir?

— Como eu já te disse um montão de vezes, Bob e Glória *não* fazem troca de casais — ela disse secamente. — Essa é uma fofoca maldosa que teve início com aquela insuportável Sloane Kittredge.

— Espero que sim. Estou tentando administrar aqui um casamento com a família perfeita.

— Você andou bebendo? — ela me cobra.

— Ah, Jane! — Rio com exagero. — Que ideia!

— Por favor, me deixe terminar. O pior agora já passou, graças a Deus. Foi tudo muito cansativo, as lágrimas, as recriminações.

Jane suspira mais uma vez, e posso imaginá-la reclinada no sofá na casa da vó, o cabelo espalhado sobre as almofadas, admirando os anéis nos dedos, olhando com desprezo, do alto do seu nariz longo e elegante, as pessoas comuns e ingênuas e seus tediosos ataques de mau humor.

Quando conheci Jane, pensei nela como a Rainha da Neve, a linda vaca da história de fadas que rouba crianças e faz com que esqueçam os amigos e a família. Achei que ela estava propositalmente me arrancando de Ana, mas é claro que ela não estava atrás de nada disso. Por fim, ela se tornou fascinante pra mim; nunca conheci nenhuma mulher como ela, tão urbana e tão conhecedora de coisas sobre as quais nunca tinha tido interesse: poder, dinheiro, beleza e relacionamentos entre homens e mulheres.

— Daria para se pensar que era o fim do mundo, em vez de um caso idiota — ela continua.

— As pessoas podem ser muito dramáticas — concordo.

— Agora, eles foram perdoados pelos cônjuges, e todo mundo está seguindo em frente. Apesar disso, prometi que faria o possível para minimizar o contato entre eles neste final de semana. Você pode me ajudar?

— Sem problema.

— É claro que tudo isso é irrelevante se você...

— O casamento vai acontecer, Janey. Não vou mudar de ideia.

— Mas Lily querida, pense no...

Já tive o bastante disso para uma manhã. Desligo e viro na Duval, onde o trânsito intenso dos pedestres me diminui o passo. Um casal de meia-idade caminha à minha frente. São turistas por um dia de um dos grandes navios de cruzeiro. Ele usa um chapéu cubano e traz uma câmera pendurada ao pescoço. Ela tem um desses cortes de cabelo absurdos do meio-oeste. Percebo que estão brigados. Andam lado a lado, mas com quinze centímetros de distância entre eles, como os militares. Sem conversar, sem se tocar, sem se olhar. Deveriam estar aproveitando a companhia um do outro. Estão em férias, pelo amor de Deus!

Aposto que Mitzy e seu marido, no começo, faziam um sexo violento e intenso de manhã. Aposto que Donald não conseguia se bastar com sua mulher nos primeiros anos. Esses dois à minha frente? Provavelmente eram como coelhos durante aqueles impetuosos primeiros dias em Milwaukee, ou seja lá onde for. Então, o que acontece? O tempo passa. O tédio aumenta. As pressões e rotinas da vida cotidiana esmagam o romance. E numa noite, depois de algumas taças a mais de Chardonnay em alguma festa elegante, Mitzy olha para Donald do outro lado da sala, ele olha de volta, e acende uma faísca.

Ou talvez seja ainda pior; não uma tentação física, mas a soma lenta e incessante de grosserias, desentendimentos, incômodos e acomodações, até que você se vê caminhando por uma rua no paraíso, ao lado de um estranho que você meio que detesta. Amor, acabado. Afeto, acabado. O que quer que, antes de mais nada, os tenha juntado, acabado.

Jesus. Mate-me agora.

Encontro o restaurante e paro no banheiro para me dar uma arrumada. Tomo um drinque rápido no bar para acalmar os nervos. De onde estou, posso ver Will sentado no deque com um careca de aspecto simpático e uma mulher de cabelo escuro e calça capri cor-de-rosa. Will diz alguma coisa, e sua mãe sorri abertamente. Vó não foi a única a me prevenir contra ela. Alguns colegas do meu escritório litigaram contra Anita Field em casos de colarinho-branco. Eles me disseram pra tomar cuidado com esse sorriso. É sua maneira de expor as presas.

Tomo mais um drinque e me dirijo para lá.

Quando já atravessei metade do deque, grito:

– Ei, vocês! – Os homens se levantam. A ponta da minha sandália se enrosca numa ripa e tropeço para a frente. Will me segura. Sorri e me leva até a minha cadeira.

– Relaxe, gata – sussurra.

Nós nos apresentamos. O pai de Will, Harry, parece um cara simpático, fácil. A mãe é mais tensa, mas agradável. Dificilmente uma... o que era mesmo? Uma matadora? Essa era exatamente vó falando, investida em advogada de defesa, com sua desconfiança automática de promotores.

– Peço desculpas pelo atraso – digo. – A organizadora do nosso casamento me fez correr por toda a cidade.

A mãe de Will ri.

– Me lembro disso muito bem – diz. – Harry e eu tivemos um casamento muito menor do que o de vocês, apenas uns cinquenta convidados, mas o planejamento não tinha fim! E sobra tudo pra mulher, certo, Lily? – Ela se concentra em mim com seus olhos azuis.

É uma fofa! Começo a relaxar.

– Tem razão, sra. Field – digo. – É muito injusto.

– Por favor – ela diz. – Me chame de Anita.

Sorrio.

– Está bem, Anita.

Ela me sorri de volta.

– Anita – repito. – A. Ni. Taa. Aaaaaniiiitaaaa.

Ela parece confusa.

– Anita Bobita. – Inclino a cabeça. – Super Biiiita.

Por que estou fazendo isto?

– Lily? – Will diz baixinho.

Parece que não consigo parar.

– Anita. – Vou fundo. – *É isso aí.*

Will me olha fixo. Dou a ele um sorriso tranquilizador.

Nossa garçonete chega. Anita pede salmão, Harry, atum, Will, garoupa.

– Uísque com gelo – digo na minha vez.

– E como prato? – a garçonete pergunta.

Sorrio para ela.

– Este é o meu prato, meu bem.

Will pega na minha mão.

– Você deveria pedir alguma coisa. – Vira-se para os pais. – Lily trabalha tanto que às vezes se esquece de comer!

– Vou comer um filé – digo para a garçonete. – Malpassado.

– Um filé! – Harry dá uma risadinha. – É assim que a gente sabe que você é nativa da Flórida.

Sorrio para ele.

– Tive peixe suficiente na minha primeira década para durar a vida toda, Harry. Estou até as tampas de Ômega-3.

Anita me olha atentamente.

– Ômega-3 – observa. Excelente para a energia do cérebro.

– Coisa de que eu preciso, pra me manter à altura do seu filho brilhante – digo a ela.

Passamos mais um tempo numa conversa mole. A garçonete volta com nossos drinques. Ajudo-a, tirando o meu diretamente da bandeja.

– A equipe de garçonetes daqui é maravilhosa – observa Harry depois que ela se retira novamente.

Dou um tapinha brincalhão no braço dele.

– Bendito seja, Harry. Ela é um traveco!

Ele fica paralisado por um instante, depois dá uma risadinha.

– Acho que me esqueci de onde estamos.

– Você fica corado exatamente como o seu filho! – exclamo. – Sabia que hoje de manhã, quando ele estava...

– Antes de você chegar – Will diz rapidamente –, eu estava contando pros meus pais como a gente se conheceu.

– No banheiro – digo.

– No bar – ele diz.

– No banheiro do bar – digo.

Will tenta pegar minha mão, mas derruba um copo de água. Ou talvez tenha sido eu. Seja como for, enxugamos com nossos guardanapos. Sua mãe está calada, me analisando.

— Como eu disse, Lily trabalha muito – Will diz. – Mal consegue dormir em casa. Acho que ela precisa mesmo desta semana de folga, antes do casamento – ele me olha com um sorriso fixo –, para desacelerar, relaxar.

— Eu me lembro dessa época – diz Anita depois de longa pausa. – Antes de entrar para a Procuradoria dos Estados Unidos, passei onze anos em um dos maiores escritórios de Chicago. Que vida! – Ela dispara a contar uma história, mas não consigo me concentrar. Estou distraída demais com a perfeição do seu cabelo. A brisa está forte aqui, mas não tem uma mecha fora de lugar. É um cabelo de super-herói. Aposto que poderia rechaçar balas.

Começo a rir. Ela para de falar.

— Desculpe-me – digo. – O quê?

— Imagino que hoje em dia deva ser ainda pior – ela conclui, com certa seriedade.

— São muitas horas – concordo –, mas adoro o trabalho.

Ela parece surpresa.

— É raro ouvir alguém na nossa profissão dizer isto. A maioria dos advogados jovens...

— Lily. – Harry inclina-se para a frente. – Acho que seu nariz está sangrando.

Sinto meu lábio. Ele tem razão.

— Sinto muito! -- digo, levantando-me. – Isto acontece, às vezes. Tenho um septo nervoso.

Anita franze o cenho.

— Um o quê?

Peço licença e me limpo no banheiro. Na volta, paro no bar.

— Um triplo *pink squirrel*, Lloyd.

A bartender levanta os olhos do seu celular.

— O quê?

— Ou um bourbon – digo. – Puro.

Ela desce um copo da prateleira.

— Futuros sogros – conto para ela, apontando o polegar em direção ao deque.

Ela serve uma dose poderosa e a empurra em minha direção.

— Por conta da casa, docinho.

Volto para a mesa e me sento, um pouco dura demais. Anita limpa a garganta:

— Will me contou que você cursou a Faculdade de Direito de Harvard. Alguns dos meus melhores promotores são de Harvard. — Ela diz mais alguma coisa, mas não entendo porque estou totalmente hipnotizada pela maneira como seu queixo não se mexe, quando ela fala.

— Lily é um gênio – diz Will.

Dispenso o cumprimento com um aceno de mão.

— Entrar em Harvard foi fácil; só tive que chupar o chefe do Departamento de Admissões.

Anita me encara.

— O que foi que você disse?

— Ela está brincando – diz Will, cobrindo o rosto com as mãos.

— Estou! Brincando! – digo. – Sinto muito. Total brincadeira. Isto não aconteceu absolutamente.

As unhas de Anita tamborilam na mesa lentamente. São de um vermelho profundo, sanguíneo. Estou completamente hipnotizada por elas.

— Estamos ansiosos para jantar com a sua família na quinta-feira à noite – ela diz. Essa aí é incansável com os tópicos coloquiais. Parece um longo trem a vapor de tópicos entediantes para uma conversa. Mas agora ela está me dando este sorrisinho desagradável. – Com certeza você tem um número incomum de genitores. Ontem, quando abri o jornal, não tinha certeza se estava lendo a notícia do seu casamento, ou uma crítica de algum reality de televisão.

— Uau – digo.

— Mamãe – Will suspira.

Não vou deixá-la me perturbar. Não senhor. Vou manter minha dignidade e compostura.

— O anúncio saiu? – pergunto. – Como ficou?

Por algum motivo, adotei o sotaque britânico do meu pai.

— Muito simpático – Harry diz.

– Excelente – digo com entusiasmo. – Excelente, excelente!
– Mas o nome do Will ficou errado – ele acrescenta.
– Ichi! Como?
Will dá um pulinho em sua cadeira.
– Não é tão...
– Seu primeiro nome não é William – Harry me conta –, é Wilberforce.
– Não, não é – digo automaticamente.
– É sim – diz Anita.
Encaro Will.
– Nunca disse que meu nome era William – ele enfatiza.
– Wilberforce? – Caio na risada. – O bom e velho Wilberforce!
– Wilberforce era o nome do meu pai – diz Anita.
Aceno com a cabeça solenemente.
– Do meu também.
Anita levanta-se abruptamente e sai.
Will inclina-se para mim:
– Lily? Acho que você deveria voltar pro hotel.
– Por quê? Estou bem.
– Você não está bem – ele diz. – Não está nem perto de estar bem.
– Só preciso comer alguma coisa. Veja! Aí vem a comida.
Will, Harry e eu nos servimos, e o clima na mesa relaxa. Anita não volta.
– Espero que sua mãe não tenha ficado presa no banheiro – digo. – As privadas neste restaurante são extra... extraor... Quero dizer, elas são realmente...
– Esqueça as privadas – Will murmura. – Não precisamos falar das privadas.
– Então, Lily, há quanto tempo você vive em Nova York? – Harry pergunta.
– Tecnicamente, desde a minha adolescência, quando fui pro Norte morar com papai e minha madrasta, Jane. Mas eles me mandaram pro internato quase que na mesma hora. Eu só passava as férias e os feriados na cidade, até me mudar pra lá depois da Faculdade de Direito.

— E você está satisfeita com a cidade tanto quanto Will?
— Adoro Nova York. É o lugar mais incrível do mundo.
Ele sorri.
— E o que você acha do Upper East Side?
— Detesto. É o bueiro do universo.
Harry parece confuso.
— Então, por que você mora lá?
— Não moro. Moro no *downtown* com o Will.
Harry parece chocado. Olho para Will, cujo rosto ficou vermelho.
— Ah, espere! — Dou um tapa na minha testa. — Uau. Moro sim. Na verdade, moro no Upper East Side. A gente... a gente chama aquilo de *downtown*. Tem a ver com o jargão imobiliário. Tudo que fica abaixo da Noventa e Seis é *downtown*. Valores das propriedades. É meio que... louco.

Harry levanta-se.
— Tenho que ver como está a sua mãe. — Sai.
Como outro pedaço do filé. Está muito bom! Eu deveria comer comida com mais frequência.

Will joga seu guardanapo na mesa.
— Foi tudo bem.
— Você acha?
— Porra, não! — ele grita.

Fico tão surpresa que deixo cair meu garfo. Will quase nunca diz palavrão.
— Will, eu...

Ele está olhando para mim, horrorizado.
— O que passou pela sua cabeça, Lily? Você estava tentando estragar tudo?
— Claro que não!
— Foi um *desastre*. Nem mesmo sei o que dizer. — Está furioso. Nunca falou comigo desse jeito. E tem razão. Claro que tem razão. Agora percebo isto.
— Sinto muito. — Toco no seu braço, mas ele não reage. Olha no vazio.
— Eu queria causar uma boa impressão — digo. — Falo demais, quando estou nervosa.

Will chama a garçonete e pede um drinque. Passa as mãos pelo cabelo.

– O que eles devem estar pensando? – lamenta.

Tento animá-lo.

– Quem se importa? Eles só são seus pais.

Ele sacode a cabeça.

– É mais complicado do que isso.

– É mesmo? Eles também são – faço uma pausa dramática – seu *irmão* e sua *irmã*?

– Puta que pariu, Lily! – ele grita. – Não tem graça!

– Sinto muito, sinto muito, sinto muito. – E sinto mesmo. Não pretendia que as coisas fossem por esse caminho. Saíram do controle. E agora, Will está deprimido. Sinto-me péssima.

– Minha relação com eles é... um desafio – ele diz. – Pra mim é importante que eles gostem de você, que eles te aprovem. Caso contrário... Deixe pra lá. É impossível explicar.

Ele parece tão deprimido! Pode ter sido realmente tão ruim?

– Diga a eles que normalmente não sou assim – sugiro. – Diga que é o estresse do casamento, ou do trabalho, qualquer coisa. Diga pra eles que está me deixando maluca. E que bebi demais com o estômago vazio. – Procuro sua mão. – Sinto muito, baby. Não vai acontecer de novo.

Will reflete sobre isto. Sua bebida chega.

– Estresse com o casamento – diz. – Pode funcionar.

Deixo que ele pondere. Adoraria pedir uma taça de vinho tinto para tomar com o filé, mas não peço.

Maturidade!

– Você podia ter me avisado que eles não sabiam que moramos juntos – digo.

Ele me olha, arrependido.

– Pretendia dizer a eles hoje de manhã, mas não tive chance.

– É tão grave assim? Não pensei que as pessoas continuassem dando importância a esse tipo de coisa.

– Um monte de pessoas dá – ele diz. – Inclusive meus pais. Nem todas as famílias são tão excêntricas quanto a sua.

— Imagino... Mas... Você tinha mesmo que dizer a eles que eu morava no Upper East Side? Isto é como uma facada, Will. — Bato no peito. — Direto no coração.

Will abre um meio sorriso.

— O que me deu na cabeça?

— Tudo bem. — Aliso sua mão. — Só significa que agora estamos empatados.

Ele enfia a cabeça nas mãos.

— Will? Eu estava brincando! — Bato no seu ombro. — Will? Will?

8

Os pais de Will não voltam para a mesa. Por fim, ele liga para o pai e descobre que os dois foram para o hotel. Convenço-o a alugar uma scooter, pra poder lhe mostrar a ilha. Ele dirige (é óbvio!), enquanto fazemos um tour por todos os meus lugares preferidos: a praia rochosa em Fort Taylor, as áreas calmas de Louisa e Royal, onde eu costumava andar de bicicleta; Bayview Park, onde mamãe jogava softball; o Bight, onde veleiros do mundo todo batiam delicadamente contra as docas curtidas pelo tempo; o estacionamento do fórum federal, onde um cliente descontente fez um trabalho de santeria contra vó, usando alguns ossos de galinha e um frasco de sangue de bode.

Descanso o rosto contra as costas aquecidas de sol de Will, enquanto vagamos pelas ruas. Posso senti-lo relaxando.

– Ali, à nossa direita, está o ponto extremo sul do continental Estados Unidos – digo a ele. – Dali são apenas cento e doze quilômetros até Cuba.

– Vale a pena ver? – ele pergunta.

– Se você gostar desse tipo de coisa. – Faço uma pausa. – O monumento parece um supositório gigante, vermelho e amarelo.

Ele dobra à direita.

– Não dá pra perder essa.

Paramos, tiramos algumas fotos um do outro, e pedimos para alguém tirar uma foto de nós dois juntos. Depois, voltamos em direção à cidade velha.

Tento guiá-lo até o cemitério, mas me atrapalho. – Vire aqui à esquerda.

– Não, acho que é à direita – ele diz.

Ele vira, e depois de um quarteirão, chegamos. Passeamos por lá um tempinho, lendo os epitáfios bizarros, admirando os trabalhos em pedra. Depois, voltamos de scooter pela Duval. Tem um bando de mulheres em frente à Margaritaville. A mais bêbada, e a que mais grita, usa um boá de penas e uma faixa rosa forte que berra *Noiva!*

Will me deixa no hotel e vai se encontrar com alguns amigos da faculdade que chegaram ontem à noite. Visto o maiô. A bartender da piscina me diz que Freddy está na praia. Peço dois a mais do que ela estiver tomando, e vou para lá.

Ela está encolhida em uma espreguiçadeira sob um guarda-sol, usando um chapéu desestruturado e enormes óculos escuros, enrolada num roupão branco do hotel.

Olho para ela.

– Espero que os enxertos de pele estejam cicatrizando bem.

– Está gelado aqui fora! – ela exclama. – O que há de errado com essas pessoas? – Ela acena de modo ressentido para os banhistas, os indolentes, as crianças brincando.

Desmorono na cadeira ao seu lado.

– Eles estão aproveitando a vida. Você deveria tentar isso.

Nossos drinques chegam em canecas fumegantes.

– Café irlandês – Freddy explica.

Dou um gole no meu e contemplo o horizonte.

– Noivas. Estão por toda parte. O que elas sabem que eu não sei?

– Tanta, tanta coisa – ela retruca. – Como foi a sua manhã?

Descrevo o que fiz quanto à organização do casamento, e as chamadas que tive que aguentar de Ana, vó e Jane.

– Depois, fui almoçar com os pais do Will.

– Como foi?

Hesito.

– Ho, ho. – Ela gesticula para um garçom que passa, pedindo nova rodada. – O que foi que você fez?

Conto tudo a ela. Os novos drinques chegam. Quando termino, ela diz:

– Não é preciso ser gênio pra perceber o que você está fazendo.

– Não? Então foi bom eu ter vindo até você.

– Pare por aí, mocinha! – Um dedo de censura emerge do seu casulo de toalha. – Favor se lembrar que sou, oficialmente, mais inteligente que você.

– Tanto faz, senhora.

– Tanto faz para o seu tanto faz – ela fala com menosprezo. – Ganhei de você naquele teste de QI online.

– Bom, ganhei de *você* naquela adivinhação online que mostra sua idade verdadeira.

Ela parece cética.

– Como foi que você ganhou de mim? Lá dizia que você tinha cinquenta e três anos.

Bato minha caneca na dela.

– Os mais velhos em primeiro lugar. Os mais velhos em primeiro lugar.

Freddy pega uma toalha de uma cadeira próxima e a enrola ao redor dos pés. Tira uma echarpe de bolinhas da sua sacola e envolve o pescoço com ela. Assopra as mãos. Recosta-se na cadeira.

– Então – ela diz. – Almoço. Você fez de propósito. Aposto que nem estava tão bêbada. O que você tomou, cinco ou seis drinques no espaço de algumas horas? Isso é nada. Isso é como se fosse o básico pra você.

Novos drinques chegam.

– Mas talvez eu tenha feito isso porque estava nervosa, não porque não quero me casar. E se estou nervosa, isso significa que amo ele de verdade. E se amo ele de verdade, isso significa que a gente deve se casar.

– Você quer mesmo a minha opinião? – Freddy pergunta.

– Eu vou gostar de ouvir?

– Não – ela diz.

– Então, não – digo.

– Você deveria cancelar o casamento.

– Nem pensar! A gente teve um sexo fantástico hoje de manhã.

– Ah, então se case com ele, não tem dúvida – ela diz alegremente. – Não dá pra querer que isso acabe.

Pedimos mais uma rodada. Sei que Freddy está esperando que eu pare de brincar e lhe diga honestamente o que estou pensando. Ela sempre faz isto, me cutuca numa direção ou noutra, nunca pressionando com muita força, sempre tentando me ajudar a me entender. E quero explicar para ela, quero mesmo. Como hoje de manhã eu estava totalmente convencida de que me casar com Will era a coisa certa a ser feita, e como essa convicção foi se desfazendo lentamente ao longo do dia.

Mas estou cansada de falar nisso. Estou cansada de pensar nisso. Tem muito tempo para isso, mais tarde.

– Cadê a Nicole? – pergunto.

Freddy revira os olhos.

– Flanando por aí. Ela é um saco, Lily. Por que você é amiga dela?

– Faculdade de Direito. Todas aquelas noites até tarde. Aquilo uniu a gente.

– Ela é muito chata. E diz muita merda a seu respeito.

– Normalmente, ela não é tão ruim – explico. – Ela detesta o trabalho dela, levou um fora do namorado, e seu apartamento tem percevejos.

Freddy fica horrorizada.

– Tinha – digo rapidamente. – *Tinha* percevejos.

– Sua puta! – ela exclama. – Como é que você não me contou?

– Como é que eu ia saber que vocês dividiriam um quarto? Isto não é um acampamento de escola!

– Estou dura! – Freddy geme. – E agora vou ter percevejos!

– O cara veio e desinfetou. O cara dos percevejos. Com o cachorro! Ela está totalmente curada.

– É melhor que esteja. Quer outro drinque?

– Você tem algum...? – Dou um tapinha no nariz.

Freddy junta as dobras do seu roupão e se esforça para ficar de pé.

– Venha comigo.

Ao passarmos pela recepção, o recepcionista me entrega um envelope. Subimos para o quarto de Freddy, e cheiro umas duas carreiras. Abro o envelope. Contém a lista de convidados, uma planilha vazia de lugares para sentar e um bilhete comprido e complicado de Mattie.

— Me ajude aqui — grito para Freddy, que está se vestindo. — É a disposição dos assentos para a recepção.

Ela sai do banheiro e examina a lista.

— Como é que você resolve onde colocar as pessoas?

— Não faço ideia. Só sei que os Gorton e os Heydriche precisam se sentar separados.

— Gorton? — ela diz. — Como os palitinhos de peixe?

— Infelizmente não. Acho que este aqui administra um fundo multimercado.

— Eu *adorava* isso quando era pequena — Freddy diz.

— Os fundos multimercados?

— Os palitinhos de peixe! "Confie no pescador da Gorton!" — ela canta.

— A gente podia servir isso na festa! — Pego o celular e teclo para Mattie:

— pf sonde possib svr palito pxe casment urgnt tx

— Gostaria de alguns agora mesmo — Freddy diz, divagando.

Ligo para o serviço de quarto e peço duas dúzias de palitos de peixe. Depois, conto a Freddy a história da paixão proibida de Donald e Mitzy.

— E você vai ter que deixá-los separados? — ela pergunta. — Isso é besteira.

— Você acha?

— Porra, acho sim! — ela exclama. — Quem é você pra se meter no meio deles? Quem diabos é você? — Ela vem pra cima de mim. — Pense no coração de Donald, Lily. Você acha que ele não bate como o seu? Porque bate. Sinta. Sinta o seu coração.

— Eu não preciso...

— Levante a mão e sinta ele agora mesmo.

— Eu realmente...

— *Sinta*, puta que pariu!

Às vezes, Freddy fica assim quando cheira.

Coloco a mão sobre o coração.

— Não somos deusas, Lilian. Não podemos interferir no curso do amor verdadeiro. Você acha que o Donald está morto por dentro? Acha que ele não sente uma leve vibração quando as primeiras brisas da primavera sopram pelas janelas da sua cobertura? Fazendo seu cabelo ralo dançar? Folheando suas pilhas de dinheiro? Você sabe o que Thoreau disse a respeito disso.

Penso nisso por um tempinho.

— "Beba a bebida, saboreie a fruta"?

— Não.

— Ele disse sim. Vi isso num cartaz da Starbucks.

— "Na primavera" — Freddy recita —, "a fantasia de um jovem delicadamente se volta para pensamentos de amor."

— Usando Thoreau pra vender merda. — Sacudo a cabeça. — É como, saudações, capitalismo. De quem você vai se apropriar agora, Karl Marx?

Freddy começa a pular em cima do sofá.

— "Olhamos um para o outro num divagar selvagem! Silêncio num pico em Darien!" — Ela dá um salto, caindo no chão com um baque.

— Ei, trabalhadores do mundo! Larguem suas correntes e peguem nossa nova Muçarela Salgada Burrata Caramelo Açaí.

— Amor *über alles*! — Freddy grita, pegando a planilha dos lugares. Põe Mitzy e Donald em uma mesa, seus cônjuges em outra, bem longe.

— Quatro resolvidos, duzentos e dezoito pra resolver — digo.

— Vamos cheirar mais — Freddy diz.

Cheiramos.

— Vamos mudar os móveis de lugar — ela diz.

Só conseguimos mover o sofá e as mesas de canto. As camas estão presas. Tiramos os colchões das camas e fazemos um forte. Lá dentro, damos nova olhada na lista de convidados.

— Hora de se concentrar — digo.

Colocamos todos os advogados nas mesas próximas ao palco dos músicos. Colocamos a ex-condenada da vó com o juiz federal de quem fui assistente depois da Faculdade de Direito. Decidimos colocar todos os canhotos à direita dos destros.

— Como é que você sabe quem é qual? — Freddy pergunta.

Digito para Mattie:

– pf mande email gral pergtdo lateralidade de tds cnvidads obg
só c vive uma vez grçs deus é sexta-feira

– Vou dar uma bomba na piscina – Freddy avisa.
– Do terraço?
– De onde mais?
– Você vai morrer.
– Não vou.
– Vai.
– Sou mignon – ela diz.
– Sua morte vai ser pequena e absoluta – digo.
Recebo um texto de Mattie:

– acho que você me mandou dois textos destinados a outra pessoa.

– eles eram destinados, minha querida, à posteridade.

– o quê?

Alguém bate à porta.
– Palitos de peixe! – nós gritamos e irrompemos para fora do forte de travesseiros.
– Te dou mil dólares se você seduzir o garçom de serviço de quarto – digo a Freddy.
– Feito! – Ela tira o vestido e escancara a porta.
Nicole está ali parada.
– Esqueci minha chave – ela diz. – Por que você está de calcinha e sutiã?
– Aquecimento global – Freddy diz.
Nicole olha o quarto.
– O que aconteceu com os móveis?
– Ataque aéreo – digo.
Ela revira os olhos, acha suas chaves e sai.
Freddy e eu nos debruçamos novamente sobre o diagrama dos assentos. Colocamos todos os carecas juntos. Todas as ruivas comprovadas.

Todas as crianças pequenas em uma mesa com a mãe de Will. Por fim, ficamos entediadas e colocamos o restante dos nomes ao acaso.

— Acabamos! — Largo a caneta.

— Adoro preparativos de casamento — Freddy diz. — Vamos tomar um pouco de ecstasy *e* começar seus cartões de agradecimento.

Tentador! Em vez disso, volto para meu quarto e mergulho na cama. Pego o fichário para a preparação de Hoffman. Na verdade, não vou trabalhar. Com certeza existe uma regra ética contra trabalhar quando se está chapada. Se bem que o Sherlock Holmes não estava todo cheirado quando resolvia seus casos? Talvez eu possa destrinchar esta coisa! Abro o fichário e leio novamente a queixa.

Nix. No que diz respeito às reivindicações ambientais, os demandantes se saíram muito bem. Os empregados da EnerGreen maquiaram os registros de manutenção na plataforma de petróleo nos meses que precederam a explosão. Acumularam dezenas de violações de segurança, e preferiram pagar as multas a corrigir os problemas. Quando a plataforma explodiu, mentiram para as autoridades federais em relação à quantidade de óleo que estava jorrando no Golfo. Merecem ser eletrocutados pelo que fizeram, e eu realmente desejo que eles se danem e façam um acordo.

Ligo para o número de Lyle. Ele atende:

— O quê?

— Tenho uma pergunta. — Recosto-me na cabeceira com o fichário no colo. — O que está impedindo os demandantes de entregar os e-mails de Hoffman pro Departamento de Justiça imediatamente?

— Eles não podem apresentá-los sem violar uma ordem da justiça. O termo de confidencialidade diz que os demandantes não podem mostrar nossos documentos pra ninguém que não participe da ação.

Agora eu me lembro.

— A não ser que esse documento seja usado como depoimento ou no tribunal.

— Certo. Se os demandantes apresentarem corretamente os e-mails no depoimento de Hoffman, eles efetivamente entram em domínio público. Os demandantes podem, então, apresentá-los à corte, para a mídia, para o Departamento de Justiça.

— Como é que Philip vai impedi-los?

— Sendo Philip — Lyle responde, impaciente. — Daniel Kostova, o advogado que representa os demandantes, é bom, mas Philip é melhor. Ele vai encher a evidência de objeções. Vai garantir que o testemunho de Hoffman seja evasivo e confuso, ou que repudie os e-mails com tanta clareza que, se os demandantes tentarem publicá-los, acabarão parecendo canalhas ambíguos. E fará isto com a maior cortesia, seguindo completamente as regras, de modo que os demandantes não possam alegar injustiça.

— Mas...

— Por que você está desperdiçando o meu tempo? — Lyle pergunta. — Quer saber o que o Philip vai fazer? Pergunte pra ele você mesma. Pelo que ouvi sábado à noite, você conhece ele muito melhor do que eu.

Não digo nada.

— Fui até a sala dele pra discutir o sumário em que eu estava trabalhando — Lily continua. — Vocês não estavam exatamente sendo discretos lá dentro.

Levo um minuto pensando a respeito. Comecei a transar com Philip há alguns meses, quando viajamos juntos para outro caso. Só aconteceu algumas vezes. É divertido, excitante e inconsequente, exatamente como gosto. Preferiria que as pessoas no trabalho não soubessem disso? Claro. Portanto, isto é lamentável, mas não um desastre. Lyle é meu associado sênior, pode tornar minha vida miserável, mas ele já faz isso. Pode fofocar, mas e daí? Não quebrei nenhuma regra. Deus sabe que não recebo nenhum tratamento preferencial por parte do Philip; veja só como estou passando a semana anterior ao meu casamento.

Isto é problema meu, não do Lyle. E a melhor maneira de lidar com alguém que não sabe que aquilo não é da sua conta é deixar rolar. Então, deixo.

— Ainda não entendo por que não fazemos um acordo — digo. — A EnerGreen não sabe como isto cheira mal?

— Urs fica pressionando seus superiores a fazerem acordo, mas eles não ouvem. Têm muita fé no Philip.

— Posso fazer mais uma pergunta?

— Não — diz Lyle, e desliga.

9

Passo um pouco mais de tempo dando uma olhada no meu fichário e acabo cochilando. Acordo com a chegada de Will. Ele se estica ao meu lado na cama e começa a me contar sobre os amigos com quem se encontrou. Levanto um pouquinho a saia. Os nomes deles são Jason e Thomas. Eram seus colegas de quarto no primeiro ano da faculdade. Desabotoo o primeiro botão da minha blusa. Ele dispara em uma história sobre uma escavação arqueológica em Creta, certo verão. Estou prestes a abandonar os gestos supersutis, e simplesmente pular em cima dele, quando ele diz:

— Também conversei com o meu pai.

Eu me sento.

— Você viu ele?

— Ele telefonou – ele diz. – Mamãe está muito nervosa. Tentei explicar toda a pressão em que você se encontra, e papai pareceu entender. Vai tentar trazê-la.

— Ótimo!

Ele sorri para mim.

— Quer dar uma saída? Só nós dois?

Chegamos à praça Mallory a tempo do show de aberrações. Vemos um homem atravessar uma corda jogando facas, uma mulher com uma ninhada de gatinhos fazendo truques, um artista na arte de escapar, um bando todo de pessoas pintadas com spray e imóveis como estátuas, videntes, gaitistas de fole, percussionistas, dançarinos, acrobatas. Essa cena era muito pior quando eu era criança: sem-teto, pedintes, traficantes de drogas vagando na periferia da multidão. A versão moderna foi higienizada por causa dos cruzeiros de navio. Mas Will está se divertindo.

Achamos um lugar para comer assim que saímos da Duval. Uma garçonete nos leva para um reservado e começa a nos falar sobre as especialidades. É linda, alta e curvilínea, com tranças louras recolhidas no alto da cabeça. E está *bem* atraída pelo meu noivo. Dá umas olhadas nele, enquanto fala. Ele analisa o menu, distraído.

– Que sorrisinho especial você acaba de receber! – conto a ele depois que ela se vai.

Ele levanta os olhos:

– É mesmo?

– É. – Faço uma pausa. – Ela deve ter te notado dando uma geral nela, quando a gente entrou.

– Eu não dei uma geral nela! – ele exclama, corando intensamente.

– Não sou cega, Wilberforce. E, pelo visto, nem você.

– Não sei do que você está falando – ele insiste. – E, por favor, não me chame assim.

– Admita.

– Não. – Mas está abrindo um sorriso.

– Mentiroso! – exclamo. – Admita!

Ele hesita:

– Talvez um pouco.

– Aha!

– Ela me lembra uma estátua famosa – ele diz. – A Atena Partenos.

Estico o pescoço para olhar para ela.

– Ela também tem uma bunda bem bonita.

Ele concorda:

– Isso também.

Pegamos nossos menus novamente.

Especulo se Will está atravessando uma espécie de novo despertar sexual. Primeiro houve a história na cama hoje de manhã, e agora ele está devorando a garçonete com os olhos, justo na minha frente? Talvez esteja, finalmente, explorando o lado viril que vislumbrei quando a gente se conheceu; libertando-se de todas aquelas ideias sobre sexo, esclarecidas, igualitárias, que fazem com que dormir com homens educados e sensíveis como ele seja tão chato, a maior parte das vezes.

Deus, não seria o máximo?

Ele levanta os olhos do menu:

— Lily?

— Hã?

— Com quantos caras você já transou?

— Três — respondo.

— Ah, ah, ah — ele diz. — Fala sério.

Basta de novo despertar sexual. Eu realmente detesto essa pergunta. Acho reducionista e preconceituosa. Também não tenho ideia de qual seria a resposta.

Largo o menu e pego sua mão por sobre a mesa.

— Não vamos falar disso. Quem éramos antes da gente se conhecer, o que fizemos, que importância tem?

— Acho que a gente deveria falar sobre isso — ele diz, retirando a mão. Coloca seu menu sobre o meu, e ajusta um com o outro, alinhando-os com a beirada da mesa. — Não sobre isso, necessariamente, foi só uma pergunta que me ocorreu. Mas existe uma sensação de que a gente não se conhece tão bem. — Ele olha para mim. — Quero dizer, conheço você, mas existem coisas *sobre* você que eu não sei. E coisas sobre mim que você não sabe. Passados, experiências. Faz quanto tempo que a gente se conhece? Seis meses? Muita gente diria que estamos muito apressados.

— Mas Will, foi você quem *me* pediu em casamento.

— Com certeza — ele diz rapidamente. — Porque eu quis. E você também me queria. E foi exatamente como deveria ser. Mas, às vezes, eu acho...

A garçonete volta e anota nossos pedidos. Recolhe nossos menus e sai. Will começa a revirar o porta-guardanapo.

— Você está mudando de ideia? — pergunto a ele. Meu coração golpeia uma vez, com força.

— Não! — Ele pega minhas mãos por sobre a mesa. — Estou perguntando porque *não* estou mudando de ideia. Como eu disse, conheço você.

Mas quero preencher os vazios. – Ele sorri. – Afinal de contas, sou um cientista, preciso de dados. Não sei nada sobre a sua infância, por exemplo. Você deve ter sido exposta a um montão de maluquices, crescendo por aqui. Drogas, sexo, e tudo isso?

– Não sei – digo lentamente. Estou tentando entender onde estou pisando. O que ele pretende? Será que fiz alguma coisa esta manhã que o deixou desconfiado? Meu comportamento no almoço o teria deixado com medo de que outras surpresas poderiam estar reservadas? – Acho que nunca me dei conta disso como maluquice. Era só... o que os adultos faziam. Pessoas nuas correndo por aí, esquisitões drogados, homens vestidos de mulher, pessoas fazendo sexo ao ar livre. Estávamos sempre tropeçando em gente fazendo isso na praia, ou no parque.

Teddy e eu adorávamos chegar devagarzinho e roubar suas roupas. Uma vez, fomos perseguidos pela rua por um cara que...

– Estávamos? – Will pergunta.

– Eu e minhas... minhas amigas. Mas, como eu disse, isso na verdade não me afetou. Minha vida era escola, lição de casa, e, você sabe, coisas típicas de criança. Pode não parecer, mas Key West é de fato uma cidade pequena. Nossa família é uma das antigas, e todo mundo conhecia a gente. E depois tinha o trabalho da vó. Na verdade, o mais esquisito de crescer aqui era, provavelmente, encontrar seus clientes. Traficantes e bandidos vindo em casa, aparecendo a qualquer hora.

– Por que você foi embora?

– Era hora de eu ir – digo. – Conforme fui crescendo, todo mundo começou a ficar apreensivo com a influência deste lugar, principalmente em uma menina. E o sistema escolar é péssimo.

Tudo verdade. Absolutamente incompleta, mas verdade.

Nossa comida chega.

– Sua vez – digo. – Quero saber tudo da vida no subúrbio com Anita e Harry, os projetos científicos e pular anos de escola.

Ele sorri.

– Não foi exatamente assim, você sabe.

– Claro que não. – Rio. – Vamos lá, me dê os detalhes. Eu dou conta.

— Tudo bem. Ele respira fundo. — Tudo bem. É só que eu...

E ele me dá uma olhada estranha. Tem alguma coisa nos seus olhos que não consigo ler. Indecisão? Medo? Alguma outra coisa?

— Will?

Ele não diz nada.

— Will... Aconteceu alguma coisa ruim com você?

— Não! Não, de jeito nenhum. — Ele ri. Depois me conta tudo sobre o inferno suburbano onde cresceu.

— Eu era muito tímido — ele diz. — Doentiamente tímido. E esquisito. Até tinha uma gagueira.

— Isso é tão fofo!

— Você não acharia isso — ele replica. — A biblioteca era meu único refúgio. Eu adorava ler, adorava estudar. Era fascinado por arqueologia e línguas clássicas, e passava a maior parte do tempo perdido na Antiguidade. Era muito mais divertido do que a escola.

Ele continua descrevendo a vida com o que parece ser a mãe tigre do inferno.

— Tudo que não fosse acadêmico era uma perda de tempo, segundo sua concepção — ele diz. — Em certo sentido, foi perfeito, de qualquer modo era essa a direção que eu estava tomando, e ela instilou muita ética profissional em mim. Mas qualquer outra coisa que eu quisesse ir atrás, hobbies, esportes, ou... meninas — ele me olha envergonhado —, eu tinha que manter escondida dela.

— Que saco!

— Eu não queria desapontá-la. Deveria ter sido mais honesto. Ainda sofro pra me comunicar com ela. — Ele faz uma pausa. — Talvez eu devesse ficar bêbado e me encontrar com eles amanhã, no café da manhã. Dar a eles um gostinho do meu eu verdadeiro.

Encolho-me.

— Sinto muitíssimo, Will.

Ele pega minha mão por sobre a mesa e a beija.

— Eu sei.

Depois do jantar, caminhamos pelas docas. Will para e examina um pedaço de terra com ervas daninhas, em frente a um bar. Está sempre fazendo algo assim, escavando a terra com o sapato, olhando distraidamente o lixo dos trilhos do metrô. Hábito profissional, imagino. Agora ele arranca algumas hastes compridas de mato, e as puxa, como se estivesse testando sua resistência.

– Você está sem fio dental? – provoco. – Pode pegar um pouco do meu emprestado.

Ele apenas sorri e as enfia no bolso.

Dividimos um sorvete de casquinha na volta ao hotel. A culpa está me atormentando. Ele me contou tanta coisa sobre sua infância! Será que eu não deveria contar a ele a verdade sobre o que aconteceu quando eu tinha catorze anos? O verdadeiro motivo de eu ter ido embora?

Mas é uma história antiga. Ele não pode me conhecer pelo meu passado. Como arqueólogo, ele poderia questionar essa afirmação. Mas é verdade. Will sabe o que foi importante. A maior parte, em todo caso. Ou saberá. Depois que nos casarmos.

Porque nós vamos nos casar.

Chega de nervosismo e indecisão. Simetria, coesão e continuidade. É isso que eu quero.

Tudo bem, menos a mentira. Mentir é ruim. Ainda assim, posso mudar. Estive num período de adaptação, e agora acabou. Chega de enganar, chega de mentir. Chega de me sentir mal por enganar e mentir. É um adeus a meu antigo eu. Tudo o que veio antes, até este exato momento? Ficou no passado.

E o passado não importa.

Subimos a entrada do hotel.

– O que vamos fazer agora? – Will pergunta.

Sorrio para ele.

– Você precisa mesmo perguntar?

Ele ri e segura a porta para eu passar.

– Esta manhã não bastou?

Aqui vamos nós, a ocasião perfeita para experimentar meu novo método! Entramos no lobby.

– Isto é, de fato, uma coisa que eu queria conversar com você.

Tem um homem sentado no sofá, um homem de terno. Não dá para eu ver seu rosto. Está meio virado, como se alguma coisa em outra parte da sala tivesse chamado sua atenção. Passa a mão na cabeça, distraído, a mão indo e vindo em seu cabelo curto.

Parece nervoso. Ele não costumava parecer nervoso.

Agora ele se vira em direção à porta, e me vê. Levanta-se. Meu estômago dá um pulo. Tenho um impulso avassalador de me virar e correr para o elevador, mas, de algum modo, resisto.

Estamos nos encarando. À espera.

– Oi – ele diz, finalmente.

E com essa sílaba, o feitiço é quebrado.

– Teddy! – Corro até ele, e praticamente pulo nos seus braços. Ele se enrijece, depois cede, seus braços me envolvendo com relutância. – O que está fazendo aqui?

– Eu...

– Will! – grito, virando-me para procurá-lo. Está parado bem do meu lado. – Aí está você. Will, este é o Teddy! Você estava perguntando sobre os meus amigos, Teddy foi meu amigo. Crescemos juntos. Meu melhor amigo no mundo todo. Teddy, este é o Will.

Eles trocam um aperto de mãos, ambos fazendo aquele cauteloso aceno de cabeça masculino.

– A gente vai se casar, Teddy!

Ele se vira de volta para mim.

– É, eu soube que você...

– Quer vir?

Will ri.

– Deixe o cara respirar, Lily.

Paro de falar. Teddy não diz nada. Como foi que o reconheci? Ele parece muito diferente. Eu costumava ser cinco ou seis centímetros mais alta do que ele. Agora, o alto é ele. Seu cabelo está mais escuro. E muito curto. Por que tão curto?

Ao mesmo tempo, ele não mudou nada. O mesmo rosto, as mesmas orelhas grandes, os mesmos olhos cinzentos que não revelam nada.

– Vamos tomar um drinque, pôr a conversa em dia – digo.

– Não posso, estou trabalhando.

Ele me olha fixo. Está tão calmo quanto parece? Continuo falando, desesperada para preencher o vazio.

– O que você faz?

– Trabalho para o Departamento de Polícia da Flórida – ele responde.

Caio na risada, mas sua expressão não muda.

– Está falando sério?

Ele tira sua carteira com a expressão de tolerância divertida, da qual me lembro muito bem. Tem um distintivo. Agente Especial do Departamento de Polícia da Flórida.

– E você vive aqui? – digo, examinando a carteira. – Está de volta?

– Há seis meses. Pare de remexer na minha carteira.

Pego um dos seus cartões de visitas e devolvo a carteira.

– Que tal estar em casa?

– Você sabe. É a nossa casa.

Olho o cartão, e depois olho para ele. Ainda está me observando.

– Estou cansado – Will diz, me desconcertando. Quase tinha me esquecido que ele estava ali. Para Teddy, ele acrescenta: – Foi ótimo conhecer você. – Me dá um beijo rápido no rosto, e vai para o elevador.

Teddy e eu nos sentamos. Ele está tão adulto, com ar tão profissional, de terno, pelo amor de Deus!

É impossível. A qualquer segundo agora, ele vai jogar fora o distintivo e a gravata horrorosa e dizer: "Te peguei!", e depois, vamos dar uma boa risada. Porque Teddy não pode ser um policial. Simplesmente não pode.

– O que você está fazendo aqui? – pergunto a ele. – Quero dizer, neste exato momento, no hotel.

– Vim encontrar alguém – ele diz.

– Uma garota? – pergunto, antes que possa me conter.

– Uma testemunha. Alguém que preciso entrevistar. – Olha ao redor, como se a testemunha pudesse estar à espreita em algum lugar do saguão.

— Não consigo acreditar que você seja policial.

Ele se volta para mim, o fantasma de um sorriso no rosto.

— Não consigo acreditar que você seja advogada.

— *Touché*. Como é que você sabe?

Ele dá de ombros.

— As notícias se espalham.

Falante como sempre. Mas o gelo está derretendo. Se é que o que existe entre nós seja gelo.

— É tão bom ver você! Como vai a vida? — Estendo o braço e toco seu joelho.

Ele puxa o joelho para longe.

— Não, Lily.

— O quê?

Ele se levanta.

— Isto foi um erro.

— O que foi um erro?

— Tenho que ir.

— E a sua testemunha?

— Não existe testemunha — ele diz. — Eu queria... Esqueça. A gente se vê.

— Teddy, espere!

Mas ele está indo embora, está passando pela porta. Foi-se.

Enfio a cabeça no bar do lobby, mas não vejo ninguém que eu conheça. Perambulo lá fora. A piscina está vazia, uma brisa provocando ondinhas na superfície. Caminho até a praia e me sento numa cadeira, olhando a água.

Quando subo para o quarto, Will está acabando de sair do chuveiro. Estico-me no sofá.

— Quer beber alguma coisa? — ele pergunta.

— Não, obrigada.

Ele abre uma cerveja.

— Então, o Teddy.

— Teddy.

– Vocês foram namorados?

– Não. – A porta para o terraço está aberta, e está frio aqui dentro. Puxo meu suéter mais para junto de mim.

– Não? – Will pergunta. – Pensei ter percebido... Sei lá. Alguma coisa.

Sorrio para ele.

– Ciúmes?

– Sem dúvida. Ele te conheceu quando você era toda cheia de espinhas e temperamental, e eu não.

– Eu era um verdadeiro tesouro naquela época. – Recosto a cabeça no braço do sofá, e olho a noite lá fora. – Mas não, éramos apenas amigos. Eu fui embora e perdemos o contato. Só isso.

TERÇA-FEIRA

10

Abro os olhos. Freddy está parada ao lado da cama.

— Você tem que me ajudar — ela sussurra.

— Tudo bem — sussurro de volta.

— Acordei hoje de manhã, e uma pinel estava como que crescendo pra cima de mim.

— Parece assustador.

— Parecia um hamster.

— Ah! — Eu me sento. — É só a Mattie.

— Ela jogou estas sacolas na minha cama — Freddy continua, segurando-as para me mostrar. — Depois disse que espera que eu tenha trazido minha própria pistola de cola.

Lá do fundo das cobertas, Will resmunga.

— Quero dizer, eu trouxe — Freddy diz —, mas quem se comporta assim, certo?

As sacolas contêm amêndoas confeitadas, flores falsas, saquinhos de gaze cor champanhe e um longo bilhete, em que eu dou uma lida.

— Ela quer que a gente monte as lembrancinhas do casamento.

— Oba, trabalho manual! — Freddy pula para a cama. — Vamos pedir serviço de quarto.

— Como é que você entrou aqui? — Will pergunta, grogue.

— Ontem à noite, eu saí com uma das recepcionistas. — Freddy tira da tomada o fio da minha lâmpada de cabeceira e enfia sua pistola de cola. — Digamos que sua gratidão não tem limites.

Durante o café da manhã, Freddy e eu enchemos saquinhos com amêndoas, enquanto Will lê o jornal.

— Ouça isto — ele diz. — Um homem foi preso na Southard Street, por entrar por uma janela, lutar com um proprietário, esvaziar o conteúdo de um aspirador de pó no chão e se masturbar em uma pilha de roupa lavada. O tempo todo completamente nu.

— Flórida. — Sorrio. — Lar doce lar.

Freddy aponta a pistola de cola para uma pilha de sargaços que está secando no parapeito da janela.

— Qual é a dessa folhagem agonizante?

— Will está juntando ela. Não quer me dizer o motivo.

Ela olha para ele.

— É segredo — ele diz.

Um celular toca.

— De quem é? — ela pergunta.

— É meu segundo celular — Will responde, silenciando-o.

— É? Pra sua outra família?

Ele ri.

— É do trabalho.

— Will tem uma vida dupla — conto a Freddy. — De dia, ele é um arqueólogo brilhante, gentil, mas quando o sol se põe, ele revela sua verdadeira identidade como...

— Espere, espere! Deixe-me adivinhar. — Freddy analisa-o. — Um assassino a sangue-frio da CIA.

— Um traficante de drogas de prestígio — digo.

— Um super-herói mutante — ela sugere.

— O papa Francisco!

— Ambos.

Will sorri, enquanto desliga o telefone.

— Vocês nem chegaram perto.

Freddy e eu terminamos as lembrancinhas, e ela vai para a piscina. Sento-me ao lado de Will no sofá.

— Oi — digo.

Ele dobra o jornal.

— Oi.

Eu me aconchego nele. Ele me pega. Começamos a nos beijar. Escorrego minhas mãos para dentro da sua camiseta, e subo pelas suas costas.

Ele se solta e checa meu celular.

– Olhe a hora.

Ichi, ele tem razão. Vou me atrasar para o meu ensaio.

A gente se levanta. Ele vai para o chuveiro, enquanto me visto.

– Acho que lá pelas duas eu já terminei – digo pela porta do banheiro. – Você me encontra aqui?

– Vou tentar, mas meu dia vai ser cheio. Almoço com os padrinhos, pegar os smokings, e hoje à noite, minha despedida de solteiro. Pode ser que eu não te veja. – Ele enfia a cabeça para fora. – Boa sorte com o trabalho.

Ele me beija e some. Faço um pouco de hora, mas só ouço água correndo. Acho que sem chance para uma repetição de ontem de manhã.

Desço e paro na recepção, ao lado de uma placa que diz Carros para Alugar Disponíveis.

– Preciso de alguma coisa esportiva – digo ao homem atrás do balcão.

– Eu também – ele diz.

– Você tem um Jaguar?

Ele tecla no seu computador.

– Tenho um XK. Conversível. – Tap tap tap. – Fica quatrocentos e dez dólares por dia.

– Perfeito! – Passo-lhe minha carteira de motorista. – Vá em frente e dê ele pra mim por esta semana.

– Número do quarto?

– Vou debitar no meu cartão corporativo. – Faço uma pausa. – Na verdade, você se incomodaria de colocar na fatura que é um Ford Focus?

Ele me olha por cima da tela.

– Que o Jaguar é um Ford Focus.

– É – digo.

– Mas você quer o Jaguar.

– Quero. Mas quero que você diga que é um Ford Focus.

– Seria caro pra um Ford Focus – ele observa.

— Talvez seja um turbo.

— Eles não vêm em modelo turbo – ele diz.

— Você vai ou não vai fazer isso pra mim?

Ele pensa por um segundo.

— Não.

— Paciência. – Passo a ele meu cartão corporativo. – Lyle vai ter que se virar.

Dirijo-me para o norte pela U.S. 1, em direção a Marathon Key. Estou passando por Sugarloaf, quando Mattie liga.

— As lembrancinhas de casamento estão te esperando na recepção – digo a ela.

— Ah, *maravilha*! Me senti péssima de te pedir pra fazer isso. Sei como você anda ocupada. Em dois dias, vi como é a sua vida... é tão...

— Caótica?

— Bom, é, mas mais...

— Sofrida?

— Ah, não sei se...

— Material para história?

— *Complicada* – ela diz. – Detesto te sobrecarregar com uma coisa menor como esta, mas eu não tinha um momento livre.

— Sem problema – digo. – A gente morreu de rir. Foi uma longa viagem no trem da alegria.

— Me desculpe, querida, o quê?

— Foi bom – digo. – Freddy e eu nos divertimos.

Ela continua falando sobre algumas outras coisas e depois desligamos. Abaixo a capota e aumento o volume do rádio. É mais um dia lindo. Maior azar ter que passá-lo entre quatro paredes.

Mas não é um azar *tão* grande. Ontem, disse a verdade para a mãe de Will, gosto do meu trabalho. Sou muito boa no que faço. Tenho um pensamento analítico, reajo rápido e tenho boa memória. Sou especialmente talentosa no preparo de testemunhas para depor. Tenho que ser; já fiz isso dezenas de vezes. Num escritório grande como o meu, os advogados juniores não têm acesso à coisa divertida, como aparecer em corte ou realmente pegar depoimentos. O preparo de testemunhas é praticamente o máximo de responsabilidade que nos dão. E por um bom motivo: ninguém se forma na Faculdade de Direito com alguma noção de como ser um advogado. Um recém-graduado em direito é como um panda recém-nascido: chorão e inútil. São precisos alguns anos de crescimento e experiência até que ele possa ser solto na selva sem ser comido. Escolhi meu escritório porque é um dos melhores no treinamento de advogados. E estou aprendendo muito.

Só gostaria que não fosse a serviço da EnerGreen. Algumas pessoas estão do lado dos anjos? Estou bem aqui, do lado do sujeito vermelho com o garfo grande. Nem sempre – nem todos os clientes do escritório são o demo, mas a EnerGreen é. Tenho que ficar lembrando a mim mesma que meu propósito imediato é essencialmente egoísta. Se eu não me tornar uma advogada decente, não sirvo para ninguém. Depois de alguns anos, posso deixar o lado tenebroso e usar minhas incríveis habilidades legais para fazer algo de útil.

Porque ser advogada é o máximo. É mentalmente fascinante, competitivo e divertido. O trabalho é, realmente, a única hora em que me sinto focada.

Isso não é verdade. Tem outra coisa que me concentra. Mas não sou paga por isso.

Isso não é verdade. Uma vez me pagaram.

Mal-entendido!

De qualquer modo, sou boa em preparar testemunhas porque sou boa em ler as pessoas. Este é um pequeno dom que herdei da vó. É o que fez dela uma advogada tão boa; intuição que permitiu que ela avaliasse clientes, se comunicasse com testemunhas e persuadisse juízes e júris. Assim como ela, sempre sei quando alguém está mentindo. Posso adivinhar as verdadeiras intenções e motivações de uma pessoa.

Então o que motiva Peter A. Hoffman, contador público certificado?

Medo.

Medo e donuts.

Ele está atacando um prato de donuts quando entro na sala de conferências do seu resort.

— Sirva-se – diz, com a boca cheia. – Também pedi café pra gente.

Sento-me em frente a ele. Pego meu fichário e um bloco de anotações e os coloco sobre a mesa. Tiro meu laptop da bolsa.

— Minha família está na piscina – ele me conta. – Quanto tempo isto vai levar?

Tiro a tampa da caneta.

— Quase a manhã toda.

— A manhã toda? – ele geme. – Por quê?

Largo a caneta e olho para ele por um momento. É um homem atarracado, cabelo rente e rareando, bochechas flácidas e pálidas. Está usando short cáqui e uma camisa havaiana polvilhada de açúcar.

— Sr. Hoffman. Pete. Seu empregador, cliente do meu escritório, EnerGreen Energy, é réu em uma ação. Uma ação de muitos bilhões de dólares. Você está ciente disto, certo?

— A EnerGreen não é meu empregador direto – ele diz. – Trabalho pra uma subsidiária.

— Tudo bem. Mas você sabe que existe um caso decorrente do colapso da plataforma de óleo Deepwater Discovery no Golfo do México, há dois anos. Sabe que os demandantes, residentes do litoral de Louisiana e do Mississippi, estão pedindo vinte bilhões de dólares de indenização da EnerGreen por danos ao meio ambiente, perda com o turismo, despesas médicas, perda de subsistência, certo?

— Claro – ele diz.

— Ótimo – digo. – Estamos agora no que é chamada a fase de instrução da ação, quando as partes reúnem informações uma da outra. Os demandantes estão procurando evidências que provem suas alegações, e nós, EnerGreen, estamos procurando evidências passíveis de serem usadas em nossa defesa. Os demandantes pediram uma porção de documentos à EnerGreen, alguns dos quais lhes foram dados. Agora, eles querem fazer perguntas às pessoas que eles acreditam que possam ter conhecimento dos assuntos em litígio.

— Certo – diz Peter. – Como uma entrevista.

— Pete – digo secamente. – Isto não é apenas uma entrevista. É, legalmente, testemunho compulsório. Você vai jurar perante um oficial da corte. Isto significa que, se não contar a verdade, estará cometendo perjúrio, e pode ir pra cadeia.

Finalmente, ele parece preocupado.

– O advogado dos demandantes vai te fazer perguntas. Ele não é Matt Lauer, não é Jon Stewart. É um interrogador treinado que vai espremer tudo o que puder de informação sua. Também vai tentar fazer com que você pareça um mau sujeito. Como um mentiroso e um canalha. Vai fazer com que você pareça uma peça fundamental no pior desastre ambiental que já atingiu o Golfo do México.

Ele empalideceu.

– Sou um contador. Não tenho nada a ver com o vazamento.

– Ele não se importa, Pete! Sua função é fazer com que você pareça mau. Durante o depoimento, o advogado dos demandantes pode te perguntar o que quiser. Não existe um juiz ali pra fazê-lo parar. O seu advogado de defesa pode fazer objeções, mas isso é uma formalidade legal, não interrompe as perguntas. A não ser que os demandantes perguntem algo confidencial, a comunicação entre você e o seu advogado, você tem que responder.

Exagero? Claro, mas está fazendo efeito. Sua testa está brilhando.

– Agora você, Pete, está numa situação particularmente desconfortável – continuo. – Os demandantes puseram as mãos em alguns dos seus e-mails. Sabe de quais estou falando?

Ele concorda com a cabeça lentamente, olhando fixo para mim como um gerbilo petrificado.

– Estou aqui pra ajudar você, Pete. Vou te guiar por tudo, passo a passo. Vou te ensinar como ouvir as perguntas, como refletir sobre elas, como responder. Se você prestar atenção e fizer exatamente o que eu disser, o depoimento vai correr muito bem.

Dou-lhe um amplo sorriso. Ele sorri de volta. Paro de sorrir.

– Mas só se você der duro. Se der um testemunho ruim? O caso vai pegar fogo, a EnerGreen perde e será tudo culpa sua. Vinte bilhões de dólares. Isso não é um troco, nem mesmo para a terceira maior companhia energética. Imagine colocar isso no seu currículo, Pete. Você quer que a EnerGreen perca?

— Não, senhora – ele sussurra. Agora, até as costas das suas mãozinhas roliças estão suando.

Sorrio novamente para ele.

– Ótimo. Vamos começar.

Inicio com a mecânica. A estenógrafa vai se sentar aqui, à sua direita. Fale lentamente e com clareza, para que ela tenha tempo de pegar tudo. A câmera estará aqui. Quando falar, olhe para a câmera, não para o advogado que estiver fazendo as perguntas. Ele estará à sua esquerda.

– Seu advogado estará sentado ao lado da estenógrafa – digo. – O nome dele é Philip Gardiner. Philip vai defender a EnerGreen durante o depoimento, na sexta-feira. Fará objeção a perguntas, e garantirá que você entenda o que está acontecendo. Vai estar ali pra te ajudar.

– Tudo bem – diz Pete.

– Se você não entender uma pergunta, diga isto. Peça que seja reformulada ou repetida. A última coisa que eu quero que você faça é adivinhar o que o advogado dos demandantes está tentando perguntar.

Ele pega mais um donut.

– Está bem.

Percorremos algumas perguntas e respostas práticas, começando com os preliminares: sua educação, seu histórico profissional, os deveres gerais dos contadores, seu trabalho na EnerGreen. No começo, ele está tenso e desconfortável, mas vai se descontraindo lentamente.

– Vou te contar um segredo, Pete. Existe uma regra simples pra se sair bem num depoimento. Aprenda-a e você vai se dar bem. Está pronto?

– Sim, senhora.

– A regra é a seguinte: ouça a pergunta e responda *apenas* a essa pergunta.

– São duas regras – ele diz.

– É uma regra com dois componentes.

– A senhora deveria chamar isso de duas regras – ele diz. – Assim fica mais fácil lembrar.

Ele tenta pegar mais um donut. Dou um tapa na sua mão. Ele dá um pulo na cadeira e me olha perplexo.

— Preciso que você se concentre aqui, Pete. Estou dizendo uma coisa importante. Pra responder à pergunta corretamente, você tem que entender a pergunta. Você não quer responder uma pergunta que não foi feita, quer?

— Não, senhora.

— Certo! – digo. – *Nunca* diga nada a mais do que lhe for perguntado.

— Posso pegar um donut agora?

— Não. Nós vamos fazer um exercício. Lembre-se da regra – digo. – Ouça a pergunta e responda apenas a essa pergunta.

— Sim, senhora. – Ele faz uma pausa. – O exercício é esse?

— Não, é este aqui. Você sabe que horas são, Pete?

Ele checa seu relógio.

— Dez e quarenta e cinco.

— Errado – digo.

— Me desculpe – ele diz. – São dez e quarenta e três.

— A resposta é "sei"! – grito. – A resposta à pergunta "Você sabe que horas são?" é "Sei"!

— E se eu não estiver usando um relógio? – ele sussurra.

Ponho a cabeça nas mãos.

— Vamos fazer um intervalo.

Pete sai desabalado da sala.

Teclo para Will:

– pegou seu smoking?

– acabei de pegar.

– põe pra eu ver mais tarde?

– dá azar!

– tudo bem. só a gravata-borboleta.

Will não responde. Quando Pete volta, tiro os e-mails do meu fichário e os coloco à sua frente.

— Você reconhece estes documentos, Pete?

Ele dá uma olhada rápida.
– Conheço estes e-mails. Fui eu quem escreveu.
– Você se lembra de tê-los mandado?
– Sim, senhora, me lembro.
– O senhor está me dizendo, sr. Hoffman, que tem uma lembrança clara e específica de ter mandado estes e-mails. O senhor se lembra – mergulho fundo nos seus olhinhos caídos – de estar sentado à sua mesa uma manhã, virar-se para o seu teclado coberto de migalhas, e digitar cada uma dessas palavras?
– Meu teclado não é...
– Sob *juramento* – continuo sem trégua –, sob pena de *perjúrio*, o senhor está testemunhando aqui, hoje, que reconhece os dois e-mails, palavra por palavra, que se recorda da data, da hora, do minuto, do *segundo* em que seu dedo indicador apertou o "enviar"?
Ele parece petrificado.
– Não?
– Tudo bem – digo. Então, você não se lembra especificamente de ter mandado estes e-mails?
Ele sorri abertamente.
– Claro que me lembro!
Por uma vez estou feliz por não ser eu quem vai defender este depoimento. Como uma segunda presença, tudo o que preciso fazer é ficar de olho na transcrição que estiver sendo feita, e entregar a Philip o documento ocasional. Ver como ele lida com este brutamontes vai ser, no mínimo, uma boa experiência.
– Vamos conversar sobre o que você realmente escreveu aqui, Pete. O que você quis dizer quando disse que iria dar a certos números "um bom trato"?
– Isto é um termo de contabilidade – ele me diz.
– "Um bom trato" é um termo de contabilidade?
– Dar um trato, maquiar os números. – Ele acena, minimizando o fato. – Uma terminologia padrão do contador público certificado.
– É também uma espécie de terminologia contábil padrão fraudulenta?

– Claro.

– O que isso significa?

– Você sabe que alguma coisa está um pouco estranha, um pouco suspeita, não exatamente correta.

Olho fixo para ele por um momento.

– Pete, na terminologia não contábil isto significa a mesma coisa.

– Ah, é. – Ele dá uma risadinha. – Certo.

Agarro minha caneta com força.

– Você precisa evitar o uso desse tipo de linguagem durante o seu depoimento. Os demandantes querem extratos de impacto, pequenas citações significativas que eles possam pôr num sumário, citar em seu argumento de abertura, ou espalhar pela internet para fazer a EnerGreen parecer nociva. Não faça a vontade deles. Se você se vir prestes a dar uma resposta que use as palavras "trato", "maquiar", "contabilidade criativa", "fraude", ou qualquer coisa que nós aqui, do *mundo* real, consideramos negativa, simplesmente... não diga, tudo bem?

Ele parece disciplinado.

– Vou tentar.

Insisto com ele, por um bom tempo, em relação aos e-mails. Finalmente, levo-o a um ponto onde ele pode testemunhar que o que escreveu era uma mistura de escrita vaga, conversa excêntrica de contador e ironia brincalhona. Que os outros contadores a quem ele estava enviando o e-mail entenderiam que não estava realmente sugerindo que cometessem fraude, mentissem para as autoridades, ou escondessem alguma coisa de alguém. Não é grande coisa, mas é o melhor que consigo fazer.

Fazemos mais um intervalo e checo meu celular. Tenho um novo e-mail:

> Oi querida tudo bem sei que você não quer ouvir, mas estamos preocupadas que você não tenha refletido sobre isto! a vó nunca te contou toda a história do seu marido (meu pai) mas talvez isso até ajude a entender por que estamos fazendo um carnaval disso. A vó teve uma infância pobre como você sabe a família passando

por tempos difíceis e os dentes dela eram péssimos porque eles não tinham dinheiro para tratamento dentário além do que naqueles dias as pessoas não tinham noção de fio dental como têm agora.

Este é o estilo característico da minha mãe. A mulher troca o óleo do seu próprio caminhão, pode consertar quase qualquer objeto mecânico, e tem um conhecimento enciclopédico sobre madeiras tropicais. Mas sua pontuação é como a de um poeta moderno.

ela foi pra Miami pra Faculdade de Direito conheceu um homem maravilhoso. Um dentista. A atração inicial se deveu a seus problemas com os dentes mas ela amava ele e se casou com ele muito rápido e acabou descobrindo que ele era um JOGADOR TERRÍVEL. Várias vezes eles tiveram que deixar onde estavam morando no meio da noite porque não tinham o dinheiro pro aluguel. Ela ficou grávida (de mim) e teve que largar a faculdade. E então uma noite ele não voltou pra casa e ela esperou e esperou certa que suas dívidas o tinham alcançado mas não.

Ele fugiu com sua ASSISTENTE!

Não é que eu esteja dizendo que é isto que o Will vai fazer (claro!!!), mas aquele casamento a afastou daquilo que ela queria fazer e é claro que ela se retomou mas foi DIFÍCIL. As pessoas tomam grandes decisões na vida sem pensar e isso faz diferença querida!

Amor,
Mamãe

Comecei a escrever uma resposta irritada, mas hesitei. A intenção de mamãe é boa. Ela sempre tem boa intenção. E eu gosto demais dela. Ela costumava brincar comigo durante horas, quando eu era pequena; ficava no chão com meus blocos de madeira, bonecas e dinossauros, construindo estruturas fantásticas, inventando mundos inteiros. Mas conforme fui crescendo, para ela ficou mais difícil lidar comigo. Convencer e argumentar não eram com ela. Eu podia ficar numa ladainha com ela, dar um nó na sua cabeça. Não havia meios de ela me disciplinar. Por sorte, vó estava lá para impedir que eu saísse completamente dos trilhos. Até que não conseguiu.

Por que estou pensando nisso agora? Saio dessa e digito uma resposta rápida.

– uau! que história maluca! não acredito que nunca soube disso.
a gente se fala logo. hoje estou ocupada com o trabalho.
obrigada mamãe. bjs

Jogo o celular na bolsa, quando Pete se arrasta de volta para a sala. É quase uma.

– Agora, Pete – digo, pelo que parece ser a milionésima vez –, os demandantes alegam que a EnerGreen cometeu fraude nas suas declarações financeiras, inflando os custos projetados do derramamento de óleo, para esconder perdas acumuladas por sua subsidiária que comercializa energia.

– É – ele diz com segurança.

Lanço-lhe um olhar duro.

– O que você quer dizer com "é"?

Repentinamente, ele parece superevasivo.

– Quero dizer – fala lentamente – que entendo que o que a senhora acabou de afirmar aí é o que os próprios demandantes também estão afirmando.

Cruzes, isto é de doer. Tiro mais alguns documentos do meu fichário e os espalho na mesa.

– Vamos falar sobre as declarações financeiras, Pete. Vou fingir que sou o advogado dos demandantes, tudo bem?

– Sim, senhora.

– Sr. Hoffman, o senhor reconhece este documento?

– Sim, senhora.

– Pode me dizer o que é?

– É o relatório anual de 2012 da EnerGreen Energy S/A para a Comissão de Títulos e Câmbio – ele diz.

– Poderia, por favor, virar na página quarenta e cinco?

— Sim, senhora.

— O senhor vê no alto da página, na Tabela 9, linha 14, que os danos projetados do derramamento de óleo da Deepwater Discovery foram estimados em 55 bilhões de dólares?

— Sim, senhora.

Finalmente, eu estouro:

— Chega desses malditos "sim, senhora"!

Ele parece intimidado.

— Tudo bem.

— Você está me irritando com esses "sim, senhora", Pete.

— Me desculpe.

— Gostaria de te mostrar outro documento – digo, estendendo-o para ele. – Este é o pedido de indenização que a EnerGreen Energy preencheu com a AIG, sua seguradora principal de acidentes. O senhor vê que na página quatro a EnerGreen projeta suas perdas totais com o derramamento como apenas 25 bilhões de dólares?

— Sim – Pete diz.

— Sr. Hoffman, como o senhor explica que enquanto a EnerGreen dizia à Comissão de Títulos e Câmbio e a seus acionistas que os prejuízos com o derramamento seriam acima de 50 bilhões, ela dizia a seus seguradores que as perdas só seriam de 25 bilhões?

Pete remexe-se na cadeira.

— Eu diria que, quando você está lidando com demonstrativos financeiros auditados, um processo extenso, um processo multifacetado, sempre há uma porção de peças cambiáveis, bolas no ar, se você prefere. Você tem vários centros de custos utilizando diferentes medidas e procedimentos para chegar aos resultados finais. Qualquer discrepância nesse sentido seria percebida no curso normal e corrigida no processo padrão de verificação e acerto.

— Isto não faz o menor sentido – digo a ele.

— Você está sendo você agora, ou os demandantes? – ele pergunta.

— Estou sendo eu – digo. – Qual é a verdade?

— Estávamos usando o derramamento para esconder perdas na nossa divisão de *trading* — ele diz.

Olho fixo para ele.

— Nossos *traders* entraram nesses *swaps* de longo prazo a termo, que fixaram o preço do gás natural nos níveis do final de 2011 — Pete continua. — Mas o preço despencou quando um novo campo foi descoberto lá fora, no Uzbequistão. Ficamos presos nesses contratos terríveis, que eles tentaram compensar entrando num grupo diferente de *swaps*, atrelados ao preço do titânio...

Eu não o estava acompanhando, mas não era preciso.

— Fraude — eu disse. — Você está falando em fraude.

Pete parece surpreso.

— Não sei se eu chamaria de fraude.

— Do que você chamaria?

Ele pensa um pouco.

— Você tem razão — diz. — É fraude.

Segue explicando, e tudo o que posso fazer é ficar olhando para ele de boca aberta. Ele é muito desligado. Acabou de me contar que seu empregador está cometendo fraude contábil, fraude com o seguro, e provavelmente uma dezena de outros tipos de fraude das quais nunca ouvi falar. EnerGreen, uma companhia responsável por um dos desastres ambientais mais horríveis da história, na verdade viu o desastre como uma oportunidade propícia para esconder seus erros, uma maneira acessível para mentir, enganar e roubar, de modo a continuar podendo ganhar dinheiro.

E o que Pete está fazendo? Está sentado aqui, sereno como nunca, olhando o último donut.

— Qual o tamanho do prejuízo? — pergunto.

— Acima de quinze bilhões.

Meu queixo cai.

— Quinze *bilhões* de dólares? Isto é o suficiente pra acabar com a companhia.

— Sem dúvida. Se a verdade transpirasse? Não haveria mais crédito. Não teríamos caixa suficiente para arcar com as operações diárias. Seria o clássico cenário de corrida ao banco.

Ele faz uma pausa, olhando para o donut, depois para mim. Concordo com um gesto de cabeça. Ele se serve.

– É por isso que temos que esconder as perdas – ele continua, a boca cheia. – O que eu disse naquele e-mail é verdade. O derramamento foi uma maldita bênção de Deus, acontecendo quando aconteceu.

Uma maldita bênção de Deus. Pego meu celular e teclo para Philip:

– grdes problemas na prep do depoimento. Pde me ligar p. fvor?

Depois, teclo para Lyle:

– Hoffman = pesadelo. temos q adiar depmento

– Terminamos, Pete.
– Terminamos?
– Acho que posso garantir que seu depoimento não vai acontecer tão cedo. Meu chefe vai ligar pro advogado do patrão do patrão do seu patrão, e então alguém vai preencher um cheque alto, e vamos todos dizer adeus.

Lyle escreve de volta:

– Me lig. Os demandantes tbém qrem os regstrs da cntrtação dle.

– ñ dá pra ter dpmento, lyle!

– Fça o q estou mndndo.

Inacreditável.

– Então, tem uma última coisa – digo a Pete. – Na hipótese altamente improvável de que este depoimento aconteça alguma hora num futuro muito distante, os demandantes querem que a gente mostre seus registros de contratação. É uma formalidade, mas temos que fazer isto ou eles vão gritar e berrar, e acusar a gente de violar as regras. Você disse alguma coisa sobre trabalhar pra uma subsidiária?

– Certo – ele diz. – A EnerGreen Energy Solutions Ltda. Acabamos de abrir uma sucursal em Key West. Vim pra cá para ajudar a instalar o sistema de contabilidade e resolvi trazer a família. O escritório tem uma dupla de geólogos fazendo testes em mar alto por aqui.

— Ei – digo. – Incrível. Bem-vindo aos Flórida Keys, EnerGreen.

— Lá tem uma secretária chamada Maria. Ela pode conseguir o que você precisa.

— Por que você trabalha pra uma Ltda?

— É uma evasão fiscal – ele explica.

Por que eu perguntei? Por quê?

Pete parece preocupado.

— Eles vão me perguntar sobre isso?

— Eles não vão te perguntar nada. Nunca. – Estendo a mão. – Foi muito bom conhecer você, Pete. Aproveite o resto das suas férias.

11

Ligo para Philip assim que saio. Betty diz que ele está na outra linha. Digo-lhe para interrompê-lo. Ela me diz, educadamente, pra ir pro inferno. Desligo e penso. Preciso ligar para Urs, nosso advogado interno da companhia. Não tem como ele saber sobre a fraude. É honesto demais para tê-la escondido de nós. O que significa que os empregados da EnerGreen mentiram para ele, seu próprio advogado, sobre o que realmente significavam os e-mails de Pete. Insano! Começo a teclar seu número, mas hesito. Os associados de baixo escalão não devem falar com o cliente diretamente. Seria uma enorme quebra de protocolo passar por cima de Philip dessa maneira. Então ligo para Lyle.

– Temos um problema – digo, quando ele atende. – Os demandantes têm razão. Em todos os sentidos. A EnerGreen está cometendo fraude. Uma fraude enorme e louca. Hoffman me contou tudo. Aliás, ele é um desastre. Ele...

– Vá com calma – Lyle diz. – O que aconteceu?

Respiro fundo e conto tudo a ele.

– Meu Deus! – ele diz, quando termino. – Meu Deus!

– Este caso precisa de um acordo, Lyle. Já. Tentei falar com o Philip, mas não consegui. Ele precisa conversar com o cliente. Precisa convencê-los a fazer um acordo. Mas antes, e acima de tudo, alguém precisa chamar os demandantes e adiar este depoimento.

– Relaxe, Wilder. Não vai haver depoimento. A EnerGreen propôs um novo acordo hoje de manhã. Philip está no telefone com o mediador, neste exato momento.

Então é por isso que Lyle parece tão calmo.

– Que boa notícia! – digo.

– Pois é. Estou esboçando a papelada, enquanto falamos.

Recosto-me na capota do carro. A ansiedade que senti há pouco começa a esmorecer.

– Estou muito feliz que este caso tenha terminado. EnerGreen. Bah! Que bando de canalhas.

– Supostos canalhas – Lyle me corrige. – E eles não são piores do que nossos outros clientes.

– Está tirando sarro da minha cara? Eles são criminosos. Você deveria ter visto este cara sentado aqui, devorando donuts e descrevendo como a EnerGreen está flertando com um colapso financeiro total.

– Parece pesado – ele concorda. Sinto muito você ter que lidar com isso sozinha.

É simpático ter uma conversa beirando o civilizado com ele. A perspectiva de acordo deve tê-lo deixado de bom humor.

– Você garante que vai contar pro Philip tudo que eu te disse sobre a preparação? Ele precisa saber a profundidade deste buraco, e enfatizar pro Urs que a EnerGreen realmente precisa engolir calada e pagar.

– Vou dizer a ele – Lyle diz. – Na verdade, ele está na outra linha. Tenho que ir.

Desligamos. Sinto-me bem melhor. A manhã foi uma perda de tempo total, com alguns momentos realmente desastrosos, mas vai dar tudo certo.

Então, algo mais me ocorre. Será que tenho uma obrigação pessoal de delatar a EnerGreen para as autoridades? Não consigo me lembrar exatamente da regra ética, mas sei de alguém que se lembrará. Teclo o número da vó.

– Qual é a regra sobre a confidencialidade do cliente e a prática de um crime? – pergunto.

– Regra da Flórida de Conduta Profissional, parágrafo quatro um ponto seis, subseção b, parte um – ela responde imediatamente. – Um advogado precisa revelar informação referente à representação de um cliente quando tiver uma crença razoável de que tal revelação seja necessária para impedi-lo de cometer um crime.

— Ela ainda sabe isso, gente!

— E daí? — ela resmunga. — Se eu estivesse morta, não faria diferença.

— Portanto, se o crime já tiver sido cometido, eu não tenho que revelá-lo?

— Não apenas você não tem, como não pode — ela diz. — Confidencialidade do cliente.

— Incrível!

— Do que se trata? — ela pergunta, desconfiada.

— Não posso te contar! Bah!

— Por favor, me dê uma pista — ela pede. — Estou tão entediada!

Ouço-a por um tempo, reclamando de jardinagem, palavras cruzadas e ioga na cadeira. Penso em perguntar a ela sobre o dentista. Sempre tive uma ideia geral de quem ele era e por que eles se divorciaram, mas nunca ouvi a história completa. Jogador compulsivo e assistentes irresistíveis são uma coisa, mas a vó adiar sua carreira por causa de um homem? É impossível imaginar.

Em vez disso, digo:

— Por que você não me disse que Teddy tinha voltado?

Há uma pausa.

— Voltou?

— Por favor, Isabel, você sabe de tudo que acontece por aqui.

— Deixe-o em paz, Lillian Grace.

— Ele veio me procurar!

— Ele está se saindo bem — ela me conta. — É um milagre que o estado o tenha contratado depois... do que aconteceu. Provavelmente ajudou o fato de ter servido.

— Me desculpe, *o quê?*

— Ele esteve no exército — vó diz.

Teddy no exército? Nem pensar.

— Esqueça — vó me aconselha.

— Tudo bem — digo. — Estou esquecendo. Aqui estou eu, esquecendo.

— Estou falando sério, Lily.

— Eu também. Té mais, vó.

Volto para Key West e imediatamente me vejo presa num congestionamento de obras na Roosevelt. Vejo a placa para o escritório da EnerGreen Solutions, a subsidiária mencionada por Pete. Eu bem que poderia pegar sua ficha de empregado, fazendo a lição de casa como uma boa associada júnior. Quando me aproximo, há alguns manifestantes reunidos no estacionamento. Sorrio e aceno para eles, enquanto entro. Tento ser simpática sempre que dou com pessoas protestando contra o derramamento de óleo. Geralmente eles são bem corpo a corpo, e seus cartazes são hilários (EnerGrana! Óbvio, mas inteligente).

Acho Maria e consigo que as cópias dos registros de contratação de Pete sejam mandadas para o escritório. Ligo para minha paralegal e digo a ela para mandá-las para os demandantes quando chegarem. Saindo do estacionamento, vejo o caminhão da minha mãe passando. Buzino, mas ela não percebe. Resolvo segui-la. Talvez possamos ter um almoço tardio. Ela segue seu caminho sinuoso até a Cidade Velha e para em frente a uma casa coberta de andaimes e plásticos. Uma de suas placas está afixada no quintal: MAIS UM TRABALHO DE PRIMEIRA DA CONSTRUÇÃO WILDER! Tão constrangedor! Eu costumava roubá-las o tempo todo, quando estava no nível médio, por princípio.

Ela salta do caminhão e desaparece pela lateral da casa. Estaciono e a observo. Mamãe está parecendo muito mais bem-composta do que o normal. Sua camiseta e seu short parecem limpos. O cabelo está penteado e preso atrás com cuidado. Talvez esteja se encontrando com um cliente.

Tento falar com Will antes de descer do carro. Não atende. Tento Philip mais uma vez, para ter certeza de que Lyle transmitiu a seriedade da situação, mas ele ainda está ocupado. Percorro meu e-mail do trabalho. Meu celular sinaliza. É Ana, me mandando um selfie de um provador em algum lugar. Está posando com uma fantasia de camponesa, multicolorida, ridícula. Ela escreve:

— Que tal?

Escrevo de volta:

– você vai fazer um baita sucesso no festival da colheita

– vaca!!!

Por fim, vou até a casa e sigo um pequeno caminho de tijolos na lateral. Ele serpenteia por entre alguns arbustos exagerados e leva até uma porta de cozinha maltratada pelo tempo. Olho pelo vidro embaçado.

Aparelhos velhos e enferrujados, ferramentas e caixas de material de construção estão espalhados pelo cômodo. Também vejo minha mãe.

Mas ela não está trabalhando.

Em vez disso, está deitada em uma pilha de cobertores em movimento, gemendo e agarrando as nádegas muito atraentes do homem que está esticado sobre ela, metendo vigorosamente nela.

Afasto-me com um pulo. Depois olho de novo. Eu sei que parece um pouco doentio, mas não é que eu possa vê-la ou coisa parecida! Estou olhando seu amigo. Está em ótima forma. Uma boa bunda, como disse. Costas lindas, também. Elas são subestimadas. A gente não pensa nelas até que vê umas realmente bonitas, e então é como...

Uau, ele tem *muita* energia!

Eu sei, eu sei, isso devia me horrorizar, mas me deixa feliz.

Por ela, quero dizer.

Eu deveria parar de olhar.

Deveria? Vamos encarar os fatos. Homens? Eles não são tão tesudos. Não normalmente, como as mulheres são. Os homens têm pelos ao acaso e mau instinto para roupas. Cheiros esquisitos. Nunca esfoliam. Ou tentam demais, ou não tentam de jeito nenhum. Claro que alguns são ótimos, e a maioria tem algumas boas qualidades, mas às vezes é preciso muito esforço para encontrá-las. Como naqueles livros *Onde está Wally?*. Ou nos menus de aperitivos dos restaurantes da moda do Brooklyn, onde tudo é uma conversa fiada de ingredientes locais, sêmolas de reserva e raspas de nabo fermentado, e você realmente tem que estudar a maldita coisa para encontrar algo que seja bebível.

Minha opinião: quando você encontra um homem bonito, como o que está metendo na minha mãe justo agora, é difícil não olhar. Você se sente especial, honrada. Provavelmente é como os observadores de passarinhos se sentem quando passaram o dia todo sentados em uma casa de árvore, com seus binóculos e calças impermeáveis, e finalmente têm um vislumbre de um raro rabo-de-quilha de três dedos, ou o que seja. A sensação de encanto e prazer é a mesma. Só que eles não querem foder o rabo-de-quilha. Ou talvez queiram. Talvez seja este o motivo de se observar passarinhos. Não sei.

Eles estão *mesmo* desempenhando.

Agora vou parar de olhar.

Mas sabe de uma coisa? Estou feliz que mamãe tenha encontrado alguém. Minha tendência é pensar nela como uma freira velha e triste. Ficou muito abalada quando papai foi embora, muito abandonada. Acabou se recuperando, mas nunca teve um namorado enquanto eu estava crescendo. Jogou toda sua energia em duas coisas: seu trabalho e eu. Em seus momentos mais chorosos, dizia que meu pai era o único homem para ela.

Ah.

Ah, *não*.

As pessoas, às vezes, se referem a um homem como "lindo de morrer". É uma expressão apropriada. Um homem realmente maravilhoso pode deixar a gente com os joelhos bambos. Matar um pouco por dentro. Porque lá está ele, prova de que a perfeição tem existido por aí, no mundo, todo este tempo, mas não é para pessoas como você. Tudo o que você pode fazer é olhar sem pressa, sonhar um pouco, e agradecer aos deuses por esta pequena amostra do paraíso.

Mas isso se complica um pouco, se também acontece de você chamar esse homem...

– Papai! – grito, batendo meu punho na janela.

Eles se separam rapidamente. Ai, Deus, nudez total! Retiro-me às pressas para o quintal da frente.

Meu pai é um homem absurda, dolorosa, ridiculamente lindo. Está chegando aos cinquenta, mas está com tudo em cima. Uma cabeça inteira de cabelos ondulados e pretos, mal começando a ficar grisalhos. Corpo atlético. Um rosto sem rugas com dois incríveis olhos verdes. Teria sido um grande ator de cinema, porque é carismático como o diabo. Ele também tem essa coisa britânica, aristocrática que é muito irresistível, se você for chegada nesse tipo de coisa.

O que, você sabe, algumas pessoas são.

Basicamente, Henry é como uma divindade menor, um desses copeiros que estavam sempre trazendo café e lanchinhos para os deuses do Olimpo, e sempre provocando brigas.

Sou muito parecida com ele.

Ah, ah! Que nada.

Sou parecida com mamãe. Somos OK, mas em comparação com papai, somos totais monstrengos.

Ouço a porta da cozinha bater. Aí vem ele, vestindo a camisa.

— Pequenina! — grita, abrindo os braços. — Deixe-me dar uma olhada em você!

Afasto-me, levantando as mãos.

— Não encoste, está bem, Henry? No momento, não dá pra eu lidar com isso.

Fiquei observando-os tempo demais. Provavelmente, deveria pedir uma sessão maratona com o dr. Boog.

— Querida — papai diz, todo magoado. — Entre. Vamos conversar.

Sigo-o com relutância para dentro da cozinha e me sento numa cadeira de armar. Ele serve um pouco de champanhe em um copo de papel, e o passa para mim.

— De onde veio isto?

— Trouxe comigo do hotel — ele diz. — Hoje em dia, eles fazem as sacolas térmicas mais fantásticas. Em formato de garrafas de vinho!

Ergo meu copo.

— Ao progresso.

— Saúde. — Ele bate seu copo de papel contra o meu. Bebemos.

Minha mãe aparece, vinda de outro cômodo, os olhos no chão. Eles se sentaram à minha frente, em um par de engradados.

Dou mais um gole e coloco meu copo no chão.

— Bom, crianças — digo, batendo as mãos nos joelhos. — Isto é uma surpresa!

— Ah, querida — mamãe diz. — Sinto muito que você tenha tido que descobrir desta maneira. Estou tão sem graça!

Papai volta-se para ela sinceramente surpreso.

— Por que raios você estaria?

— Podemos recuar por um segundo? — digo. — Até onde sei, vocês dois não se veem há anos, se bem que começo a me perguntar se sei tanto quanto penso que sei. De qualquer modo, vocês não se dão. Nunca se deram. Como é que isto aconteceu?

— As coisas andaram um pouco frias nestes últimos anos — papai concorda. — Acho que a mudança foi de fato graças a você. Há alguns meses, sua mãe me telefonou para conversar sobre seu noivado. Tivemos essa conversa deliciosa, não foi, Kat? — Ele puxa uma mecha do cabelo dela para detrás da sua orelha. — Conversamos sobre o casamento, sobre nosso tempo juntos aqui em Key West, e sobre você, é claro. — Agora, ele volta seu sorriso para mim. Sinto meu rosto se esquentando. Termino meu champanhe rapidamente.

— Foi maravilhoso pôr as coisas em dia — mamãe diz. — Depois disso, começamos a nos telefonar com bastante regularidade. Normal, coisas tipo pais da noiva.

— E aí — diz papai ansioso —, aconteceu de um dia nós dois estarmos em frente ao computador, e sua mãe me ensinou como usar o Skype. Você conhece o Skype?

— Skype? — digo. — Cruzes, o que é isso?

— É simplesmente o mais engenhoso...

Mamãe põe a mão na perna dele.

— Ela sabe o que é o Skype, Henry.

— Então você sabe como é *mágico*! — Ele passa um braço ao redor da cintura dela. — Poder vê-la novamente, foi incrível! — Mamãe recosta a cabeça no ombro dele. — Trocamos alguns novos e-mails e mensagens de texto — papai continua. — Fizemos mais alguns Skypes. Por fim, resolvemos que eu deveria vir cedo pra ver se poderia acontecer alguma coisa. – Ele dá um sorriso largo. – E alguma coisa com certeza aconteceu.

Mamãe enfia o rosto nas mãos.

– Legal, papai. Há quanto tempo você está aqui?

– Dois dias. – Ele ergue a garrafa. – Completo seu copo?

Estendo o copo.

– Quer dizer que quando você me ligou no domingo...

– Estava tentando encontrar a sua mãe – ele admite.

– Mistério resolvido. – Dou um gole. – O que você acha deste clima?

– Magnífico – ele diz. – Mas também, sempre é.

– Em fevereiro, às vezes ele fica imprevisível. Quando estávamos escolhendo uma data, achamos...

– Você não está mesmo incomodada com isto? – mamãe pergunta.

– Claro que não – digo. – Quem sou eu pra julgar?

E realmente, estou contente por vê-la tão feliz. Ela está radiante.

– Veja só, Kat. – Papai dá um tapinha em seu joelho. – Eu disse que ela não ia se incomodar.

– A Jane e a Ana sabem? – pergunto.

Mamãe abaixa a cabeça novamente. Papai sacode a dele.

– Vou me manter fora desta – digo. – Na verdade, não tenho nada a ver com isto. Na verdade, tenho tudo a ver com isto. Acho que dá na mesma. Cadê a Trina?

– Está em Vilnius – papai diz. – A mãe dela está bem doente.

– Qual é o problema dela?

Ele franze o cenho.

– Câncer.

– Câncer – digo. – A mãe dela está bem doente com câncer.

– Sei que parece horrível – mamãe diz rapidamente –, mas você tem que entender...

– Ei! – grito. – *Déjà-vu*! Papai, você se lembra quando eu tinha dezesseis anos e você me pegou com o Charlie Hurst no salão da piscina em Montauk?

– Você tinha quinze – responde papai –, e sim, eu me lembro.

Ficamos numa conversa mole um pouco mais de tempo. É mesmo gostoso. Não consigo me lembrar da última vez em que nós três ficamos juntos como agora. Papai abre outra garrafa de champanhe. Por fim, me acompanha até meu carro.

— Então, o que significa isto — pergunto a ele. — Vocês estão voltando?

Papai franze o cenho.

— É difícil dizer. Estamos indo passo a passo. Gosto muito da sua mãe, claro, mas existem diversos outros fatores a serem considerados...

Ele passa um braço pelo meu ombro, enquanto continua falando. Fecho os olhos. Seu cheiro é muito bom.

— Mas veja só! — ele exclama. — Falando sem parar sobre mim mesmo, enquanto esta semana deveria ser sobre você. Andei te abandonando, querida, e sinto muito. Elas ainda estão tentando te convencer a sair dessa? Devo interferir?

— Sinceramente, papai? Provavelmente, neste exato momento, você não é o defensor mais convincente do santo matrimônio.

Ele realmente parece magoado.

— De qualquer modo, está sob controle — acrescento. — Só tem mais quatro dias até o casamento.

Mais quatro dias?

Ai, Deus!

Ele aperta meu braço com carinho.

— O que você preferir. Mas quando é que vou conhecer esse tal de Will?

— Hoje à noite é a despedida de solteiro dele. Você acha que eu devo ver se ele pode encontrar a gente pra um drinque antes?

Ele faz uma careta.

— Hoje, pra mim, não é bom.

— Que tal jantar amanhã?

— Não... Acho que amanhã também não dá.

Paro de andar e me viro para ele.

— Você está em Key West, papai. O que você *poderia* ter agendado?

Ele raspa um pé nu na grama, parecendo envergonhado.

– Ah, uma coisa e outra. Encontrar velhos amigos, arrumar a papelada.

Papelada? Que seja; não vale a pena interrogá-lo.

– Seja como for, você vai conhecer o Will na quinta-feira. É a noite em que as famílias vão se reunir pra jantar.

Ele parou para ouvir. Olha para a casa, por cima do ombro.

– Certo – diz. – Bom, acho que eu deveria... voltar lá pra dentro. Se você não se incomodar.

– Claro, papai. – Dou um grande abraço nele. – Bom te ver.

– Bom ver você também, pequenina. – Ele me dá um aceno lépido e se apressa de volta para dentro da casa.

12

Dirijo de volta para o hotel. Que dia estranho! Sento-me no terraço e vejo o pôr do sol. Mando uma mensagem para Freddy:

– oba

– holla

– will na despedida de solteiro

– canalha!

– né não?

– vamos mostrar pra ele

Para minha segunda despedida de solteira, reunimos todas as convidadas recém-chegadas e assumimos um espaço na piscina. Luzes cintilam nas palmeiras. Um trio de jazz toca no bar. Instalo-me numa espreguiçadeira entre Freddy e Nicole. Milagrosamente, o celular de Nicole não está à vista. Conversamos sobre trabalho e sobre o casamento. Ela realmente parece estar se divertindo.

Um cara lindo passa por nós. Freddy coloca a mão no coração.
– Insuportável – concordo.
Nicole revira os olhos.
– O quê? – Rio. – Agora não posso olhar?
– Desde quando você se limitou a olhar? – Nicole está sorrindo, mas a voz dela está obviamente irritada.

– Anime-se – Freddy diz a ela. – A gente está se divertindo.

Ela dá de ombros.

– Se você acha... Acho um pouco triste.

Eu deveria saber que seu bom humor não iria durar. É uma pena. Nicole e eu éramos muito próximas na faculdade. Ela estava sempre irritada, mas também era sofisticada, divertida e cruelmente inteligente. Ultimamente, ficou toda sombria e crítica. Acho que o rompimento com o namorado deixou-a amarga.

– O que há de triste em apreciar um homem bonito? – pergunto.

– O triste é que você só age assim quando andou bebendo – ela replica.

– Não é verdade – Freddy informa-lhe. – Já vi Lily dando uma geral nos caras quando está completamente sóbria. Como quando está dirigindo. Ou no médico. Ou em enterros.

– Ei – digo. – Não quer que as pessoas olhem? Não deixe o caixão aberto.

– Estou falando sério – Nicole diz, encobrindo nossas risadas. – Faz você parecer uma dessas mulheres que enche a cara quando sai, pra poder esconder suas inibições.

Esta pessoa tem alguma ideia de quem eu sou?

– O álcool rebaixa os meus padrões, não as minhas inibições – digo.

– Grande diferença.

Freddy e eu tilintamos nossos copos, mas Nicole não desiste.

– Estou preocupada com você, Lily.

– Isto é muito comovente – Freddy diz asperamente. – Mas tem uns furos no seu argumento.

– Não estou argumentando – Nicole diz. – Só estou sugerindo...

Freddy interrompe-a.

– Claro que está argumentando. Por que negar isso? Lily bebe, e Lily sai trepando. Você conclui que Lily sai trepando *porque* bebe. Não é igualmente possível que a Lily beba porque trepa por aí? Ou, o que é muito mais provável, que as duas coisas não tenham nada a ver uma com a outra?

– É possível, claro – Nicole diz. – Mas a maioria das mulheres não é assim.

— Ah, tudo bem — Freddy diz. — Então não estamos, na verdade, falando da Lily. Estamos falando da "maioria das mulheres" e do que a "maioria das mulheres" faz. Interessante.

Nicole vira-se para mim:

— Estou tão por fora assim?

— Está.

— As transas ao acaso? O sexo sem sentido? Você gosta mesmo disso?

— Gosto.

Nicole sacode a cabeça.

— Não entro nessa.

Nesta altura, finalmente perco a paciência.

— Por quê? Porque sou mulher? E as mulheres não são assim? Elas *na verdade* não gostam de sexo? Não têm tesão?

— Não, mas...

— Estou fingindo, é? Tudo não passa de uma grande armadilha pra pegar um homem e ter seus bebês? Bom saber, Nicole, obrigada. Adoro quando as mulheres explicam as outras mulheres para si mesmas. E quando elas arrematam tudo com uma boa dose de condescendência? Isso realmente aquece o meu coração.

Nicole levanta-se e vai embora. Pouso meu copo vazio sobre a mesa. Freddy está me observando.

— Peguei pesado?

Freddy dá de ombros.

— Quando cicatrizar, provavelmente ela vai apreciar o babaca extra. O que te deixou tão sensível?

— O dia foi longo, esquisito. Por exemplo, peguei minha mãe e meu pai transando no chão de uma casa abandonada hoje à tarde.

— Katherine? E Henry? — ela grita. — Juntos?

— Sim, sim, e um grande e velho sim.

Ela implora pelos detalhes picantes. Cedo. Não consegui parar para pensar a respeito. Meus pais novamente juntos. Meu pai traindo sua quinta mulher com a primeira. As implicações para o meu próprio futuro conjugal não são... as melhores.

Freddy recosta-se contente no encosto da sua cadeira.

– Seu pai é um homem lindo. Eu também teria olhado. Diabos, eu teria feito parte.

Remexo-me desconfortável na minha cadeira.

– Mas ele não é seu pai.

– Isto daria uma música country interessante! Peguei a mãe e o pai no chão da cozinha – ela canta alto –, mas não são mais casados um com o outro, ó vizinha!

– Acho que você não está entendendo, Freddy.

– Segure aí. Tenho que fazer xixi. – Ela some.

Levanto-me e caminho a esmo. A festa está a toda. Cumprimento velhas amigas e encontro algumas parentes e amigas de escola de Will. É bem divertido, mas ainda estou atrapalhada. Dirijo-me ao bar. Antes de conseguir chegar lá, minha amiga Diane aparece gritando e praticamente me derruba no chão. Estou muito feliz em vê-la! A gente se conheceu na adolescência, no hospital. Agora ela mesma é psiquiatra, o que é perfeito, porque é totalmente insana.

– Preciso de um conselho – digo a ela.

– Não faça isso – ela diz.

– Não faça o quê?

– O que quer que esteja pensando em fazer.

– Por que não?

– Porque seja o que for, não foi seu primeiro impulso – Diane explica. – Se tivesse sido, não estaria pedindo conselho, simplesmente teria seguido em frente. E se não foi seu primeiro impulso, não está na sua natureza fazer isso. Portanto, não deve fazê-lo.

– Não faço a mínima ideia do que você está falando – digo.

– Ótimo – diz Diane. – Continue assim.

Freddy juntou-se a nós.

– E se tivesse sido o primeiro impulso da Lily? Ela pode mudar.

– As pessoas não mudam. – Diane aponta o coquetel que Freddy acabou de me entregar. – Você vai beber isso?

Passo para ela.

– Você é psiquiatra e está me dizendo que não posso mudar?

— Talvez um pouco, ao longo das margens — ela retruca. — Mas no fundo não.

— Estou tão fodida.

— Você não está fodida — Diane diz. — Sua vida é incrível. Você está se casando com o Indiana Jones!

Rio.

— Will não é o Indiana Jones.

— Ele é o maior tesão! — Diane exclama. — Ele usa chapéu na cama?

Passo o braço em torno dela.

— Falando em cama, acho que precisamos te ajudar a achar a sua rapidamente.

Em vez disso, ela sai cambaleando, e Freddy me traz outro drinque. Nós nos sentamos. Todas estão rosadas e altas, conversando alegremente sobre como têm aproveitado tudo o que a ilha tem a oferecer. Hoje, minhas amigas Leta e Caroline andaram de caiaque pelo manguezal. Outro grupo foi mergulhar. A tia de Will, Dahlia, está entusiasmada com os frutos do mar. Todas elas falam sobre fugir de uma tempestade de neve que está se dirigindo rapidamente para a Costa Leste, e sobre o quanto estão aliviadas de estar aqui no paraíso, onde tudo são brisas mornas, coquetéis de frutas e piscina reluzente.

Meu celular sinaliza uma mensagem.

— E aí?

Respondo:

— nada

— Tédio?

— talvez

— Me mande uma foto

— do quê?

— Me surpreenda

Freddy olha a tela por cima do meu ombro.
– Por que seu tintureiro está teclando pra você justo agora?
– Não é meu tintureiro de verdade – explico. – É um cara que conheci lá. É assim que fico sabendo dele.
– Interessante – ela diz. – Pensei que era por isso que as pessoas inventavam nomes.
– Desse jeito, Will não vai ficar desconfiado, se olhar no meu celular.
O Tintureiro escreve:

– Quero você agora

– Porque isso não é suspeito – Freddy diz. Ela pousa seu drinque e pega o celular de mim, percorrendo meus contatos: – Manicure, cabeleireiro, loja de ferragens...
Suspiro.
– Estúpido, mas tão romântico!
– Faxineira, petshop. – Ela levanta os olhos. – O que você foi fazer num petshop?
Dou de ombros.
– Gosto de fazer hora.
– Contador, dentista – ela lê. – Todos estes são falsos?
– Não, o dentista é meu dentista de verdade.
Ela larga o celular na mesa.
– Acho que eu deveria ficar aliviada de você não estar dormindo com seu dentista.
– Não. – Termino meu drinque. – Não mais.
– Puxa vida, Lily!
– O quê? Foi ótimo. Até que ficou esquisito.
Ela pega seu drinque.
– Não gosto desse negócio de sexo por celular. Sempre achei nojento.
– Só é nojento se você estiver lendo de outra pessoa – digo. – Mas se estiver praticando? E souber quem está do outro lado, e o que eles podem fazer? Mandando um, e esperando um de volta? Sem ter certeza do que vai estar escrito, e do que vai estar mostrando? Não tem nada mais excitante.

– Ah – diz Freddy. – Gosto de corpos.

– Você é analógica, baixa-fidelidade.

– Sou zero-fidelidade. – O celular sinaliza, e ela o pega. – Seu tintureiro está pronto. Qual é a senha?

– 9455.

Ela tecla o código.

– 9455 – diz. – W-I-L-L. Isto é muito meigo, ou muito pervertido. Ela me passa o celular.

– cadê vc?

– kms de distância

– :(

– Que tédio! – Freddy diz.

Jogo o celular dentro da bolsa.

– Acho que Will está escondendo alguma coisa – digo. – Alguma coisa importante.

Freddy estica as pernas, cruzando os tornozelos.

– Lá vamos nós.

– Ele tem andado muito agitado, ultimamente. À flor da pele. Nervoso. Não está no seu normal.

– Querida, se eu estivesse prestes a me casar com você, eu não estaria só à flor da pele – ela diz. – Estaria cagando de medo.

Um garçom chega com mais drinques.

– Ouça isto – digo a ela. – Will disse que nunca havia estado em Key West antes, mas sabia exatamente onde ficava o cemitério.

– Um arqueólogo sabia o local de um monte de troços velhos? – Seus olhos se arregalam. – Isto é muito foda!

– E mentiu sobre seu nome. Não é William, é Wilberforce.

– Não, não é – ela diz automaticamente.

– É sim.

– Wilberforce – ela diz. – Wilberforce Field.

– Ai, meu Deus – murmuro. – Nem tinha pensado nisso.

— Ele é um personagem perdido de *Guerra nas estrelas* — ela diz. — Um rejeitado da cena do bar!

Quase morremos de rir. Então, Freddy levanta-se e estende a mão.

— Venha comigo.

Subimos e nos sentamos na sua sacada. Dividimos um baseado. Ela abre duas garrafas de rum do minibar. Depois, coloca sua cadeira de frente para a minha.

— Está na hora de falar um tantinho de verdade — ela me informa.

— Ah, santo Deus.

— Você sabe que eu te amo — ela diz. — Falo o que penso, mas nunca julgo. Apoio você cem por cento. E vou te defender até a morte dos idiotas como a Nicole e suas falsas ideias sobre o que todas as mulheres pensam, e como nós todas deveríamos nos comportar. Você é quem você é, e faz o que faz, as mensagens de texto, o cara no domingo à noite, o que quer que esteja rolando com o seu chefe, *tudo*, e isso é você. Seu... seja-lá-como-você-quer-chamar-isso, apetite pela vida, desprendimento casual. Mas, querida, estou começando a ficar um pouco preocupada.

— Estou bem — garanto a ela. — Está tudo sob controle.

— Nos últimos três dias, você levanta dúvidas todas as vezes em que a gente conversa. Como se não conseguisse evitar. Mas assim que a gente começa a discuti-las de verdade, você se retrai, se desvia, faz uma piada, muda de assunto, ou começa a desfiar sua ridícula teoria de que Will é um infame caça-dotes. E eu tenho levado numa boa, não quero te apressar. Mas hoje é terça-feira à noite, você vai se casar no sábado. Me desculpe a grosseria, mas Lily, é hora de você cagar ou sair da moita.

Cubro o rosto com as mãos.

— Não sei o que quero, Freddy! Eu disse sim, não disse? Foi tão romântico, tão repentino! Ele me deixou sem chão. É o tipo de pessoa com quem alguém como eu deveria querer se casar: interessante, inteligente, gentil, equilibrado e amoroso.

— Então, ele não é um mentiroso calculista, com um passado obscuro?

— Claro que não. E veja só: quando alguém sugere que eu não deveria me casar com ele, ou apresenta algum impedimento, me convenço de que é a coisa certa a fazer. Tem alguma parte em mim que realmente quer isto.

— Só que não é você por inteira — ela diz com delicadeza.

O que houve com toda a minha certeza, minha convicção de ontem à noite, de que era isto que eu queria? Contemplo o mar e observo as luzes de um navio de cruzeiro passando lentamente pelo horizonte.

Freddy pega a minha mão e a aperta em solidariedade.

— Você é uma pessoa muito honesta — diz. — Consegue se abrir com qualquer um, sobre qualquer coisa. Mas não parece conseguir ser sincera com a única pessoa que deveria saber tudo. Não entendo.

Ela não entende? Deveria tentar ser eu por um tempinho.

Termino meu rum e tiro os pés do parapeito da sacada.

— Vamos.

— Voltar pra festa?

— Não. — Levanto-me. — Sair. Só você e eu.

13

Conforme Teddy e eu entramos na Duval, vejo Teddy vindo em nossa direção, a meio quarteirão de distância.

– Merda – murmuro.

– O quê?

Está com uma menina. Não tocando nela, mas andando junto. Está com as mãos nos bolsos. Diz alguma coisa a ela. Ela ri.

Olho em torno, mas não tem onde me esconder. Finalmente, ele me nota. Está escuro na calçada, mas vejo que ele hesita. Depois, continua andando.

– Lily. – Ele acena com a cabeça. – Oi.

– Ah, oi! – Estendo a mão para a garota. – Sou Lily.

Ela sorri.

– Sou Melanie.

Tem cabelo longo, louro acobreado. É alta. Magra. Morena. Bonita.

Vaca.

O que há de *errado* comigo?

Viro-me para Teddy:

– É incrível como a gente vive se encontrando!

– É uma cidade pequena – ele retruca. Está olhando para o chão, parecendo que preferiria estar em qualquer lugar, menos aqui.

– Tem razão – digo. – Tem razão. – Ainda estou apertando a mão de Melanie. Paro. – Vocês estão indo jantar?

Ela parece surpresa.

– Deve ser uma da manhã.

– Não brinca! – Rio. – Que tarde!

– É – ela diz.

– Você não devia ter saído com tanta pressa ontem à noite – digo a Teddy.

Ele me olha, e seu rosto está sinistro. Viro-me para Melanie:

– Não é o que parece – digo a ela. – Somos velhos amigos. Estávamos conversando no meu hotel. Não *meu* hotel, não é de minha propriedade, estou hospedada lá. E a gente estava no lobby, não no meu quarto ou em qualquer...

– Lily – Teddy diz baixinho.

– Ele tinha ido encontrar alguém – continuo, sem conseguir parar. – Não uma mulher, é claro. Uma testemunha. Que poderia ser uma mulher, imagino. Mas não eu!

– Lily – Teddy volta a dizer.

– Somos velhos amigos – digo. – Eu já disse isto? Ah, é. – Volto-me novamente para Teddy. – Foi tão bom ver você, encontrar você...

– E agora a gente vai embora! – Freddy diz, pegando no meu braço. – Tchau!

Andamos mais alguns quarteirões e chegamos a um bar lotado. Entramos e encontramos lugares para sentar. O barman aproxima-se.

– Dois Jack Roses, por favor – Freddy diz. – Ela se vira para mim:

– O que foi aquilo?

– O que foi o quê?

– Seu ataque violento de estupidez extrema. Quem era aquele cara?

Não respondo. Ela espera.

– Seu nome é Teddy – digo-lhe. – Éramos amigos íntimos quando moleques.

– Só amigos?

– Por que todo mundo fica me perguntando isso?

– Provavelmente por causa da maneira como você olha pra ele – ela responde. – Quem mais perguntou?

– Will. Demos de cara com o Teddy ontem à noite. Como é que eu olho pra ele? Espere – digo. – Não responda.

Nossos drinques chegam. Brindamos.

– Como é que você nunca me falou dele? – ela pergunta.

Levanto meu copo no nível dos olhos. Olho o líquido vermelho turvo lá dentro. Viro o punho, fazendo com que ele gire levemente.

– Perdemos o contato – digo finalmente. – Não o vejo há treze anos.

Engulo meu drinque em três rápidos goles, e coloco o copo no bar. Freddy espera, mas não digo mais nada. Peço outra rodada. Rodamos nos nossos banquinhos com nossos novos drinques e damos uma olhada no pessoal.

– Está vendo aquele cara ali? – pergunto. Ao lado da *jukebox*?

Ela olha.

– Cabelo escuro?

– Aquele é o meu homem perfeito. Alto e magro. Ligeiramente desleixado. Ar de inteligente, mas tomando uma cerveja. Gosto de um homem que toma cerveja.

Ela aperta a minha mão.

– É duro ter gostos tão refinados?

– Quero dizer, ele parece intelectual, mas está fazendo uma coisa simples. Gosto disso – digo. – Gosto de intensidades recônditas. Alguém sensível, mas libidinoso; culto *e* bruto. Alguém que me leva pra ver um filme francês antigo, mas a gente acaba transando na fileira dos fundos do cinema.

– Isso parece mais superficialidades recônditas – Freddy observa.

– Intensidades recônditas – repito. – Quero intensidades recônditas. – Faço um gesto para o barman. – Mais dois, quando você puder?

– Aí vem o Homem Perfeito – diz Freddy.

Ele vem até nós e sorri. Está um pouco bêbado.

– E aí, colega?

Pega minha mão e a beija.

– Você é a mulher mais bonita daqui – diz.

Olho em volta.

– Isto não quer dizer grande coisa.

– Não posso acreditar que esteja sozinha. Espere. – Ele olha para Freddy. – Vocês duas são...

— Nem pensar! – Freddy diz.

— Hoje em dia, nunca se sabe – ele diz. – Duas damas lindas como vocês. Poderiam ser... vocês sabem. O que não teria o menor problema. Na verdade, seria incrível.

— Ele parece ter a quantidade certa de superficialidades – Freddy observa.

Pego o rosto dele entre minhas mãos e dou um beijo em seus lábios.

— Com certeza, tem.

— Você está fazendo isso de novo – ela diz.

— Por favor, Freddy. Não quero mais falar nisso.

— Falar nisso o quê? – pergunta o Homem Perfeito.

— Você está se distraindo pra não ter que lidar com aquilo que sabe que tem que lidar – ela diz. – Você tem feito isto o tempo todo. Ontem, finalmente o casamento ficou real pra você, e o que você fez? Ficou bêbada e afastou seus sogros.

— Sogros? – pergunta o Homem Perfeito.

— Sábado, no clube – ela continua –, assim que começamos a falar sobre suas próximas núpcias, você saiu pra trabalhar. Agora está perdendo tempo com esse cara que apareceu do nada, logo depois de tudo que andamos conversando? Aposto que domingo à noite aconteceu a mesma coisa, quando você saiu sozinha. Estou enganada?

Faço um gesto para mais uma rodada.

— Tenho que te dizer, Winifred, pra alguém que afirma não julgar, você está parecendo *incrivelmente* crítica agora.

Freddy pega minha mão.

— *Não* estou julgando. Case-se com ele, não se case, tanto faz.

— Casar com quem? – pergunta o Homem Perfeito.

— Você sabe que sempre te apoiei, fosse no que fosse – ela continua. Mas acho que você deveria realmente decidir e não deixar simplesmente acontecer.

Ela tem razão. É claro que tem. E vou decidir. Logo. Só que... não agora. Pego a mão do Homem Perfeito, e atravesso a multidão com ele. Achamos um quarto de despejo. Fecho a porta atrás de nós. Agarro-o pelo cinto e o puxo para perto. Tropeçamos de encontro às prateleiras. Uma caixa vazia cai em cima de nós, e rimos. Ele está pressionando o quadril contra o meu, suas mãos segurando o meu rosto, mas me afasto um pouco, dando um tempo para nós dois. Gosto da antecipação. Estendo o braço e corro meus dedos pelo seu cabelo. Ele se inclina novamente, mas mais uma vez eu me afasto. Beijo seus olhos, o esquerdo, depois o direito, suas faces, a linha do seu queixo. Demoro-me nas suas orelhas, mordendo os lóbulos. Encosto meu rosto no dele, e aspiro seu cheiro. Piscina, limão, uísque. Enfio minha mão sob sua camisa. Roço os lábios fechados nos dele, suavemente, da direita para a esquerda e no movimento inverso. Beijo seu lábio superior. Pego seu lábio inferior entre os dentes, e dou uma puxada de leve. Beijo sua garganta. Por fim, beijo-o com gosto na boca, abrindo seus lábios com os meus. Entrego-lhe minha língua. Sinto a dele, que é doce e com gosto de fumaça. Sinto suas mãos no meu quadril, na minha cintura, debaixo da minha camisa, e subindo pelas minhas costas. Ponho a mão entre suas pernas e sinto o contorno duro do seu pau. Ele se pressiona contra mim. Beija minha garganta, depois volta para a minha boca, beijando-me com vontade.

Deus, *adoro* garotos gatos. Fazem com que todos os meus problemas desapareçam. Não tenho que pensar em nada. Só nisso, nessas bocas e línguas, lábios, dentes e mãos. Nesses corpos. Estamos nos atracando agora, respiração pesada. Ele solta meu sutiã e acaricia meus seios, beliscando suavemente meus mamilos. Ofego um pouco, e ele cobre minha boca com a dele novamente. Estou prestes a perguntar se ele tem uma camisinha, quando ele murmura:

– Foi bem engraçado o que você disse.

Começo a desafivelar seu cinto.

– O quê?

– Que você vai se casar. – Ele afasta o colarinho da minha blusa, e beija meu ombro.

– Mas é verdade – digo. – Vou me casar.

Ele se afasta.

– Quando?

— Sábado. — Inclino-me para a frente e volto a beijá-lo.
Uma expressão de grande surpresa em seu rosto lindo.
— O que você está fazendo comigo?
— O que você quer dizer? — Rio. — Estou fazendo isto. Me divertindo.
— Mas por quê?
Nesse momento, um barman entra e bota a gente pra fora. Fico feliz. Poupa-me de irromper em lágrimas.

Perco o Homem Perfeito e volto para a parte da frente. Freddy está conversando com uma garota. Começo a bater papo com o cara à minha esquerda, mas ele não parece ter nada de interessante para dizer. Dirijo-me ao banheiro. Tropeço e derrubo minha bebida em alguém.

— Sinto muito! — exclamo. Agarro uns guardanapos em uma mesa próxima e os ofereço a ele.

É então que dou uma boa olhada nele. Está chegando aos quarenta, rosto avermelhado e careca, camisa polo bem esticada em volta da sua considerável barriga. Está cercado por três ou quatro homens bronzeados e bêbados.

Ele alisa meu braço.

— Querida — diz com lascívia —, você pode derrubar bebida em mim o dia que quiser.

Repentinamente, me encho de fúria. Não contra este bêbado feliz ao acaso, que diz alguma coisa idiota para uma garota num bar, mas contra mim mesma. Mesmo assim, resolvo aceitar sua oferta. Pego um copo cheio em uma mesa por perto e jogo nele. Ele dá um pulo do seu banquinho e começa a gritar comigo. Seus amigos também ficam nervosos. Então, Freddy aparece do meu lado e me tira rapidamente do bar.

— Pra onde? — pergunto.
— Pra casa, amor — ela diz. — Pra casa.

Voltamos para o hotel. Eu não deveria ter jogado aquela bebida. Não deveria ter me atracado com o Homem Perfeito. É óbvio. Mas tudo bem. Tive um dia puxado. Praticamente, todo consumido pelo trabalho. Graças a Deus, não vou ter mais que lidar com a EnerGreen e seu contador suado. Que bando de escroques. Acham que podem fazer o que quiserem, sem medo das repercussões. Aquelas pobres gaivotas. EnerGreed. Os manifestantes estão certos. A EnerGreen merece ser rebaixada. Mentindo e enganando com... o quê? Desregramento negligente, é isso.

Não. Não, não, não, não.

Isso não é... Não sou... Não sou *tão* ruim.

Tropeço numa raiz saliente na calçada.

Gostaria de poder conversar sobre isso com Teddy. Gostaria de poder conversar com ele sobre qualquer coisa. Mas ele não quer nada comigo. Não sei como olhei para ele, mas sei muito bem como ele olhou para mim. Seus olhos ficaram opacos, como costumavam ficar quando estava bravo. Teddy. E Freddy. Ei, nunca pensei nisso! Será que todos os meus melhores amigos vão rimar? Estarei um dia sentada na varanda de algum lar para velhos, daqui a setenta anos, Hetty e Betty de cada lado, balançando-me na minha cadeira de balanço, trocando histórias dos bons dias que se foram com Eddy e Neddy?

Provavelmente não. Não haverá varandas nos lares para velhos quando eu ficar velha. Nem janelas. Os velhos vão ficar agarrados a pequenos *pods*, televisões minúsculas, amarradas a seus olhos. Ou mandados para o espaço, como...

É por isso que vivo o momento. Penso no futuro e me torno uma velhinha lixo espacial. Penso no passado e... não penso. Não penso no passado.

Voltamos para o hotel. A festa acabou, todas as minhas amigas se dispersaram. A banda se foi, e o bar está fechando. Enquanto fico parada ao lado da piscina, olhando a água turquesa, as luzes se apagam.

Não deveria estar fazendo isto.

É um erro colossal. A verdade disso me acerta como um soco. Afasto-me da piscina e vou até a praia. Tiro as sandálias e entro na beirada do mar. A água está gelada. Sento na beira da areia seca e estico as pernas. A lua brilha tanto que consigo ver tudo.

Freddy tem razão. Minha família tem razão. Não tenho nada que me casar. No fundo, sei disso há cinco meses. Não faz parte dos meus genes. Não foi esta a maneira como fui criada. E podendo ou não mudar, não mudei.

Mas e Will? Vai me superar rapidamente. Vai encontrar alguém mais adequado. Para ele, isto também é melhor, a longo prazo.

Tenho que fazer algo que não vai ser divertido. Na verdade, vai ser meio uma merda. Vou ter que perguntar a Freddy como é que ela rompeu com todos aqueles noivados. O que ela disse, como disse. O que aconteceu depois. Ela vai me dar as coordenadas. Sempre faz isso.

Já me sinto melhor.

Não, não me sinto. Sinto-me péssima.

O que foi que eu fiz?

Uma onda chega, puxando a areia debaixo dos meus pés, levando-a de volta para o mar.

Tudo bem. Antes tarde do que nunca, certo?

QUARTA-FEIRA

14

Alguma coisa está se remexendo no armário. Olho debaixo da cama, mas não consigo ver nada. Will está espalhado ao meu lado, de bruços, totalmente vestido. Ouço uma batida. Mais farfalhar.

— Seja quem for, seja rápido — digo em voz alta. — Não vamos brigar.

Freddy sai carregada de roupas.

— Hora da inspeção!

— Você. — Deixo minha cabeça cair de volta no travesseiro. — Eu deveria ter imaginado.

Ela joga tudo ao pé da cama. Tira um vestido da pilha, olha para ele com desprezo e o joga no chão.

— Esse é pro jantar de ensaio! — protesto.

— Interessante. Você não me disse que era uma festa a fantasia. — Pega uma blusa brilhante.

— Não seja maldosa.

Will solta um gemido longo e rouco.

Freddy começa a escolher rapidamente.

— Não, não, tudo bem, nem pensar, uau. *Uau*. — Está segurando uma jaqueta. — Que diabos?

— Comprei na Barneys!

— Espero que tenha guardado a nota, coronel Mostarda. — Ela a deixa cair e a chuta para longe, com desprezo. — Vamos devolvê-la.

— Lily? — Will grasna.

— Will acordou! — Pulo em cima dele e beijo sua cabeça. — Will acordou! Will acordou! — Ele se vira e tenta me empurrar para longe.

– Podemos pedir croissants esta manhã? – Freddy pergunta.

– Você se divertiu ontem à noite? – pergunto a ele. – Onde vocês foram?

– Lily, eu realmente...

– Dê uma olhada. – Freddy tira da pilha uma túnica azul-clara e a levanta. – Tia Edna jogando *yam* na sala de recreação.

– Tinha strippers? – pergunto a ele. – Elas eram tesudas?

Ele cobre a cabeça com os braços.

– Será que você poderia não ficar em cima do meu rosto por ora?

– Ajude-me, Obi Wan! – Freddy guincha, segurando um vestido comprido branco. – Você é minha única esperança!

– Cale a boca – reclamo.

Will solta um gritinho. Afasto o cabelo da sua testa.

– Quer algum analgésico, querido? Tenho Vicodin, e Percocet também, acho. Posso até ter uns dois Oxy que sobraram do meu tratamento de canal.

– Não, esses a gente tomou – diz Freddy, examinando as bainhas em duas calças de linho. Olho para ela. – Quero dizer, você deu eles pra mim – acrescenta rapidamente. – Pra eu usar. Quando eu estava... com dor.

– Você tem um Advil? – ele pergunta.

Olho para Freddy.

– Você pode dar uma olhada? – Ela desaparece no banheiro. Acaricio a cabeça de Will. – O que vocês fizeram ontem à noite?

– Por que você está gritando? – ele geme.

Freddy volta.

– Não tem nada sem prescrição. – Ela pega o telefone do quarto. – Todo mundo concorda com croissants?

Will esforça-se para se sentar.

– Minha mãe quer tomar o café da manhã com você.

– Tudo bem – diz Freddy. – É só eles entrarem em contato com o meu pessoal.

– Não com você, minha Nossa Senhora! – Will aperta a cabeça. – Dói pra respirar!

— Comigo? – digo. – Quando?

— Agora. Ela disse que ia te esperar no restaurante onde vamos ter o jantar de ensaio. A partir das nove.

São quase dez. Convenço Will a beber um pouco de água. Depois, ele desaparece debaixo do edredom. Me visto. Freddy desce comigo e me acompanha pelo lobby. Passa o braço pelo meu.

— Perdi você de vista depois que voltamos ontem à noite.

— Fui dar uma volta. Tinha um monte de coisas pra pensar.

— Fiquei preocupada em ter sido um pouco dura demais com você.

— Com todo aquele amor agressivo? Claro que não. – Dou um tapinha na sua mão. – Você estava certa em tudo.

Ela olha para mim, chocada.

— Estava?

— Claro. Me convenceu totalmente a cancelar o casamento.

— Convenci?

— Convenceu. – Passamos pelas portas do hotel e entramos em mais um dia dolorosamente lindo. Inalo profundamente o ar que recende a sal. – Mas agora, não tenho tanta certeza.

Freddy cobre o rosto com as mãos.

— Não consigo evitar! – exclamo. – Acabei de acordar ao lado dele, e ele estava todo amassado, indefeso, com ressaca. Foi adorável. Queria ficar com ele.

Freddy sacode a cabeça.

— Acho que sou um pouco como Hamlet – continuo.

Freddy descobre um olho extremamente cético.

— Estou dizendo, com a indecisão e tudo mais.

— Ahhh – ela diz. – Pensei que fosse porque você é homicida, dinamarquesa e louca.

— Isso também.

Ela pega minhas mãos.

— Lily, querida, deixando toda brincadeira de lado...

— Falamos sobre isso mais tarde – digo. – Juro. Mas é melhor eu ir. Não quero deixar a mãe do Will esperando.

Chegamos à calçada. Freddy arruma a gola do meu vestido.

– Você não tem jeito.

– Provavelmente – digo. – Mas não desista de mim. Posso surpreendê-la.

Nos cerca de vinte minutos que levo para andar até o restaurante, crio um código de conduta para este encontro. Vou me comportar bem. Não, melhor, vou *arrasar* nesta porra desse café da manhã. Vou fazer com que a mãe de Will me ame. Por alguma razão, Will se importa com o que seus pais pensam. E eu me importo com o que Will pensa. Dar uma consertada na segunda-feira parece o mínimo que posso fazer. Então, vou pedir mil desculpas, claro, elogiar bastante Will. Que mãe não ama isso? Vou conversar sobre o casamento, assim podemos ter um mínimo de cumplicidade quanto ao planejamento. O que mais? Poderia fazer o papel da jovem advogada entusiasmada, metralhá-la de perguntas sobre sua carreira como uma promotora federal fodona. Sem usar a palavra *fodona*, claro. Ou qualquer palavrão. Vai ser difícil sustentar uma conversa, mas tudo bem, sem palavrões. E sem piadas sobre o casamento. Ou sobre o trabalho. Ou sobre sexo. Que tal, nenhuma piada? Vou deixar que ela dirija a conversa, vou ouvir, concordar e sorrir.

E sem álcool, é claro.

Tudo bem, um drinque.

A força do pensamento!

Ao entrar na Whitehead Street, meu celular sinaliza uma mensagem de texto.

– Estarei aí em 5 minutos, querida. Me espere na cama.

Esse cara está me tirando do sério.

– sério, henry?

– Lily!

– pf aprenda como funciona a tecnologia

– ka, ka, ka

– não diga ka ka ka, papai. nem pensar.

– desculpe, querida! tchau!

Passo pelos portões do Blue Heaven, e entro no alegre pátio, decorado com violões pintados, armadilhas para lagostas e outros detritos dos Keys. Anita está sentada a uma mesa, debaixo de um guarda-sol rasgado de lona, parecendo formal e desconfortável no ambiente informal. Mas me sorri calorosamente, quando puxo uma cadeira e me sento à sua frente.

– Bom-dia – ela diz. – Dormiu bem?

– Como um anjo. E você?

– Superbem. Estamos tendo umas férias maravilhosas. O sol, o mar, a comida e a arquitetura. A cultura interessante. Tudo é muito calmo e relaxante! – Ela suspira feliz. – É uma pena que a gente não vá ficar.

– O quê?

O garçom aparece. – Aceita alguma coisa?

– Adoraria um dos seus Bloody Marys – digo.

– Na verdade, ela vai tomar café – Anita diz a ele.

Viro-me para ela.

– Como?

O garçom sai. Anita inclina-se para a frente e estala os dedos no meu rosto. Fico tão surpresa que por alguns segundos não tiro os olhos dela. Depois, caio na risada.

– Você fez mesmo isso?

– Fique quieta – ela diz. – Quero que agora você fique quieta e me ouça.

Suas narinas estão se abrindo. Seu rosto cuidadosamente maquiado está ficando todo manchado.

A sogra está *puta da vida*.

– Não te chamei aqui pra que você possa fazer mais um espetáculo da sua bebedeira – diz rispidamente.

– Eu queria me desculpar por isso – digo. – Fui absolutamente...

Ela dispensa minha fala com um gesto de mão.

– Economize saliva. Seu comportamento na segunda-feira, se bem que deplorável, pelo menos foi coerente com seu caráter.

O que está havendo?

– Meu caráter? Você está...

– Qualquer pedido de desculpas seria uma mentira, e não estou interessada em mais mentiras. Mas vou dizer uma coisa. – Ela começa a cutucar a mesa com uma de suas violentas unhas vermelhas. – Eu esperava que uma advogada, uma jovem advogada entre todas as pessoas, tratasse uma promotora dos Estados Unidos com um pouco mais de respeito. Nunca fui tão insultada quanto por você.

– Claro que foi – digo a ela. – Só que não na sua cara.

Porque, que motivo eu teria pra ficar aqui sentada e aceitar tudo o que ela tem pra dizer? Se ela não vai ser delicada, eu também não.

Por alguma razão, minha impertinência parece acalmá-la.

– Vamos direto ao assunto. – Ela tira um gordo envelope da bolsa e o coloca sobre a mesa. – Isto é pra você.

– Não, obrigada – digo imediatamente. – Não quero.

Aqui estamos nós, tendo uma agradável briguinha sogra-nora, e ela produz um enorme e antigo envelope sem identificação? As pessoas não fazem isso na vida real. Quem ela pensa que é, Robert De Niro?

– Pegue-o. – Ela me empurra o envelope. Solto o fecho e tiro duas pastas volumosas de papel-manilha.

A primeira é uma cópia do meu registro juvenil.

Estou vagamente ciente de que deveria ficar chocada, furiosa e horrorizada neste momento. Talvez assustada, também. Mas não estou nem mesmo surpresa. Acho que sabia que isto aconteceria. Desde que vi Teddy segunda-feira à noite. Ou desci do avião no domingo. Ou entrei dentro de um, há treze anos. Alguma parte minha deve ter sabido que isto acabaria acontecendo.

Anita tem os olhos pregados em mim, observando meu rosto. Parece triunfante, esperançosa e superior.

– Isto é estranho – digo. – Não me lembro de ter posto isto no registro.

Ela sorri.

Os sócios do meu escritório tinham razão. Ela tem garras.

Dou um tapinha na pasta.

— Não sei como você conseguiu isto. Foi extinto.

Ela acena a cabeça em solidariedade.

— As pastas digitais podem ser *tão* dúbias, não é?

A esta altura, sei o que há na outra pasta. Mas tenho que ter certeza. Empurro a primeira de lado, para poder ver o nome datilografado na etiqueta do alto: Lee DiFortuna. Não abro.

— Não quer ver as fotos? — Anita pergunta.

Devolvo as pastas ao envelope e coloco o envelope no meio da mesa. Finalmente, meu café chega. Dou um gole e pouso a xícara com cuidado.

— Eu diria que isto é uma espécie de brincadeira, mas você não me parece o tipo alegre que gosta de pregar peças.

— Não é uma brincadeira.

— Neste caso — digo cautelosa —, tenho certeza que o que você fez é o que, na profissão legal, chamamos de *ilegal*.

— Você está numa situação em que, dificilmente, pode me fazer um sermão sobre o que é legal e o que não é — retruca.

Levanto as mãos.

— Podemos parar por um segundo? É óbvio que você está muito nervosa, e sinto muito por isso, mas não faço ideia do que você está pretendendo aqui. Então, acho que a melhor coisa agora é eu ir embora, e mais tarde podemos...

— A melhor coisa pra você fazer agora — ela diz — é terminar seu relacionamento com o meu filho.

Nem pensar. Ela não pode estar falando sério. Isto não pode estar acontecendo.

— Se você não fizer isto — ela continua —, vou mostrar a ele estes documentos.

Vó tinha razão. Esta mulher é fogo. Mas realmente, isto é *muito* típico de um promotor. Eles se acham os reis do universo. Ameaçam e coagem as pessoas a fazerem o que eles querem. Tão confiantes, tão certos de estarem do lado do que é certo e da justiça, que se arrogam o direito de assustarem as pessoas usando todo o poder do Estado e mais um pouco.

Ela é uma opressora, e detesto opressores.

Bato no envelope.

– Will vai entender que a garota que fez isso não é a mulher que sou agora. Portanto, fique à vontade. Envolva isto aqui com uma fita grande e larga e entregue a ele. – Levanto minha xícara de café e faço um brinde a ela.

– Farei isto – diz. – E também vou mandar uma cópia para o diretor administrativo do seu escritório.

Fico paralisada. Ela levanta sua xícara de café e a encosta na minha. Dá um gole, pousa a xícara e sorri.

– Pela sua incapacidade em me dar uma resposta impertinente, deduzo que você não revelou seu passado empolgante ao ser contratada.

Não digo nada.

– Que pena! Mas não posso dizer que isso me surpreenda.

Por fim, recupero a voz.

– Você não pode fazer isto.

– Não? Quem é que vai me impedir?

– Que tal a polícia? – digo alto demais. Cabeças viram-se. Abaixo o volume. – Que tal uns dois colegas seus? Que tal qualquer pessoa que poderia estar interessada em saber que você infringiu, ah, meia dúzia de leis estaduais e federais, única maneira *possível* de ter acesso a esses registros?

– Vai ser muito interessante ver qual de nós tem mais credibilidade – ela diz, pensativa –, a condecorada promotora federal, ou a desgraçada ex-advogada.

– Tudo bem, olhe, eu sei que você não me aprova, mas...

Ela me interrompe:

– Não dá pra te dizer como fiquei empolgada quando Will me telefonou e me falou a seu respeito. "Mamãe", ele disse, "estou apaixonado. Lily é perfeita. É inteligente, ambiciosa, e ama a lei." Fiquei muito feliz. Mas aconteceu muito rápido. Você parecia boa demais pra ser verdade. Então – ela dá de ombros – investiguei um pouco.

– Inacreditável.

– Foi exatamente o que pensei! – ela retruca. – Porque ali estava você – ela gesticula em direção às pastas – em toda sua glória. Dá pra você imaginar o meu desânimo, o meu horror. Mas sabe o que fiz? Fiz a coisa certa.

Tenho que rir ao ouvir isso.

– Em que sentido você poderia ter feito a coisa certa?

– Dei a você o benefício da dúvida – ela replica. – Fui praquele almoço na segunda-feira de mente aberta. Pensei, não devo prejulgar. Talvez, agora, ela esteja diferente. Talvez tenha mudado.

– Estou diferente – digo, quase apelando para ela. – Mudei.

– Dá pra eu ver. – Ela se inclina para a frente, praticamente cuspindo em mim. – Você *piorou*.

Isto não é verdade. Sei que não é, e isso me ajuda a me recompor. Pego meu café e dou um gole. Pouso minha xícara de volta. Recosto-me na minha cadeira e sorrio para ela.

– Sabe o que estou esperando com ansiedade? Os Natais em Chicago!

– Você vai cancelar esse casamento – ela me diz. – Não tem qualquer escolha.

– A pessoa que não tem escolha aqui, mamãe ursa, é você. Esta decisão é minha e do Will, não sua.

– Will não sabe quem você é de verdade! – ela exclama. – Meu filho é um homem maravilhoso, brilhante, criativo, sensível. É doce e ingênuo. Ingênuo demais.

– E tem uma mãe que se mete com ele *além da conta*.

– Ele merece alguém que possa cuidar dele, apoiá-lo. Não alguém cujas evidentes falhas morais ameaçarão acabar com tudo que ele se esforçou tanto pra conseguir.

– Não vamos ficar agitadas demais a respeito disso, OK? Will é um ótimo cara, mas não o tenho visto curar nenhum leproso ultimamente.

Não pensava que o rosto dela pudesse ficar ainda mais vermelho, mas fica.

– Seu maravilhoso filho – continuo – é um homem no começo dos trinta, que conseguiu se formar na faculdade e permanecer no emprego. Como bônus, sabe como se alimentar e como se limpar. Parabéns, Anita. – Levanto dois polegares. – Você criou um vencedor!

É muito gratificante ver seu esforço para controlar seu humor. Não consigo resistir a ir mais além. Então, inclino-me para a frente e sorrio:

– Na verdade, deixe-me reconsiderar isso. Will também é *incrível* na cama. Você também ensinou isso a ele?

É quando ela perde a paciência.

– Como você se *atreve*? – grita num tom esganiçado.

Agora temos a atenção de todo o restaurante. Levanto-me.

– Obrigada pelo café da manhã, mamãe!

– Você tem vinte e quatro horas! – ela grita às minhas costas.

– Te amo! – Mostro-lhe o dedo e saio.

15

Saio do restaurante e caminho até a marina atrás de um dos novos e grandes hotéis. A excitação da disputa logo se esvai, e fico me sentindo um pouco enjoada. Que diabos aconteceu ali? Como é que um café da manhã vai de zero a louco em dois goles de café?

Sento-me em um banco e olho um enorme navio de cruzeiro aproximando-se do píer. A coisa tem quatro ou cinco andares. É como se um enorme prédio de apartamentos simplesmente encostasse na minha cidade natal. Estou fazendo um grande esforço para manter a mente em branco, mas não funciona. Pensamentos sobre Lee ficam me invadindo. Normalmente sou boa em bloqueá-los. Até aqui, nesta semana, Lee mal veio à tona. Mas minhas estratégias costumeiras não estão funcionando. Desisto e fecho os olhos, e lá está ele.

Depois de um tempo, ligo para Freddy.

– Você acha que eu deveria comprar uma camiseta que diz Minha Salsicha Faz Truques? – ela pergunta.

– Não.

– São duas por dez dólares – ela diz. – Ainda não comprei um presente de casamento pra vocês.

– Dá pra você vir me encontrar?

– Qual é o problema?

Recosto-me no banco e fecho os olhos.

– Tudo.

Espero por ela na entrada do museu Hemingway. Ela surge dobrando a esquina, vê meu rosto e joga os braços à minha volta. Realmente não sei o que faria sem ela.

— Nossa, Lily, você está horrível.

Compramos tíquetes e entramos na casa principal, uma mansão quadrada, de pedras creme, e compridas venezianas amarelas. Cerca de uma dúzia de pessoas está reunida na sala de visitas, esperando o início do tour. Freddy e eu ficamos no fundo.

Um relógio toca e uma senhorinha idosa, com camisa tropical e bermuda, entra na sala. Tem um descorado corte tigela e olhos ansiosos.

— Bem-vindos, bem-vindos todos ao maravilhoso Key West, Flórida, e à Casa e Museu Ernest Hemingway! – grita. – Meu nome é Donna Kuntsmeister...

— Sem chance – Freddy murmura.

— ... e vou ser sua guia enquanto voltamos no tempo mais de *oitenta anos*, quando o lugar onde estamos *exatamente agora* era a casa de um dos mais prolíficos, influentes e *controversos* escritores americanos. – Ela olha em torno dramaticamente. – Ernest *Hemingway*.

— Por que estamos aqui? – Freddy sussurra.

— Hemingway viveu nesta casa por mais de *dez anos* com sua segunda mulher, Pauline Pfeiffer, jornalista e herdeira, vinda de Parkersburg, Iowa. – Donna sorri para nós. – Tem alguém de Iowa conosco hoje?

— Eu precisava falar com alguém – sussurro de volta.

— Sou toda ouvidos – Freddy diz. – Como aquele bebê ali, coitadinho.

— ... então, vamos começar! – Donna grita. – Se alguém tiver perguntas ao longo do caminho, por favor, não hesite em falar.

O grupo segue pelo corredor, atrás dela.

— Tenho um problema – digo a Freddy.

— Estamos agora na sala de jantar de Hemingway – Donna explica. – Quando eles moravam aqui em Key West, Ernest e Pauline *adoravam* receber visitas.

— Vamos ver se eu adivinho – Freddy diz. – Você falou o que não devia, e a mãe de Will ficou possessa.

— Isso, com certeza, foi parte da coisa.

— Por que você sempre faz isso? – ela suspira.

— Por que eu sempre faço tudo que eu sempre faço?

— Mil novecentos e quarenta — Donna diz, respondendo a uma pergunta. — Mas Pauline viveu aqui até sua morte em 1951, ocorrida depois que ela soube que seu filho, Gregory, havia sido preso por entrar num banheiro de mulheres vestido com as roupas de sua esposa.

Freddy pisca.

— Não era nada disso que eu esperava que ela fosse dizer.

— Esta é uma arca de navio, feita de nogueira circassiana — Donna está dizendo. — Pauline usava-a como escrivaninha.

Uma mulher pergunta:

— O que é uma nogueira circassiana?

— Um tipo de madeira — Donna responde.

— Soa como alguma coisa tirada do *Guerra nas estrelas* — digo.

A mulher concorda:

— É.

— Não é do *Guerra nas estrelas* — diz Donna.

— Vai ver que o *Millennium Falcon* foi feito disso — digo. — Nogueira circassiana.

Donna sacode a cabeça.

— Não foi.

— Ouvi dizer que deveria se chamar o *Circassian Falcon* — digo —, mas George Lucas tem um sibilo na fala e não conseguia pronunciar isso. E ele é o chefe, então...

A mulher diz:

— George Lucas tem um sibilo na fala?

Um homem diz:

— O que isso tem a ver com Hemingway?

Donna diz:

— Podemos ir em frente?

Todos nós entramos na biblioteca atrás dela.

Freddy me cutuca:

— Você vai me contar o que tem na cabeça, ou estamos aqui pra você poder atormentar a guia?

— Ela me ameaçou — sussurro.

— Donna?

— A mãe do Will! Está tentando me chantagear.

— Pauline comprou este lustre em *Paris* – Donna diz. – Fez com que fosse mandado pra *cá*. Por *navio*.

— Isto é impossível – Freddy diz. – Você deve ter entendido mal.

— Acredite em mim. Foi dito alto e bom som.

— ... em Los Angeles, onde Pauline ficou com sua irmã Jinny e sua amante, a violinista e produtora cinematográfica, Laura Archera. Laura e Jinny, mais tarde, teriam um relacionamento livre com Aldous Huxley.

— Estamos chapadas agora? – Freddy pergunta. – Todo este tour é uma alucinação?

— Bem-vinda a Key West – digo.

— Não – Donna diz –, não sei de onde é esse abajur.

— A não ser que eu cancele o casamento, ela vai contar pro Will uma coisa que aconteceu quando eu era garota.

— Alguma coisa ruim.

Concordo com a cabeça.

— Gregory conheceu sua quarta esposa no banheiro feminino de um bar em Coconut Grove – Donna diz. – Isso foi logo depois de ele ter implantado um seio do lado esquerdo. Depois do casamento, ele removeu o implante.

— Espere um pouco – Freddy me diz, levantando a mão. – Me desculpe, Donna, vou ter que te pedir pra parar.

— Como é?

— Você está inventando isso – Freddy diz. – Tem que estar.

Donna cruza os braços e olha para Freddy com uma expressão tipo "Dá um Google, vaca". Freddy saca seu celular. Duas outras pessoas fazem a mesma coisa.

— E aí? – alguém pergunta.

— É verdade – Freddy murmura, dando uma percorrida. – Cada palavra.

— Onde você viu isso? – um homem pergunta, olhando seu celular.

— Tente "Seios de Gregory Hemingway" – Freddy diz a ele.

Ele digita. Seus olhos arregalam-se.
— Puta merda.
Freddy guarda seu celular e sorri para nossa guia.
— Me desculpe, Donna. Por favor, prossiga.
Por fim, Freddy e eu nos desgarramos do tour e saímos. Vamos até o galpão das carruagens e subimos ao segundo andar para ver o escritório de Hemingway. Passeamos pelos jardins. Freddy está paciente, esperando que eu comece a falar.
A piscina cintila à luz do sol. Uma dúzia de estátuas de elefantes contorna sua volta, olhando a água vazia. Passo por cima da corrente branca de plástico e chuto as sandálias para longe. Freddy me segue. Sentamo-nos na beirada e mergulhamos os pés na água morna.
Viro-me para ela.
— Quer comer alguma coisa?
— Pare de ensebar — ela diz. — Você vai se sentir melhor depois de me contar.
— É tão difícil começar. Trago essa coisa trancada. — Chuto a água. — Mas sinto que, se te contar, vou ter alguém do meu lado. Alguém que saiba tudo.
— Estou sempre do seu lado — ela diz.
— Eu sei, mas... tudo bem. Lá vai.
Respiro fundo.
— Provavelmente isto não vai ser uma grande surpresa, mas quando eu estava crescendo fui uma encrenqueira. Uma verdadeira baderneira. Nada de drogas, bebida ou sexo, acredite se quiser. Isso era normal por aqui, e não me interessava. Não naquela época. Eu só era... descontrolada. Desobediente, turbulenta na escola, sempre falando o que não devia. Um verdadeiro pé no saco.
— Como a maioria dos moleques — Freddy diz.
— A maioria deles supera isso. Eu só piorei. E tinha um companheiro no crime.
— Teddy — ela diz.
— Nascemos com apenas umas semanas de diferença. Nossas mães eram velhas amigas do ensino médio. Depois que papai foi embora, elas

ficaram realmente íntimas; a mãe de Teddy também o estava criando sozinha. Ela era enfermeira. Mamãe e a sra. Bennet costumavam se revezar tomando conta de nós, enquanto a outra estava trabalhando. Eu sabia tudo sobre ele. Ele nunca tinha muita coisa pra dizer, mas eu sabia o que ele estava pensando. Sempre. – Enfio um pé na água, fazendo ondinhas.

– E nós éramos péssimos. Estávamos no caminho certo pra sermos perfeitos delinquentes, antes mesmo de chegarmos aos dez anos. Fazíamos grafites, faltávamos à escola, jogávamos ovos nos carros, roubávamos em lojas. E a gente se safava. Quero dizer, éramos pegos ocasionalmente, mas geralmente escapávamos de uma verdadeira punição. Eu conseguia convencer os outros e escapar de qualquer coisa e tinha a vó como retaguarda. Ela reclamava e brigava comigo, mamãe chorava e me punha de castigo, mas elas livravam a gente de problemas com a escola, com a polícia, ou com quem fosse. E Teddy era essa... criança angelical. Era tão quieto e calmo! Ninguém jamais acreditava que ele pudesse fazer as coisas que fazia.

– Vocês parecem um belo par.

– A gente estava muito entediado. Não entenda mal, não estávamos em alguma rodada perpétua de crimes. Íamos à praia, andávamos de bicicleta, pescávamos, nadávamos, tudo isso. Mas a ilha é muito minúscula. E logo fica obsoleta. Provocar confusão era excitante. E não tínhamos medo. Nenhum.

– Parece que você não mudou.

Esta é a última coisa no mundo que preciso ouvir neste momento.

– Por favor, não diga isso!

– Tudo bem, tudo bem – Freddy diz. – Me desculpe. Vá em frente.

Então continuo. Conto a ela como Teddy e eu provocávamos um ao outro constantemente. Se eu roubava uma bicicleta, ele roubava uma scooter. Se ele se enfiava num strip club, eu me esgueirava num salão de massagens. Conforme fomos crescendo, a coisa piorou. Roubávamos carros e saíamos dirigindo no meio da noite. Arrombávamos casas de temporada e fazíamos café da manhã, ou pedíamos folhetos dos Alcoólicos Anônimos, repintávamos as paredes.

Freddy caiu na risada.

— Não acredito!

— Éramos malucos. Quando estudamos os vikings na escola, soltamos um veleiro das docas e pusemos fogo nele. Enquanto estávamos lá dentro.

— Uau — ela diz.

Uau mesmo. Tiro os óculos escuros e aperto os olhos no reflexo da luz que vem da água. Nós nos divertíamos muito. Cada dia era uma aventura. Tenho raiva de mim por gostar dessas lembranças, por causa do que aconteceu depois, mas não consigo evitar. Fecho os olhos e, por um momento, me lembro. Eu e Teddy juntos.

— Não sei o momento preciso em que tudo mudou, quando meus... sentimentos por Teddy mudaram. Não foi como um raio ou coisa parecida. Não houve uma percepção súbita de que o menino que eu conhecera a vida toda era, na verdade, muito mais, *muito* mais do que meu melhor amigo. Mas quando eu tinha catorze anos, não consegui mais esconder isso de mim mesma. Estava apaixonada por ele. Total e completamente. Desesperadamente. Eternamente.

— Como só pode acontecer com alguém de catorze anos — Freddy observa.

Foi ruim. Quando a escola terminou em junho daquele ano, fui visitar Ana por uma semana em Washington, e depois fui ver papai e Jane em Nova York. Senti saudades de Teddy o tempo todo. Fiquei obcecada com o que ele estaria fazendo sem mim. Contava os dias que faltavam para estar novamente com ele. Comparava-o com todos os meninos que eu via, e achava que em todos eles faltava alguma coisa: não tão inteligente, não tão engraçado, não tão interessante. Ele não era mais um garoto bonito, era maravilhoso. Seus olhos verde-mar, seu sorriso enviesado, sua inteligência sutil. E tinha uma graça física, uma presença, mesmo aos catorze anos.

— Não sei o que eu esperava acontecer na minha volta — conto a Freddy. — Talvez que ele fosse me ver e uma lâmpada se queimaria, mas não foi isso. Cheguei em casa e nada mudou.

Rapidamente virei um clichê ambulante, a personificação da angústia adolescente do mal de amor. Fiquei ansiosa. Fiquei estranha. Vivia falando umas merdas estúpidas. Caía no choro sem motivo. Não conseguia dormir. Não conseguia comer.

E Teddy não notou nada de nada. Eu estava muito desesperada por sua atenção, o tipo certo de atenção. Finalmente, cedi aos apelos da minha mãe e cortei o cabelo de um jeito decente. Teddy caçoou. Um dia, vesti uma saia. Ele não conseguia parar de rir.

Como é que ele não via o que estava acontecendo? Como é que não sentia a mesma coisa? A tortura era grande. Tinha que mudar. Eu tinha que *fazer* Teddy me amar. Só precisava de uma arma.

– Seu nome – contei a Freddy – era Lee.

Ele era de Jacksonville. Sua família tinha se mudado para a casa vizinha à de Teddy, enquanto eu estava fora. Lee era da nossa idade, mas nem um pouco como nós. Era doce e bem-comportado. Um pouco tímido. Adorava pescar. Tinha uma falha entre seus dentes da frente, e uma risada barulhenta. Estava sempre sorrindo. Não parecia muito natural; dava a sensação de que estava escondendo alguma coisa, apresentando um rosto composto com cuidado para o mundo. Se bem que, talvez, isso seja em retrospectiva.

Eu estava cansada de ser invisível para Teddy. Resolvi me tornar visível para Lee, muito, muito visível, e talvez Teddy percebesse o que estava perdendo.

Então, elogiava Lee. Tocava nele. Copiei o que vira meu pai fazendo, a maneira como ele olhava para Jane, a maneira como flertava. Sorria para Lee, ouvia o que ele dizia, ria das suas piadas. Sempre, e somente, na presença de Teddy.

Besteira estúpida, insensível, típica de adolescente.

E funcionou.

Lee começou a reagir quase que imediatamente. Ficava nervoso sempre que eu estava por perto. Trazia-me presentes. Fez-me um CD com uma coletânea horrorosa de músicas country. Convidava-me para jantar na casa dele, com seus pais sisudos e esquisitos. Consegui mantê-lo interessado, sem lhe dar nada em troca. Nem mesmo segurava sua mão. Mas sorria, ria e flertava.

Na minha cabeça, tudo o que eu fazia estava certo, porque eu estava apaixonada. Nunca me ocorreu me sentir mal por estar usando Lee.

Não que isso fizesse diferença. Minha falsa paixão não estava fazendo efeito. Teddy não parecia notar, ou se importar. Isso só fez com que eu redobrasse meus esforços, o que levou Lee a se enganar ainda mais.

O amor fez de mim uma completa imbecil.

– Você tinha quatorze anos – diz Freddy. – Todas as meninas de quatorze anos são imbecis.

– Me deixe terminar, e aí você pode decidir se isso serve de desculpa pro meu comportamento.

Agora, Lee fazia parte de nossa pequena gangue, mas não vibrava como a gente por ser ruim. Sua família era muito religiosa, então ele tinha esses escrúpulos. E tinha medo dos pais. Tornou-se nossa voz da razão, convencendo-nos a desistir das piores coisas. A maioria das vezes, não sempre.

No começo de agosto, entrei na casa de Teddy e o encontrei esparramado com Lee no sofá da sala de visitas, jogando videogames.

– Adivinhem só – eu disse.

– Você está na frente da tela – Teddy disse.

Lee sentou-se e abriu espaço para mim.

– O quê?

– Sabe aquela casa que a minha mãe está reformando? A equipe dela achou um engradado de dinamite no galpão das charretes.

Teddy finalmente levantou os olhos.

– Verdade?

Concordei com a cabeça.

Ele largou seu controle.

– Vamos.

– Ela já avisou as autoridades. Um esquadrão que desarma bombas veio buscá-lo esta manhã.

Ele voltou a se afundar no sofá, desanimado.

– Mas não antes que eu liberasse alguns bastões – eu disse.

Seu sorriso lento e prazeroso fez meu coração dar pinotes.

— O que a gente faria com isso? — Lee perguntou, cético.

— Vamos zoar — Teddy respondeu.

— Bah — acrescentei.

Lee pareceu nervoso.

— Não acho que seja uma ideia tão boa.

Não o levamos em consideração, e ele nos seguiu com relutância, enquanto planejávamos nosso próximo ato de violência. Logo identificamos um alvo: a estação aérea naval de Palm Avenue.

— Espere aí — Freddy diz. — Uma estação *naval*?

— A gente tinha catorze anos — digo. — Éramos idiotas. Lee queria explodi-lo em algum lugar da praia, ou no mangue, mas foi voto vencido. E não era como se estivéssemos planejando destruir um avião. A gente só ia deixar o artefato em frente aos portões, no meio da noite. Era mais o princípio agressivo da coisa.

Pesquisamos um pouco. Fiquei tão absorvida que deixei de lado toda a minha atuação com referência a Lee. Ele começou a tentar esconder seus sentimentos. Não funcionou.

Numa manhã de domingo, Teddy e eu começamos a montar a bomba numa mesa bamba de jogo, na sua garagem. A única luz vinha de duas janelas no alto de uma parede. Estava escandalosamente quente e abafado lá dentro, mas tínhamos que manter a porta fechada para não atrair atenção.

Teddy mostrou um velho despertador que eu tinha encontrado no nosso sótão.

— A gente precisa mesmo disto?

— Precisa.

— Por quê?

— Porque é mais legal assim — eu disse. — É óbvio.

— É estúpido — ele murmurou, mas eu o ignorei. Estava tentando decifrar as instruções impressas da Internet no escritório da vó.

— Cadê o Lee? — Teddy perguntou.

— Na igreja, acho. O pai dele obriga ele a ir.

— Deus — murmurou Teddy. — Me mate.

— Sério.

Ele começou a remexer na confusão de chaves de fenda da sua caixa de ferramentas. Eu estava empacada nas instruções para ligar o relógio aos explosivos. Lembro-me de ter pensado que era uma pena não poder pedir ajuda a minha mãe; ela resolveria isso num estalar de dedos.

Numa voz que quase não reconheci, Teddy perguntou:

– Então, você e o Lee são como namorados, agora?

Minha boca secou instantaneamente. Mantive os olhos fixos no papel à minha frente.

– Não sei. Talvez.

– Você gosta dele?

Fingi estar procurando uma coisa na mesa.

– Claro. Lee é ótimo.

– É – Teddy disse, com desconcertante desprezo –, ele é ótimo.

Fiquei calada.

– Ele gosta de você – disse Teddy em tom de acusação. – Está sempre falando em você. Lily é muito isso, Lily é muito aquilo. Enche o saco.

Engoli a raiva com dificuldade.

– Acho que ele vê coisas que você não vê.

– É – ele disse com desdém. – Porque elas não existem.

Por fim, larguei as instruções.

– Qual é o seu problema, Theodore?

– Não – ele me preveniu. Detestava quando eu o chamava pelo seu nome.

– Então pare de agir feito idiota.

– *Você* está agindo feito idiota! – Teddy disse. – O jeito como você fica em volta dele me dá enjoo! É tudo. – Ele jogou o cabelo e adotou um *falsetto* de menina. – "Ah, Lee, você é tão engraçado! Ah, ah, ah! Você é tão inteligente!"

– Que diferença faz pra você?

– Porque você não age assim comigo! – ele gritou.

A garagem estava em silêncio. Ouvi o ronco de um caminhão que seguia pela rua, um cortador de grama funcionando a distância.

Os olhos de Teddy estavam cheios de mágoa. Revelaram-me tudo o que eu precisava saber. Tudo o que eu morria de vontade de saber durante todo o verão.

– Eu tentei – disse por fim. – Tentei agir assim com você.

Teddy sacudiu a cabeça.

– Não mesmo.

– Tentei – insisti. – Você riu de mim.

– Tente de novo – ele disse baixinho. – Não vou rir.

Eu só conseguia ficar olhando fixo para ele. Estava brincando? Isto estava realmente acontecendo, a coisa que eu tanto quis, durante tanto tempo?

Estava. Teddy pôs as mãos nos meus ombros, inclinou-se e me beijou.

Foi o primeiro beijo para nós dois.

Foi péssimo.

Freddy riu.

– Péssimo?

– A gente não sabia o que estava fazendo! A boca dele estava aberta, e a minha estava fechada. Depois eu abri a minha, logo quando ele travou a dele. Meus lábios estavam secos demais. Os dele, muito molhados. Nossos dentes se encontraram. – Dou de ombros e chuto a água. – Tudo foi muito atrapalhado, sentimental e esquisito.

Também?

Mágico.

Por fim, nos separamos. Olhamos um para o outro. E começamos a rir.

Saímos da garagem e entramos na casa dele, onde passamos as próximas três horas no sofá, aprendendo a beijar. Quando ouvimos sua mãe se movimentando no andar de cima, arrumando-se para ir trabalhar, estávamos especialistas. Profissionais. Futuros medalhas de ouro.

Teddy e eu começamos a escapulir juntos sempre que podíamos. Lee sabia que estava acontecendo alguma coisa. Ficou tentando me encontrar a sós, mas eu dava umas desculpas vagas. Ligava para a minha casa e eu não atendia. Não ria mais das piadas dele. Fiquei evasiva. Ele ficou triste e preocupado. Sinceramente, estava se tornando um saco. Nós o teríamos deixado totalmente fora do plano, mas agora ele insistia em fazer parte. Ficou superentusiasmado, e não parava de falar em como seria incrível quando detonássemos nossa bomba. Tudo para me impressionar.

— Você deveria contar pra ele — Teddy disse a certa altura.

Estávamos no meu quarto, deitados na cama. Olhei para o teto, para as marcas de canivete que tínhamos feito quando crianças. Teddy estava certo, mas fiquei adiando. Agora que tinha conseguido o que queria, sentia-me culpada.

— Vou contar pra ele — disse. — Logo.

Duas noites depois, nos encontramos à meia-noite para nosso grande ataque contra a força militar dos Estados Unidos. Esgueiramo-nos na entrada da base e colocamos a bomba em frente a um muro baixo de concreto, próximo à guarita do guarda. Nunca consegui entender como incorporar o despertador, então, apenas acendemos o pavio, depois nos escondemos atrás de um grupo de palmeiras a cerca de cem metros.

Lembro-me perfeitamente de tudo. A incerteza, o medo de termos feito bobagem e desperdiçado a dinamite, ou de que ela estivesse velha e empedrada demais para funcionar.

Quando a bomba explodiu, o som foi ensurdecedor. Chamas se agigantaram noite adentro, e as janelas de uns dois prédios do outro lado da rua estouraram. Gritamos de alegria e dançamos à luz do fogo. Até Lee ficou empolgado.

Então, ouvimos sirenes.

Por algum motivo, não tínhamos previsto a possibilidade de uma rápida reação a uma explosão próxima à base militar. Lee começou a correr em direção à marina da cidade. Teddy agarrou minha mão. Atravessamos correndo um condomínio moderno e voltamos para a cidade velha. Corremos pelas ruas e vielas estreitas que conhecíamos tão bem, passando em silêncio por cima de cercas e atravessando quintais, escondendo-nos atrás de carros estacionados, evitando a iluminação das ruas.

Finalmente chegamos a uma *conch house* em Eaton Street. Minha mãe tinha trabalhado nela alguns anos antes. Eu sabia que ficava vazia a maior parte do ano. Achamos uma veneziana mal fechada e forçamos para que abrisse. Dentro, nos revezamos bebendo direto da torneira longos goles de água morna, enferrujada, que corria pelos nossos queixos. Não queríamos acender as luzes, mas encontramos algumas velas na cozinha e as acendemos.

Depois, subimos para o andar de cima, encontramos o quarto do casal e começamos a nos despir mutuamente.

Paro de falar. Freddy está me observando.

– Então – ela diz. – Vocês...?

– Fizemos.

– Vocês tinham catorze anos?

Olho-a de relance.

– Está espantada?

– Acho que não. – Ela faz uma pausa. – Como foi?

Olho para a água.

– Incrível.

Não deveria ter sido. Deveria ter sido como o nosso primeiro beijo, atrapalhado e desconfortável. E foi uma dor do inferno por cerca de três segundos. Gritei, e Teddy ficou paralisado.

– Você está bem? – ele sussurrou.

– Estou – sussurrei de volta. – Estou, estou, estou.

Eu estava bem. Estava mais do que bem.

Ele estava dentro de mim. Eu gostava demais, demais daquilo.

E éramos muito bons na coisa.

Ficamos ali até perto do amanhecer. Então, Teddy me acompanhou até em casa, e subiu a amendoeira atrás de mim, entrando no meu quarto. Nós nos despimos e transamos de novo, movendo-nos lentamente para a cama não estalar. Depois, ele me deixou debaixo das cobertas e foi embora.

Caí no sono em plena alegria. Algo havia mudado, eu podia sentir isso. Não me interessava continuar causando problemas. Tinha acabado de descobrir a melhor maneira possível de não me entediar.

Azar meu, era um pouco tarde demais.

A polícia apareceu na casa de Lee por volta das três, naquela tarde. Teddy veio correndo me encontrar. A grandiosa estupidez do que havíamos feito desmoronou sobre nossas cabeças. Dinamite em frente a uma base naval? Tínhamos perdido a cabeça? Por que não havíamos ouvido Lee e levado aquilo para a praia, ou explodido em um barco de pesca abandonado? Por que tínhamos que *destruir uma propriedade federal*?

De uma hora para a outra, o divertimento acabou. Estávamos potencialmente numa encrenca real, podendo ir parar no reformatório, talvez numa prisão verdadeira. Afinal de contas, esta era a Flórida, onde eles amam tratar adolescentes como adultos.

Teddy e eu voltamos para sua casa e esperamos. A polícia ficou muito tempo na casa de Lee. Vimos quando eles saíram. Cerca de uma hora depois, os pais de Lee também saíram.

— Vamos conversar com ele — Teddy disse. — Descobrir o que eles disseram.

Sacudi a cabeça.

— Deixe que eu vou sozinha.

Na mesma hora, ele ficou desconfiado, com ciúme. — Por quê?

— Só me deixe fazer isto, Teddy. Vou acalmá-lo. Vou fazer com que entenda.

Quando fui para a porta dos fundos, vi Lee sentado à mesa da cozinha, com o olhar perdido. Bati e entrei. Ele se virou para olhar para mim.

— Eles sabem — ele disse baixinho. — Eles sabem que fomos nós.

Alguém havia visto três garotos perambulando pela área antes que a bomba explodisse. Com nosso histórico brilhante, tornamo-nos automaticamente os principais suspeitos. Provavelmente, a polícia tinha ido primeiro até Lee, para que a vó não interferisse.

— É só questão de tempo — Lee disse. Suas palavras saíram aos trancos. Estava em pânico. — Temos que confessar. Vai ser melhor pra nós. Eles me disseram isso.

Pego suas mãos por sobre a mesa.

— Lee, eles estão mentindo. Eles não têm provas.

— Meu pai vai me matar — ele sussurrou.

Ele tinha mesmo um pai maluco. Não abusivo, nada disso, mas super, super-rígido. Um pai que não se desaponta. Lee tinha pavor dele.

Disse a ele que tínhamos que ter uma frente unida, que não podíamos confessar, que ficaríamos bem, que minha avó cuidaria disso. Ela conhecia a polícia, os advogados. Ela nos tiraria daquela encrenca. Eles não tinham uma prova sólida de que havíamos sido nós. Sorri para ele. Agradei suas mãos. Tentei tudo em que podia pensar para manipulá-lo a fazer o que eu queria.

– Eles estão tentando assustar a gente, Lee. E daí que têm uma testemunha? A vó sempre diz que o testemunho ocular é duvidoso. E fosse quem fosse, não poderia de fato ter identificado a gente, ou já teríamos sido presos. Só precisamos...

– Pensei que você gostasse de mim – Lee disse subitamente.

– O quê? Claro que gosto de você. – Dei-lhe um sorriso estimulante, rezando para que não parecesse tão falso quanto eu sentia.

– Vi vocês dois fugindo. Aonde vocês foram?

– Pra onde a gente foi? – Eu estava lutando com meus pensamentos. – A gente só, você sabe, correu. Voltamos pra minha casa.

Lee tinha os olhos fixos em mim, mas não parecia ouvir uma palavra do que eu dizia.

– Você gosta dele?

– O quê? Não! – Peguei sua mão, que ele havia retirado. – Quero ficar com você.

– Você gosta dele. Você quer ficar com ele.

– Não! Eu nem penso nele desse jeito.

– Você já deu um beijo nele?

Não respondi. Lee estava se inclinando na cadeira, me olhando com intensidade. Um joelho subia e descia debaixo da mesa.

– Lily, você deu um beijo nele?

– Ele me beijou – admiti. – Não gostei.

– Vocês fizeram aquilo?

– O quê? – Tentei parecer confusa. Mas é claro que eu sabia o que ele queria dizer. Sabia o que *aquilo* queria dizer.

– Eu vi vocês. Vocês me deixaram pra trás de propósito.

– Não foi, Lee! A gente...

— Vocês foram pra algum lugar e transaram?
— Não!
— Me conte e eu não vou falar. Não vou confessar. Só preciso saber.

Senti-me encurralada. Poderia confiar em que ele não falaria, se eu contasse a verdade? Eu tinha escolha?

— O que você quer saber? – perguntei.

Lee engoliu com dificuldade.

— Vocês transaram?

Baixei os olhos, e depois olhei nos olhos dele.

— Transamos – eu disse.

Seu rosto estava totalmente inexpressivo. E foi então que eu finalmente percebi, nas minhas entranhas: ele me amava. E eu tinha provocado isso. Eu o tinha conduzido para isso. E agora, tinha partido seu coração. Porque ele tinha catorze anos, como eu, e quando temos catorze anos, tudo é uma ópera trágica, tudo é o começo ou o fim do mundo.

Ele tinha que parar de me olhar daquele jeito. Era insuportável.

— Não significou nada, Lee. Foi estúpido. Eu queria estar com...
— Tudo bem – ele disse. – Está tudo bem.
— O que está tudo bem?
— Está tudo bem. Sem problemas. Não vou falar.

Eu disse mais algumas coisas para ele. Tentei explicar que não era por mim, que era melhor para todos nós. Mas era como se ele nem mesmo conseguisse me ouvir. Então, finalmente, fui embora. Conforme a porta de tela se fechou às minhas costas, senti meu ânimo melhorando. Estávamos a salvo. Não íamos ser pegos, tudo estava às claras entre mim e Lee, e agora eu poderia ficar com o Teddy abertamente.

Todos os meus problemas estavam resolvidos.

Uma brisa sopra do nada, ondeando a superfície da piscina.

— Terminou assim? – Freddy pergunta.

— Não. – A brisa se vai, a água se acalma. – Cerca de uma hora depois, Lee foi até o armário dos seus pais, achou a arma do pai e se matou.

Freddy prende a respiração.

Gostaria de poder escorregar da borda da piscina para dentro d'água.

– Quando seus pais chegaram em casa, Lee ainda estava vivo. – Faço uma pausa. – Morreu no dia seguinte, no hospital.

Sinto Freddy me observando, mas mantenho os olhos na água.

– Teddy e eu confessamos tudo. De certa forma, tivemos muita sorte. Isto aconteceu em agosto de 2001.

– Cruz-credo! – Freddy murmura.

– Cruz-credo mesmo. Se tivéssemos feito nossa estupidez alguns meses mais tarde, eu ainda estaria presa. Em vez disso, tudo acabou em poucos dias, a investigação, os advogados, os assistentes sociais. Meu pai voou até aqui com sua equipe legal de primeira, e a vó convocou todos os apoios que ela tinha. Ana também. Todos os meus pais se envolveram; foi quando eles finalmente deixaram de lado suas diferenças e se uniram. Compareci perante o juiz e fiz todo tipo de promessas, e meus pais fizeram todo tipo de promessas, terapeutas, horários rígidos, aulas especiais. Meu pai pagou uma porrada de dinheiro, e depois me levou com ele para Nova York. Fiz uma estada agradável em um hospital psiquiátrico caro em Long Island, onde vários médicos tentaram descobrir se o que havia de claramente errado comigo poderia ser diagnosticado e medicado, o que, lamento, não podia. Depois disso, fui embora pra escola.

– O que aconteceu com o Teddy?

– A mãe dele ficou furiosa, me culpou por tudo. Meu pai se ofereceu pra pagar um advogado pra ele, mas ela recusou. Por fim, eles fizeram ele ir pra algum reformatório perto de Miami. A gente... perdeu contato.

– Você não viu mais ele?

– Não até dois dias atrás.

Ela fica quieta por um tempo.

– Não foi culpa sua, Lily.

– Lee tinha problemas – digo. – Provavelmente sofria de depressão, mas seus pais se recusavam a lidar com isso. Eram doidos. A mãe dele veio até mim no fórum, quando a gente estava saindo; agarrou meu braço, chegou bem perto do meu rosto e disse: "Espero que você um dia tenha um filho. E espero que você tenha que assistir à sua morte."

– Deus do céu, Lily.

Dou de ombros.

– Dá pra culpar ela?

– Mas...

– Não, não fui eu quem desencadeou tudo, e sim, ele já era atrapalhado, mas veja, Freddy, se não fosse por mim e pela minha inquietação e minha crueldade, Lee seria um cara de vinte e sete anos, levemente deprimido, com uma família lunática. Não um moleque que está morto há quase tanto tempo quanto esteve vivo.

Freddy passa os braços à minha volta. Um gato aproxima-se lentamente da piscina e dá um tapinha na água. Outra brisa ondula a superfície.

Ainda posso ouvir sua voz. Pensei que você gostasse de mim, ele disse. Pensei que você gostasse de mim.

16

Freddy e eu contemplamos a água por um tempo.

– Lily? – ela diz com delicadeza. – Eu sei que isto é horrível, mas vamos focar no presente. O Will vai mesmo se incomodar com tudo isto? Você não passava de uma garota!

Penso na noite de segunda-feira. Na preocupação de Will de que não conhecemos tanto assim um ao outro. Suas perguntas específicas sobre a minha infância.

– Talvez não – digo. – Mas se eu não terminar com ele, a mãe dele também vai contar pro meu escritório de advocacia.

– O que faz dela uma vaca completa – Freddy diz. – Mas, novamente, e daí? Eles amam você. Você tem sido incrível com eles.

Pressiono as palmas das mãos nos olhos.

– Quando você se inscreve para o exame da Ordem, que é basicamente uma licença pra trabalhar como advogado, você tem que revelar qualquer transgressão criminosa do passado. Mesmo as que tenham sido suprimidas. Elas não vão, necessariamente, impedir que você seja admitida – faço uma pausa –, mas se mais tarde vier à tona que você deixou de revelar qualquer coisa...

Freddy entende em um instante:

– Lily, não!

– Eu fiz merda! Fiz merda, e se o escritório descobrir, vou ser demitida num piscar de olhos. Eles poderiam me entregar, e eu poderia ser suspensa. Talvez até ser expulsa da Ordem.

Ela pensa por um momento.

— Mas você não precisa ser advogada. Sua família tem dinheiro. Você pode fazer o que quiser.

É meigo como ela fica tentando resolver isto.

— Eu não gosto do meu trabalho — digo —, eu amo. É o que eu sempre quis fazer; sinto que nasci pra isso. A Faculdade de Direito, trabalhar no escritório, esses são os desafios que sempre senti que foram feitos pra mim. E as únicas coisas que eu ainda não pus a perder. Se não puder fazer o que quero fazer, não sei o que vai acontecer, Freddy. Eu poderia... finalmente me danar de verdade.

Observamos outro gato aproximar-se da beirada da água. Este enfia a pata dentro dela, sacode-a delicadamente e lambe algumas gotas.

— Você tem que desistir do Will — Freddy diz.

Olho para ela sem acreditar.

— E deixar a mãe dele ganhar? Mas ela é uma opressora!

— Isto não é uma competição, Lily. É a sua vida.

— É uma competição *e* é a minha vida. Não vou desistir dele.

— Mas você já tem tantas dúvidas, e...

Sacudo a cabeça com firmeza.

— Não tenho mais. Estou totalmente disposta.

— Porque, finalmente, você tem uma oposição real — ela diz.

— Fique do meu lado, Freddy, por favor!

— Eu *estou*. Você sabe que estou. Mas sem mentiras, minha amiga. Você está num sério dilema filho da puta.

Isto, finalmente, me faz rir. Há uma súbita comoção dentro da loja de lembranças, e alguém vem ventando em nossa direção.

— Donna! — Freddy exclama. — Junte-se a nós, amiga! A água está ótima!

Em vez disso, ela nos põe para fora. Freddy e eu voltamos para o hotel. Ela pega no meu braço.

— Devo dizer que isto parece a chave para todos os mistérios.

— O que isto quer dizer?

Ela dá de ombros.

– Não é de se estranhar que pra você seja tão difícil contar a Will a verdade. Veja o que aconteceu na última vez em que você foi honesta com um menino a respeito de sexo.

– Aconteceu – digo – e foi terrível. E penso nisso todo santo dia. Mas isso não me mudou, Freddy. Veja como eu era antes. Veja o meu pai. Eu sempre seria deste jeito.

Atravessamos o lobby, dirigindo-nos para os elevadores, mas então eu paro.

– Você quer mesmo me animar? Vamos ter um almoço comprido, regado a álcool.

– Não podemos – Freddy diz. – Suas mães estão esperando lá em cima pra ver você experimentar seu vestido de noiva.

– Você está brincando.

– Surpresa? – ela diz.

Deito a cabeça no ombro dela.

Lá em cima, enfio a chave na fechadura.

– Expressão neutra – Freddy sussurra.

Abro a porta.

– Surpresa!

Mamãe, Ana, Jane e vó estão à toa pelo quarto, cutucando uma cesta de frutas como um bando de imperatrizes dissolutas.

– Senhoras! – exclamo. – Uau!

Acho que vai ser um inferno, mas não é. Seja por um acordo tácito, ou por acaso, ninguém começa a me aporrinhar a respeito de como eu não deveria me casar com Will. Provavelmente, elas desistiram e aceitaram o inevitável, bem no momento em que tudo se torna tão... evitável.

Neste exato momento, estão mergulhadas em sua própria batalha de fofocas.

– Me conte – Ana está dizendo. – Só me conte o nome dele.

– Não estou saindo com ninguém! – mamãe exclama.

– Você está ficando vermelha, Kat. – Jane descasca uma laranja com seus dedos longos e delicados. – Você não conseguiria enganar uma criança.

Freddy pega um porta-roupas no armário. Tiro meu vestido pela cabeça. Ela me estende uma venda.

— Está falando sério?

Nunca vi meu vestido de noiva. Nem um esboço, nem uma amostra de pano.

— É a última vez — ela promete. — Quero que esteja perfeito, antes que você veja.

Coloco a venda. Ouço Freddy abrir o zíper.

— Você está radiante — Ana acusa mamãe. — Está nuclear.

— Não estou radiante!

— Você não consegue mentir pra mim. Sou muito sensível. É minha intuição latina.

Vó menospreza:

— Você é tão latina quanto a menina na caixinha de uvas-passas.

Há um farfalhar de seda quando Freddy retira o vestido. Todas se calam.

— Cristo Rei — diz vó.

— Deus do céu — mamãe murmura.

Ana ri.

— Freddy, você tem peito.

— Shhh! — Freddy diz a elas. Para mim: — Você vai entrar dentro dele. Segure-se no meu ombro. — Ela puxa o vestido à minha volta, enfiando as mangas nos meus braços.

— É você quem está fabulosa, Ana — Jane observa. — Engordou um pouquinho desde o outono.

— Ah, ah! — mamãe exclama. — Você só come quando está feliz. Quem é ele?

Ouço uma batida, e alguém abre a porta.

— Mattie! — mamãe diz. — Entre! Freddy está mostrando o vestido pra gente.

Freddy abotoa, espeta, estica e alisa. Puxo a saia. O tecido é tão macio que quase não o sinto. Ela tira a minha mão. Depois, puxa a parte junto ao pescoço.

— Cadê os seus peitos?

— Emprestei pro Gregory Hemingway.

Vó dá uma risadinha.

— Fez um tour hoje de manhã?

— Amanhã temos a repassada na Audubon House — Mattie diz. — Estou muito preocupada com a integridade estrutural da varanda. Hoje ouvi no noticiário sobre um casamento em que a pista de dança desmoronou, e *onze* pessoas morreram!

— Deus do céu! — mamãe exclama.

— Cinco eram *crianças*!

— Foi no Paquistão — Ana diz.

— Ah! — Mattie solta um grande suspiro de alívio. — Graças *a Deus*!

Freddy está fazendo alguma coisa complicada nas costas do vestido.

— Geralmente, Lily tem um gosto espantoso — Jane observa —, mas posso ver que ela estava certa a seu respeito, Freddy.

— Eu estava mesmo. Vocês deveriam dar um montão de dinheiro pra Freddy, pra que ela possa sair do emprego e começar sua própria empresa.

— Talvez eu faça isso.

— Ela não precisaria de muito. E, de qualquer modo, você e o Nerge ainda estão nadando em dinheiro, certo?

— O nome dele é Serge — Jane diz. — Como você bem sabe.

— Onde está ele, afinal?

— Bonn. Chega amanhã.

Freddy puxa com delicadeza a bainha do vestido.

— Podemos voltar pra parte da conversa em que alguém me dá dinheiro?

— Você não pode aceitar o dinheiro do Serge — Ana diz a ela. — Está contaminado.

— O avô dele era nazista — explico.

— Era um colaboracionista — Jane diz com serenidade. — É totalmente diferente.

— Vai começar.

Freddy me vira em direção ao espelho. Tira a minha venda.

Não posso acreditar no que vejo. O vestido tem mangas minúsculas e decote. Segue justo até o quadril e depois se abre até o chão, com uma cauda atrás. Tem todos os tipos de pregas, pinças, e coisinhas das quais nem mesmo sei os nomes. É glamoroso, elegante e sexy.

O que é tudo de bom, mas não a parte inacreditável. Isso pertence à cor.

Não é branco, nem marfim, ou champanhe.

É de um escarlate cintilante, forte e profundo.

Um vestido de noiva vermelho.

Olho-me no espelho, com o meu vestido de noiva, e percebo que este é o momento com que toda menina sonha. O momento em que o conto de fadas se funde.

Mas para mim, o conto de fadas está desmoronando.

E não é pela tentativa de Anita de sabotar o casamento. Ou porque acabei de revelar a Freddy os piores acontecimentos da minha vida. Não, estou pensando no presente, na minha incerteza, na minha hesitação, minhas dúvidas quanto a me casar, minhas mentiras, a maneira como me comporto.

Que tipo de noiva se comporta como eu?

Que tipo de *pessoa* faz isso?

Desabo em lágrimas. Todas prendem o fôlego.

Freddy parece horrorizada.

– Você detestou o vestido!

– Eu o amei! – gemo. – Amei de montão!

– Lily – Freddy diz calmamente. – Não faça isto. – Ela me acolhe em seus braços.

– Me desculpe – soluço. – Provavelmente estou estragando o tecido.

– Bom, está – ela diz –, mas até aí tudo bem.

– Nervosismo pré-casamento – Mattie cacareja com simpatia. – Acontece com todo mundo. – Isso só me faz chorar mais.

Ana levanta-se.

– Vamos lá, senhoras, hora do círculo do amor.

Elas me cercam e me dão um grande abraço em grupo.

– Não chore, querida – diz a vó.

– Izzie tem razão. – Jane acaricia meu cabelo. – Você sabe como seus olhos ficam inchados.

– Vai dar tudo certo, Lilyursa – Ana diz. – Não importa o inferno que esteja passando, vai dar tudo certo.

Acabo me recompondo. Tiro o vestido, e Freddy o guarda, embalado. Minha mãe quer me levar para almoçar, mas recuso. Digo a Freddy que vou tirar um cochilo, e ela sai com relutância.

Tento realmente dormir, mas estou muito inquieta. Deixo o hotel e caminho sem rumo. Da Duval Street para Angela Street para Thomas Street. Olivia para Emma para Petronia. Em pouco tempo, estou parada em frente a uma casa comum. Pranchas brancas de madeira. Venezianas amarelas. A antiga casa de Lee. Costumava ser marrom e gasta, com linóleo arrebitado no chão da cozinha, carpete puído, o quintal da frente cheio de mato. Agora é uma nova reforma, suave e imaculada, esperando o próximo vendaval.

Abro minha bolsa e acho o cartão de visitas que surrupiei da carteira de Teddy. Digito seu número.

– Ted Bennet – ele atende.

– Ted? – repito.

– Oi.

– Desde quando você é Ted?

– As pessoas não levam muito a sério um detetive chamado Teddy – ele diz. – É muito estranho.

– Você poderia usar isso a seu favor. Você se chama Teddy, e eles acham que vão passar por cima de você, e você simplesmente aparece e, *pã*! Acaba com eles!

– Ideia interessante.

– Você é um bruto diabólico e malvado. Chamado Teddy.

– Posso ajudá-la em alguma coisa?

– Pode – digo. – Encontre-se comigo em algum lugar.

– Não acho que seja uma boa ideia.

– Por que não?

– Porque não – ele diz, como se fosse um desafio.

– Por favor, Teddy?

Ele fica em silêncio por um longo tempo. Finalmente:

– Deixe-me pensar a respeito.

Desliga. Perambulo de volta para o hotel. Ainda estou inquieta. Agitada. Subo para o quarto. Ao abrir a porta, penso: Chega. Esta não sou eu. Gosto de ser feliz. Sou feliz o tempo todo. Dou um duro danado pra isso.

Jogo-me na cama. Preciso de alguma distração, alguma coisa que me anime. Estou prestes a procurar pornô no meu computador, quando meu telefone sinaliza uma mensagem de texto. Talvez seja Will!

Ah, melhor ainda, é Lyle.

– Philip e eu podemos precisar de você para uma tarefa amanhã. 13h.

– pra quê?

– limite-se a estar disponível.

Mando mensagens para ele algumas vezes, mas ele não responde. Talvez seja em relação a nosso próximo caso. Se houver um próximo caso para mim.

Ouço uma chave na porta. Will está de volta!
– Oi, baby!
– Oi.

Ele joga a carteira na mesa. Tira um punhado de sargaços do bolso e os espalha no parapeito da janela. Começo a perguntar sobre isso, mas ele se curva e me beija. Puxo-o para a cama. Ele se estica ao meu lado. Pego no seu cinto. Ele me ajuda a tirar o vestido. As coisas vão progredindo de um jeito bom. Sem fogos de artifício, mas tudo bem. Aceito um sexo café com leite neste momento.

Meto a mão dentro da sua calça. Nada acontece. Acaricio-o de leve, depois com mais força. Ainda nada. Subo em cima dele. Uma tímida reação, mas... não o suficiente. Que diabos?

– Bebi demais ontem à noite – ele diz, se desculpando. – Não vai dar.
– Podemos ficar tentando?

Ele me puxa de lado.
– Ainda me sinto péssimo.
– Mas...

Ele pega o controle remoto da mesa de cabeceira e liga a televisão. Passa por alguns canais e depois se vira de volta para mim. Acaricia meu cabelo e beija a minha testa.

– Me desculpe. A gente ainda pode se aninhar por um tempo, não pode?

Na tela da televisão, chamas saltam da janela de um hotel. Pessoas com penteados da década de 1970 gritam. Sei como se sentem.

Porque, *se aninhar*? Se aninhar? Sua mãe psicótica está ameaçando arruinar a minha carreira. Passei o dia refletindo sobre minhas piores lembranças. Não quero essa porra de me aninhar!

É disso que se trata estar num relacionamento? Acho que não notei quando estávamos em Nova York. Nós dois trabalhamos muitas horas, somos pessoas ocupadas. Aqui, de férias? Will deveria querer fazer sexo o tempo todo, as ressacas que se danem. Ele deveria se empenhar mais. Qual é?

Pulo para fora da cama e me visto.

– Vou dar uma nadada.

Ele parece surpreso.

– Tudo bem.

Isto é tudo que ele tem para dizer? "Tudo bem?" Não: "Mas você não está de maiô." Ou: "Você não tem uma toalha." Será que ele não vai mesmo reparar nesta mentira tão óbvia?

Abro a porta.

– Tchau!

– Divirta-se – ele diz.

Saio. A porta bate às minhas costas.

Frustração!

Fico parada no corredor, avaliando minhas opções.

O elevador dá sinal, e Javier sai lá de dentro. Está lendo alguma coisa no seu celular, enquanto caminha pelo corredor, tropeçando uma vez, quase dando de encontro à parede. Acha sua porta e remexe no bolso procurando a chave do quarto.

Vou até ele rapidamente, enfio-o dentro do quarto e fecho a porta.

— Lily! — ele diz, parecendo perplexo. — Ei. O que...

— Tem um minuto, Javier? — Puxo uma cadeira e me sento.

Ele arruma os óculos e me olha com curiosidade.

— Claro. — Senta-se à minha frente.

— Quero conversar com você sobre o Will — digo.

Ele parece preocupado.

— Tudo bem com ele?

— Eu tinha esperança de que você pudesse me dizer. — Estico as pernas debaixo da mesa e olho ao redor do quarto. É menor do que o nosso. Impecável. Javier deve ser muito organizado.

Ele puxa uma orelha, nervoso.

— É sobre a despedida de solteiro? Juro que não tive nada a ver com...

Sorrio para ele.

— Você tem alguma bebida?

— Estou tentando não usar o frigobar — ele diz, se desculpando. — É muito caro.

Abro a geladeira e pego um punhado de garrafas. Bourbon. Perfeito. Abro uma e viro de uma vez.

— Will não estava mesmo brincando — Javier observa.

Olho para ele em silêncio. É fofo. Nerd, mas fofo. Freddy não deveria ter desistido com tanta facilidade.

— Me ajude, Javier. Tenho uma sensação estranha em relação ao Will. Fico me perguntando se ele é realmente a pessoa que diz ser.

— Ele é — Javier concorda com energia. — Sem a menor dúvida.

Abro outra garrafa e dou um gole.

— Tenho algumas perguntas pra te fazer.

Javier franze o cenho.

— Não acho que eu deva falar sobre o Will assim, pelas costas.

Inclino-me para a frente.

— Preciso de você, Javier. Preciso do seu conhecimento. Você conhece Will desde o jardim da infância.

— Ensino médio.

— Que seja. O negócio é o seguinte. — Agora estou improvisando. O bourbon ajuda. O bourbon sempre ajuda. — Para cada pergunta que você responder, eu tiro uma peça de roupa.

Javier parece chocado.

— Isto, na verdade, me deixa muito constrangido.

— Tudo bem. Então, para cada pergunta que você responder, eu deixo uma peça de roupa.

— Eu realmente não quero...

Começo a desabotoar meu suéter.

— Tudo bem, tudo bem, tudo bem — ele diz. — O que você quer saber?

— Me conte tudo sobre o Will. Conte-me seus segredos.

— Não acho que ele tenha segredos.

Chuto uma sandália para longe.

— O avô dele morreu na prisão — Javier diz rapidamente. — Ele não conseguiu acompanhar *Breaking Bad* porque a parte científica era muito primária. Pegou chato uma vez de uma toalha na academia de Yale.

— Me conte sobre as namoradas dele.

— Elas eram legais — Javier diz. — Do tipo que faz pós-graduação, sabe como é? Intelectual, sério.

— Bem parecido comigo.

— Hum, é...

— Ele tem algum costume ruim? Algum vício?

— Tentou mascar tabaco uma vez, durante a semana de exames — Javier diz. — Acabou vomitando.

Isto é inútil. E estou entediada.

— O que ele acha da mãe dele?

Javier parece surpreso.

— Da mãe dele? Pelo que sei, sem problemas, ou seja, normal. Ela é um pouco intensa. Acho que ele busca a aprovação dela.

— Intensa é o termo — digo. — Você conhece ela?

— Hum-hum. — Ele cruza e descruza as pernas. Olha para o chão, subitamente fascinado pelo tapete bege.

Estreito os olhos.

– Quando?

– Will e eu estivemos juntos no ensino médio, então... – Ele se mexe na cadeira, desconfortável. – E então, num verão, durante a faculdade, eu consegui um emprego como paralegal no escritório dela.

– Você interagiu muito com ela?

Ele morde o lábio.

– Na verdade, não.

Tomo outro gole de bourbon, sem dizer nada. Um bom advogado sabe quando retardar as perguntas, deixando a pausa crescer. As pessoas nervosas detestam o silêncio. Percebem-no como um julgamento e se apressam a quebrá-lo. Exatamente o que Javier fez.

– Quero dizer, naquela época, Anita, isto é, a sra. Field, era promotora-assistente dos Estados Unidos. Não era responsável por todo o gabinete, como é agora. Todos eles tinham seus próprios casos, e quanto a trabalhar com paralegais como eu...

– Você dormiu com ela – digo.

– Não!

– Ai, Deus do céu, Javier. – Cubro a boca com a mão. – Você dormiu. Você trepou com a mãe do Will!

– Foi um erro! – ele grita. – Havia um jogo de softball entre o nosso escritório e o FBI local. Depois, nós fomos tomar cerveja. Ela me levou pra casa!

– A ida pra casa depois de um evento esportivo. – Faço um gesto de concordância com a cabeça. – Jogada clássica.

Ele cobre o rosto com as mãos.

– Eu estava bêbado! A gente transou na *station wagon* dela. A mesma que ela costumava usar pra levar o Will e eu pros torneios de adivinhação.

– Quantas vezes isso aconteceu?

Ele tenta se recompor.

– Só esta vez.

– Pare de mentir pra mim, Javier.

– Sete! – ele geme. – Transamos sete vezes!

– Javier, Javier – digo, sombria. – Javier.

– Eu pensei que queria ser advogado, mas depois disso? Sem chance. – Ele estremece. – Vocês são descontrolados.

– Você está ferrado – digo a ele.

Seus olhos se arregalam.

– Por quê?

– Você não sabe que é traição cometer adultério com uma advogada a serviço dos Estados Unidos?

Ele franze a testa.

– Não, não é.

– Bom, não é muito bonito! E a mãe do seu melhor amigo? Eu deveria contar pro Will.

Ele parece em pânico.

– Você não faria isto.

Abro a terceira garrafa de bourbon.

– Tudo bem. Não vou contar. Desde que você ligue pra Anita imediatamente e diga que vai contar tudo pra ele, a não ser que ela me deixe em paz.

– Está brincando? Ela vai me colocar numa lista de observação terrorista ou alguma coisa. Ela é louca, caso você não tenha percebido.

Ele está certo. Termino a última garrafa de bourbon e me levanto.

– O que ela está fazendo com você, afinal? – ele pergunta.

– Não tem importância. – Tiro meu suéter e deixo que caia no chão. – Vamos ficar nus.

– O quê? – ele exclama. – Não!

– Por quê? Não sou boa o bastante pra você?

– Não, não é isso! Você é muito... mas...

– Você só dorme com mulheres que foram aprovadas pelo Senado? É uma lista curta, Javier. – Chuto minha outra sandália para longe. – E Condi e Hil são senhoras ocupadas.

– Will é meu melhor amigo! – Javier protesta. – Eu não poderia fazer isso com ele.

Inclino-me e olho nos seus olhos. Meu vestido está solto na linha do pescoço. Ele não quer olhar, mas não consegue evitar.

— Javier — sussurro —, vamos nos divertir um pouco.

Ele desvia o olhar, depois o volta para mim.

— É errado — diz.

— É isso que torna a coisa *divertida*! — Puxo o vestido pela cabeça, e me ajoelho à sua frente. Coloco as mãos em suas coxas. Separo levemente suas pernas. — Me diga do que você gosta.

— Não posso — ele diz baixinho.

Inclino-me mais.

— Javier. — Passo a mão por trás do seu pescoço e o puxo para mim. Roço seus lábios de leve com os meus. — Pode me dizer. — Beijo-o novamente, demorando-me desta vez. Sinto que ele responde. Deslizo minha outra mão pela sua perna. — O que você morre de vontade de fazer, mas nunca consegue?

Ele me olha nos olhos. Sinto-o vacilar.

Então, ele diz:

— Acho que você deveria ir embora.

17

Estou fechando a porta do quarto de Javier, quando o elevador volta a tilintar. Freddy sai lá de dentro. Ela me vê e para abruptamente.

Cumprimento-a:

– E aí, minha dama?

Ela levanta a cabeça.

– De quem é esse quarto?

– Do Javier.

– Javier – Freddy diz. – O padrinho do Will.

– Não se preocupe, madre superiora, ele me despachou.

Os olhos dela se arregalam. Ela oscila dramaticamente.

– Sinto uma grande instabilidade na Força.

– Podemos parar com as referências a *Star Wars*, por favor?

– Como se um milhão de almas gritassem em agonia...

Pego no seu braço.

– Cale a boca e me pague um drinque.

Saímos do hotel e caminhamos pela noite quente e estrelada. Passamos por um restaurante mexicano.

– Margaritas! – gritamos ao mesmo tempo.

No pátio dos fundos, Freddy levanta a taça:

– A Javier, um homem de rara determinação.

– Tenha dó. – Dou um gole no meu drinque. – Sou rejeitada o tempo todo.

– Isso realmente não te incomoda?

Dou de ombros.

— Então, tem um cara que não está interessado em mim. E daí? Vai ver que é casado. Vai ver que é gay. Vai ver que prefere louras. A questão é dele, não minha.

— Acho que você é quem tem determinação. Ou — ela acrescenta irônica — é o álcool, mascarando todas essas inibições e inseguranças.

— Não esqueça minhas insuficiências, minhas inaptidões e imperfeições.

— Suas imaturidades, suas infelicidades.

Levanto minha taça.

— Para todas as minhas ins e minhas des.

Freddy tilinta seu copo no meu.

Terminamos nossos drinques e continuamos andando. No quarteirão seguinte, ela pega no meu braço e acelera.

— Faça o que fizer — diz —, não olhe para a sacada do imóvel do outro lado da rua.

Então, é claro que olho. É um lugar gostoso, um restaurante romântico de frutos do mar, numa velha mansão da ilha. Há mesinhas íntimas de bistrô colocadas na sacada, cobertas com toalha branca, iluminadas pelas chamas de velas. Vários casais atraentes estão bebendo vinho, de mãos dadas, olhando nos olhos uns dos outros.

Inclusive meu pai e Jane.

Jane?

Paro de andar.

— Ah — murmuro. — Ah, não.

— Talvez seja inocente — Freddy sugere. — Dois ex comendo alguma coisa, pondo as novidades em dia.

A mão dele desliza debaixo da mesa e desaparece sob a saia dela.

— Vai ver que ela está com câimbra — Freddy diz, sem conseguir tirar os olhos.

Papai leva a mão de Jane até seus lábios. Beija-a. Ela está sorrindo para ele com indulgência, inclinando-se em sua direção, brincando com seu colar de ouro. Ele vira a mão dela e alisa a sua palma com a ponta dos dedos, olhando nos seus olhos.

— Eu vi *você* fazendo isso — Freddy murmura.

Papai se estica e traça a linha do queixo de Jane. Tira de lado algumas mechas do seu cabelo.

— Ele vai beijá-la — Freddy diz, hipnotizada.

A mão dele desliza para detrás do pescoço de Jane. Ele a puxa para perto, cochicha alguma coisa em seu ouvido.

Beija-a.

Recuamos para debaixo de um toldo e observamos. Por um bom tempo.

Então, alguma intuição, algum sexto sentido, faz com que ele se afaste e olhe diretamente para mim. Seus olhos se arregalam. Agarro a mão de Freddy e a arrasto para longe.

No quarteirão seguinte, ela para e se vira para mim.

— Acho que estou apaixonada pelo seu pai.

Vou levando-a. Passamos pela porta aberta de uma vinheria calma e damos uma olhada. Está tocando um jazz suave. Os banquinhos forrados de couro estão, em sua maioria, vazios.

— O lugar é superelegante — Freddy diz. — Vamos embora.

Puxo-a para dentro. O barman enxuga o balcão à nossa frente.

— O que as senhoras vão beber?

— O sangue dos nossos opressores — digo.

— Ou absinto — Freddy diz.

— Vamos recapitular — digo. — Meu pai está traindo sua atual esposa com sua ex-esposa, a qual ele está traindo com sua outra ex-esposa. Como é possível?

— Pais — Freddy diz. — Eles crescem tão rápido.

O que Jane está pensando? Ela está casada com um cara realmente legal (ancestralidade à parte). Será que vai pôr tudo a perder por causa do papai, que a traiu com sua melhor amiga? E quanto à pobre mamãe? Vai ficar com o coração partido de novo.

Nossas bebidas chegam. O gosto é péssimo, mas logo sinto um calor confortante. Meu celular toca. Henry. Ignoro. Freddy começa a bater papo com a garota à sua direita. Olho à minha esquerda. O lugar está vazio, o que é um alívio. Eu meio que esperava ver o fantasma do futuro Natal sentado ali, com seu manto preto, mãos esqueléticas, e tudo mais, dizendo:

— Você viu o que eu vi lá atrás? Estava prestando atenção? Porque, minha querida, aquele é *você*.

Puxo a manga de Freddy. Ela se vira para mim.

— Como foi que você rompeu os seus noivados? — pergunto.

Ela me olha demoradamente. Sente que, finalmente, cheguei a uma decisão.

— Você não pode pensar muito no assunto — ela me conta. — Simplesmente parte pra ação. Entra e diz: "Will? Acabou. Não servimos um pro outro." E depois você vai embora. Rápido e indolor.

— Ele não merece a verdade?

— A última coisa que aquele menino merece — ela diz com delicadeza — é a verdade.

Pedimos mais uma rodada de drinques. Meu telefone sinaliza uma mensagem de texto.

— Por favor atenda seu celular. Precisamos conversar.

— aqui é sua filha pra sua informação.

— Sei disso!

— que diabos, henry? o que você está fazendo?

— acho que não sei como explicar.

— tente

— Dei de cara com a Jane no mês passado em Aspen. Ela estava ótima. Tomamos café. Passamos o tempo todo falando de você.

— ah não. a culpa não é minha.

— Não foi isso que eu quis dizer! Estes últimos meses têm sido muito difíceis pra mim, querida. Trina vem e vai pra Europa. Você sabe que eu não gosto de ficar sozinho. Sou uma companhia muito chata.

...

– :(

...

– Estou tentando resolver. De verdade.

...

– Enquanto isso, me ajudaria muito se você não dissesse nada a respeito para nenhuma delas.

Penso por um minuto, depois digito:

– me ajudaria muito se você me comprasse um jaguar conversível.

Nada por um minuto. Depois:

– Cor?

– vermelho, por favor.

– Vou mandar Fitzwilliam tratar disso na segunda-feira.

Largo o celular.
Freddy me cutuca:
– Você pode me fazer um favor?
– O que quiser – digo.
– Me empreste quinhentos dólares.
– Você precisa de um aborto rápido, coisa assim?
– Preciso do meu próprio quarto. Nicole está fazendo da minha vida um inferno.
– O que foi agora?
– Sinceramente, Lily? – Freddy termina seu drinque e faz um gesto para o barman. – Estou cansada do jeito que ela fala de você. Ela não concorda com o que você faz, tudo bem, é um direito dela, mas não entendo por que ela se considera sua amiga. Apesar de tudo, isso não justifica

a enxurrada constante de besteiras desagradáveis, passivo-agressivas. Hoje à tarde? Ela de fato usou a palavra que começa com d.
— Demagoga? — digo.
— Não.
— Decidida?
— Não.
— Deliciosamente sexy?
— Depravada, Lily. Ela te chamou de depravada.
Chegam os novos drinques. Ergo o meu:
— A Nicole. Extraordinária proclamadora de verdades.
— Ah, não — Freddy me previne. — Você sabe que a gente não usa a palavra que começa com *d* nesta casa.
— Pensei que a gente não gostasse era da palavra que começa com v.
— Dessa também — ela diz. E dependendo do contexto, da palavra que começa com p. Mas com certeza, certeza *absoluta*, não gostamos da palavra que começa com d.
Dou de ombros.
— É só uma palavra.
Freddy levanta as mãos.
— Calma aí, Nellie. Não é *apenas* uma palavra, OK? É um julgamento e uma condenação maldosos, especialmente quando está sendo usada por uma mulher pra descrever outra.
— Que a Nicole julgue — digo. — Que todos julguem. Não dou a mínima.
— Deveria dar — Freddy insiste. — Não é certo. Ela não estaria te julgando se você fosse um homem.
— Não tem nada a ver com o fato de eu não ser um homem, e tudo a ver com o fato de Nicole ser uma babaca.
— As duas coisas — ela diz. — Se você fosse um homem, Nicole não teria o vocabulário pra te julgar. Todas as palavras para as mulheres que gostam de sexo casual são negativas. Todas as palavras para os homens que gostam de sexo casual são positivas.
— Isto não pode ser totalmente verdade.

— Depravada, puta, vagabunda, biscate, vadia. O que mais? — Freddy faz uma pausa. — Cadela, piranha. Agora, temos que ser um pouco antiquadas: mulher da vida, mundana, rameira. Você consegue achar algum termo positivo, ou mesmo neutro?

Penso a respeito.

— Não.

— Mas os homens que transam por aí? São Casanovas, Don Juans.

— Romeus — digo. — Lotários.

— Viu? — Freddy diz. — Isto é que é dois pesos, duas medidas. Os homens ficam com Shakespeare, as mulheres com a sarjeta.

É aí que alguém bate no meu braço. Viro-me para ele. Tem cabelo escuro, olhos azuis. O maior tesão. Inclina-se em minha direção e sorri com intimidade.

— Sempre gostei do termo safada — ele diz. — É um pouco pejorativo, mas não tanto.

Ele é inglês.

Apaixono-me perdidamente.

Ele estende a mão.

— Sou Ian.

Pego-a.

— Sou tua.

Freddy olha para ele.

— Ele não é o mesmo de sábado à noite, é?

Pego o rosto dele nas mãos e beijo-lhe a boca.

— Não — digo, afastando-me por fim. — É novo.

Ele sorri para mim, um pouco espantado.

— Você levou um tempinho pra decidir isto.

— Não vale a pena ter pressa nesses assuntos, Ian. — Bato com o punho no bar. — Meu caro Lloyd! Três litros do seu melhor uísque!

O barman levanta os olhos do seu celular:

— O que vai, agora?

— Me dê um bourbon — digo. — Este troço de absinto é péssimo.

— Dois — Freddy diz.

— Quatro – digo. – Temos muito que conversar aqui com nosso novo amigo.

— Então, cinco – Freddy diz. – Porque, e ele?

— Cinco – digo ao barman. – Não, seis.

— Seis? – Freddy diz.

— Bom, se cada uma de nós ficar com dois, e ele com... – Faço uma pausa. – Espere.

Freddy sacode a cabeça.

— Matemática.

Logo há uma fileira de copos alinhados à nossa frente. Cada um de nós levanta um.

— Ao verdadeiro amor – proponho. Todos nós rimos com amargura e bebemos.

— Você concorda com minha amiga Freddy? – pergunto a Ian. – Fui julgada e condenada pela língua inglesa?

— Sem dúvida – ele responde, pousando o copo vazio. – A língua é uma parte fundamental da conspiração, não é?

— Conspiração?

Ian pega outro bourbon. Levanta o copo e olha com prazer o líquido âmbar ali contido. Dá um gole.

— A conspiração – diz, estendendo a palavra, saboreando-a. – A grande conspiração na qual usamos o sexo para tornar um ao outro profundamente miserável.

Freddy e eu nos entreolhamos.

Digo:

— Eu tinha a impressão de que usamos o sexo pra deixar o outro feliz.

— Esta é a grande genialidade da conspiração – Ian diz. – Ela nos fisga com suas promessas de um prazer a curto prazo extremamente satisfatório. A longo prazo? Ficamos completamente fodidos.

— Não estou tentando tornar alguém miserável – Freddy replica.

— Claro que você não está *tentando* fazer isso – ele concorda. – Esta é a genialidade ainda maior da conspiração. Todos fazemos parte dela, vítimas e responsáveis, ainda que a gente não tenha a menor consciência de que ela exista.

Ele pega outro bourbon. Junto a cabeça à de Freddy.

– Ele é completamente insano – sussurro.

– Eu sei! – ela sussurra de volta.

– Quero muito dormir com ele.

– Eu também.

– Mas você é gay!

Ela parece ofendida.

– Só na maior parte do tempo!

– Você só o quer porque ele te lembra o meu pai.

– Olha quem fala, Lillian – ela me previne. – Olha quem fala.

– Deixa pra lá. Precisamos resolver isto. Ele está bebendo todo o nosso bourbon – digo.

– Vamos jogar uma moeda.

Ela tira uma da bolsa. Escolho cara.

Ganho!

Pago três *pink squirrels* pra ela.

– Sem rancor?

Ela me dá um tapinha no braço.

– Vá à luta, poderosa.

Nossos copos estão vazios. Peço mais uma rodada e me volto para Ian.

– Me conte como funciona essa sua pequena conspiração.

Ele ergue uma sobrancelha.

– Estou percebendo uma ponta de ceticismo?

– Não sou fã de grandes teorias explanatórias – digo a ele. – Mas vá em frente. Convença-me.

Ele vai direto ao assunto:

– Existe uma mensagem, certo? E a mensagem está por toda parte. Sexo é ruim, sexo é errado, sexo mata. Ouvimos isto na igreja, dos nossos pais, na escola, dos nossos médicos, no noticiário. A mensagem é simples, uniforme, consistente e generalizada. – Ele pega mais um bourbon. – Então, o que acontece? Internalizamos a mensagem e ficamos sujeitos a ela, condenando qualquer um que pense, aja, ou acredite diferentemente.

— Espere aí — digo. — Uma mensagem generalizada de que sexo é errado? Vivemos num mundo saturado de sexo. Televisão, cinema, pornografia pela internet, pop stars pré-adolescentes. Porra, olhe à sua volta. — Aponto, pela porta aberta, os notívagos cambaleando pela Duval. — Você está sentado na Sexy Sexville, Estados Unidos.

Ian esvazia seu copo.

— É claro que estamos cercados por ele. A conspiração precisa de oposição para florescer. A discordância aguça a mensagem. O fato de ver sexo por toda parte, e pensar que todo mundo está transando e gostando, enquanto a gente acredita ser vergonhoso e errado, ainda que o tempo todo a gente mesmo continue desejando-o em segredo? Isso nos torna ainda mais conflitados e atormentados a respeito.

Dou uma olhada pra ver o que Freddy pensa sobre isso. Está novamente conversando com a menina ao seu lado.

— Acho que nunca recebi o memorando — digo a Ian.

— Não entendi.

— Não acho que sexo seja ruim.

— Claro que acha — ele retruca. — Você é uma mulher, não é?

Coloco meu copo sobre o balcão e olho friamente para ele. — Você estava indo tão bem, Ian. Não encha o meu saco agora.

— Escute só — ele diz. — Pros homens não é fácil. A gente aprende que sexo é errado, mas também que somos porcos egoístas a serviço dos nossos paus. Se tentamos refrear nossos instintos básicos, somos uns fracos autocastrados. Se soltamos as rédeas, somos estupradores desprezíveis. O resultado? Infelicidade. Mas pras mulheres é ainda pior.

— De que maneira?

Ele pega mais um bourbon.

— Vocês têm que se sentir pior do que os homens em relação a sexo, porque seja qual for o prazer que extraiam dele, ele tem que ser sempre inferior ao nosso.

— Vocês não querem que a gente sinta prazer com ele, porque têm medo de ser corneados.

— Estou pensando numa coisa muito mais elementar. Se os homens tiverem, realmente, que se preocupar em dar prazer às mulheres, estamos arruinados. Vai ser nossa morte como gênero. Nossos pênis encolheriam permanentemente e se retirariam para um monastério budista na Califórnia.

Rio.

— Estou falando sério — ele diz. — Não quanto ao monastério, é claro, mas em relação a tudo mais. Ter que assumir responsabilidade em satisfazer sexualmente uma mulher? Esta é uma perspectiva aterrorizante para a grande maioria dos homens. Nossa solução? Assegurar que o desejo de vocês por satisfação seja extremamente limitado. Assim, ensinam a vocês desde a mais tenra idade, ainda mais cedo do que aos homens, que sexo é sujo, desagradável, e uma coisa que as boas meninas não fazem. Vocês têm sido convencidas de que querem intimidade, relacionamento estável, filhos. Vocês só querem sexo na medida em que ele lhes proporciona essas coisas. Se vocês aceitam essa mensagem, não aproveitam tanto o sexo. Se não aceitam, são rotuladas de ninfos indecentes. Resultado: infelicidade. — Ele tilinta seu copo de encontro ao meu e sorri para mim alegremente. — Diabólico, não é?

Freddy volta a se meter na conversa.

— Obrigada. Tínhamos esquecido de ninfo. E quanto a nós, gays? Como é que a gente se encaixa?

— Vocês têm seu próprio conjunto de problemas — ele responde. — Mas não receie: a conspiração está trabalhando firme pra iniciar vocês no reino da ampla insatisfação sexual. Ergue um copo para ela. — Por exemplo, bem-vinda ao matrimônio.

— Espere aí — digo. — Não estamos na Idade das Trevas. Tem um montão de mulheres por aí que gosta de sexo.

— Tem, e elas ajudam e incentivam a conspiração — ele diz. — Mulheres que exploram livremente sua sexualidade, e sentem prazer pelo prazer? Elas existem para serem punidas e julgadas. Mais importante, elas têm sido contidas. Explicadas. Estão tão escravizadas pela conspiração quanto o restante de nós. Deduzo que você seja uma delas. Sendo assim, você é uma depravada, e os outros, homens e mulheres, especialmente as mulheres, vão degradar você pra que seja um exemplo pras outras. Você é uma afronta a tudo que elas aprenderam e um lembrete de tudo que elas secretamente querem, mas não vão se permitir ter. O que nos traz de volta ao seu argumento original. Por que não há palavras positivas para uma mulher que transa por aí alegremente, sem pudor? Não precisamos dessas palavras. Não queremos essas palavras. Não queremos que essa mulher exista.

Ele para de falar e pega mais um drinque. Olho em volta. O bar está se esvaziando.

Como eu disse, não me interesso muito por grandes teorias. Acho que, de maneira geral, são bobagem. Ian me perdeu em grande escala assim que começou a falar em mulher com letra maiúscula. O que a Mulher é. O que a Mulher quer. O que ensinam para a Mulher, o que Ela sente, e como Ela sente. Ela é uma simplificação muito conveniente. Uma prova bastante definitiva da validade de toda teoria furada. Uma justificativa bem extensiva para a chocante quantidade de injustiça no mundo.

Que seja. Está tarde. Hora de ir.

Ele está terminando outro drinque. Inclino-me para perto dele e ponho a mão no seu braço.

— Ian?

— Sim, querida?

— Vamos fazer um ao outro miserável.

Despeço-me de Freddy, tão absorta em sua nova amiga que mal repara. Ian e eu deixamos o bar e seguimos pela Duval. Por acaso, estamos no mesmo hotel. Feliz descoberta! Entramos no elevador, e ele me empurra contra a parede do fundo. As portas se fecham. Imediatamente, ajoelha-se à minha frente e levanta meu vestido. Puxa minha calcinha e coloca a boca em mim. Sinto sua língua entrar em mim, seu hálito quente, seus lábios. Mal posso me manter em pé. Fecho os olhos e enterro as mãos nos seus cabelos. E, sim, isto está acontecendo num hotel onde conheço, provavelmente, oitenta hóspedes, um deles, meu noivo. Neste momento, estou pouco me lixando.

As portas abrem-se no último andar. Ele me puxa para fora, e cambaleamos contra a parede, beijando e agarrando um ao outro. Tento me soltar, fazê-lo esperar, mas ele é insistente, abrindo minha boca à força com a dele, pressionando uma perna entre as minhas, segurando-me com tanta força que quase dói. De algum modo, conseguimos entrar no seu quarto, e as coisas vão mais devagar. Ele tira meu suéter dos ombros, abre o zíper do meu vestido e o puxa pela cabeça. Solta meu sutiã e deixa que caia no chão. Escorrega minha calcinha pelas minhas pernas. Descalça minhas sandálias. O tempo todo me beijando por toda parte. É insuportavelmente bom.

Desabotoo sua camisa.

– Os seres humanos são terríveis uns com os outros, não são?

– Monstruosos – ele concorda. Ergue e beija meus seios, enquanto puxo sua camiseta pela cabeça. Tem o peito largo e forte, ligeiramente sardento. Está usando alguma espécie de colônia. Inalo profundamente, adorando o perfume. Inclino a cabeça e pego um mamilo entre os dentes. Sinto-o se intumescer. Vamos para o chão. Beijo suas costelas, sua barriga, os ossos do seu quadril. Ele está se pressionando contra mim agora, os calcanhares afundando no chão, o quadril se levantando. Mas não tenho pressa.

– Por que você acha que os homens e as mulheres se maltratam tanto? – pergunto.

Ele pega meu rosto entre as mãos e me beija profundamente.

– Sua noção de preliminares é muito engraçada.

Abro seu cinto. Desabotoo seu jeans e o puxo para baixo. Corro minha mão para cima e para baixo de sua porção dura.

– E você tem um pau muito lindo.

– Aposto que você diz isso pra todos.

Sorrio para ele.

– Digo, mas nem sempre estou falando sério.

Ajoelho-me e o ponho na boca. As mãos dele estão no meu cabelo, agarrando minha cabeça e a empurrando para baixo.

— Sua amiga está enganada — ele arfa. — Existe uma infinidade de palavras boas pra mulheres como você.

Levanto a cabeça.

— Me dê alguns exemplos.

Ele me empurra para baixo.

— Mais tarde, amor, mais tarde.

Depois de um tempo, pego seu paletó e fuço nos bolsos na esperança de achar uma camisinha. Acho. Coloco-a nele e depois me abaixo lentamente. Ele geme. Ponho as mãos dele nos meus seios. Mexo-me para cima e para baixo, fazendo com que ele fique totalmente dentro de mim. Beijo-o, agarrando sua língua com os dentes e a mordendo com delicadeza.

— Lasciva — ele diz. — Esta é a palavra.

— Diga outra.

Ele me envolve em seus braços e rolamos.

— Libidinosa, é claro. — Ele entra em mim novamente, bem fundo. — Voluptuosa — ele diz. — Carnal.

— Carnal é bom. — Pressiono-me contra ele. — Gosto de carnal.

— Lúbrica — ele diz. — Vigorosa. — A cada palavra, ele mete profundamente dentro de mim. — Indecente. Obscena.

Agarro seu quadril e o puxo para dentro de mim. Dou um tapa no seu traseiro. Ele gruda meus braços no chão.

— Imoral — ele diz. — Muito, muito imoral.

Terminamos na sacada, com a pele arrepiada pelo ar noturno. Ele me coloca sobre o parapeito. Minhas pernas estão em volta da sua cintura. Ele enterra os dedos no meu cabelo e força minha cabeça para trás, enquanto entra e sai de mim. Beija meu pescoço, meus seios, meus ombros. O metal está molhado dos borrifos do oceano. Eu poderia escorregar e cair, mas não ligo. Em vez disso, gozo indefinidamente. Ele também.

Ele prepara um banho. Sentamos na água fumegante, um de frente para o outro.

— Ian?

— Fala, querida.

— Sua teoria é ridícula.

Ele parece magoado.

– Não te convenci?

– Não – digo. – Mas poderia ser a estratégia de cantada mais eficiente que já ouvi.

Ele se recosta na parede de azulejos, satisfeito.

– Passei um bom tempo trabalhando nela.

– Mas como conspiração não faz o menor sentido. – Mexo meu pé de maneira que ele fique repousando entre suas pernas. Começo a brincar com ele. – Por que a gente escolheria a infelicidade?

– Gostamos dela – ele responde. Tira meu pé fora d'água e o examina. Beija meu dedão. – A infelicidade é segura. É mais confortável do que a felicidade.

– Mais confortável?

– Com certeza. – Beija outro dedo. – A gente nunca precisa se preocupar em perdê-la.

– Não gosto da infelicidade – digo.

– Não? Você gosta do quê?

Sento-me e vou em sua direção.

– Vou te mostrar.

Logo, estou mais uma vez em cima dele.

– Gostaria de ter te conhecido meses atrás – digo, sem fôlego.

– Concordo. – Ele me beija. – Achei uma pena você ter perdido a comemoração do feriado.

Paro de me mexer.

– O quê?

Ele ri e beija meus seios.

– A comemoração do feriado – digo, tentando pensar. – A comemoração do feriado.

Ah, merda.

Esforço-me para me levantar, mas ele me segura com força.

– Ian – digo, batendo na testa com a beirada da minha mão. – Ian do museu!

Ele é um dos colegas de trabalho de Will.

Tecnicamente, seu chefe.

E um dos padrinhos.

Ele ri baixinho, beijando meu pescoço.

– Ouvi falar tanto de você!

Tento de novo me levantar, mas ele não deixa.

Logo quando eu pensava que tinha superado o fato de me sentir culpada em relação a tudo.

Ele me observa, sorrindo.

Mas a esta altura, que mal faz? Sério? Que importância tem?

Paro de lutar. As mãos de Ian acariciam de leve as minhas costas.

– Will é um homem de sorte – diz.

– Você acha?

Ele ri novamente.

– Ah, com certeza.

QUINTA-FEIRA

18

Abro os olhos. Estou deitada na cama, olhando pela janela o mar cintilante.

Estou totalmente sóbria. Minha mente está limpa.

Vou contar pro Will. Vou cancelar o casamento imediatamente.

Respiro fundo. Rolo na cama.

Ele não está lá.

Sento-me e olho em torno. O quarto está vazio. Quando saio da cama, vejo um recado na mesa.

Você parece tão relaxada, não quis te acordar.
Te vejo na Audubon House às 11.

Na Audubon House? Ah, certo, vamos encontrar Mattie lá, nesta manhã, para um ensaio. Do casamento que não vai acontecer.

Peço o café da manhã, e como enquanto me visto. Começo a me recriminar em relação a ontem à noite, mas paro. Não importa. Quero dizer, importa sim; ver meu pai, aquela bobagem com Ian? Mais uma prova de que não tenho que me casar.

Deixo o hotel e vou pela United Street. Esta pequena pré-estreia do casamento vai ser um horror. Com toda a conversa de Mattie querendo que o evento seja um verdadeiro conto de fadas, uma fantasia que se torna realidade? Estou imaginando chuvas de pétalas de rosa, escultores de gelo itinerantes, crianças descontroladas com asas fofas.

Não tenho dúvidas, haverá pombas.

Talvez eu consiga puxar Will de lado antes que ela chegue, e acabar com isso.

Viro na Whitehead Street. Will está esperando na cerca de madeira em frente à Audubon House. Ao lado dele, estão seus pais. Fico paralisada.

Ele vem e me beija.

– Bom-dia, dorminhoca!

– O que eles estão fazendo aqui?

– Meus pais? Estão curiosos. Principalmente minha mãe.

Que está sorrindo para mim agora, do seu jeito pra lá de especial.

– Will? – digo. – Precisamos conversar.

Então, Mattie irrompe em seu carro, uma roda subindo em cima da calçada. Sai aos tropeços, o cabelo uma maçaroca, arrastando uma sacola de mão pra lá de cheia e um fichário enorme, deixando cair o celular, perdendo os óculos e gritando "Oi! Oi, pessoal!", acenando freneticamente, ainda que estejamos todos parados a cerca de três metros de distância.

– Lamento muito o atraso! Ah, vejam, *pais*! Sou Matilda Kline, encantada. Simplesmente encantada. Maravilha. E como estão vocês esta manhã? Bem? Bem? Ótimo. Eu estava checando o boletim do tempo, e parece que estamos com bons prognósticos pros próximos dias. Muito bons. Nada com que se preocupar na parte meteorológica. Não aqui, de qualquer modo. O resto do país, bem... Agora, me deixe... tem uma... – Ela remexe em sua sacola, derrubando papéis na calçada. – Opa! Tudo bem, então. A casa e os jardins estão abertos ao público hoje. Estarão fechados sábado cedo, pra que a gente possa deixar tudo em ordem, é claro. Agora, vamos dar uma entrada pra que eu possa mostrar o lugar pra vocês, e dar uma ideia do que vai acontecer daqui a apenas dois dias!

Mattie apressa-nos pela lojinha de lembranças, acenando para a mulher no guichê de entrada, e nos conduz para o jardim por um caminho sinuoso de tijolos. O sol reluz na vegetação abundante à nossa volta. Acabamos no fundo da mansão, num pátio cercado por altas palmeiras.

– Cá estamos nós! – ela exclama. – Então, vamos lá. Deixe-me ver se consigo ajudar vocês a visualizar como vai ser. – Larga suas coisas num banco e entra no pátio, virando-se para nós. Parece que uma calma cai sobre ela. Sorri beatificamente. – Os convidados estarão sentados em fileiras de cadeiras brancas, *aqui*. A cerimônia acontecerá na varanda dos fundos da casa, *ali*. – Aponta para os degraus que levam para a ampla varanda de tábuas de madeira. – Vocês terão uma boa visão dos convidados – explica. – As pessoas frequentemente esquecem isso, que uma cerimônia de casamento deveria ser tanto para vocês verem as pessoas que amam, quanto para que elas vejam vocês.

Will aperta minha mão. Mattie segue em frente, explicando várias coisas sobre os arranjos de flores e as bandeirolas, e como os pais seguirão pela passagem e se sentarão.

– Agora, Lily, suas damas de honra surgirão do jardim *ali*. As íris estão floridas, então acho que ficará lindo. Elas seguirão pela passagem, e você irá atrás delas. Será ao entardecer, então, enquanto você caminha, acenderemos as luzes nas árvores e pelo jardim. É um pouco teatral – ela concede –, mas também, é um casamento.

– Parece lindo – Harry observa.

Anita está me encarando, de braços cruzados. Viro-me para o outro lado. É tudo muito bonito, e com muito mais bom gosto do que eu esperava, mas e daí?

Mattie nos conduz para outro espaço aberto no jardim, ao lado de uma piscina retangular, cheia de folhas de lírios-d'água.

– As mesas de jantar estarão espalhadas pelo jardim, mas o centro da recepção será bem aqui. Começaremos com champanhe e música suave, imediatamente após a cerimônia, quando vocês dois estarão ocupados com o fotógrafo. Achei um duo de *bluegrass*, marido e mulher. Acho que vocês vão gostar deles.

Will sorri.

– Parece o máximo!

– Achei que vocês gostariam. Sabem – ela sacode um dedo brincalhão para nós –, sinto-me como tivesse conhecido muito bem vocês na semana que passou. Isso me ajudou a incorporar algumas ideias novas.

Ideias novas. É disso que estou falando. Traga os cupidos despedaçados.

– Por exemplo, notei o quanto vocês amam estar com seus amigos. Então, dei uns telefonemas, e achei... *isto*. – Mattie abre seu fichário e nos mostra uma foto de uma cabine de fotos vintage, com cortina de veludo vermelho e um banquinho. – Seus convidados podem usá-la a noite toda, e levar as tiras de fotos pra casa, como lembrança. A máquina guarda cópias, então vocês podem fazer um álbum com elas. O que acham?

Will ri:

– É incrível, Mattie.

Ela sorri para nós.

– Estou muito feliz que vocês tenham gostado. Agora, aqui nós vamos colocar um bar padrão. E ao lado dele – ela gesticula para um cantinho próximo ao lago de lírios – é onde vamos colocar o mixologista do seu casamento.

– Nosso mixologista?

– Conheci o rapaz mais maravilhoso na semana passada. Chama-se Joseph. Mudou-se recentemente pra cá, vindo do Brooklyn, e conhece *centenas* de receitas de drinques. Inventou um, recentemente, que ele acha que vai ser perfeito como sua especialidade em coquetéis. Leva champanhe, suco de limão galego, algum licor francês do qual eu nunca ouvi falar e depois, o que era? Ah, é, um morango embebido em gim. Você joga o morango no champanhe, e ele fica efervescente! É delicioso – ela diz, me dando uma piscada.

Mattie está *animadíssima*.

Achou uma banda de swing incrível. Uma boleira premiada. No final da noite, um caminhão de sorvetes vai estacionar e distribuir sorvete de limão para os convidados que estiverem indo embora.

Picolés!

Não tem dúvida, esta seria uma grande festa.

– O que houve? – pergunto a ela. – Você está tão... com isso, de repente. Sem querer ofender.

Ela sorri com timidez.

— Isto sempre acontece quando estou alguns dias em ação. Estou no meu auge agora.

Continuamos caminhando pelo jardim, ouvindo-a descrever mais detalhes, mais pequenos toques. Então, ela para, e bate em sua própria testa.

— Meu Deus! Quase me esqueci! — Puxa dois libretinhos da sua sacola. São feitos de cartão creme. Uma fita champanhe une as páginas. — Os programas — ela explica. — Acabei de buscá-los na gráfica.

Ela estende um para cada um de nós. A capa diz:

O Casamento de

Lillian Grace Wilder

e

Will Clayborne Field

Vinte e Três de Fevereiro, Dois Mil e Catorze

QUOS AMOR VERUS TENUIT, TENEBIT.

Olho a frase em latim. Leio-a talvez três ou quatro vezes. Viro-me para Will.

— Você contou pra ela?

— Ela me perguntou como ficamos noivos — ele diz. — Mas eu não sabia que ela ia...

— Não, não, a ideia foi minha — Mattie diz, ansiosa. — Will me contou a respeito, e eu achei tão lindo! O verdadeiro amor... — Ela se vira para Will com uma risada constrangida. — Esqueci o resto da tradução. O que significa?

— Significa... — Ele hesita, depois limpa a garganta. — Significa: o verdadeiro amor se mantém firme naqueles em quem um dia se guardou.

Mattie coloca a mão sobre o coração.

– Lindo! Quem escreveu isso?

– Sêneca – Will diz. – Um filósofo romano.

Desvio o olhar por fim e observo Will. Ele ainda tem os olhos fixos no programa.

– O que vocês acham da fonte? – Mattie pergunta.

Não digo nada. Não consigo. Estou presa à lembrança de uma noite no meio de setembro.

Era uma quarta-feira. Will me ligou no escritório e me pediu para encontrá-lo às oito horas, em frente ao museu. Naquela semana, eu tinha ficado mais tempo no trabalho, do que a quantidade normalmente insana, e estava cansada.

– Tem que ser hoje à noite?

– Tem – ele disse. – É noite de lua cheia.

Misterioso. Mandei uma mensagem para ele, quando cheguei nos imponentes degraus da Fifth Avenue. Ele me mandou ir para a porta lateral, onde estava me esperando para me fazer entrar. Segui-o por várias galerias silenciosas, na penumbra, até o Grande Saguão. A única iluminação vinha das janelas em meia-lua bem acima de nós, e das luzes de emergência acima das entradas das salas. O salão, que eu sempre vira com centenas de pessoas, estava vazio. Nossos passos ecoavam pelo mármore.

Passamos pela entrada da loja de lembranças e pela escada principal, onde Will acenou para um segurança. Intimamente, eu esperava que ele tivesse me convidado a vir aqui para que pudéssemos transar no Templo de Dendur, antigo sonho meu, mas, em vez disso, Will me levou para a ala greco-romana. Passamos por uma longa galeria cheia de estátuas, urnas e peças de mosaico, até chegarmos a um pátio coberto de vidro, com colunas espaçadas em torno de uma fonte central.

Will tinha razão. A lua estava cheia. As estátuas que enchiam o cômodo reluziam em sua luz. O torso de um homem, um centurião, um sátiro, uma ninfa sem braço, a cabeça de uma aristocrata, um sarcófago entalhado com cenas de batalha. No silêncio e no vazio da sala, elas já não eram peças de arte inertes, mas coisas vivas; não parte de uma coleção, mas cada uma existindo em seu próprio espaço, como deve ter sido há milhares de anos.

Virei-me para Will:

— São lindas.

— Tem mais uma coisa que quero te mostrar. — Ele soltou uma corda que fechava uma pequena passagem. — Acabamos de restaurar isto. Entre.

Entrei numa sala minúscula. A única iluminação vinha do pátio e de uma janelinha fosca, no alto de uma parede.

— O que é isto?

— Um *cubiculum nocturnum* — Will disse. — Um dormitório. De uma vila romana soterrada pela erupção do monte Vesúvio.

Apertei os olhos na luz amortecida. As paredes estavam cobertas de imagens que eu não conseguia distinguir.

— Isto é de Pompeia?

— Quase. Cerca de um quilômetro e meio de distância.

Fiquei parada no meio da sala e me virei devagar. Meus olhos estavam se ajustando, e os afrescos das paredes surgiram lentamente. Céus azuis. Penhascos a distância. Uma bacia para passarinhos, não, duas. Passarinhos brincando na água. Colunas retorcidas com videiras. Nas duas longas paredes, construções que subiam até o teto, empilhadas umas sobre as outras. Afrescos de uma cidade, para uma casa no campo. As cores eram muito vivas. Azul, carmesim, verde, amarelo, ocre. Descobri templos, estátuas, urnas e piras ardentes.

Um dormitório, enterrado por dois mil anos. Estaria alguém aqui, quando o vulcão entrou em erupção? Dormindo, ou fazendo amor? Acordando com a explosão, a rajada térmica, a chuva de cinzas em frente à janela?

Esperei que Will fizesse sua cantilena padrão do museu, interpretando a iconografia, descrevendo como a vila fora descoberta, como os afrescos haviam sido restaurados. Mas ele não dizia nada.

— Você está tremendamente quieto — eu disse, me virando.

Foi então que ele deu um passo à frente, pegou na minha mão e se apoiou no joelho.

Segurava um anel.

– Você se lembra da noite em que a gente se conheceu? – perguntou. Sua voz estava um pouco trêmula. – Você me pediu que te dissesse alguma coisa em latim, e eu disse, mas não quis te contar o significado. – Assenti com a cabeça. Não conseguia falar. Ele enfiou o anel no meu dedo. Era um aro de prata simples, gravado. – *"Quos amor verus tenuit, tenebit"* – ele disse, traçando as letras devagar. Depois, traduziu-a para mim. – Li isso pela primeira vez anos atrás, quando estava estudando latim. Amei o ritmo que tinha. Soa melhor no original, não é? – ele repetiu a frase baixinho, enquanto girava o anel no meu dedo. – Quando li esta frase, pensei, vou me lembrar disso. Se algum dia, me apaixonar, vai ser isto que vou dizer pra ela. E então, eu disse pra você, naquela primeira noite. Porque eu sabia. Sabia que era um amor verdadeiro, e sabia que aquilo me possuía e continuaria me possuindo para sempre. – Ele olhou para mim. – Quer se casar comigo, Lily Wilder?

E foi então que caí de joelhos e disse:

– Sim.

– Sim? – ele disse, esperançoso, meio em dúvida. – Sim, de verdade?

– Sim! – gritei. – Sim, de verdade! Claro que sim!

E então nós nos beijamos, choramos, rimos e nos beijamos mais um pouco. Caminhamos pelo restante da galeria greco-romana, de mãos dadas, parando para beijos, abraços e risadas. Depois, fomos para casa e para a cama.

E foi como aqueles três primeiros dias, cheios de paixão e verdade, e mais tarde, olhei nos seus olhos e vi até o mais recôndito de suas profundezas, mas não via apenas ele, via nós. Via onde eu deveria estar. Não queria partir. E não partiria. Entendi tudo isso imediatamente. E aceitei. Não me escondi, nem fugi. Foi apenas no dia seguinte, ou no outro dia, que comecei a negar, duvidar, minimizar tudo.

Mas só há uma explicação para aquele sim. E para muitas outras coisas. Pelo motivo de me sentir feliz sempre que entro numa sala e vejo Will ali. Por ter resistido a romper nosso noivado contra o conselho de todos, contra todo o meu bom-senso, contra meu próprio interesse. Por ligar para ele, mandar mensagens de texto, e geralmente infernizá-lo sem dó. Por estar sempre tocando nele, beijando-o, brincando com seu cabelo. Por amar conversar com ele, e me divertir com ele. E sair com ele, e ir pra casa com ele. Por estar constantemente tentando transar com ele. Por ter aquele alvoroço na boca do estômago toda vez que ele me toca, ou sorri para mim, ou apenas me olha.

Eu disse sim porque me apaixonei por ele assim que o vi. Disse sim porque quero me casar com ele.

Amor.

Eu o amo.

Ah, merda!

– Lily? – diz Mattie. – A fonte?

Levanto os olhos.

– Tudo bem com a fonte, Mattie.

O que vou fazer? Como posso perceber isto *agora*? Como posso descobrir de repente, no último minuto, que de fato amo o homem que passei dias, semanas e meses me perguntando se amava?

Tudo bem, espere. Acalme-se.

Dá pra eu consertar isto. Posso descobrir uma maneira de impedir que sua mãe impeça o casamento.

Como? Não sei ao certo. Realmente, não tenho certeza quanto a isso.

Preciso de tempo para pensar. Não tenho tempo para pensar.

Recomeçamos a andar. Will está com as mãos nos bolsos e olha pensativo para o chão. Seus pais estão à nossa frente. Quando voltamos para o portão da entrada, ele segue à frente para dizer algo a seu pai, e Anita se retarda para andar ao meu lado.

Ela dispensa as delicadezas.

– Você esgotou seu tempo.

– Por que tenho que fazer isto? – pergunto. – Você descobriu, está descoberto. Por que você mesma não conta pra ele?

Ela me sorri, satisfeita.

– Também devo contar sobre as suas infidelidades?

E ali estava eu, acreditando que as coisas não poderiam piorar mais.

— Conheço várias pessoas em Nova York; promotores como eu, colegas da faculdade. — Ela levanta as sobrancelhas. — Você tem uma bela reputação.

— Muita coragem sua, falar em infidelidades.

Depois de uma pausa infinitesimal, ela responde:

— Não tenho ideia do que você está falando.

Meu celular sinaliza uma mensagem de texto. Dou uma olhada, alguma bobagem de Diane. Estou prestes a jogá-lo de volta na bolsa quando... não jogo.

Anita continua falando.

— Não é melhor assim? Você não pode querer isto, não de verdade. Um casamento sofisticado? Um casamento com alguém tão claramente inapropriado pra você, um casamento destinado ao fracasso? Não vale a pena jogar fora a sua carreira.

— Como é que você sabia que minha carreira tinha importância pra mim?

Ela dá de ombros, rodando a haste de uma folha entre os dedos.

— Fiz umas sondagens.

— Claro que fez. — Volto a dar uma olhada no meu celular.

— Pensei que conhecia meu filho – ela continua. – Mas ele é um completo mistério pra mim. É uma pessoa muito inteligente. Deve ser cego pra não ver quem você é de verdade.

Isto é o máximo que posso aguentar. Paro de andar e me viro para ela.

— Javier manda lembranças.

A expressão dela é inocente, ligeiramente surpresa.

— Javier? O amigo de Will?

— É, esse Javier. Ele me contou uma bela história sobre o verão em que trabalhou no seu escritório.

— Ele trabalhou lá? — Ela inclina a cabeça, como se estivesse fazendo um verdadeiro esforço para se lembrar dele. Todos os bons advogados de tribunal são atores talentosos, e Anita não é exceção. — Agora que você tocou nisso, me lembro vagamente... Minha nossa, isso foi há tanto tempo!

— Minha nossa, não é mesmo? Mesmo assim, Javier se lembra bem. Como ele ficava cansado depois de jogar softball. Ele *sempre* ficava muito agradecido quando você lhe dava carona até em casa.

Ela me olha imperturbável.

— Não sei bem aonde você está querendo chegar.

— Não sabe, Anita?

— Não, não sei.

— Isto faz sentido. Provavelmente você teve montanhas de casos com subordinados ao longo dos anos. Essa foi a única oportunidade que Javier teve de trepar com uma advogada a serviço dos Estados Unidos.

Seu rosto se contorce de raiva.

— Como você se *atreve*?

— Além de ser casada – continuo – e mãe do seu melhor amigo. Dá para eu perceber por que isso seria muito mais memorável pra ele do que pra você.

— Isto é profundamente ultrajante.

— O que ele disse? Durou meses. Vocês não conseguiam se bastar. Noite após noite após noite.

— Eu *nunca*...

— Às vezes vocês nem aguentavam esperar até que o escritório estivesse vazio. Você o chamava na sua sala, fechava as persianas, e transava logo ali, na sua mesa. – Arregalo os olhos. – Um paralegal de baixo escalão e a promotora-chefe de Chicago. Parece muito excitante, Anita: a chefona, e seu subalterno submisso e gracinha.

— Isto é totalmente falso – ela replica. – Na época eu só era promotora-assistente dos Estados Unidos. E não aconteceu uma dezena de vezes. Foram umas quatro ou...

No súbito silêncio, posso ouvir o alegre trinado de um passarinho na árvore acima das nossas cabeças; Will e seu pai rindo de alguma coisa; um galo cantando em um telhado próximo.

Anita está me encarando, a boca comprimida numa linha fina.

— Isso foi quase fácil demais – digo. – Mas também, pra você, isso é que é ser um promotor. Vocês simplesmente *adoram* mostrar pras pessoas quando elas estão erradas. É como se fosse mais forte do que vocês.

– Estou te avisando – ela diz em voz baixa. – Se você tentar me difamar com isso, vai se arrepender muito, muito. Vou negar tudo, e vão acreditar em mim. Minha reputação é impecável. Na verdade, posso até dizer... – Ela se interrompe, frustrada. – Você está me ouvindo, pelo menos? Pare de brincar com o celular!

É verdade. Estou mexendo nele o tempo todo em que ela está falando.

– Vocês jovens são todos iguais! – ela fala rispidamente. Acho que têm que descarregar a raiva em alguma coisa. – Obcecados por essas distrações sem sentido! Mensagens de texto, mídia social e esses jogos idiotas. Will comporta-se exatamente da mesma maneira. Vocês estão desperdiçando suas vidas.

– Nem tudo é mensagem de texto! – protesto. – Meu celular faz um monte de outras coisas. Por exemplo, este aplicativo aqui?

Estendo meu celular para mostrar a ela.

– Chama-se Voice Memo.

Anita olha o ponto vermelho piscante na tela.

– É muito funcional – acrescento. Paro de gravar e aperto o Play.

Ouvimo-la dizendo:

– Isto é totalmente falso! Na época, eu só era promotora-assistente dos Estados Unidos. E não aconteceu uma dezena de vezes. Foram umas quatro ou...

Aperto o Stop e sorrio para ela.

– Sua expressão neste exato momento? Impagável. Na verdade... – Tiro uma foto e mostro para ela. – Esta é, sem dúvida, uma para o álbum de casamento, não tenho razão?

Ela tenta agarrar o celular, mas eu o seguro fora do seu alcance. Sua dignidade não lhe permite lutar por ele.

– Você nunca vai se safar com isto – ela sibila. – Ninguém vai acreditar em você.

Concordo pensativamente.

– Vai ser interessante ver qual de nós tem mais credibilidade. A promotora dos Estados Unidos lutando contra alegações de má conduta sexual, ou a mulher com o arquivo de áudio.

Ela parece homicida.

— Você não pode...
— Lily? Anita?

Levantamos os olhos. Will e seu pai estão à nossa espera. Harry abre um amplo sorriso.

— Sobre o que as duas meninas estão fofocando?
— Nada – dizemos ao mesmo tempo.

Vamos até eles.

— Eu acerto isto com você – ela murmura.

Dou-lhe um tapinha amigável no traseiro.

— Claro que sim, mamãe, claro que sim.

Estamos de volta ao portão da entrada. Pego as mãos de Mattie nas minhas.

— Não posso te agradecer o bastante. Você planejou um casamento verdadeiramente incrível.

Ela cora e sorri para mim.

— Estou tão contente que você tenha gostado! Mas, de fato, você facilitou as coisas, minha querida.

— Facilitei?

Ela empertiga a cabeça.

— Bom, não. Mas isso não importa agora, importa? Estamos quase lá!

Ela começa a me dar uma porção de instruções sobre o ensaio de amanhã. Na verdade, não ouço. Estou feliz demais. Por fim, ela some, espalhando recibos e despedidas. Os pais de Will voltam para o hotel, Anita de cabeça baixa.

Viro-me para Will.

— Tenho uma visita rápida de trabalho daqui a pouco. Espere por mim, e a gente pode almoçar.

Ele franze o cenho, passando as mãos pelos cabelos. Parece um pouco desanimado.

— Está tudo bem, baby?

— Ah, está – ele diz, se recompondo. – Com certeza. Mas eu disse pro Javier que ia ajudá-lo a praticar seu discurso de padrinho. Vou ter que me encontrar com você mais tarde.

— Tudo bem. Divirta-se!

Ele se despede de mim com um beijo, e eu o vejo se afastar. Viro-me e caminho em outra direção. Recebo uma mensagem de Freddy.

– tudo ok?

– tudo ótimo!

– ??

– estou apaixonada pelo Will!

– ???

– e acabei com o plano diabólico da mãe dele pra acabar com a minha vida!

– ?????

– o casamento segue, vadias!

Meu celular toca.
— O que você está fumando? — pergunta Freddy.
— Amor! — exclamo. — Estou fumando *amor*!
— Eu tinha medo de que isso pudesse acontecer — ela diz. Passamos das medidas com o absinto ontem à noite.
— Não é alucinação. É pra valer. No duro, no duro, pra valer.
Ela suspira.
— Podemos dar um passo de cada vez?
— Claro! — Estou praticamente saltitando pela rua. Arranco uma flor de uma trepadeira que sobe por uma cerca de madeira e a ponho no cabelo.
— Então... você ama o Will — ela diz, em dúvida.
— Amei ele o tempo todo, Freddy. Estou subindo pelas paredes por ele. — Conto a ela sobre a minha epifania. Conto a ela que sei que é amor porque passei o tempo todo tentando racionalizar isto: eu deveria me casar com Will por x e y e z; não deveria me casar com o Will por a e b e c, em vez de analisar como me sinto. Tentei negar o que sinto por ele, fazer tudo o que podia para rejeitar esse sentimento. Porque perdi o amor uma vez

e não achava que merecia uma segunda chance. Não achava que estava preparada pra isso, que fosse capaz de me sair bem.

Mas quando você para de negar a verdade, abre os olhos e vê? A coisa tem uma natureza sólida. Você simplesmente sabe.

Quando termino de explicar, ela não me atormenta, ou duvida de mim, ela entende.

— Então, o casamento está de pé?

— Está. A mãe dele não pode me dedurar mais. — A flor cai do meu cabelo. Ponho-a de volta. — Gravei ela admitindo que teve um caso com o Javier.

— Espere. *O quê?*

Esqueci-me de contar a ela a respeito. Acho que tinha muita coisa passando pela minha cabeça. Faço-lhe um rápido retrospecto.

— E isso basta pra detê-la?

— Se isso fosse ventilado, seria um baita escândalo. Arruinaria a carreira dela, exatamente como ela tentou arruinar a minha. Chantageei a chantagista, Freddy!

— Isso tem mesmo certa justiça poética — ela concorda.

Um bip de ligação à espera. Deve ser meu compromisso da uma hora com Philip e Lyle.

— Tenho que desligar, Freddy. Depois te ligo.

Tudo está tão perfeito agora! Vou me casar. Salvei meu emprego. Vou ter essa conversa com Philip e Lyle para descobrir que novo caso interessante me aguarda na volta; depois, aproveitar ao máximo os últimos dois dias antes do meu casamento incrível, divertido, com o homem que amo, com distribuição de picolés.

Foram dias difíceis. Ou meses. Gostaria de ter me comportado um pouco diferente em relação a... bom, em relação a tudo.

Mas eu não sabia que amava Will! Isto faz toda a diferença.

Tudo vai dar certo. Uma vida de conforto, alegria e felicidade me aguarda.

Pego a outra linha.

— Boa-tarde, cavalheiros!

— Wilder? — Philip diz. — Temos um problema.

19

— Problema? Que problema?

— O acordo dançou – Lyle diz.

— O acordo da EnerGreen? Por quê?

— Porque nosso cliente se recusa a ouvir a razão – Philip diz irritado.

Viro na Duval Street, enquanto Philip explica que o conselho da EnerGreen está resistindo ao método proposto na distribuição do acordo com os demandantes. Na terça-feira, tudo parecia muito certo, depoimento cancelado, só faltava assinarem os papéis. E agora eles estão empacados num aspecto trivial do processo. Ridículo.

— Pelo que estou entendendo, vai haver o depoimento amanhã?

— Vai – Lyle confirma. – Já telefonei pro Hoffman. Ele está pronto pra ir.

— Espere até conhecer esse cara, Philip. Ele não é fácil.

— Eu não vou – Philip responde. – Você vai lidar com isso sozinha.

Paro de andar. Uma mulher dá um encontrão comigo pelas costas. Pelo menos, acho que é uma mulher. Estou concentrada demais no que Philip acabou de dizer para ter certeza.

— Ei, ei, ei. Do que você está falando?

— É por causa da tempestade, Wilder. A cidade inteira está parando.

— Que tempestade?

— Você realmente está em clima de férias, né? – Lyle diz. – Tem uma nevasca avançando para a Costa Leste. Dizem que vai ser a maior dos últimos tempos. Os aeroportos estão fechando, enquanto a gente conversa.

Uma nevasca? Um pouco de neve e gelo? E daí? Nosso escritório é famoso pelos extremos insanos a que nossos advogados chegam para ajudar seus clientes, quando o que está em jogo é coisa séria: trabalhar dias sem dormir, passar por cima de doenças graves, arriscar um período na prisão. Mau tempo nunca foi impedimento para nós. O que passa pela cabeça de Philip?

— Você tem que estar aqui — digo a ele. — Não tem como eu defender este depoimento, sozinha. — Alguém mais me dá um encontrão. Recomeço a andar, virando numa travessa.

— O que você quer dizer? — Lyle pergunta, sua voz cheia de falso entusiasmo de irmão mais velho. — Você vai se sair muito bem!

— Você pode dar conta dos e-mails de Hoffman — Philip diz. — Vou te dizer exatamente o que fazer.

— Não é apenas com os e-mails que estou preocupada, Philip. É com o que ele tem a dizer sobre as declarações financeiras. Se ele começar a testemunhar sobre a fraude, a EnerGreen está liquidada.

— A suposta fraude — Philip me corrige.

— Suposta não — digo. — Verdadeira. A verdadeira fraude.

— De que raios você está falando, Wilder?

— O Lyle não te contou?

Silêncio na linha.

— Contar a ele o quê? — Lyle diz inocentemente.

Por um instante, minha mente fica vazia. Paro e me encosto à fachada de uma loja. Não posso aquilatar muito bem a magnitude do que está acontecendo.

— Lyle — digo. — Ah, Lyle. Seu merdinha imprestável.

— Wilder, por favor — Philip me repreende.

— Ela está histérica — Lyle diz a Philip. — Eu te disse que ela não estava preparada.

— Um de vocês precisa me dizer o que está acontecendo — Philip diz. — Imediatamente.

Então, sento-me numa sarjeta, à sombra de uma figueira, e começo a falar. Descrevo a preparação de Pete. Explico que as alegações alucinadas na queixa, o material explosivo que pensávamos ser apenas retórica, é, de fato, verdadeiro. Que a EnerGreen perdeu bilhões e bilhões de dólares em más transações, e usou o derramamento de óleo para encobrir isso. Conto a ele como Pete se desmoronará se for questionado a respeito. Digo que não apenas a EnerGreen perde o caso, mas por causa do tamanho da fraude, a companhia pode muito bem falir.

Então, acabo de falar e espero.

Há um longo silêncio. Philip limpa a garganta.

– Um de vocês, por favor, me explique uma coisa – diz. Sua voz está calma, equilibrada. Extremamente ameaçadora. – Me expliquem como é que eu, o sócio responsável por este caso, estou sabendo desta informação agora, hoje, um dia antes do depoimento da testemunha. Como é possível?

– Esta também é a primeira vez que estou ouvindo falar nisso – Lyle afirma.

– Ele está mentindo, Philip.

– Não estou mentindo! Ela nunca me contou nada disso.

– Ele está mentindo na maior cara dura.

– Parem – Philip diz. – Vocês dois. Parem.

Há uma longa pausa. Lyle começa a dizer alguma coisa, mas Philip deve ter feito um gesto para que ele ficasse quieto. Por fim, ele diz:

– Vou dar uns telefonemas. Em breve, voltamos a entrar em contato, Wilder.

Desligamos. Fico andando em círculos por um tempinho, impressionada com a traição de Lyle. Esta é uma nova baixeza, até para ele. Eu deveria estar com raiva, mais do que furiosa, mas não consigo mobilizar nada além de um leve incômodo. Por que me preocupar? Não tem a menor chance de Philip me deixar fazer um voo solo aqui. De um modo ou de outro, ele resolverá o problema.

Meu celular sinaliza uma mensagem de texto de Teddy:

– Posso te encontrar às 3. Green Parrot.

Estou respondendo, quando Philip e Lyle voltam a me telefonar. Na mesma hora, sei que as notícias não são boas. Philip parece agitado, distraído. Fora do seu natural.

– Acabei de falar com Daniel Kostova pelo telefone – Philip diz. Kostova é o advogado que representa os demandantes. – Ele se recusa a adiar o depoimento. Kostova está... alega já estar em trânsito para os Keys. E se... ele afirmou que se nós tentarmos adiar, entrará com uma moção urgente perante a corte, uma moção para sanções, anexando os e-mails de Hoffman como evidência de nossa suposta má-fé.

– Então é simples – digo. – A gente não comparece. Sem testemunha não há depoimento.

– Isso não funciona – Lyle diz. – Kostova mesmo assim peticionará medidas cautelares contra nós, e isso lhe dá uma desculpa ainda melhor para trazer os e-mails perante o juiz.

– Não consegui falar com o Urs – Philip continua. – Vou continuar tentando, mas não acho que possamos confiar na concordância da EnerGreen para o acordo, nem mesmo se nós... se eles... se nós conseguirmos convencê-los da urgência da situação. – Ele solta o ar pesadamente. – Wilder tem razão. Preciso estar aí.

Ele continua falando, passando para Lyle um monte de instruções sobre os documentos de que necessita, transcrições de outros depoimentos, cópias de ordens judiciais. Nunca o vi tão perturbado. A gravidade da situação ficou clara. Se a EnerGreen perder por causa de um mau depoimento, a reputação do escritório vai sofrer um grande impacto. E a dele também.

– Betty providenciará a minha viagem – ele diz. – Ela vai... Vou fazer com que ela te passe os detalhes, Wilder. Lyle, quero que entre em contato com Hoffman e diga a ele que fique pronto para me encontrar de manhã bem cedo. – Faz nova pausa. – Tente transmitir o recado corretamente, desta vez.

Lyle protesta:

– Philip, eu não...

– Cale a boca – Philip diz. – Nem mais uma palavra.

O choque faz com que eu e Lyle fiquemos em silêncio. Num escritório com algumas pessoas realmente fadadas à gritaria, Philip é famoso por sua educação. Nunca o vi levantar a voz, ou falar com rispidez com ninguém. É o epítome da frieza cavalheiresca. Invadir essa fachada é parte do que faz ser tão divertido dormir com ele.

Era. *Era* parte do que *fazia* ser tão divertido dormir com ele.

Finalmente, terminamos. Verifico minhas mensagens. Nada de Will. Tenho algum tempo livre até me encontrar com Teddy, então resolvo fazer o cabelo. Um teste para sábado. Acho um salão, e logo um gay simpático está fazendo todas as coisas complicadas e dolorosas que sempre quis que fizessem no meu cabelo. Recosto-me na cadeira e relaxo.

É meio frustrante que amanhã eu tenha que passar a maior parte do dia trabalhando. Mas estar como assistente neste específico depoimento será diferente de qualquer coisa que já fiz. Profissionalmente, digo. Philip é incrível nesse tipo de coisa, e, pelo que ouvi, Kostova também não é pouca coisa. Vão voar faíscas.

Depois, penso na minha próxima lua de mel com Will. Vamos nos divertir muito. Vou garantir que não reste pedra sobre pedra nessa história de sexo. Que seja tudo discutido. Vou confessar tudo e ser honesta com ele, dentro do razoável, você sabe, e começaremos nossa vida de casados do zero.

Parece estúpido ficar repetindo isto, mas estou mesmo muito feliz agora.

Bênção!

Deixo o salão uma hora depois, parando para admirar meu reflexo numa vitrine. Nada mau.

Não sou só eu que pensa assim. Um cara para atrás de mim, me olhando. Viro-me e sorrio para ele, tocando o meu cabelo.

– Você gosta?

Ele sorri de volta.

– Gosto. Muito.

Que diabos estou fazendo? Viro-me e saio correndo. Não posso mais flertar deste jeito. Estou comprometida!

Mas sabe de uma coisa? Grande coisa. Contenho-me. É só um hábito que preciso quebrar.

Meu celular toca. É meu bom colega Lyle!

– Ei, babaca! Ele já te deu um pé na bunda?

– Acho que por enquanto estou salvo – Lyle responde. – Philip não vai despedir ninguém por um tempo.

Algo no seu tom me faz parar.

— Ele acabou de entrar no hospital — Lyle acrescenta.

Chego mais perto da guia, fora do fluxo de pedestres.

— Não tem graça, Lyle.

— Betty ouviu um barulho no escritório dele, e o encontrou caído atrás da mesa. Por sorte, os paramédicos conseguiram estabilizá-lo.

— Cuidado! — alguém grita, agarrando o meu braço. Eu estava prestes a me meter no meio dos carros. Viro numa travessa.

— É muito cedo pra dizer se foi um enfarte agudo, mas vi quando ele estava sendo levado. — Lyle assobia. — *Não* parecia bem.

É verdade. Percebo, pelo seu tom de voz, sua alegria mal disfarçada. Philip não virá. O depoimento vai seguir em frente, e ele não estará aqui. Estarei sozinha.

E *sei* que o significado profissional disso deveria começar a ficar claro para mim imediatamente, enchendo minha alma de horror, medo, tremor e tudo mais. Mas, honestamente? Tudo em que consigo pensar agora é em quantas vezes, e de quantas maneiras, Philip e eu fizemos sexo. Intenso, vigoroso, sexo *alucinado*. No escritório dele, no meu. No Waldorf. No... bom, você me entende. Depois que o cara começa, é um touro. É tudo isso, mas traga para ele um probleminha de pessoal em um depoimento, e ele murcha como uma flor delicada?

Homens.

Nunca vou entendê-los.

— É dispensável dizer que você defenderá o depoimento — Lyle diz.

É claro que não é apenas um probleminha de pessoal. É uma megacrise importante, com um cliente mega, num caso mega com enormes repercussões na minha vida, o que é mais importante.

— O escritório não pode mandar outra pessoa?

— Não.

— Temos oitenta sócios litigantes. — Posso ouvir o pânico na minha voz, mas não consigo evitá-lo. — Você está dizendo que cada um deles está ocupado com alguma coisa mais importante?

— Estou dizendo que nenhum deles está particularmente ansioso para ser arrastado para esse caos — Lyle replica. — Philip fez o possível para convencer alguém a entrar, mesmo enquanto estava sendo levado de maca, mas ninguém quer enfrentar uma nevasca, voar metade do país pra defender um depoimento que é uma causa perdida, num caso condenado. Philip me pediu que fosse de sócio em sócio, até achar alguém que quisesse assumir seu lugar, mas... percebi que estou um pouco ocupado no momento.

– Você... você... ah, Lyle, você é um... – Não consigo nem mesmo achar o insulto adequado.

– Kostova vai te esmagar – ele continua, solicitamente. – Ele é bom, Wilder, décadas de experiência. Provavelmente, você vai aprender muito com ele. Não que vá te servir pra alguma coisa.

Detesto ter que fazer o que estou prestes a fazer, mas a situação é realmente desesperadora.

– E você, Lyle? Você não pode vir?

Ele fica quieto por um momento.

– Eu poderia pensar nisso – ele responde. – Mas você terá que pedir por favor.

Mordo o lábio, fecho os olhos e cruzo os dedos.

– Por favor?

– Por favor o quê? – ele diz.

– Por favor, você pode... – Isto está me matando. Tento de novo. – Por favor, você pode vir até aqui me ajudar?

Sua risada ressoa pelo celular.

– Nem em um milhão de anos.

– Seu filho da puta! – grito. – Isto vai ser terrível pro escritório. Você não se importa?

Ele ri com desprezo.

– Não sou sócio. Seja como for, sou pago. Nossos clientes são uns canalhas, você mesma disse. Por que eu exporia meu pescoço por eles? Esta perda humilhante não terá efeito na minha reputação. – Ele faz uma pausa. – Infelizmente, não se pode dizer o mesmo em relação a você.

– É tudo culpa sua! – grito, numa raiva inútil.

– Pode ser – ele diz. – Mas é você quem vai levar a culpa. Quando tudo terminar, pode ser que Philip não te despeça, mas você será sempre afetada por isto. Dentro e fora da firma. Você será a advogada que perdeu sozinha a maior ação coletiva ambiental da história.

Ele tem razão. No que diz respeito ao registro legal, não importa que a EnerGreen tenha realmente cometido os crimes, e não eu. Será o meu nome, e só o meu nome, que constará na transcrição como a advogada de defesa do depoimento; minha voz na gravação de vídeo, levantando objeções em vão, enquanto Hoffman é destruído. A coisa toda provavelmente terminará atraindo bastante atenção da mídia, sem mencionar o interesse pelo governo. Trechos selecionados poderão aparecer no YouTube.

Serei famosa pela má fama.

Claro, algumas pessoas entenderão que não foi minha culpa, que não havia nada que eu pudesse fazer. Algumas pessoas terão pena de mim, mas nunca, jamais me contratarão. Estou agarrando o telefone com tanta força que minha mão dói.

– Você tem sorte de eu não estar no seu escritório, agora, Lyle.

Ele me ignora.

– Mas, quem sabe? Talvez Philip te despeça de imediato. Acho que isto vai te servir de lição.

– Que lição, Lyle?

– Que trepar com o chefe nem sempre vale a pena – ele retruca.

– Jesus Cristo! – grito, enfim perdendo a paciência. – Eu não estava trepando com ele por ser meu chefe! Estava trepando com ele porque queria trepar com ele!

Há um súbito silêncio. Levanto os olhos.

A calçada à minha frente está tomada por cerca de uma dúzia de criancinhas. Estão usando etiquetas com o nome, e camisetas verdes iguais; de mãos dadas, em uma deliciosa sequência em miniatura.

Conheço essas camisetas. Conheço a mulher de meia-idade que as está conduzindo. Levo cerca de três segundos para situá-la.

– Sra. Carter?

Minha professora de pré-escola sacode a cabeça.

– Lily Wilder. Seu *palavreado*.

Fecho os olhos.

— Me desculpe. Sinto muito. – Viro-me e caminho em outra direção.

– Então, é uma coincidência? – Lyle pergunta. – Você teria dormido com Philip mesmo que isso não ajudasse sua carreira, mesmo que não conseguisse nada? É isso que espera que eu acredite?

– Não espero que você acredite em nada, Lyle. Mas pense no que está dizendo e compare com a realidade. Você revisa minhas horas. Vê quanto eu faturo. Sabe que eu trabalho tanto quanto você, e que tenho minha cota de atribuições de merda. Certo?

Ele está calado.

– Tenho algumas novidades pra você, Lyle. Quando uma mulher escolhe fazer sexo, nem sempre tem algum motivo em mente. Não estamos necessariamente procurando poder, procriação, um relacionamento seguro, ou progredir na carreira. Às vezes, só queremos sexo. Consegui uma coisa por dormir com Philip; consegui *sexo*. Talvez seja difícil pra você entender isto. Deve ser um pouco assustador, porque não bate com seu conhecimento extremamente limitado de como as mulheres funcionam. Não bate com a mensagem que você ouviu a vida toda.

Uau. A mensagem? Tenho que tomar cuidado. Estou começando a soar como Ian.

– Olhe, Wilder – Lyle diz –, não me importa...

Interrompo-o.

– Importa sim. É óbvio que sim, ou você não estaria arriscando uma ação de vinte bilhões de dólares só pra me foder. Você se importa e então estou te explicando isto, na esperança de que você veja o quanto está errado. Aqui está o ponto básico, Lyle. Não existe mulher com M maiúsculo. Não existe um modelo padrão que explique tudo pra gente.

Minha voz está subindo de tom, agora, e estou gesticulando loucamente com minha mão livre. Um casal mais velho que se aproxima pela calçada passa bem longe de mim. Não posso dizer que os culpo.

– Quer saber por que dormi com Philip? Porque me deu *vontade*, Lyle. Talvez eu vá atrás de homens mais velhos por ter uma atração por cabelos grisalhos, ou porque a maioria dos homens da minha idade é chata, ou por ter sérios, *sérios* problemas com meu pai. Mas sabe de uma coisa? Na verdade, não vou atrás de homens mais velhos. Também gosto dos mais novos. Gosto de todos os tipos de homens. E vou continuar gostando deles, e dormindo com eles, ou *não* gostando deles, e não dormindo com eles, baseada nas *minhas* preferências, e não nas preferências de pessoas pretensiosas e bitoladas como você. A conclusão, Lyle? Você está errado. Em relação a mim, em relação a tudo mais. Ficou claro? Alguma pergunta? Não? Ótimo. Então, por que você e seu pênis pequeno, medíocre, tirânico, apavorado não vão se foder, hein? Porque ninguém mais jamais fará isto.

Desligo. Minha respiração está pesada.

Então é esta a sensação de conforto, alegria e felicidade.

Chocante.

Dou uma olhada na hora e corro para o Green Parrot.

20

Não sei que diabos estou fazendo, no meio de uma crise de trabalho, dois dias antes do meu casamento, me encontrando com Teddy num boteco na Whitehead Street. Mas aqui estou eu, e lá está ele, com uma cerveja à frente, parecendo na defensiva, entediado, inquieto e irritado.

Sento-me à sua frente. Ele dá uma olhada no meu penteado, e imediatamente me sinto intimidada. Um cacho solto roça meu rosto, e rapidamente o prendo atrás da orelha.

— Pensei que você não pudesse beber em serviço – digo.

Ele pega a cerveja e dá um gole.

— Não estou em serviço.

Lança-me um sorriso paciente, que não se estende aos olhos.

— Acabei de dar de encontro com nossa professora da pré-escola – digo.

— A sra. Carter?

— Ela ainda não gosta de mim.

— Não me diga! – Ele olha em torno como se estivesse verificando a saída mais próxima.

— A vó me contou que você foi pro exército.

Ele assente com a cabeça.

— Por quê?

Ele toma mais um gole de cerveja.

— Amor à pátria.

— Qual é?

Nenhuma resposta.

— Você foi pro exterior?

Ele pousa a cerveja.

– Foi realmente por isto que você me chamou aqui, Lily?

– Queria te ver – digo. – Saber como você está.

Morro de vergonha. O tom foi completamente errado. Teddy também sabe disso. Abre os braços como se dissesse: aqui estou eu.

– Por que você está puto comigo, Teddy?

– Não estou puto com você.

Está se comportando de um jeito frio e controlado. Faz isto para me irritar, como sempre fez. E está funcionando. Então, começo a provocá-lo, como sempre fiz.

– Você está puto comigo desde que a gente se viu na segunda-feira. Não minta. Ainda sei quando você está mentindo.

– Não tenha tanta certeza – ele diz.

O barman vem até a mesa. Peço um copo d'água. Viro-me para Teddy.

– Por que você está puto comigo?

– Não estou. – Ele não me olha nos olhos.

Tento outra abordagem.

– Você gosta do seu trabalho?

– Gosto.

– Você é bom no que faz?

– Sou.

– A Melody é sua namorada?

– Melanie – ele diz. – É.

– Você a ama?

Ele não responde.

– Por que você está puto comigo, Teddy?

– Não estou.

– Como vai a sua mãe?

– Bem.

– Por que você está puto comigo?

– Porque você foi embora! – ele grita, esmurrando a mesa.

Dou um pulo. Seu copo vira e se quebra no chão. O barman dá uma olhada. Algumas pessoas desviam o olhar de suas bebidas.

– Está satisfeita, agora? – ele diz.

– Eles me obrigaram a ir embora – digo baixinho. – Não tive escolha.

– Escrevi pra você uma porção de vezes – ele diz numa voz baixa e irritada. – Você nunca respondeu, nunca me telefonou. Era pra você ter voltado. Você prometeu.

Com ele, era sempre assim. Ficava segurando, segurando, e então explodia.

– As coisas ficaram complicadas – digo.

– Não me diga que as coisas ficaram complicadas, Lily! Mas você teve que ir embora. Eu fui pra prisão.

– Não era prisão – digo, me arrependendo na mesma hora.

Ele ri, sem acreditar.

– Está me gozando?

– Sinto muito – digo. – Sinto muito. Não quis dizer isso. Eu só... Sei lá, Teddy. Eu tinha catorze anos. Pirei. Não sabia como lidar com a coisa. Lee estava...

– Não se trata do Lee.

– Claro que se trata! Se eu não tivesse feito aquilo, ele ainda estaria vivo.

Teddy inclina-se sobre a mesa, em minha direção.

– Lily, *não se trata do Lee*. Ele estava fodido muito antes de você usá-lo. Trata-se de você e eu. De como você me amava, e eu te amava, e você me abandonou.

– Eu não...

– Você teve que recomeçar lá no Norte com seu papai rico. E eu fui pra cadeia. Sinto muito. – Ele levanta as mãos, como se estivesse se rendendo. – Deixe-me corrigir isso. Fui involuntariamente inscrito na Avon Park Youth Academy. Mas, engraçado, na época não se parecia muito com uma *academia*, com as gangues e os traficantes; com a frequência com que eu era espancado; com a maneira como a minha mãe não conseguia parar de chorar todas as vezes que me visitava. Mas, é, aquilo era o ginásio. Vamos lá, Raiders.

Agora sou eu quem não consegue olhar nos olhos dele.

— Quer saber por que entrei no exército? Não tive a porra de uma *escolha*, Lily! E, nossa, *aqueles* foram quatro anos divertidos. Depois, voltei e entrei na polícia da Flórida, o que não foi fácil, graças ao meu prontuário juvenil, mas depois de quase ter sido morto duas vezes no Afeganistão, e ter reunido alguns ferimentos e algumas medalhas, tive a sorte grande de impressionar pessoas em cargos altos.

Sinto uma lágrima rolar pelo meu rosto. Enxugo.

— Portanto, Lily, velha amiga, estas são as minhas novidades — ele continua, implacavelmente. — Claro que é bom estar em dia com você depois de todo este tempo. Agora é a sua vez. Me lembre, por quanto tempo você ficou naquele hospital fino?

— Nove semanas — digo baixinho.

— Nove semanas. E depois você foi pro internato, certo? E a Faculdade de Direito. Onde você trabalha agora? Algum escritório grande em Nova York, certo? Como é a sua sala? Tem uma bela vista do parque?

— Sinto muito — digo. — Teddy, sinto muitíssimo.

— Você. Me. Abandonou. Não me escreveu *uma única vez*. Pra mim, teria sido uma bênção saber de você. Porque você era meu mundo. Mas você foi embora. Pra sempre. Mas agora você está de volta pra se casar. E eu deveria ficar feliz com isto. Feliz de te ver.

— Você me odeia — digo.

Ele se recosta na cadeira, subitamente esvaziado. Toda a raiva se foi. Olhamos um para o outro por sobre a mesa.

— Se servir de consolo, é impossível que você me julgue com tanta dureza quanto eu mesma me julgo.

Ele se inclina para a frente, novamente furioso.

— Ah, é? Sabe de uma coisa, Lily? O fato de você se julgar, de saber que está fazendo uma coisa errada, mas cagando pra isto, não resolve nada.

Levanto as mãos.

— Tudo bem, Teddy. Você venceu. Você não quer ouvir. Então, de que serve tudo isto?

— Foi você quem quis me ver! Vamos tomar um drinque como velhos amigos, certo? Eu não queria te ver nunca mais! Na segunda-feira à noite, tudo bem, fui eu. Não sei o que me passou pela cabeça. Soube que você tinha voltado, e agi por impulso. Me arrependi muito. Porque vi o que você estava fazendo. Você olhou pra mim e resolveu agir como se nada tivesse acontecido entre nós. Como se fôssemos dois velhos amigos, dois colegas se encontrando. Vi você tomar esta decisão. Vi nos seus olhos. E isto significa que você sabe. Você sabe o que fez. E não me diga que não porque eu também sempre sei quando você está mentindo.

Eu estava olhando para baixo, mas agora olho para ele e, subitamente, ele volta a ser um menino, com um rosto magoado e bravo de menino.

– Eu te amava – ele diz. – Eu te amava, e você jogou isto fora.

Tento pegar sua mão por sobre a mesa, mas ele a puxa para trás.

– Nem pensar. Tarde demais. – Ele se levanta e sai do bar.

Vejo-o ir. Depois abaixo a cabeça entre os braços.

Ele está certo, é claro. Abandonei meu melhor amigo do mundo todo. Meu melhor amigo e meu primeiro amor. Fugi porque era mais fácil fugir do que enfrentar. Deixei uma trilha de destruição em meu caminho e fingi não notar. Depois, agi como se pudesse conquistar meu caminho de volta para cá, para a vida dele, e tudo ficaria bem entre nós. Eu poderia lhe contar meus problemas, e ele me ajudaria.

A mãe de Will detectou isto. Eu não mudei simplesmente, fiquei pior.

Penso no trabalho. Como gosto de caçoar e criticar meu terrível cliente, distanciar-me dele na minha mente, atacá-lo como um organismo puramente egoísta que usa um crime para perpetrar outro, fazendo o que for possível para se promover e promover seus próprios interesses acima de tudo mais.

Soa familiar.

Finalmente percebi nesta manhã que amo Will. Que quero me casar. E consegui vencer sua mãe em seu próprio jogo, abrindo caminho para minha própria felicidade.

Mas o que eu ganhei, exatamente? A oportunidade para continuar mentindo. E mentindo, mentindo, mentindo. Para a única pessoa nesta situação que não mentiu. A única pessoa que sempre disse a verdade.

– Com licença?

Levanto a cabeça. O barman veio varrer o copo quebrado de Teddy.
— Você não pode dormir aqui — ele diz, sorrindo constrangido.
— Não estou dormindo, Lloyd. Estou revendo meus recursos extremamente limitados.
— Aceita uma bebida? — ele pergunta.
— Não, obrigada — digo. — Preciso ir.

21

Saio do bar e volto para o hotel. Tenho um tempinho antes do grande jantar de família, então me sento no terraço, pensando. Depois, tomo uma longa chuveirada. Faço minha maquiagem e acerto o cabelo. Passo a ferro meu vestido preferido. Estou me preparando, vestindo minha armadura. Só que não sei ao certo com quem vou lutar. Talvez comigo mesma.

Quando chego ao restaurante, demoro-me um pouco na entrada da nossa sala de jantar privada. Estão todos lá, dispostos em torno da mesa como uma pintura. Mas desta vez não é um retrato de família convencional, e sim uma daquelas cenas grandes, ostentosas de Caravaggio, ou de algum outro artista barroco. Você conhece; estão dispostas em uma sala de jogos ou taverna, cheias de cor e movimento, capturando uma variedade de ladrões, bandidos, mulheres da vida, exatamente antes de as facas serem empunhadas.

Papai está à cabeceira da mesa, consultando a lista de vinhos com um ar nobre, parando de tempos em tempos para sorrir para a garçonete que aguarda servil por sobre o seu ombro. Ana está à sua esquerda, com expressão irritada, murmurando consigo mesma, enquanto seus polegares voam rapidamente sobre o celular. Do seu outro lado, o pai de Will tenta desesperadamente impressionar Jane, contando alguma intrincada história legal. Ela acena com a cabeça educadamente, brincando com um grande anel de safira em sua mão direita, desejando claramente que ele estivesse cheio de veneno. Mamãe está ao lado de Jane, ou estaria, se não fosse o fato de estar de joelhos, o cabelo caído no rosto, tentando fazer a mesa parar de balançar. Em frente a eles, vó discorre sobre a estupidez colossal da Suprema Corte, enquanto Anita tamborila as unhas na mesa com impaciência, tentando uma oportunidade para dizer alguma coisa.

E lá está Will, espiando o celular, dando uma olhada ansiosa ao redor. Esperando por mim.

É tão fácil ver como esta noite poderia ter se desdobrado! Depois da primeira leva de apresentações e conversas apressadas, todo mundo relaxaria, se acomodaria. Vinho e comida nos deixariam à vontade. Papai deixaria os pais de Will encantados. Ana nos fascinaria com fofocas políticas. Vó e Anita conseguiriam encontrar um terreno comum. Harry contaria histórias engraçadas de Will quando criança. Começaríamos o lento e difícil processo de nos conhecermos, de forjar a grande, confusa e incontrolável união que cerca todo casamento.

Aposto que teria sido divertido.

Will finalmente me avista na entrada. Dá um pulo e contorna a mesa. Beija meu rosto.

– Uau! Você está linda!

– Obrigada. Você também está ótimo. – Eu nunca o tinha visto de paletó e gravata. Ele até se barbeou. Está lindo. Engulo com dificuldade. – Will? Precisamos conversar.

– Vamos beber alguma coisa – ele diz. – Só você e eu.

Ele me leva de volta pelo corredor até o bar do restaurante, onde escolhe uma mesa no canto. Uma garçonete chega, e Will pede uma cerveja.

– Aceita alguma coisa? – ela me pergunta.

Sacudo a cabeça. É hora de fazer isto.

– Will, tem algumas coisas que preciso te contar.

– Na verdade, posso falar primeiro? – Ele respira fundo e exala aos pouquinhos. Corre as mãos pelo cabelo. – Andei pensando nisso o dia todo e... é um pouco engraçado. Quando a gente estava na Audubon House hoje de manhã, o casamento se tornou tão... tão *real* pra mim, de repente. De um jeito que nunca tinha acontecido antes. Eu sabia que ia acontecer, é óbvio, mas... e o dia todo, andei pensando, sabe, que...

Para de falar. Olha para o chão e enxuga as mãos na calça.

– Sabe de uma coisa? Vou direto ao assunto. – Olha diretamente para mim. – Sei de tudo, Lily.

Olho fixo para ele, muda.

A cerveja dele chega. Ele a pega e dá um longo gole.

– Sei que você me tem sido infiel, repetidamente – ele continua.

Meu estômago dá um nó. Meu rosto ferve. Sinto como se todo o ar da sala tivesse sido sugado.

– Como? – pergunto. – Como é que você soube?

– Eu sempre soube – ele diz simplesmente. – Quase que desde o começo.

– Do que você está falando?

– Lily – ele diz. – Você chega em casa do "trabalho" no meio da noite, pra lá de bêbada, o cabelo uma confusão. Está sempre tropeçando em explicações sobre onde esteve e quem você viu. Vejo como você olha pros outros homens, quando acha que não estou prestando atenção. E algumas das coisas que você faz na cama deixaram claro que você não passou a última década num convento. Por fim? – Ele sorri para mim quase com pena. – Você deixa seu celular por aí, com aquela sua inexperiente lista de contatos. Eu teria que ser um idiota se não suspeitasse de alguma coisa.

Ele dá outro longo gole na cerveja. Como é que pode estar tão calmo neste momento? Fico completamente confusa, até conseguir me agarrar num único detalhe.

– Você descobriu meu sistema de mensagens de texto?

– Dois celulares, completamente independentes – ele me diz. – É a única maneira de dar certo.

– Aceita outra cerveja? – a garçonete pergunta. Ele aceita. Ela se vira para mim. Sacudo a cabeça. Não tirei os olhos de Will.

– O que você quer dizer com dois celulares?

Will recosta-se na cadeira.

– Isto me leva ao próximo ponto. – Ele me olha novamente direto nos olhos. – Tenho feito a mesma coisa.

Olho para ele sem expressão.

Ele me olha de volta.

– O quê? – pergunto.
– Também tenho sido infiel a você.
– Não, não tem – digo.
– Tenho sim, Lily.
– Isto é uma piada? – pergunto com a voz trêmula. – Alguma maneira torta de preservar seu orgulho? Porque, ouça, o que eu faço não tem nada a ver com você.
– Eu sei – ele diz. – Acredite em mim, eu entendo.
– Não! – exclamo um pouco alto demais. – Você *não* entende. Não pode entender. Você não é eu. É Will Field. Tem trinta e dois anos. Uns três PhDs. Trabalha no Metropolitan Museum da Porra da *Arte*! Você é divertido, bobo e gentil. Você me ama. Não pode ser eu.
– Eu te amo e eu durmo com outras mulheres – ele diz.
– Isto é impossível.

Ele se inclina pra frente. Desvio o olhar, mas ele levanta o meu queixo, forçando-me a olhar nos seus olhos.

– Não é impossível, Lily. É verdade. Você se lembra da garçonete na segunda-feira à noite? Aquela com quem você me provocou, dizendo que ela achava que eu era uma gracinha? Ela achava. Ela me deu o número do celular dela, quando você foi até o banheiro. Me encontrei com ela na noite seguinte, depois da minha despedida de solteiro. E de novo na quarta-feira à tarde.

Afasto-me, mas não consigo desviar os olhos.

– Naquela noite, quando voltei pro quarto e você queria fazer sexo, mas eu não conseguia ficar de pau duro? Eu não estava de ressaca, Lily.

– Por que você está dizendo isto? – Minha voz soa fraquinha.

Agora ele toma as minhas mãos nas dele. Seus olhos estão ansiosos, implorando.

– Porque não quero que a gente continue mentindo um pro outro! Isto está acabando com a gente. Tentei te contar a verdade na segunda à noite, mas me acovardei.

Segunda-feira. A noite da nossa longa e estranha discussão sobre o passado. Pensei que ele estivesse querendo extrair informação de mim, não criando coragem para fazer uma grande confissão de si mesmo.

Puxo as mãos.

– Não acredito em você.

Ele me olha por um momento, perplexo. Depois, tira um celular do bolso e o coloca na mesa, entre nós.

– O que é isto?

– Meu celular do trabalho – ele responde. – Entre aspas.

– Por que você...

– Leia as mensagens – ele diz.

Olho para o celular.

– Está travado.

– O código é 5459.

Digito o código. A tela se anima.

– Soletra-se L-I-L-Y – ele diz. – Espero que você se lembre disto, depois.

Olho para ele:

– Depois do quê?

Ele tira o celular de mim, abre o aplicativo de mensagens e me devolve.

– Depois de agora.

Percorro o registro de conversas. Há centenas e centenas delas. Estranhamente, ele não mostra os nomes dos destinatários das mensagens de Will, apenas os números de celular. Abro uma ao acaso. Alguém escreve:

– cadê vc?

Will responde:

– Na cama.

Clico em outra conversa:

– o q vc está fazendo agora?

Will responde:

– Trabalhando.

– faça um intervalo.

– Impossível.

– vai valer a pena

– Meu tempo vale muito.

– rs rs quanto

Escolho outra:

– mal posso esperar pra te ver de novo

– Não espere. Pode ser perigoso.

– ka ka ka. me dê uma hora.

A data é de ontem de manhã.

A garçonete coloca outra cerveja em frente a Will. Pego-a e tomo vários longos goles. Começo a me engasgar. Will tenta dar a volta na mesa para bater nas minhas costas, mas o dispenso com um aceno.

– Este não é o seu celular – digo ofegante. – Não pode ser.

Leio:

– amanhã à noite?

– Q tal agora?

– mesmo?

– Estarei aí em 20 minutos

Mandada há duas semanas.

– Estas mensagens são idiotas – digo. – Você é muito mais inteligente do que isto. Eu...

– quero q vc me amarre e...

Não, não, não, nem pensar. Checo sua lista de contatos. Vazia.

– Por que não tem nomes?

– Eu decoro os números. É mais seguro assim.

– Você inventou isso. De algum jeito, você falsificou isto.

Mas então, paro de falar. Acabei de clicar numa mensagem com a foto de uma garota. Ruiva. Está nua, sorrindo para a câmera, esticada numa cama, uma das mãos atrás da cabeça.

É a cama de Will no seu antigo apartamento. Reconheço a cabeceira.

Levanto os olhos. Ele toma o telefone da minha mão. Não consigo respirar. Sinto-me completamente oca. Isto está de fato acontecendo? Este é realmente o Will?

Um enorme buraco abriu-se debaixo de mim e estou despencando num mundo que não sabia que existia. Tudo é novo. Tudo é estranho.

– Tem mais uma coisa que você precisa saber. – Ele está percorrendo as mensagens. Depois, me devolve o celular. Abriu uma conversa de sábado à noite. Começa com uma mensagem de um número do Brooklyn.

– cadê vc?

Ele responde:

– Em casa. Vc?

– clube. Muito tédio

– Te encontro na sua casa.

– rs, rs

– Falo sério.

– Não posso

...

– espere. Ela está indo embora.

...

– ela vai trabalhar. estarei lá

– Sábado à noite? – digo. – Durante a minha festa?

Will clica no número, e o celular disca. Ele põe no viva-voz e o coloca na mesa, entre nós. Ouvimos o minúsculo toque pelo viva-voz. Então, alguém atende.

– Eu disse que não queria mais saber de você.

Conheço a voz. Aquela entonação seca, levemente anasalada. É a voz de milhares de conversas tarde da noite, sussurradas na biblioteca, entre livros e café. A voz de dezenas de sessões de estudo, quando a gente se matava para os exames finais. A voz que foi a primeira a telefonar e me cumprimentar, quando os resultados dos nossos exames da Ordem foram afixados.

– Oi? – Nicole diz. – Will?

Olho para o celular. Will encerra a chamada.

Nicole e Will.

Minha amiga Nicole. E Will, meu noivo.

O homem que amo.

Atiro-me para ele por sobre a mesa.

Ele agarra meus pulsos, antes que eu possa arrancar seus olhos.

– Lily! – ele exclama. – Pare!

– Seu *puto*! – berro.

Tento me atirar de novo, mas ele me segura com força. O bar todo está em silêncio. Luto. Tudo o que eu quero é ir para cima dele, fazer com que ele sinta uma fração da dor e da fúria que estou sentindo agora. Quero morder, chutar e gritar.

– Você sabia que o apartamento dela tem percevejos, Will? Se você tiver me passado percevejos, eu *te mato*!

– Está tudo bem – Will diz para a garçonete, que se aproxima de nós em dúvida. – Estamos bem. – Pra mim, ele fala: – Lily, acalme-se. Você não pode ficar brava. – Lentamente, com cuidado, ele me solta.

– Não posso ficar brava! – digo em voz alta. – Que interessante. Não posso ficar brava.

– Lily, pare.

– E mesmo assim, cá estou – digo, tomada por novo acesso de raiva –, me sentindo um tantinho brava... Não é esquisito? Não é espantoso? Você deveria colocar isto em um dos seus trabalhos acadêmicos. Assumindo que você seja, na verdade, um arqueólogo, e não a porra de um *lixeiro*!

Atiro-me de novo para o seu rosto, mas ele me agarra.

– Pare!

– Como é que você *pôde*, Will? Ela é uma das minhas damas de honra!

Ele aproxima seu rosto do meu.

– É isto que te incomoda? O fato de ela estar na festa de casamento? Tem certeza que você quer partir pra isso, Lily?

Paro de lutar. Estou debruçada em direção a ele por sobre a mesa. Tento me afastar, mas ele não solta.

– Você não está brava – ele volta a dizer. – Está surpresa. Está chocada. Mas você não pode, realmente, ficar magoada com isto. Não você.

Olho para ele. Minha fúria se foi, desapareceu tão rápido quanto veio. Ele deve sentir isto, porque me solta e se recosta cansado, esperando outro ataque.

Mas tudo o que me sobrou foi uma única pergunta, e eu a faço com calma e baixinho.

– Por que você me pediu em casamento, Will?

Ele se inclina para a frente e pega as minhas mãos.

– Porque te amo.

Puxo-as de volta.

– Isto é impossível.

– Lily Wilder – ele diz. – Estou apaixonado por você desde o primeiro segundo em que te vi. Quando você veio caminhando pra mim no bar, pôs a mão no meu braço, e eu me virei, e você sorriu pra mim? Foi quando minha vida começou. Tudo o que aconteceu antes foi... preparação. Treino de aquecimento. – Ele sorri. – Preliminares. Você chegou e foi como se o mundo passasse de preto e branco para colorido. Você intensifica tudo. Quando você está por perto, a música soa melhor. A comida tem um gosto melhor. Você torna o álcool completamente supérfluo. Nunca sei o que você vai dizer ou fazer, e isso é muito excitante. Às vezes, fica difícil respirar, quando estou perto de você. Fico preocupado que meu coração esteja se estragando, por bater tão rápido. Você é inteligente e linda. Temos conversas verdadeiras. Você é meiga, carinhosa e divertida. Te amo tanto que isso me deixa um pouco maluco. E se eu não puder passar o resto da vida com você, vou passar maus bocados imaginando o que fazer de mim.

Sinto meus olhos se encherem de lágrimas.

Vamos resolver isto. Vamos dar um jeito. Vamos descobrir uma maneira.

– Mas ainda quero dormir com outras mulheres – ele acrescenta.

Dou-lhe um tapa com toda força. O som ressoa pelo restaurante. Todas as pessoas que ainda não estavam olhando para nós viram-se para ver. Will não diz nada, segurando seu rosto em brasa.

Seu celular está na mesa. Pego-o e o jogo na minha bolsa.

– Vou voltar pra lá – digo, gesticulando com a cabeça em direção à sala onde nossas famílias estão esperando. – Não me siga.

Tiro meu anel de noivado, meu lindo, romântico anel, e o coloco à sua frente. Depois me viro e saio.

22

Entro na sala privada e vou direto até Anita.

– O casamento está cancelado – digo a ela. A sala fica em silêncio. – Seu filho está esperando lá fora.

Ela se levanta. Harry está olhando para ela.

– Anita – ele diz. – O que você fez?

Ela não responde, e ele se vira para mim:

– O que ela fez?

– Por favor, vão embora – digo. E eles vão.

Puxo uma cadeira e desmorono nela. Sirvo-me de uma saudável taça de vinho e a viro de uma vez. Aprecio, aprovando com um gesto de cabeça.

– Não é ótimo? – Papai sorri. – Experimente o branco.

Coloco a taça sobre a toalha imaculada e olho para cada um em sequência: vó, mamãe, Jane, Ana, papai. Há tanto amor, tanta dor, simpatia e compaixão em seus olhos!

Não por muito tempo!

– Vocês são um bando de canalhas miseráveis e mentirosos – digo a eles –, e arruinaram a minha vida.

– Lilyursa – Ana diz com delicadeza –, você deve estar se sentindo péssima neste momento, mas fez a coisa certa.

Mamãe acrescenta:

– Tenho certeza que foi difícil, mas não desconte na gente.

– Difícil? – grito. – Tem certeza que foi *difícil*? Com que diabos você sabe? Está toda envolvida em seus próprios dramas. Eu tenho um *problema muito importante* aqui, gente! Também tenho cerca de dezessete pais e seria ótimo se eu pudesse me voltar pra qualquer um deles em busca de conselho ou incentivo. Mas não! – Aceno loucamente as mãos no ar. – Ah, *não*! Só sei de vocês quando querem me dar uma bronca ou sugestões na disposição dos convidados; ou quando, acidentalmente, me mandam mensagens, em vez de mandar pra pessoa com quem querem dar uma rapidinha.

Olho incisivamente para papai. Ele está me dando uma olhada tipo: Por favor não, por favor não, por favor não.

– Conheço vocês! – grito, apontando para um de cada vez. – Conheço vocês todos. Vocês são culpados, culpados, culpados!

– Não me meta nessa! – vó diz com desdém.

– Com você, tudo bem – concedo. – Embora você tenha me mimado. Deixou que eu crescesse sem freios. Eu deveria ter sido presa na corrente assim que pude engatinhar. Não, estou falando do resto de vocês. Que constelação estelar de modelos exemplares! Você, mamãe. – Aponto para ela. – Passando toda a minha infância de luto por um homem que te abandonou. E Jane. – Viro-me para ela. – Você é um vampiro sem alma, arrivista. – A seguir, olho para Ana. – E *você*. Provavelmente a pior do grupo. – Meu lábio se curva em desgosto. – Membro da Câmara dos Deputados.

Ana joga seu celular, furiosa. Levanto a mão.

– Não, você não é a pior. Nem de longe. Não, o vencedor aqui, de lavada, é o Henry. – Dirijo o olhar para papai.

– Querida, você vai acabar ficando doente – ele diz, para me tranquilizar.

– Algum de vocês sabe por que estou nesta confusão? – grito. – Vocês têm a mínima ideia?

Estão todos loucos da vida comigo, agora, então têm algumas sugestões.

– Genes deficientes? – pergunta vó.

– Libido exacerbada? – Jane sugere.

– Abuso crônico de substâncias? – Ana acrescenta.

– É isso aí! – grito. – É sim pra tudo isso! Mas, o mais importante, nunca me deram uma *base moral sólida*. As crianças aprendem com exemplos. Olhem os meus exemplos! Somos todos um bando de grandes mentirosos. Isso tem que mudar. Precisamos de um novo compromisso familiar com a honestidade. Henry? – Aponto para papai. – Sua vez.

Papai me olha em pânico, mas então, algo acontece. A compreensão baixa. Vejo-o se transformar de uma criatura suplicante, indefesa e acossada, em alguém decidido e corajoso. Endireita os ombros e enrijece o lábio superior. Vira-se para suas ex-mulheres.

– Estou dormindo com todas vocês – informa.

Silêncio mortal. Elas olham para ele, depois se viram e se entreolham.

– Ana também? – pergunto.

Ele a olha de esguelha.

– Também.

– Vocês são inacreditáveis! – exclamo. – Acho que isto também é culpa minha. Você e Ana se encontraram, começaram a falar sobre o casamento e...

– Ah, não. – Meu pai dá uma risadinha. – Ana e eu estamos dormindo juntos há anos.

Olho para ele, perplexa.

– A gente nunca parou, na verdade – Ana acrescenta. Depois, vira-se para Jane: – E você?

– Só faz algumas semanas – Jane responde. – Kat?

– Uns dois meses – mamãe diz. – A maior parte via Skype.

Olho para elas. Elas realmente não se importam? Olho para papai. Ele parece tão chocado com a atitude delas, quanto eu.

Viro-me para mamãe:

– Mas você está apaixonada por ele! Passou décadas sentindo falta dele!

– Ah, querida. Isto acabou há muito tempo.

– Acabou? – papai pergunta.

– Claro, Henry. – Mamãe sorri. – Agora só estou te usando pelo sexo.

Mais silêncio. Então há uma risada de satisfação. Não tenho certeza de quem, talvez de Ana. Uma risadinha de mamãe. Alguém gargalha. Logo, as três estão rolando de rir, cutucando-se entre si, perdendo o fôlego. Ana está dobrada em dois, batendo na mesa. Mamãe enxuga as lágrimas dos olhos. Jane está realmente teatral.

Papai e eu olhamos para elas atônitos. Vó parece indignada.

– Queridas – papai diz –, vocês não estão mesmo chocadas?

Isto provoca nelas novos ataques de riso.

– Queridas! – elas uivam. – Queridas!

Eu só queria uma boa e grande explosão familiar, OK? Uma briga enorme, aos gritos, onde eu pudesse despertar a raiva de todas as minhas figuras maternas, como uma espécie de substituto da minha própria raiva. Onde pudesse observar mais alguém sendo atacado e punido por seu comportamento extremamente ruim.

Mas isto? Não tenho ideia de que diabos pensar disto.

Finalmente, elas começam a desacelerar, se recompondo. Consigo atrair a atenção delas:

– Isto, no mínimo, deveria ser uma surpresa, certo?

Todas elas olham-se entre si e começam com risadinhas.

Viro-me para a vó.

– E você?

Ela suspira, cansada.

– Nada mais me surpreende, querida. Estou pra lá de velha.

Isto faz com que elas voltem a gargalhar. Até vó dá uma risadinha. Papai ainda está confuso, mas claramente aliviado. Por fim, me esgueiro para fora, e eles não notam.

Deixo o restaurante e ligo para Freddy. Nem mesmo sei o que digo para ela, mas em dez minutos ela aparece e rapidamente me leva embora. Num bar no final do quarteirão, senta-me num banquinho, segura minhas mãos e olha nos meus olhos.

– Qual é o problema? O que aconteceu?

– O casamento está cancelado – digo.

Ela aperta minhas mãos.

– Pra sempre?

– Pra sempre – digo, sufocando um soluço. – Pra todo o sempre.

Freddy gesticula para o barman.

— Dois Sazeracs, por favor. – Vira-se de volta para mim. – Pensei que você o amasse. Pensei que você tivesse resolvido tudo.

— Eu amo mesmo ele, mas... aconteceu um monte de coisas. – Ela me dá um guardanapo, e enxugo os olhos. – Percebi que não podia continuar com isso. É uma longa história. Mas não é por isso que estou mal. Ou talvez seja, mas isso não é tudo.

— O que foi? Qual é o problema?

O barman traz nossos drinques. Caio no choro. Freddy passa os braços ao meu redor, e choro no seu ombro por um bom tempo. Depois, me recomponho e torno a enxugar os olhos. Conto tudo a ela. Ela não acredita em mim. Mostro a ela o celular dele.

Ela percorre as mensagens.

— Will. Dentre todas as pessoas.

— Pensei que ele fosse a única pessoa que estava dizendo a verdade – digo, com tristeza. – O único que estava sendo completamente honesto. Me enganei completamente.

Eu disse que adorava surpresas. Disse que queria superficialidades recônditas.

Se é que algum dia eu as tive.

— Ele parecia tão normal. – Freddy se espanta.

— Ainda parece. Foi uma coisa estranhíssima, Freddy. Ele estava ali, sentado à minha frente, confessando tudo, pondo tudo pra fora, mas era a mesma pessoa que eu conhecia ontem. Fiquei esperando que fosse como uma dessas grandes revelações dos filmes, sabe? Quando o cara que você pensava que fosse o cara bom revela-se o cara mau, e, de repente, acontecem todas essas mudanças sutis, como as roupas dele assentando um pouco melhor, e seu sorriso que, de alguma maneira, fica sinistro, e ele tem um cabelo catastrófico e bagunçado?

— Ele estava com um cabelo bagunçado nesta foto – Freddy observa. Ela me dá uma olhada. – Me desculpe.

— Seja como for, não aconteceu nada disso. Ele continuava o Will. Meu Will. Mas agora que estou pensando nisto, tudo faz sentido. As mulheres estão sempre caindo por ele. Ele tirava de letra, quando estava comigo.

— Nunca pensei que ele fosse tão nerd quanto você imaginava que fosse — Freddy diz. Ela clica em outra mensagem, e seus olhos se arregalam. — Mas não fazia ideia de que ele fosse assim.

Olho para a tela, depois desvio o olhar rapidamente. Como pude ser tão cega? Tem algo de tão genuíno em Will. Afinal de contas, foi o que me atraiu nele. E atraiu outras pessoas também. Penso em Diane, falando nele sem parar na terça à noite. Que interessante, o fato de ele ser um arqueólogo. Que tesão que ele é, ele é exatamente como...

— Ah, meu Deus — murmuro. — Will realmente é Indiana Jones.

Freddy clica em outro texto. Levanta os olhos e concorda.

Isto é insuportável! Will com todas essas outras mulheres. Até minhas mães ficaram loucas por ele. Pensei que ele estivesse sendo simpático com a minha mãe no domingo. Toda aquela bobagem sobre renovação histórica? Ele estava *flertando* com ela!

O puto.

Basta da minha habilidade para ler as pessoas. Basta da minha intuição, minha segurança de que sempre vou saber quando alguém está mentindo.

— Ele dormiu com a Nicole — digo.

Freddy quase deixa cair o celular.

— Me desculpe, *o quê*?

Explico. Freddy fica horrorizada.

— Mas isto é pra lá de monstruoso! — ela exclama. — Quero dizer, Nicole é bonita e tudo mais, mas...

Levanto os olhos.

— Você acha ela bonita?

— Não tão bonita quanto você — Freddy diz rapidamente.

— Ah, Deus! — Agarro a cabeça com as mãos. — O que está *acontecendo* comigo!

— Ela tem muito peito de te atacar por transar por aí — Freddy observa. — Que vaca.

Pego o celular de Will e recomeço a percorrer as mensagens. Clico em outra foto, outra mulher linda. Abro seu álbum de fotos e passeio por ele. Garota após garota após garota linda, linda. E as próprias mensagens? Cheias de longas trocas de flertes, encontros marcados, agradecimentos passionais.

É aí que me vem.

Will é capaz de tudo isto. De toda essa paixão, essa luxúria e esse divertimento. E ele fez isto com outras pessoas.

Não comigo.

Atiro o celular com força. Ele voa pela sala e se arrebenta na parede.

– Ei – diz o barman.

– Me desculpe! Minha mão escorregou! – Viro-me para Freddy. – Vou atrás dele e vou cortar o pau dele fora.

– Lily, espere! – Freddy diz. – Você queria se livrar deste casamento, se lembra? A semana toda, você andou cheia de dúvidas. Will te fez um favor.

Verdade absoluta. Perfeitamente razoável. Recomeço a chorar. Ela suspira e acaricia o meu cabelo. Me abraça e diz que tudo vai ficar bem. Me repreende e caçoa de mim. Pede drinques ridículos e me distrai com histórias divertidas sobre seus próprios noivados desastrosos.

Está no meio de uma boa sobre Normam, quando seu celular vibra.

– É a Leta. Quer saber onde estamos. – Ela começa a digitar uma resposta. – Vou dizer que você está ocupada com a sua família.

– Não. – Coloco a mão no seu braço. – Vamos nos encontrar com ela em algum lugar. Vamos convidar todo mundo.

– Tem certeza de que está no clima?

– O que mais vou fazer?

– Comer? – ela sugere. – Dormir? Dar o fora da cidade?

– Não posso! – cantarolo. – Trabalho amanhã!

Conto a ela sobre meu condenado depoimento. Depois conto o que aconteceu com Teddy. Então, me canso de falar, e já que ela não vai fazer isso, pego meu celular e reúno as suspeitas costumeiras. Logo, minha terceira e última despedida de solteira começa com empenho. Ninguém, a não ser Freddy, sabe de nada, então tenho que fingir que estou feliz. Acho que faço um trabalho decente.

Bebemos muito. Dançamos. Vamos a um clube de strip. Cheiramos algumas carreiras no banheiro. Vemos os strippers se atirando com força pelo palco.

— Qual é a dos culhões? — Freddy diz, enquanto um stripper balança seu volume no rosto dela. — O que faz com que sejam irresistíveis pra pessoas como você?

— Não dá pra explicar — digo. — É um dos mistérios da vida.

Diane se espreme entre nós.

— Posso explicar — ela diz. — Parece que todas essas mulheres estão realmente entusiasmadas, certo? Muito excitadas? Não estão. Estão num estado de total terror psicossexual. Está vendo a Janelle ali? — Minha amiga Janelle está recebendo uma atenção muito particular de um dos dançarinos. — Ela não consegue desviar os olhos porque a qualquer momento aquele pequeno fio dental pode arrebentar e um par de testículos longos e depilados pode cair no seu rosto e bater nela sem perdão.

— Você está maluca! — Rio. — Ela está adorando.

Janelle volta-se para nós. *Me salvem*, sua boca gesticula.

Vamos para outro bar. E mais outro, mais outro. Dançamos, bebemos, dançamos, bebemos. Nosso grupo aumenta, com mais amigas juntando-se a nós, pessoas que acham que este é o primeiro evento do final de semana ligado ao casamento, quando, na verdade, ah, ah, nada a ver. Achamos um boteco perto da água, bebemos cerveja e comemos batatas fritas no pátio. Experimentamos um bar de drags. Um lounge com coquetéis sofisticados. A certa altura, paro de fingir que estou feliz, e fico feliz. Mais ou menos.

Até que Nicole chega com algumas outras amigas da faculdade.

Freddy a vê e se levanta.

— Eu cuido disto.

— Não. — Levanto-me devagar. — Quero falar com ela.

Freddy põe a mão no meu braço.

— O que você vai dizer?

Engulo meu drinque de uma vez.

— O meu "falar com ela" quer dizer "dar um soco no seu rosto".

— Lilian, seja superior.

— Mas eu quero ser inferior. — Dou um passo à frente. — Quero ser mesmo, mesmo, uma porra de pessoa insignificante neste momento.

— Você não é boa numa briga. — Freddy agora me segura com energia. — Lembra daquela noite em Greenpoint, no ano passado?

— Brooklyn. — Volto a me sentar. — Aquilo sempre me frustra.

— Espere aqui — ela diz, e eu a vejo ir decidida até Nicole. Com algumas breves palavras, Freddy a põe pra correr. Depois de um tempo, me acalmo, e não posso deixar de refletir. De qualquer modo, que direito tenho de confrontar Nicole? O que ela fez que eu não tenha feito vezes e vezes e vezes seguidas?

Estamos num bar grande e barulhento da Duval, quando meu celular sinaliza uma mensagem:

— Pf podemos conversar?

Olho para ela por um minuto e respondo:

— não

— Sei q foi um choque, mas vc ñ pode ficar brava de verdade.

— por q vc não escreve pra outra menina? vc tem um monte pra escolher

— Pf, Lily, estou tentando entender pq vc está tão nervosa.

Freddy senta-se com força, espirrando seu drinque. Está um pouco alta. Mostro a ela meu celular.

— Por que estou nervosa?

— Porque você achou que conhecia ele, e não conhece — ela diz. — Porque você estava cega. Porque está com o orgulho ferido. Porque até os mentirosos não gostam que mintam pra eles, e os jogadores não gostam de ser enganados. Porque...

— Ótimo, Winifred. Chega.

— ñ te conheço. vc ñ é a pessoa q pensei que fosse.

— Sou sim! Esta é apenas uma faceta minha, como é apenas uma faceta sua.

...

— Lily?

— pare de me escrever pq vc é um canalha, um galinha, com aquela coleção de conquistas no seu celular e todas aquelas mensagens estúpidas.

— Vc ñ me deixa explicar.

...

— Então, a sua infidelidade ñ é um problema, mas a minha sim? Tudo bem qdo eu ñ bastava pra vc, mas ñ qdo acontecia de vc ñ bastar pra mim?

Olho fixo para a tela. Eu não bastava para ele. Aí está, preto no branco. Machuca. Deus, como isto machuca.

Freddy lê por cima do meu ombro. Olho para ela esperando alguma solidariedade. Em vez disso, ela diz:

— Tem razão. Você não está sendo exatamente consistente.

Ela está certa. E não posso evitar pensar no meu enorme e intenso discurso para Lyle, desta tarde. Vou trepar com quem quer que eu queira, e quem me julgar por isto pode ir diretamente pro inferno. Sou uma mulher, ouça o meu rugido!

Mesmo assim, isto é diferente.

— Por que tenho que ser consistente? — cobro. — Por uma vez, estou sendo honesta quanto ao que sinto. Não é isto que importa?

— Claro — ela diz —, mas...

— Não, entendi — digo. — Aqui se faz, aqui se paga. O carma é foda. Estou sendo punida pela minha...

Paro de falar.

— Lily?

Pecados. Estou sendo punida pelos meus pecados.
Ian tinha razão!
– Conspiração da miséria sexual! – Agarro minha cabeça – Ela me pegou!

Meu telefone sinaliza de novo.

– Pf continue conversando comigo.

Ele quer conversar? Vamos conversar.

– nicole, will? NICOLE? está tirando sarro da minha cara?

– 3 palavras pra vc, Lily. Ian. Javier. Tom.

– Quem é Tom? – Freddy pergunta.
Engulo outro drinque e gesticulo para o barman.
– Acho que ele quis dizer Tim.
Meu telefone sinaliza de novo.

– Sinto mto quanto a Nicole, está bem? Foi um erro. Eu disse pra ela no domingo à noite q isso não podia mais acontecer. Ela ñ gostou mto.

Relembro o domingo. Will estava muito agitado no último bar de Hemingway. E Nicole parecia mais hostil do que o normal, depois disso. É claro.

Freddy vai até o banheiro. Olho para o meu celular. Minha raiva sumiu, parece que ela vem e vai em acessos, e agora tem algumas coisas que quero saber.

– se trair não é errado, pq vc escondeu suas traições de mim?

– Ñ queria te perder.

– rs, rs, rs.

– Foi um erro. Eu deveria ter sido honesto. Mas percebi q vc estava em dúvida qto a se casar. Fiquei com medo de te perder. Estou mto apaixonado por vc.

— APAIXONADO por mim? ñ me faça rir, pf

— Vc ñ se lembra do q eu disse sábado à noite? Do q eu te digo sempre? Amo vc exatamente como vc é. Conheço vc por dentro e por fora, e te amo.

— me lembro. agora sei que é mentira

Alguns segundos depois, meu celular toca. Não dou a ele a chance de falar.
— Você não estava falando sério, Will. Em relação a nada daquilo. O latim. Meu anel. — Um soluço sobe no meu peito, mas consigo sufocá-lo. — A noite em que ficamos noivos. Tudo mentiras.
— Você está enganada, Lily! Eu te amo. É verdade, dormi com outras pessoas. Mas essas duas coisas não são mutuamente exclusivas.
— São sim! Você não pode me amar e ficar transando por aí. Não pode mandar mensagens asquerosas pra mulheres quaisquer, e também querer se casar comigo.
— Não? — ele pergunta. — Então, explique sua própria atitude nos últimos seis meses.
— Isto é fácil. Eu não sabia que te amava, seu galinha! — Bato o telefone na mesa. Sei que isto não cobre tudo, que a coisa é mais complicada, mas a esta altura estou bêbada, triste e puta demais pra me incomodar.

O telefone toca de novo. Não atendo. Tomo outro drinque. Um cara se senta ao meu lado. Conversamos um pouco, mas tudo o que consigo fazer é compará-lo a Will, contabilizar os aspectos em que ele é inferior. Não é tão esperto. Nem tão inteligente. Seus olhos não são tão bonitos. Seu sorriso não é tão...

Recomeço a chorar. O cara resmunga alguma coisa e desaparece.

Algumas amigas chegam para me consolar. Fica claro para todo mundo que tem algo errado, mas minimizo a coisa. Inquietação pré-casamento! Nervosismo quanto ao vestido! Não quero ser consolada. Pensei que fosse ser punida por ter que contar a Will a verdade sobre mim mesma. Pensei que minha agonia estaria em ter que admitir minhas mentiras e perdê-lo. Não tinha ideia do que me esperava.

– Venha pro hotel.

...

– Lily, não fica muda desse jeito.

Desligo o celular e o jogo dentro da bolsa. Freddy me olha com curiosidade.

– O quê? – pergunto, provavelmente com um pouco mais de rispidez do que deveria.

– Dê a ele uma chance de se explicar – ela diz. – Ao vivo.

Concordo lentamente com a cabeça.

– Aposto que você está adorando isto, não está?

– Lily! Como é que você pode dizer uma coisa dessas?

– Você tinha razão e eu não – continuo. – Com respeito a tudo. Aposto que você até sabia que eu o amava, não sabia? Sabia que só havia uma explicação possível para a minha indecisão, para a minha dúvida e preocupação, minha teimosia perante uma séria oposição: que eu estava de quatro por ele, mas nem mesmo conseguia reconhecer isto. Negue isso, Freddy. Por favor. Diga que estou errada.

Observo-a com atenção. Ela não pode mentir para mim.

– A ideia chegou a passar pela minha cabeça – ela admite.

– Passou pela sua cabeça. Que lindo! Ei, obrigada por dividir isso comigo.

– Lily...

– Sabe de uma coisa? Está uma delícia, mas chegou a minha hora. Tenho trabalho amanhã. – Levanto-me e vou embora.

Quando estou me dirigindo para a porta, passo por um casal sentado a uma mesinha. Já tinha notado os dois antes, são muito atraentes, simpáticos, jovens e bronzeados, felizes e relaxados. Mudo de direção e me sento com eles.

– Saudações – digo. – Sou Viktor Boog, eminente psicoterapeuta.

Eles se chamam Sandra e James. São de Laguna Beach, Califórnia.

– Estivemos te observando por um tempo – James diz. – Parece que você está tendo uma noite difícil.

Dispenso sua preocupação com um gesto.
— Vamos falar de vocês.
Estão celebrando seu quinto aniversário de casamento. Estão de mãos dadas e se acariciam, enquanto conversamos.
— Vocês parecem tão felizes — digo. — Como é que mantêm a chama acesa?
— Comunicação — diz James.
— *Ménage* a três — diz Sandra.
Rio.
— Estou falando sério
— Isso sempre foi difícil pra mim — digo. — Não sou muito boa planejadora.
— Nem sempre é preciso planejar — retruca James.
— Interessante. — Levanto-me. — Vocês me dão licença? Preciso ir ao toalete.
Sandra levanta-se.
— Vou com você.
Ela me segue pelo corredor até o banheiro, onde achamos um compartimento vazio. Ela fecha a porta, e suas mãos escorregam ao redor da minha cintura.
Tenho apenas lembranças enevoadas de transar com meninas no internato. Tenho certeza de que não era nada parecido com isto. Porque, se tivesse sido, eu nunca teria mudado para meninos. Isto? Isto é incrível. Nossas bocas se encaixam perfeitamente. Começamos a nos beijar, a princípio de leve, mas com uma urgência crescente à medida que nos abrimos uma para a outra, nossos lábios macios e quentes à procura dos lábios da outra. Ela exala um perfume incrível, denso e floral. Abaixo a cabeça e roço minha boca ao longo da linha de sua garganta macia. Quero devorá-la, seus lábios, sua língua, o rosto e o pescoço. Tem a pele insuportavelmente suave e quero tocar cada centímetro seu. Beijo seu pulso, sua mão, cada dedo. Sua boca está na minha boca, suas mãos percorrem meu corpo. Ela coloca uma delas entre minhas pernas e pressiona com firmeza. Ofego. Ela volta a me beijar, sua língua doce na minha boca, um sabor de champanhe e morangos.

E os seios! Eles são uma grande *diversão*. Quem diria? Tudo bem, muitas pessoas, mas eu não! Os de Sandra são pequenos, redondos e perfeitos. Acolho-os em minhas mãos. Curvo-me e beijo um deles através do tecido fino do seu suéter. Sinto seu mamilo intumescer, enquanto o puxo com meus lábios. Mordo com delicadeza, e ela grita. Pega meu rosto nas mãos e volta a me beijar. Enfio os dedos em seu cabelo sedoso. Sinto uma de suas mãos enfiando-se pelo meu vestido. Empurra para o lado o tecido da minha calcinha, e enfia um dedo dentro de mim.

– Vamos ficar aqui pra sempre – sussurro com a boca em seu ouvido. – Nunca mais vamos voltar pra lá.

– Estamos deixando meu marido de fora – ela murmura. – Não é justo.

– Você tem razão – digo sofregamente. – Vamos buscá-lo.

Saímos do banheiro. Sandra acena para James. Ele paga rapidamente seus drinques e estamos prontos para sair. Subitamente, Freddy está ao meu lado.

– Lily – ela diz. – Não faça isto.

Sorrio para ela.

– Tudo bem! Quer saber o que mais? Agora entendo toda a coisa de menina. Você tem *muita* razão.

– Lily, por favor. Você não está em condições.

Ela põe a mão no meu braço. Sacudo-a com brutalidade.

– Me deixe em paz.

Ela parece chocada. Sinto uma pontada de culpa, mas não dou atenção. Estou muito cansada de pensar.

– Te ligo depois – digo a ela. – Pare de se preocupar tanto!

Saímos do bar e descemos a Duval. Seguro a mão de Sandra. Sopra uma brisa com gosto de mar. O hotel deles é ainda mais elegante do que o meu. James me beija no elevador. Ele também é bom. Gostaria de poder deixar tudo e voltar com eles para Laguna Beach. Gostaria de poder me casar com os dois. Seria uma vida muito agradável.

Saímos do elevador e seguimos pelo corredor. O braço de James está em volta da minha cintura. Sandra coloca a chave na porta.

Começo a sacudir a cabeça.

Ela se vira para mim, surpresa.

— Querida, qual é o problema?

— Não posso fazer isto – digo.

— Tudo bem – James diz rapidamente. – Não queremos que você faça nada que não queira.

— Eu quero, mas não posso. – Soluço. – Acho... Acho que devo ir pra cama.

Sandra passa os braços à minha volta, e choro no seu ombro.

— Ah, meu bem.

— Era pra eu me casar no sábado. Pensei que ele fosse um homem maravilhoso. Mas acontece que ele é um babaca de um galinha. Exatamente igual a mim!

Sandra dá uns tapinhas nas minhas costas.

— Shhh. Tudo bem. Shhh.

Eles são muito compreensivos. James me acompanha até embaixo e espera um táxi junto comigo. Quando o táxi chega, ele abre a porta e me dá um abraço.

— Não se preocupe – diz gentilmente. – Essas coisas acabam se resolvendo.

SEXTA-FEIRA

23

Um alarme está soando em algum lugar, perto da minha cabeça. Tateio em volta, debaixo do travesseiro, descubro meu celular e o desligo. Por que escolhi sete da manhã? Tenho onze ligações perdidas dos números da minha mãe. Também tenho uma nova mensagem de texto de Will:

— Veja seu e-mail.

Escrevo de volta:

— vá se foder

Jogo meu celular na mesa de cabeceira e viro para o outro lado. Freddy está deitada junto de mim.

— Você está mesmo viciada nessa coisa – ela sussurra.

— Me desculpe por ter sido ruim com você ontem à noite – sussurro de volta.

— Sem problema, querida.

— Onde estamos?

— No meu quarto. Chutei a Nicole pra fora.

— Minha vida acabou, Freddy.

— Acabou nada. Você só precisa de um trato. Está parecendo a menina que sai rastejando da televisão em *O chamado*.

— De que adianta? E, seja como for, não tenho tempo.

Ela acaricia o meu cabelo.

— Tudo bem. Faremos uma maquiagem transformadora.

Ela já marcou um horário para mim no spa do hotel. Visto-me devagar. Toda minha raiva se foi. Agora, só estou triste. Profundamente triste.

Estamos prestes a começar a descer, quando meu celular sinaliza uma mensagem.

– Acho q descobri por q vc está tão nervosa.

Por que ele não me deixa em paz?

– Ñ é pq menti. Ñ é pq vc se sente como se ñ me conhecesse.

...

– Vc deve achar q o q a gente faz é errado. Deve se sentir culpada. Quero q saiba q eu entendo.

Aquela história de eu não estar mais brava? Já passou.

– vc entende, will? puxa, q ALÍVIO! me sinto MTO melhor. não te odeio mais!!!

– Leia meu e-mail, Lily.

Meu celular toca, enquanto eu e Freddy entramos no elevador. Atendo.
– Me. Deixe. Em paz.
– Estou no quarto do Javier – Will diz. – Vamos conversar sobre isto.
– Por que eu deveria te encontrar? – pergunto enfurecida. – Pra você poder ficar me fazendo um sermão de como eu sou a última pessoa do mundo que deveria estar atirando pedras neste momento? Pra poder me dizer tudo sobre a "culpa" que eu devo estar sentindo? Você tortura todas as suas mulheres deste jeito?
– Lily, por favor.
– Me explique a manhã de segunda-feira – digo. Me explique nossos três primeiros dias juntos. E depois me explique todo o resto do tempo. Como o sexo com você era incrível e alucinante num momento, e no outro uma *total* chatice. Você estava acabado? Estava se poupando? Sério, Will, eu gostaria de saber.

Silêncio. Por fim, ele diz:
— É complicado.
Rio.
— Aposto que sim.
— Por que só agora você está dizendo isto? — ele retruca. — Por que nunca nem tocou no assunto?
— Bela tentativa, mas não estamos falando de mim no momento. Estamos falando de você.
— Estamos falando de *nós*, Lily. Você não pôs pra fora antes porque te fazia se sentir desconfortável, certo? Não queria que eu soubesse quem você realmente era. Aquela que de fato ama fazer sexo. Porque sentia vergonha.
É de matar como ele entende pouco.
— Nunca senti vergonha em relação a sexo, Will. Só me senti culpada por mentir pra você.
— E você mentiu pra mim porque achava que o que estava fazendo era errado! Mas não é. Não somos pessoas ruins. O que fazemos é normal. Somos perfeitos um pro outro, Lily. Somos praticamente a mesma pessoa. Você não percebe isto?
Não dá para eu aguentar muito mais do que isto.
— Não quero me casar comigo mesma! — grito. — Quero mudar!
Há um longo silêncio.
— Se você não se sente envergonhada — ele diz, por fim —, então por que quer mudar?
Desligo. Freddy olha para a frente, fingindo não ter ouvido nada. Acho que ela está se poupando, depois de ontem à noite. Começo a chamar o número de Will novamente. Quero dizer a ele que ele não entendeu. Que me expressei mal. Não quero mudar, exatamente. Quero...
Pro inferno com isto. Não tenho que me justificar para ele.
Saímos do elevador, atravessamos o lobby, e entramos no spa do hotel. A mulher atrás da mesinha de bambu minimalista e lustrosa tem um amplo sorriso rosa e a pele tão macia, roliça e perfeita quanto um bumbum de recém-nascido. Inclina a cabeça com graça e nos cumprimenta com um "Namaste" nada pretensioso.

Imediatamente me viro para ir embora, mas Freddy segura meu braço.

– Confie em mim. Você vai se sentir melhor.

Pouco provável. Namaste nos leva para um vestiário, onde colocamos roupões brancos e fofos. Ela volta e nos leva para a sala de espera principal, um cômodo silencioso, na penumbra, onde uma música oriental imbecil flui de autofalantes escondidos, e sofás baixos estão dispostos em volta de uma fonte.

Jogadas em vários desses sofás, estão mamãe, Jane e Ana, envoltas em roupões do spa e bebericando chá-verde.

Viro-me para Freddy:

– *Sério?*

– Elas estavam preocupadas! – ela diz na defensiva, enfiando-se entre elas e se sentando.

– Você não estava retornando nossas ligações – Jane acrescenta. Seu cabelo está envolto por uma enorme toalha branca, e seu rosto já está todo emplastrado com uma meleca laranja com aspecto tóxico.

Ana enfia o celular no bolso do roupão.

– Por fim, entramos em contato com Freddy. Ela contou pra gente o que houve.

Vou até uma mesa de canto e me sirvo de um copo d'água onde flutuam algumas fatias de pepino.

– Então, todas vocês sabem que cumprimentos são devidos. Vocês ganharam. Não vou me casar.

– É por isto que estamos aqui, querida – mamãe diz. – Mudamos de ideia. Achamos que você deve se casar com o Will.

A esta altura, minha cabeça explode, espalhando-se por todas as lindas paredes de teca e pelas almofadas bordadas, indianas.

– Não achávamos que você amasse mesmo ele – ela explica. – Estávamos preocupadas que você o estivesse enganando, e que vocês dois ficassem horrivelmente infelizes quando ele descobrisse a verdade. Mas acontece que você o ama de verdade, ele sabia de tudo, e ele ainda te ama. Então...

Olho em volta.

– Cadê a vó?

Ana franze o cenho.

– Ela se recusou a vir. Acha que os spas são anti-higiênicos.

Namaste está passando pela sala com uma pilha de toalhas. Detém-se, parecendo ofendida, depois some numa sala de tratamento.

Ana fixa o olhar à sua passagem.

– Alguém mais acha que tem algo perturbador na pele dessa mulher?

– É extraordinariamente bem hidratada – Jane diz com aprovação.

Sirvo-me de mais um copo d'água e me instalo em um sofá em frente a elas.

– Deixe-me ter certeza de que entendi – digo. – Um grupo de mulheres divorciadas, que atualmente estão tendo um caso com um homem casado, um homem com o qual cada uma delas foi casada, e de quem elas se divorciaram por causa das suas traições crônicas, essas mesmas mulheres estão agora me aconselhando a me casar?

Elas se entreolham.

– Mulheres que me conhecem melhor do que ninguém – continuo. – Mulheres que sabem tudo a meu respeito. São essas mulheres que agora me encorajam a jurar minha fé e minha fidelidade a *um homem*, homem a quem traí repetidamente, e que repetidamente vem me traindo? É isto que está acontecendo neste exato momento?

– Em grande parte – diz Ana.

– Você tem que entender uma coisa, querida – Jane diz. – A infidelidade num casamento é inevitável.

Mamãe parece chocada.

– Não sei se isto é verdade.

– Claro que é – Ana diz, olhando seu celular.

– É inevitável e irrelevante – Jane continua. – A traição não foi o verdadeiro problema de cada uma de nós com Henry. Foi uma incompatibilidade básica.

– Sua mãe era uma pessoa caseira – Ana diz. – Queria ficar em Key West, enquanto seu pai sonhava em viajar pelo mundo. Eu queria entrar pra política, e Henry não iria ser o tipo de marido de que eu precisava. Jane era socialmente ambiciosa, e Henry é tudo, menos isso. Você e Will estão no mesmo nível. Amam suas carreiras, querem ficar em Nova York, gostam de fazer as mesmas coisas.

– É óbvio – Jane murmura.

Recosto-me no sofá.

– A infidelidade não é muito importante. É isto que vocês estão dizendo.

– É muito importante porque é universal – Ana diz. – Pense nisso, Lilyursa. Por que todo mundo neste país afirma detestar traição, achar que é uma coisa medonha e errada, mas, ao mesmo tempo, todo mundo neste país transa por fora, ou sonha em transar por fora, ou transa por fora pelo telefone, pelo computador, ou em suas mentes? Homens, mulheres, meus colegas no Congresso, nas maneiras mais doentes e insanas, celebridades, gente comum, recém-casados, os idosos. Todo mundo – ela conclui. – Todo mundo trai, e todo mundo mente quanto a isso.

– Isto é um pouco extremado – mamãe diz.

– Somos animais – Ana diz. – Precisamos aceitar e superar isto. Tem muito mais coisas num casamento além do sexo. As pessoas deixam que isso atrapalhe relações que, caso contrário, seriam saudáveis. – Ela olha para o celular. – Ora, obrigada por responder, seu puto inútil.

– Largue essa coisa – Jane suspira. – Estamos num spa, pelo amor de Deus.

Namaste está levando uma cliente para uma sala de tratamento. Leva um dedo aos lábios. Ignoramo-la.

– E se eu quiser ser fiel a uma pessoa? – pergunto. – E se eu quiser mudar?

– Você *quer* mudar? – pergunta Ana.

Isso vem me infernizando desde que despejei isto em Will. Devo ter tido um motivo para dizê-lo.

– Talvez *querer* seja uma palavra forte. Sinto como se devesse.

– Poderia não ser uma má ideia – mamãe diz.

– Por que ela deveria mudar? – Ana cobra.

– A população de Manhattan está encolhendo – Jane observa, olhando suas unhas cintilantes. – Ela vai acabar ficando sem homens.

— Lily não precisa de um homem pra completá-la — Ana diz. — Ninguém precisa. Todas nós somos uma prova disso.

— Eu me preocupo com a minha menininha — mamãe diz. — Seu estilo de vida é muito... extravagante.

Freddy ganha vida com isto.

— Extravagante? Isso é um código para "errado"?

— Não! — mamãe exclama. — Estou dizendo que...

— Fala sério, mamãe — digo. — Veja quem fala. O que eu vi acontecendo na terça à tarde era bem extravagante, você não acha?

— Vamos nos manter no foco — Jane diz. — Case-se com o Will, agora. Mais tarde, você pode mudar de ideia, se quiser.

Mamãe parece indignada:

— Ele não é um par de sapatos. Não dá pra ela simplesmente devolvê-lo se mudar de ideia.

— Por que não? — Ana diz. — Foi isso que cada uma de nós fez.

— Senhoras! — Namaste grita, exasperada. — Vozes de spa, por favor!

Viramo-nos para ela, lentamente. Ela parece assustada e recua da sala.

— Deixe-me fazer uma pergunta pra todas — digo. — Qual é o propósito do casamento?

— Amor e família — mamãe diz.

— Parceria e companheirismo — Ana diz.

— Riqueza e legitimidade social — Jane diz.

— Vocês precisam entender direito suas histórias — Freddy observa.

Mamãe enlaça as mãos e se inclina para a frente.

— Vi como vocês olhavam um pro outro, quando entraram no restaurante ontem à noite. Vocês se amam.

— Vocês dois são inteligentes e bem-sucedidos — Ana acrescenta.

— Ele é tão *alto*! — Jane diz.

— Todas as razões pra que ele fosse um bom namorado — digo. — Mas são razões pra eu me casar com ele?

Ninguém responde.

— Lily?

Namaste está parada à porta.

– Sua massagista está te esperando – ela diz.

Enquanto eu a acompanho, a sala entra numa discussão acalorada.

Nas três horas seguintes, sou esfoliada, depilada, vaporizada e embrulhada em algas. Submeto-me ao reiki, sou bioterapeuticamente drenada e craniosacralmente realinhada. Sou pressionada por pedras quentes. Tudo isso me faz sentir melhor, mas só um pouquinho.

O alarme do meu celular bipa, e eu o puxo do bolso do roupão. O depoimento começa daqui a uma hora. Verifico meus e-mails. Talvez os demandantes tenham concordado em adiar. Talvez Philip tenha tido uma recuperação milagrosa, ou algum outro sócio esteja vindo em socorro.

Não tenho essa sorte. A única mensagem na minha caixa de entrada é um e-mail de Will, enviado às 5 da madrugada.

Não Sou Um Canalha, Nem Você.

Cativante. Jogo o celular no bolso.

De volta ao quarto, me visto para trabalhar. Freddy está sentada na cama.

– Preciso de um favor – digo a ela. – Cancele. Oficialmente. Entre em contato com a Mattie e com os meus pais, e... pare o casamento.

Seu rosto está muito preocupado.

– Tem certeza, querida?

Concordo com a cabeça, infeliz.

– Tenho certeza.

Chove, quando saio do hotel. Esqueça as promessas de sol de Mattie. Pobre Mattie! Hoje ela vai se decepcionar com muito mais coisas além do tempo. Mas não tenho tempo para me preocupar com ela, com o casamento, ou com Will. Preciso focar no trabalho. Passei um tempo pensando no depoimento, enquanto estava no spa. Arrumei uma justificativa processual secundária para o adiamento, mas receio que o advogado dos demandantes rirá na minha cara se eu a apresentar. E se eu exigir que se convoque a corte e pedir um adiamento, o juiz, com certeza, me negará e ficará furioso por eu ter até mesmo levantado essa questão. Preciso de um motivo substancial para impedir o depoimento, mas até então não tenho nada.

Paro em frente à casa da vó e corro para a porta da frente. Encontro-a na cozinha, lendo o jornal, o cabelo em bobs de espuma.

– Preciso de você como assistente num depoimento – digo. – Explico tudo no carro. Mas você tem que se apressar.

O jornal vai para o chão, e ela sobe a escada antes mesmo que eu acabe de falar. Não tenho nada melhor para fazer enquanto espero por ela, então começo a ler o e-mail de Will:

Querida Lily:

Tem muitas coisas a meu respeito que você não sabe. A culpa é minha e quero corrigi-la. Espero que, se você tiver uma melhor compreensão de quem eu sou, e por que sou assim, possamos consertar isto.

Por favor, leia tudo até o fim.

Algumas destas coisas eu nunca contei para ninguém.

Desde que eu me lembre, sempre adorei as mulheres. Meu pai diz que, quando eu tinha três anos, confessava regularmente meu amor a garçonetes em lanchonetes e mulheres nos pontos de ônibus. Tive minha primeira namorada aos quatro anos; dávamos voltas pelo playground juntos, de mãos dadas. Eu adorava a aparência das mulheres e a maneira como se moviam, seus cabelos, suas vozes. Minha professora do jardim da infância era uma mulher mais velha chamada sra. Echternach. Era baixinha e atarracada e tinha buço, mas seus olhos azuis eram maravilhosos. Eu achava que ela era uma deusa.

Infelizmente, eu não era deus. Conforme fui crescendo, passei de uma criança engraçadinha para um adolescente desajeitado. Usava aparelho nos dentes, tinha pele ruim, tocava trombone, e daí por diante. Fiquei tímido, dolorosamente tímido. Ainda admirava as meninas, mas a distância. Lembra de como eu te contei sobre a biblioteca e de todo o tempo que eu passava ali? Eu me lembro de um livro em particular, um estudo da escultura greco-romana. Quando estava me sentindo deprimido, pegava esse livro e analisava todas aquelas linhas e curvas, aqueles pescoços e ombros, os seios e os rostos. Todas representações de beleza, da beleza real que já existiu no mundo.

Eu era um sexista? Estava vendo as mulheres apenas como objeto? Acho que sim. Mas eu era um moleque, não sabia o que era "objetificação" ou por que isso poderia ser ruim. Por fim, eu sabia que o que eu pensava, ou não pensava, a respeito das mulheres e de seus corpos não fazia diferença. Nunca tive a mínima chance de alguma vez estar com uma mulher de verdade, portanto eu olhava e endeusava, convencido de que nunca tocaria em nenhuma.

Era o que eu pensava. Ao longo dos anos seguintes...

Minha nossa! Isto é uma dissertação! Quanto tempo teriam durado os seus votos? Ouço os passos pesados da vó na escada. Ela aparece à porta num tailleur azul-marinho, com ortopédicos elegantes, e uma bolsa do tamanho de Rhode Island pendurada no braço. Jogo o celular na bolsa e vamos para o carro.

Will não consegue evitar. Ele sempre foi assim. Que original. Perdoo-o por tudo.

A caminho do escritório da EnerGreen, em Flagler, coloco vó a par do que estamos enfrentando.

— Este depoimento é parte do litígio do derramamento de óleo da Deepwater Discovery — conto a ela. — Provavelmente você leu a respeito. A ação coletiva resultante da plataforma de perfuração que explodiu no Golfo há dois anos?

— Claro — ela resmunga. — Aqueles putos incompetentes.

— Aqueles putos incompetentes agora são seus clientes, vó. Nossa testemunha é um contador que escreveu alguns e-mails terríveis que parecem implicar a EnerGreen numa fraude colossal. Basicamente, sugerem que a EnerGreen usou os custos do derramamento de óleo pra esconder perdas financeiras imensas. Por sorte, nossa testemunha é um completo idiota. – Descrevo os e-mails e conto a ela sobre a preparação.

– Minha nossa – ela diz. – Ele pode explicar por que escreveu isso?

– Infelizmente, sim. E estava dizendo a verdade. A fraude é real. E é imensa. Se os demandantes puserem esses e-mails na frente de Pete, e ele testemunhar sobre eles, a EnerGreen perderá o caso. E o que é pior, a Comissão de Títulos e Câmbio e o Departamento da Justiça descobrirão a fraude. Toda a companhia vai pro brejo.

– Então não tem opção – diz vó. – Você não pode deixar que ele testemunhe.

– Não sei como impedir isto! Me matei de pensar, mas não cheguei a nada.

– Neste caso, você só tem que conter os danos. Às vezes, é o melhor que dá pra fazer.

– Eu sei, vó, mas isso significa que estou ferrada. Vou ser o bode expiatório por todas as coisas horríveis que vão acontecer nesse depoimento. Provavelmente o escritório vai me despedir, pra acalmar o cliente, pelo menos.

– Por que sobrou tudo isto pra você? – vó pergunta. – Cadê o sócio responsável?

Explico o mais rápido que posso sobre o enfarte de Philip. Espero que vó fique surpresa, atônita, furiosa com o comportamento indecente de Lyle. Em vez disso, ela diz:

– Philip? É o nome dele?

– Hã, hã.

Mantenho os olhos na rua, mas sinto seus olhos pretos e vivos me perfurando.

– O que você está escondendo? – ela pergunta. Sua voz é lenta, perigosa.

Sacudo a cabeça com energia.

– Nada.

– Você está dormindo com ele, não está?

— Ai, vó! — Tento rir, mas a risada sai truncada.

— Lillian Grace Wilder! — vó exclama. — Que *vergonha*!

— Só foram algumas vezes! Não significou nada.

— Ah, ótimo! — Ela levanta as mãos para cima. — Já que não significou nada.

— Será que você pode se concentrar no que é importante? — Viro no estacionamento em frente à subsidiária da EnerGreen, na Roosevelt, e estaciono o carro.

— E o que é importante? — ela pergunta. — Considerando tudo o que você me contou, não sei como posso te ajudar.

— Não sei. Só... me dê retaguarda, apoio moral. Impeça-me de fazer alguma coisa gritantemente estúpida. Tirando isso, não acho que haja muito que você possa fazer.

Saímos do carro e entramos. Uma recepcionista nos encaminha para a sala de reuniões, onde ocorrerá o depoimento. A estenógrafa, uma moça com unhas verdes e boca entupida de chicletes, já está instalando seu equipamento: uma máquina de taquigrafia ligada a um laptop que traduzirá sua linguagem em uma transcrição corrida. O câmera, um homem mais velho, com um longo rabo de cavalo grisalho, está aprontando sua câmera e seus microfones. O advogado dos demandantes, Daniel Kostova, está sentado à mesa, organizando seus documentos. Todos sorrimos, trocamos apertos de mão e banalidades.

E eu penso, está certo. Os demandantes ganharão. E eles merecem ganhar. São os bons moços. Olhe só para este. Kostova é um cara sem graça, parecido com o ursinho Pooh, em meados dos seus quarenta anos, cabelo maltratado, terno medíocre, papéis voando para todo lado. Dedica-se com paixão às causas ambientais. Passou toda sua carreira processando poluidores e despejos de lixo tóxico, e vencendo um monte neste tempo. Claro, ganhou muito dinheiro fazendo isso, mas ajudou muita gente. Ele é bom, também, todo cortesia sulista e foco aguçado. Eu não conseguiria freá-lo, se tentasse.

— Vou procurar nossa testemunha! — digo, animada.

Enquanto sigo pelo corredor, recebo uma mensagem de Mattie:

— Acabei de ter uma convresa muito perturbdora com sua dama de honra. Você pode me ligar?

Sem chance. Entro num escritório vazio, onde Pete está esperando. Ele pula da cadeira, ao me ver.

— Cara, estou uma pilha! — diz. Já está suando.

— Vai dar tudo certo — digo a ele. — Só se lembre de tudo que conversamos na terça-feira. Ouça as perguntas. Responda só o que foi perguntado. Se não entender a pergunta, peça esclarecimento. Espere antes de responder, pra eu ter tempo de objetar. Entendeu?

— Sim, senhora. — Acena energicamente com a cabeça, depois para. — A senhora poderia repetir?

Repito. Ele sai para usar o banheiro. Verifico meu celular, e não consigo evitar. Abro o e-mail de Will:

> Ou foi o que pensei. Nos anos seguintes, as coisas mudaram muito. Efeito da puberdade. Minha aparência melhorou. As meninas começaram a reparar em mim. Eu era tão tímido que nunca teria me atrevido a chegar perto de uma menina bonita. Por sorte, não tinha que fazer isso. Não me leve a mal, sei que não sou um galã. Mas acho que elas estavam reagindo a alguma coisa que eu estava emitindo. Minha veneração, acho que poderia ser chamada assim. Minha adoração. Eu não mentia, nem bajulava elas. Não era um puto, nem um galinha. Também não sou agora. As mulheres vêm
> até mim, Lily. E me ensinaram muito. Como o que você pode fazer com os corpos que é ainda mais incrível do que olhar para eles.

Pete volta.

— Acho que estou pronto.

Jogo meu celular na bolsa.

— Vamos.

24

Entramos na sala de depoimento, e apresento Pete a Kostova. Vó instalou-se à mesa de reuniões e está remexendo na Rhode Island.

Indico a Pete seu lugar na cabeceira da mesa. Ele parece perturbado.

– Você não vai se sentar do meu lado?

– Vou ficar logo aqui, ao lado da estenógrafa – digo a ele. – O seu rosto é o único que as pessoas querem ver.

Sento-me, e Kostova me dá um sorriso amigável.

– Estamos esperando por Philip, então?

– Ele não conseguiu sair de Nova York antes da chegada da tempestade – explico.

Kostova parece surpreso.

– Pensei que ele estivesse exagerando. Então somos só você e eu, hoje?

– E minha advogada local – digo, indicando vó.

Kostova olha-me atentamente.

– Não me lembro de ter visto você em nenhum dos outros depoimentos.

– Esta é a minha primeira defesa.

– Uma caloura! – Ele sorri com indulgência. – Vou com calma com você.

Colocamos nossos microfones. Vó me cutuca.

– Por que você contou isso pra ele?

– Porque ele perguntou? Não sei, vó. Que importância tem? Ele parece decente.

Ela sacode a cabeça com desagrado.

A câmera começa a rodar, e a estenógrafa pega o juramento de Pete. Dou uma olhada no meu e-mail.

> Então, basicamente, meus anos de adolescência foram consumidos com estudos e doses maciças de sexo. Mas conforme fui ficando mais velho, comecei a me incomodar por nunca ter me apaixonado. Como é que eu podia adorar o corpo de uma mulher, mas não ter sentimentos românticos por ela? Será que meu livro de esculturas tinha me deturpado? Eu gostava de muitas das garotas com as quais dormia, mas nunca senti uma forte ligação emocional. Será que eu era uma má pessoa, uma espécie de sociopata?
>
> Aquilo me preocupava. Muito. Acabei não descobrindo uma resposta para o motivo de não me apaixonar, mas consegui encontrar uma maneira de ficar em paz com isso.
>
> Até onde sei, todos nós temos uma estada neste planeta; uma chance de experimentar o que significa ser humano. E sei que muitos discordarão, mas, para mim, ser humano tem a ver com gostar de sexo. É o que para a persistente voz interior. É o que nos faz sentir vivos e imortais. E não há nada de errado com alguém, seja homem ou mulher, que goste de fazer sexo com uma porção de pessoas diferentes. Comecei a pesquisar um pouco sobre o assunto, e encontrei uma abundância de evidências científicas de que os humanos não foram projetados para a monogamia. Isso é um mito perpetuado por nossas instituições socioculturais: religiosas, políticas, artísticas. Fomos levados a acreditar...

É isto que os curadores de museus fazem o dia todo, ficar sentados inventando elaboradas conspirações sexuais? Eles não deveriam estar, sei lá, desencavando relíquias inestimáveis e escrevendo plaquinhas informativas para grudar nas paredes?

Passei rápido por alguns parágrafos sobre as sociedades de caçadores-coletores e sobre os primatas poliamorosos. Então:

Tudo o que eu lia era consistente com o que eu sentia. Não via nenhuma razão para não ter a liberdade de fazer do meu jeito. Desde que não magoasse ninguém; desde que fosse honesto, que não enganasse nenhuma das minhas namoradas, fazendo acreditar que havia amor na história, o que eu fizesse estava ok. Mais do que ok, estava certo.

Mas aí encontrei você.

— Os advogados irão agora dizer seus nomes para o registro — diz a estenógrafa.
— Daniel P. Kostova do Kostova, Carey e Gray, Ltda., representando os demandantes.

É quase risível, depender de um acadêmico para inventar uma justificativa extravagante para enfiar seu pau em todo buraco disponível, certo?
— Srta. Wilder?
Levanto os olhos:
— O quê?
— A senhorita precisa se apresentar — Kostova me diz. Se quiser que apareça alguma coisa no registro, precisa garantir que conste da transcrição.
— Claro — digo. — Me desculpe. Lillian Wilder, do escritório Calder, Tayfield e Hartwell, advogados da ré Energy, Enter... Ener*Green* Energy, S/A. Comigo está Isabel Curry, advogada local para a, hã, a ré.
— Uma caloura? Quem, eu?
Kostova volta-se para Pete.
— O senhor pode declarar seu nome para o registro?
— Peter A. Hoffman — Pete diz, nervoso.
Kostova recosta-se para trás, cruza as pernas, alisa a gravata sobre a barriga e sorri para Pete.
— Sr. Hoffman, fomos apresentados informalmente, mas deixe eu me apresentar novamente. Meu nome é Daniel Kostova, e meu escritório representa os demandantes numa ação coletiva perante o juiz George Forster na Corte Distrital dos Estados Unidos para o Distrito Leste da Luisiânia. Hoje, vou lhe fazer uma série de perguntas sobre esse caso,

mas antes quero rever algumas regras básicas com o senhor, que acho que farão com que este depoimento transcorra sem problemas. Quanto antes terminarmos aqui, mais cedo poderemos ir embora e aproveitar um pouco esse maravilhoso sol da Flórida. Claro – ele dá uma risadinha – que agora está chovendo, mas com alguma sorte isso logo mudará. Então, sr. Hoffman, o que me diz?

Ele está totalmente focado em Pete. Todos os seus gestos são simpática e confortavelmente relaxados.

Pete acena com a cabeça.

– Tudo bem.

Kostova sorri para ele.

– O senhor já depôs antes?

Meu celular vibra.

– Você leu o meu e-mail?

– não posso falar agora.

– É importante, Lily.

Kostova está passando pelo básico, as coisas que todo advogado diz no começo de um depoimento. Dou uma olhada na transcrição que surge na tela do computador da estenógrafa.

> Q: Agora, sr. Hoffman, vou pedir ao senhor, por favor, que responda a todas as minhas perguntas verbalmente. Um aceno positivo ou negativo com a cabeça não aparecerá na transcrição.
> R: Sim, senhor.
> P: Se o senhor precisar fazer uma parada a qualquer hora, me avise.

Olho o e-mail de Will:

> No início, tentei dizer a mim mesmo que não havia nada de diferente em você. Mas quando acordei ao seu lado depois daquela primeira

noite, não queria ir embora. Então, fiquei. Para os três melhores dias da minha vida.

Então, o trabalho separou a gente, mas eu ainda estava muito feliz. É isto, pensei. Finalmente, estou apaixonado. Eu estava enganado em relação a sexo, emoções e monogamia; em relação a tudo. É isto que as pessoas querem dizer quando falam que você simplesmente sabe.

Quando voltamos a ficar juntos, soube imediatamente que você tinha vadiado. Pude ver no seu rosto. Instantaneamente me enchi de uma raiva imensa e ciumenta. Quis achar o cara e agredi-lo. Foi apavorante. Fiquei muito furioso com você. Durante duas semanas, eu não havia estado com ninguém, olhado para ninguém, pensado em ninguém, além de você. E você me traiu.

Eu estava apaixonado, mas não sabia o que fazer. Parecia sem solução.

Não ria, mas os estoicos me ajudaram a descobrir um jeito. Percebi que estava sofrendo porque estava tentando controlar algo fora do meu controle. Você. Você e seus desejos, preferências, impulsos. Você e seu corpo. Eu nunca seria feliz, nunca ficaria em paz, se não desistisse da necessidade de te controlar.

Eu havia cometido um engano ao deduzir que o amor era incompatível com a liberdade. Mas meu amor por você não me dava o direito de te negar o prazer que você procurava. Você deveria ser livre para fazer o que quisesse. E eu também.

E então, eu transei, apavorado, mas curioso. E foi <u>bom</u>. Não mudou nem um pouco o meu amor por você. Os dois coexistiam, e foi você, Lily, que me ensinou isto.

Pedi você em casamento porque quero estar com você para sempre, aproveitando a vida ao máximo, e deixando que você faça o mesmo. Mas cometi um erro. Não contei nada disso pra você. No início, não achei que fosse necessário. Baseado na maneira como você vivia sua vida, deduzi que você entendia, que você tinha o gosto pela liberdade. Logo percebi que não era tão simples, que havia muito mais coisas acontecendo dentro da sua cabeça do que você queria. Mas as coisas caminhavam tão bem entre nós, que decidi que poderia te contar mais tarde, ir te levando aos poucos pra isso.

Ontem de manhã, tudo desabou. Percebi que íamos ter essa festa maravilhosa, essa comemoração gloriosa. Íamos dizer nossos votos na frente das nossas famílias e dos nossos amigos, e nos unirmos perante os olhos deles. Mas não haveria um casamento de mentes sinceras, por causa de tudo que eu sabia e você não, e de tudo que você sabia e achava que eu não.

Então, te contei. Sinceramente eu pensava que, depois que o choque passasse, você entenderia. Que a coisa faria sentido para você. Agora vejo que me enganei.

Fale comigo, Lily. Tenho muito mais para dizer.

Amor,
Will

Olho para a tela por um bom tempo. Quando levanto os olhos, todos estão me encarando.

— Me desculpe. O quê?

— Eu disse — Kostova diz com cuidado —, devemos usar as estipulações costumeiras?

Percebo que estou corando.

— Hummm...

— As admissões normais — ele explica. — As regras que convencionamos para todos os depoimentos neste caso. Que as objeções precisam constar do registro, exceto as que tenham a ver com a formulação da pergunta. Que a estenógrafa está dispensada da obrigação de manter a transcrição original. — Ele faz uma pausa. — Esse tipo de coisa.

Não sei o que responder. Minha cabeça está dividida com o e-mail de Will. Não quero concordar com alguma coisa só para não parecer ignorante e inexperiente, mas, infelizmente, *sou* ignorante e inexperiente, então... Além disso? Não sou um golden retriever, e meio que prefiro que Koslova não me trate como um.

Enquanto isso, os segundos correm, todos esperam a minha resposta, e estou sentada aqui como um... golden retriever.

– Tudo bem – vó murmura.

– Tudo bem – digo. – Concordamos.

– A senhora poderia falar mais alto? – a estenógrafa diz. – Estou te ouvindo com dificuldade.

– Eu disse que concordamos.

Meu maldito celular vibra novamente. Desta vez é Philip:

– Wilder, você está no depoimento? O que está acontecendo?

– acabamos de começar. você está bem?

– Estou perfeitamente bem. Esses médicos são catastrofistas. Quem está com você?

– ninguém.

– Lyle não achou ninguém pra voar até aí?

Estou prestes a contar a verdade para ele, mas hesito. E se faço isso e ele abotoa o paletó pra valer? Não posso ficar com isso na minha consciência. Então, pego o primeiro nome que me vem à cabeça, uma sócia pra lá de brilhante por quem tenho uma atração secreta.

– quero dizer, estou sozinha neste exato momento. raney moore está vindo do aeroporto.

– Ótimo. Ela é excelente. Deixe que ela assuma.

– ok.

– Faça exatamente o que ela disser. E me mantenha informado.

– ok.

Kostova está começando com as coisas básicas: o nível educacional de Pete e o histórico profissional. É muito amável, extremamente agradável. Eu contaria para ele tudo de ruim que já fiz. Virou-se fisicamente para Pete, com uma das mãos no bolso. Somos apenas nós, companheiros sentados na varanda, tendo uma conversinha.

> Q: Gostaria de perguntar ao senhor sobre sua preparação para este depoimento. O senhor teve um encontro com um advogado?
> R: Sim.

Kostova faz várias outras perguntas a Pete sobre a preparação: quanto tempo durou o nosso encontro, quando, quem estava presente. Então:
– O senhor analisou alguns documentos na preparação para seu depoimento?

Intervenho:

– Vou instruir a testemunha a não responder a esta pergunta.

Kostova se interrompe para olhar para mim.

– Baseada em quê?

– Confidencialidade advogado-cliente – respondo. – Minha conversa com o sr. Hoffman durante a preparação para este depoimento é privilegiada.

– Claro que é – diz Kostova. – Razão pela qual não perguntei sobre a conversa. Fiz uma pergunta de sim ou não, procurando fatos. Ele olhou documentos? E não, quais eram os documentos? Nem, seu advogado selecionou-os? O senhor...

Ele está certo. Reagi cedo demais.

– Tudo bem – digo. – Só não quero...

– Não me interrompa, doutora! A senhora está me acusando de tentar invadir a confidencialidade, uma inadequação séria. Tenho o direito de me defender.

Ele fala sem parar. Quando termina, digo:
— Peço desculpas. Entendi mal. Sr. Hoffman, pode responder.
— O senhor pode repetir a pergunta, por favor? — Pete diz baixinho.
Eles continuam, e devagar meu rosto vai esfriando. Dou uma olhada na vó. Ela me olha, furiosa.
Meu celular vibra. Tenho um novo e-mail, assunto: Adendo.

> Hoje de manhã você me perguntou sobre nossa vida sexual. Honestamente, não sei se posso explicá-la, a não ser pra dizer que o que temos entre nós é novo pra mim. Não estou acostumado a acariciar. Não estou acostumado a sentir tão fortemente. Às vezes posso deixar rolar e me divertir, mas outras vezes fico nervoso, oprimido. Quis falar com você sobre isso, mas... Achei que haveria tempo, mais tarde. Pra tudo. Este é outro exemplo de por que eu devia ter sido honesto. Por que nós dois devíamos ter sido honestos. Amor, Will.

Kostova está tentando vencer a resistência de Pete. Está funcionando. Suas respostas estão ficando cada vez mais longas.

> Q: Qual era o nome do seu cargo na Allied Gas?
> R: Comecei como consultor na folha de pagamentos. Acabei promovido a diretor-assistente de finanças.
> Q: Suas funções mudaram?
> R: Com certeza. Antes de sair, eu estava supervisionando uma equipe de, ah, cerca de seis contadores responsáveis por contas a pagar.

Kostova passa para as funções dos contadores nas corporações de capital aberto.
— O senhor diria, sr. Hoffman, que os contadores desempenham um papel importante para garantir que as informações fornecidas sobre uma companhia a seus acionistas sejam essencialmente precisas?
— Objeção — digo.
Kostova vira-se para mim.

— Qual é a natureza da sua objeção?

Isto me pega desprevenida. Nunca vi um advogado interromper sua própria linha de questionamento, para desafiar uma objeção.

— Estou me opondo à forma como a pergunta foi formulada.

— É óbvio. E qual, em sua opinião, é o problema com a forma da minha pergunta?

— Por que o senhor...

— Se a pergunta for realmente digna de objeção – ele prossegue, com elaborada paciência –, quero corrigi-la. Deduzo que a senhora não esteja interpondo objeções unicamente para instruir sua testemunha, ou, por outro lado, para tumultuar este depoimento. Portanto, gostaria que a senhora me comunicasse a base da sua objeção.

— Não estou instruindo minha testemunha – replico. – A pergunta é vaga. Não entendo o que o senhor quer dizer quando usa termos como "importante" e "essencialmente precisas". Não acho...

— A senhora não entende "importante" e "essencialmente precisas"? – Ele ri. – Por que não deixamos a testemunha decidir se ele tem um problema semelhante com um vocabulário básico? Afinal de contas, o que interessa é a compreensão dele.

— Sr. Kostova, é minha função objetar quando sinto que a pergunta é imprecisa.

— Vamos em frente – Kostova diz. – Senhora estenógrafa, poderia reler a pergunta?

A estenógrafa olha na tela do computador e lê a última pergunta monotonamente:

— O senhor diria, sr. Hoffman, que os contadores desempenham um papel importante para garantir que as informações fornecidas sobre uma companhia a seus acionistas sejam essencialmente precisas?

— Sim – diz Pete.

Kostova faz algumas outras perguntas e recebe mais algumas respostas. Depois, pergunta:

— O senhor diria que o propósito fundamental de um contador em uma companhia de capital aberto é garantir que a informação liberada ao público seja precisa?

— Objeção — digo.

Kostova suspira.

— E a base para esta objeção?

— Sr. Kostova, por que não discutimos isto em particular?

Gostaria de saber por que ele está me fazendo penar, considerando o quanto estou tornando isto fácil para ele. Mas ele me olha como se eu acabasse de sugerir que todos nós abaixássemos as calças e cagássemos coletivamente na mesa de reuniões.

— Se a senhorita tem alguma coisa a me dizer, srta. Wilder, pode dizer nos autos. Não tenho intenção de parar este depoimento para tentar entender suas objeções confusas.

Ah, *sei* por que ele está me dificultando as coisas. Cá estava eu, pensando que ele fosse um herói, um defensor do humilde. Esqueci-me que ele ainda é um advogado, e, portanto, um total...

— Por favor, exponha a base para sua objeção ou a retire.

— A pergunta é vaga — digo. — O senhor está perguntando a opinião da testemunha sobre...

— Agora não posso perguntar a opinião dele? — Kostova ri. — Isto é ridículo.

Vó bate na mesa com os nós dos dedos, surpreendendo todo mundo.

— Não vejo necessidade desse diálogo — diz rispidamente. — Ou o senhor está seguro de que seu modo de questionar esta testemunha está correto, dr. Kostova, ou não está. Pare com essa perda de tempo.

Kostova dá de ombros. A estenógrafa relê a pergunta. Pete responde. Meu celular vibra.

> — Eis o que me mata. Você ama sexo. Você sente muito prazer nele. Posso ver isso quando estou dentro de você. E não é porque você gosta de transgressão, ou por ter tido a adolescência fodida. Você simplesmente gosta. E sabe por quê?

— me deixe em paz! estou TRABALHANDO!

— Porque você é humana, Lily. Você deve gostar de sexo. Com muitas pessoas.

...

— Os primeiros humanos tinham múltiplos parceiros sexuais. A monogamia só surgiu com o começo da agricultura.

— merda, will, não é de se estranhar que você tenha um placar tão alto com as damassss. isto é que é conversa sexy!!

— Estou tentando te dizer que você é normal. Obviamente, você não acha que é. Achou que tinha que esconder seu verdadeiro eu de mim. Teve que mentir.

— aguenta só um maldito minuto. quem mentiu pra quem aqui, willberforce? nós escondemos a verdade UM DO OUTRO, se lembra? nós dois mentimos.

— Verdade. Mas você também tem mentido pra si mesma.

...

— Você comprou a fantasia de que os relacionamentos têm que ser monogâmicos pra funcionar. Você entrou nessa, mesmo tendo provado pra si mesma várias vezes ser COMPLETAMENTE incapaz de ser fiel. Isso não é péssimo? Acreditar, realmente acreditar, numa regra que você não consegue seguir. Uma regra que diz que porque você me ama, tem que se tornar indiferente aos prazeres de outras pessoas.

Largo o celular e me concentro de novo nos procedimentos. Pete continua passivo. Tento sinalizar para ele ir mais devagar, dizer menos coisas. Olha para mim como se eu fosse uma estranha. Kostova nota minha inquietação e sorri complacente.

— Podemos fazer um breve intervalo? — pergunto.

— Depois que eu terminar esta linha de questionamento.

> Q: Parece que o senhor desempenhou um papel importante
> na análise das declarações financeiras da EnerGreen,
> antes que elas fossem mandadas para os autores.
> Srta. Wilder: Objeção.
> R: Bom, não sei disso.
> Q: Mas o senhor acabou de dizer que era o responsável
> por garantir que os números das várias divisões
> constassem corretamente nos documentos mandados para
> a Ernst & Young. Não está correto?
> Srta. Wilder: Objeção.
> R: Está.

Kostova sorri para mim.

– Vamos fazer um intervalo.

Enquanto saímos da sala, checo meu celular. Tenho um e-mail de Urs:

> Lily, recebi notícia chocante de que Philip está no hospital, e você está cobrindo o importante depoimento do sr. Hoffman, hoje. Por favor, me ligue imediatamente. Gostaria de participar por conference call.

A última coisa de que preciso é o cliente ouvindo esta catástrofe. Escrevo de volta:

> As linhas telefônicas desta sala deram uma de Zé Mané.

Ele escreve:

> Estou confuso. Quem é Zé Mané?

Pelo amor de Deus.

> Estou dizendo que os telefones não estão funcionando, Urs. Não dá pra ligar. Te ligo quando terminar.

Assim que aperto o enviar, meu celular toca. Começo a falar antes que Will possa dizer qualquer coisa:

— Como você é hipócrita! Você estava nervoso comigo na segunda à tarde por causa do jeito como eu me comportei na frente dos seus pais. Você ficou com medo de que eu fosse te desmascarar. Eles não te conhecem nem um pouco, conhecem?

— Não — ele admite. — Pelo menos, não esta faceta minha. Acham que sou o filho bem-sucedido, respeitável. O que eu sou, mas também... não sou.

— Ei, não subestime sua mãe. Vocês dois têm muito mais em comum do que você poderia pensar.

— Ela me contou o que fez com você, e sinto muito — Will diz com sinceridade. — Ela sempre foi superprotetora, mas isso passou dos limites. Ela me prometeu que não vai tentar estragar sua carreira.

— Uau, *quanta* generosidade! Você pode agradecer a ela por mim?

— Estou andando pelo corredor agora. Baixo a voz, ao passar pela porta aberta da sala de reuniões. — Vamos conversar sobre sua mãe, Will. E seu pai. Você me acusa de ser de má-fé, de agir como se estivesse livre das convenções, mas secretamente me sentindo envergonhada, certo? Olhe pra você. Você tem um belo discurso de como todos nós deveríamos trepar com quem quiséssemos, mas tem um baita medo de que a mamãe e o papai descubram quem você realmente é.

— Não tem nada de errado em manter privacidade em relação a isso.

— Privacidade? É assim que você chama? Porque parece que você desenvolveu toda uma teoria interdisciplinar sobre trepadas, considerando a ciência, a filosofia, a história da arte. Ei, você deveria escrever um livro. Como Foder Mulheres e Enfurecer Pessoas, por Will Field, Ph.D.

— Sinto muito, OK? Não pretendia parecer que estivesse te dando uma aula. Citei a filosofia e a ciência porque acho que elas fundamentam algumas das coisas que fazemos.

— *Tanto faz* que a ciência fundamente, Will! Não se trata de vergonha, de liberdade, do homem de Neanderthal. Não se trata da "fantasia" cultural sobre a monogamia. Trata-se de você e de mim. Como você mentiu pra mim, e eu menti pra você. Perfeitos um pro outro? Somos um *desastre* um pro outro. E está acabado.

Desligo. Entro no escritório onde Pete e vó estão me esperando, e imediatamente começo a atacá-lo.

– Por que você está sendo tão tagarela? – grito. – Aquele cara lá fora? Ele não é seu colega! Não é seu amigo!

– Ele parece decente – Pete diz, na defensiva.

– Ele não é decente, Pete! Ele está pronto pra te crucificar. Quer que a EnerGreen afunde. Quer que você perca o emprego. Você quer isto?

– Não!

– Então, ouça a pergunta e responda *apenas* a pergunta que foi feita. Isto é tudo que eu quero que você faça.

Pete se despacha para o banheiro. Viro-me para a vó.

– Por que Kostova está me intimidando?

– Porque você está permitindo.

– Não estou!

– Você está com uma atitude frágil, Lilian Grace, e ele está capitalizando nisso. Se quiser que ele pare, tem que ser mais assertiva.

– É mesmo, vó? Eu deveria ser mais assertiva, e tudo melhoraria como num passe de mágica? Não sei o que estou fazendo!

– Vou te dizer o que, com certeza, você *não* está fazendo, que é se comportar como uma advogada! – ela replica. – Toda vez que olho pra você, está mexendo no seu maldito celular. Toda vez que você desafia o homem, acaba recuando apavorada. Fica sentada como uma garotinha comportada, deixando o caminho livre pra ele, o que é *exatamente* o que ele quer que você faça. – Ela faz uma expressão de desgosto. – Te eduquei melhor do que isto.

– Por que você não me ajuda?

– Porque toda vez que interfiro, faz com que você pareça fraca. É você quem está defendendo este depoimento, não eu.

– Mas como, vó? Como é que eu faço isso?

A expressão dela torna-se um pouco mais suave. Ela dobra suas mãos nodosas sobre a bolsa.

– Quer saber qual é o erro número um que os jovens advogados fazem quando têm que ir a público, como aparecer perante a corte ou tomar um depoimento? Eles não são eles mesmos. São subitamente empurrados para os refletores, e ou perdem a segurança, oprimidos por tudo que não sabem, que é o que parece estar acontecendo com você, ou pensam que precisam desempenhar um papel. Eles têm uma ideia de como um advogado deveria ser, ou de como um advogado deveria se comportar, e tentam se comportar à altura. Seja como for, isso nunca funciona. Não dá pra fingir, Lillian Grace. Lá no fundo de toda essa formação, e nas suas entranhas, você sabe como fazer isto. Vai ter que descobrir sua própria maneira.

Pete volta do banheiro, e nós todos voltamos para a sala de reuniões.

25

Quando voltamos oficialmente, Pete faz o possível para seguir minhas instruções, respondendo laconicamente. Kostova me olha com compaixão, e se torna mais sedutor. Em pouco tempo, Pete volta a se sentir confortável e fica mais expansivo.

> Q: Antes de nos aprofundarmos, preciso perguntar ao senhor qual é seu cargo oficial.
> R: Sou diretor-adjunto da divisão de serviços financeiros.
> Q: E onde fica situada a divisão de serviços financeiros da EnerGreen?
> R: Ah, não fazemos parte da EnerGreen diretamente. Trabalho pra EnerGreen Energy Solutions.
> Q: Não é a mesma coisa?
> R: Não senhor. É uma subsidiária. A Energreen S/A é a matriz.

Kostova começa a pedir detalhes sobre o trabalho de Pete. Objeto de tempos em tempos, mas ele não me dificulta as coisas. Dou uma olhada na vó. A decepção começa a se desprender dela em ondas.

Meu celular vibra.

– Preciso de um update.

– está tudo bem, philip.

— Por favor, me chame no intervalo. Quero falar com Raney.

— OK.

Pouso meu celular. Depois, tenho uma ideia.

— raney quer saber como você quer que ela lide com os e-mails de hoffman.

— Deveria ser óbvio pra ela.

Merda! Tento de novo.

— ela viajou a noite toda pra chegar aqui. acho que está enfrentando um bom jetlag, então...

A resposta não vem.
Kostova está passando um documento a Pete.
— Sr. Hoffman, estou mostrando ao senhor um documento marcado Evidência H-12 dos Demandantes.
Ele me passa uma cópia. Dou uma folheada. Parece um bando de páginas impressas de algum site, e grampeadas juntas.
— Com licença, doutor – digo. – De onde veio isto?
— Como é?
— Estou curiosa quanto à natureza desta evidência – digo. – Não parece ter sido produzida por nós.
— Tenho o direito de questionar a testemunha sobre qualquer documento que eu escolher – Kostova retruca. – Não estou limitado a documentos produzidos pela EnerGreen.
— Não estou sugerindo que esteja – digo cautelosamente. – Mas estou pedindo, como cortesia profissional, que me diga onde ele foi obtido.
Ele sorri para mim.
— Se quiser me fazer perguntas, mocinha, sugiro que tome meu depoimento.
A sala silencia.
— Mocinha – digo.

Encaramo-nos por sobre a mesa.

– De fato – digo. – Mocinha.

Ele acena com a cabeça.

– De fato.

Olho para vó. Ela me olha de volta.

Levanto-me.

– Vamos fazer uma pausa.

– Acabamos de fazer – Kostova diz, mas já saio porta afora. Pete e vó me seguem.

Em nosso escritório vazio, puxo uma cadeira e me sento. Pete parece preocupado.

– Eu estou fazendo cagada?

– Está, mas não importa.

– Eu deveria...

– Silêncio! Preciso pensar.

E penso mesmo.

Penso "muito obrigada".

Agradeço a todos vocês, homens.

A todos vocês, homens atenciosos, de boas intenções, cuidadosos, que reservaram um tempo de sua agenda extremamente atarefada para corrigir meu erros, me ensinar quem sou e me dizer o que fazer.

Vocês são todos muito gentis.

Mas estou muito cansada de vocês, homens seguros, satisfeitos consigo mesmos, que sabem tudo, fazendo o possível para me ajudar a aprender como pensar, como me comportar, como entender por que sou do jeito que sou.

Pegue Will, por exemplo. Tem sido extremamente revoltante. As justificativas sensatas, egocêntricas. As teorias esclarecidas. As presunções complacentes. É a paródia perfeita de um acadêmico bitolado, voltado para seu próprio umbigo.

E então, eis que surge Kostova. Intimidando-me. Condescendente em relação a mim. Soltando um "mocinha". Deixando perfeitamente claro que não sou, e nunca serei, sua igual.

No entanto... Não tenho agido exatamente como sua igual. Mandando mensagens como uma adolescente? Permitindo que meus problemas românticos me distraiam do meu trabalho? Deixando que um homem me conduza?

Tudo bem. É hora de uma mudança de planos.

O que a vó disse? Tenho que descobrir meu próprio caminho.

Pete está contemplando o nada. Estalo os dedos.

— Você já testemunhou que foi contratado por uma subsidiária?

Ele pisca.

— Huum?

— Testemunhou — diz vó. — A EnerGreen Energy alguma coisa. Por quê?

— Porque existe uma justificativa de que este depoimento seja processualmente falho.

— Que justificativa?

Trata-se da que eu pensei no spa. Explico a ela. Ela diz:

— Esta é a mais hipertécnica quantidade de bobagem que já ouvi na minha vida.

— Alô? Somos advogadas, vó. Vivemos de bobagens hipertécnicas.

— Você quer tentar adiar o depoimento baseando-se nisso? Querida, o juiz vai te crucificar.

— E se eu conseguir que Kostova chame o juiz?

Os juízes detestam que as partes os infernizem para resolver disputas sem importância. E são sempre mais duros com quem insiste em chamar.

— Como você faria isso?

Sorrio para ela.

— Sendo eu mesma.

Bato as mãos uma na outra.

— OK, Pete, vamos tentar algo novo. Toda vez que eu bater o dedo na mesa deste jeito — bato na mesa —, quero que você diga "O senhor pode repetir a pergunta?" OK?

— Claro — ele diz, em dúvida.

— Vamos praticar. — Bato o dedo bem de leve.

— O senhor pode repetir a pergunta? – ele diz.
— Perfeito. – Passo o celular para a vó. – Não me devolva isto até o final do depoimento. – O celular desaparece na vastidão da sua bolsa. – Vamos lá.

Voltamos para a sala de reuniões.

— Obrigado por se juntar a nós – Kostova diz.

Sorrio para ele e aproximo minha cadeira da mesa.

— Sinto muito. Tinha algumas coisas de moça pra resolver.

A gravação recomeça. Kostova inicia uma série de perguntas sobre a estrutura corporativa da EnerGreen. Depois, passa para as responsabilidades específicas de Pete.

```
Q: Quais são seus deveres como diretor-adjunto da
EnerGreen Energy Solutions?
Dra. Wilder: Objeção.
R: Eu diria que tenho três áreas primárias de
responsabilidade.
Q: Me conte sobre a primeira área de responsabilidade.
```

Ouço um pouco mais. Então, escrevo em um post-it amarelo. Quando Kostova se vira para consultar suas notas, empurro o post-it para Pete, certificando-me de que Kostova me pegue fazendo isto.

— Eu pediria que constasse da gravação que a advogada da acusada passou uma nota para a testemunha, numa flagrante violação às regras da corte – ele diz.

— Como o senhor se atreve a afirmar isso na gravação! – digo, inflamada.

— O que está escrito aí? – Kostova pergunta a Pete.

— Não leia – digo a ele.

— Leia – Kostova diz.

Pete olha de Kostova para mim, apavorado.

— Estou instruindo-o a não ler – digo.

— Apoiada em quê? – Kostova pergunta.

— Na confidencialidade advogado-cliente. – Reviro os olhos. – Obviamente.

— Não é confidencialidade se você o passa pra ele durante um depoimento — Kostova diz, esforçando-se para controlar sua irritação.

— Para mim, é — informo-o.

— Isto é ridículo! Ou a testemunha lê a nota para a gravação, ou vou convocar a corte.

— Vou convocar a corte! — repito numa lamúria estridente, acenando as mãos, desarvorada. — Uuui!

Kostova começa a me repreender. Dou uma olhada na transcrição que corre no computador da estenógrafa.

```
Dr. Kostova: Isto é ridículo. Ou a testemunha lê a nota
para a gravação, ou vou convocar a corte.
Dra. Wilder: Vou convocar a corte. Ui.
Dr. Kostova: Doutora, aconselho-a enfaticamente a...
```

O vídeo teria capturado meu tom de zombaria, mas a transcrição não. A maioria das estenógrafas só registra o texto corrido das perguntas, respostas e objeções. E é isto que esta está fazendo, exatamente como eu esperava.

— Tudo bem — digo. — Por favor, leia a nota, sr. Hoffman.

Pete olha para o post-it. Limpa a garganta.

— Soube que o badejo especial é excelente.

Kostova vira-se para mim totalmente perplexo.

— Estamos planejando jantar — explico. — Por favor, prossiga com suas perguntas. Estamos desperdiçando todo esse lindo sol da Flórida.

Kostova me olha fixo por um tempo, depois retoma seu questionamento. Demora um tempo para entrar no ritmo. E perdeu um pouco da sua simpatia em relação a Pete.

```
Q: Existem outros funcionários da divisão de serviços
financeiros, com responsabilidades semelhantes às suas?
Dra. Wilder: Objeção.
Dr. Kostova: dra. Wilder, devo lhe pedir para formular
suas objeções num tom de voz normal.
```

Dra. Wilder: Estou formulando minhas objeções num tom de voz normal, dr. Kostova.
Dr. Kostova: A doutora sabe muito bem que está cantando.
Dra. Wilder: Cantando, doutor? Fala sério. Isto aqui é um depoimento, não um show de talentos.
Dr. Kostova: dra. Wilder, a senhorita está cantando. Por favor, pare de cantar.
Dra. Wilder: Por favor, pare de encher a gravação com suas observações irrelevantes.
Dr. Kostova: Vamos em frente.

Experimento uma série de estilos variados: rap, country, Beyoncé. Tom Waits realmente o exaspera.

Dra. Wilder: Objeção.

Estou irritando Kostova. Estou distraindo-o, mas, o mais importante, desperdiçando seu tempo. Por regra da corte, esses depoimentos têm uma duração fixa. Terminado o dia, termina o tempo de Kostova com Pete.

Ele passa para as declarações financeiras:

— Sr. Hoffman, vamos conversar sobre seu envolvimento no processo de declaração financeira de 2012 da EnerGreen.

— Objeção – digo.

— Ainda não fiz uma pergunta – Kostova diz, rispidamente.

— Eu sei. O senhor está enchendo a transcrição de falas desnecessárias. Se tiver uma pergunta, por favor, faça-a.

Ele leva um tempinho para se localizar em suas notas.

— Sr. Hoffman. Na época em que a EnerGreen Energy estava preparando suas declarações financeiras de 2012, publicamente registradas na Comissão de Títulos e Câmbio, o senhor era diretor-adjunto da divisão de serviços financeiros da EnerGreen Energy Solutions?

— Objeção – digo. – Bato na mesa com o dedo, bem de mansinho. Pete me dá uma olhada. Aceno-lhe levemente com a cabeça.

— Poderia repetir a pergunta, por favor? – ele diz.

Kostova repete. Bato novamente na mesa.

— Poderia repetir a pergunta, por favor? — Pete diz.

— Que parte da pergunta o senhor não entendeu? — Kostova pergunta. Interfiro bruscamente.

— É tão incoerente e digressiva que não acho que nenhum de nós faça ideia do que o senhor possa estar pretendendo.

— Dra. Wilder...

— O senhor menciona a EnerGreen Energy, menciona a EnerGreen Energy Solutions, alguma coisa a respeito da Comissão de Títulos e Câmbio...

— Dra. Wilder, a senhorita poderia...

— ... algum tempo vago no passado que parece citado para encurralar a testemunha na tomada de uma posição a respeito de algo de que ela pode não se lembrar...

— Exijo que pare de falar! — Kostova diz em altos brados. — A senhorita está instruindo sua testemunha, e isso é inadmissível. Como já disse, a senhorita pode apresentar sua objeção quanto à forma, e então... O que está fazendo? Pare de fazer isto com o seu rosto.

— Não estou fazendo nada com o rosto.

— Gostaria que constasse no registro que a advogada da acusada está... está movendo os lábios enquanto falo de uma... de uma maneira desrespeitosa.

Paro de articular as palavras *maneira desrespeitosa*, e sorrio para ele. Ele sabe que soa como um perfeito idiota, e agora está nos autos. Bato na mesa.

— Poderia repetir a pergunta, por favor? — Pete diz.

Kostova está perdido. Pede à estenógrafa, que olha a transcrição e lê a pergunta em voz alta.

— Sim — Pete diz. — Eu era diretor-adjunto nessa época.

— E o senhor estava envolvido no esboço e na análise dessas declarações financeiras, antes de elas serem mandadas para os auditores da EnerGreen?

Bato na mesa.

– Poderia repetir a pergunta, por favor? – Pete diz.

Kostova repete.

– Quando o senhor diz envolvido... – começo.

– Dra. Wilder! – Kostova retruca. – Não aceito mais seu falatório!

– Falatório! – exclamo, surpreendendo a sala toda. – O senhor chama isto de falatório, sr. Fletchah? – começo a imitar seu sotaque sulista. – Afirmo que *nunca* em toda a minha vida me disseram isso, e eu...

– Se a senhorita não parar imediatamente, não...

Soco a mesa.

– Rejeito sua insinuação de que estou arengando, e digo ao senhor que...

– ... terei escolha a não ser invocar a corte e...

Bato o dedo na mesa.

– Poderia repetir a pergunta, por favor? – Pete diz.

– Água – sussurra vó.

Finjo que vou pegar minha caneta e derrubo o copo. A água escorre pela mesa em direção aos papéis de Kostova.

– Merda! – ele diz, absorvendo-a.

Vó me dá uma piscada. Nas poucas vezes em que me atrevi a olhar para ela, desde que voltamos para a sala, sua expressão mantém-se totalmente impassível. Agora, percebo que está tentando esconder o quanto está se divertindo.

Kostova recompõe-se e continua. Volto às objeções. Pete está mais cauteloso, agora que Kostova entrou nas declarações financeiras. Suas respostas são gentis e concisas.

– Sr. Hoffman – Kostova diz, puxando alguns documentos de uma pasta –, gostaria de mostrar ao senhor um documento marcado Evidência H-14 dos demandantes. – Ele entrega uma cópia a Hoffman e me passa outra. – O senhor conhece este documento?

Destaco, com um floreio, a primeira página grampeada e a coloco sobre a mesa. Isto chama a atenção de Kostova. Dobro os dois cantos superiores em direção ao centro. Ele me olha, desconcertado, depois se vira de volta para Pete.

– Agora, sr. Hoffman – Kostova diz –, por favor, vá para a página cinco e dê uma olhada no quinto destaque. Ele discute as discrepâncias potenciais entre os dados da companhia e os números relatados, não é isso?

– É sim, senhor – Pete diz.

Dobro o papel no meio e levanto as asas. Faço dobras adicionais. Pressiono os pontos com a ponta do dedo. Kostova está me encarando.

– E... e sr. Hoffman, quais foram os procedimentos da companhia quanto a tais... quanto a tais discrepâncias?

– Objeção – digo, continuando a dobrar o papel.

– Bem – Pete diz –, eu diria que, quando se está lidando com declarações financeiras auditadas, sempre há uma porção de peças cambiáveis, uma porção de bolas no ar...

Kostova está me observando e tentando escutar a resposta absurda de Hoffman. Não consegue se concentrar.

– ... e se tem várias pessoas e centros de custos, utilizando métricas e procedimentos diferentes para chegar aos resultados finais. Qualquer discrepância seria flagrada no curso normal e corrigida no procedimento padrão de verificação e acerto.

Levanto um origami perfeito de cisne e o mostro a Kostova com um grave inclinar de cabeça.

– Dra. Wilder! – Kostova diz furioso. – Seu comportamento é muito desconcertante.

– Não sei do que o senhor está falando, doutooooorr Kostovaaaaahh.

Kostova volta-se para Hoffman.

– Poderia repetir a resposta, por favor?

Bato na mesa.

– Poderia repetir a pergunta, por favor – Pete diz.

– Poderia repetir a resposta, por favor? – Kostova diz.

Pete dá uma risadinha.

– Isto parece aquelas comédias do Abbot e Costello.

Kostova esforça-se para manter a calma.

– Talvez a gente deva fazer um intervalo.

– Não preciso de um intervalo – digo. – O senhor precisa, sr. Hoffman?

— Não, senhora.

— Gostaríamos de prosseguir – digo. – Estamos loucos pra sair daqui e aproveitar o lindo sol da Flórida.

Kostova está furioso, mas consegue engolir a fúria e continua. Ele sabe que seu prazo está se esgotando. A cada pergunta, eu agora interponho uma objeção. Faço sotaque francês, sotaque italiano. Faço voz de robô. Robert De Niro. Kostova tenta me ignorar, mas não consegue. Toda vez que tem que lidar com as minhas bobagens, perde o ritmo. Não consegue se concentrar nas respostas de Pete.

```
Q: Sr. Hoffman, qual era o padrão da EnerGreen...
- Dra. Wilder, preciso pedir que pare com isso.
Dra. Wilder: Parar com quê, doutor?
Q: A senhorita está cantarolando. Preciso pedir que
pare de cantarolar.
Dra. Wilder: Não seja ridículo, doutor. Não sou um
lama...
Q: Não estou sugerindo que a senhorita seja...
Dra. Wilder: Não acho que um depoimento seja um lugar
apropriado para se fazer observações cruéis sobre
a aparência de outras pessoas.
Q: Dra. Wilder, a senhorita sabe muito bem que eu
não estava...
Dra. Wilder: Aceito suas desculpas. Vamos em frente.
```

— Sr. Hoffman – Kostova diz. – Qual era a prática padrão da EnerGreen em relação às discrepâncias entre os documentos internos e os esboços de suas declarações financeiras?

— Objeção – digo.

Ele não consegue deixar isso passar sem um comentário.

— Com que base esta pergunta pode receber objeção?

— A pergunta é vaga e ambígua, contém uma caracterização imprópria e é composta – respondo.

— Pare – ele diz. – Só...

— É argumentativa. É tendenciosa, incorpora fofocas.

Ele está ficando muito agitado. Está vermelho, suando, e seu cabelo começa a espetar.

– O senhor está atormentando a testemunha – continuo calmamente.

Ele fica indignado.

– Não estou...

Bato na mesa.

– Pode repetir a pergunta, por favor? – diz meu bom papagaiozinho.

Kostova perde a paciência.

– Cale a boca! – diz.

Todos ficamos em silêncio por um tempinho.

– Vamos fazer um intervalo – Kostova diz.

– Não quer terminar sua linha de questionamento? – pergunto com inocência.

Ele arranca seu microfone e sai da sala.

Em dez minutos, continuamos. Kostova acalmou-se. O vai e vem é suave.

> Q: Sr. Hoffman, a EnerGreen tomou cuidado para garantir que todas as suas declarações financeiras refletissem precisamente o estado financeiro da companhia?
> Dra. Wilder: Objeção.
> R: Sim.

Faço algumas objeções turbulentas, algumas novas falas, mas Kostova apenas sorri para mim. Está ganhando velocidade novamente, entrando num ritmo com Pete.

> Q: Sr. Hoffman, alguma vez a EnerGreen discutiu internamente o impacto do derramamento de óleo da Deepwater Discovery na projeção de seu faturamento bruto?
> Dra. Wilder: Objeção.
> R: Sim.
> Q: O senhor tomou parte nessa discussão?
> R: De certa maneira, presumo.

Eu realmente achava que isto funcionaria? Kostova é bom demais. A qualquer minuto agora, ele vai apresentar a Pete as discrepâncias financeiras. Pete vai desmoronar, eles vão chegar aos e-mails, e ponto final.

O que irritaria este cara? Ele é um batalhador pela gente miúda. Um David, sempre batalhando contra os Golias corporativos. Tem profunda convicção de que está fazendo a coisa certa.

Como é que posso *realmente* levá-lo à loucura?

Kostova está questionando Pete sobre itens específicos nas declarações financeiras de 2012.

— E na página 4 da Evidência H-21 – diz –, a tabela 3 representa com precisão a receita bruta da EnerGreen para o ano fiscal de 2012?

— Está tentando calcular a sua parte? – pergunto.

Kostova me olha por sobre seus óculos de leitura.

— Como é?

— O senhor está representando os demandantes *ad exitum*, certo? Qual é a sua porcentagem? Trinta por cento do que conseguir para as pessoas que foram de fato prejudicadas? Ou quarenta por cento? Para cobrir suas despesas, entre aspas?

— Isto é execrável! – Kostova retruca. – Sou eu quem faz as perguntas aqui.

Assobio.

— Isso é uma boa bolada. Não é de estranhar que o seu escritório tenha lutado com unhas e dentes para que o senhor fosse apontado advogado principal da causa.

— Mocinha – Kostova diz –, passei mais de vinte e cinco anos lutando por...

— O senhor é inteligente – digo. – Foi por isso que só processou a EnerGreen. Não processou o construtor da plataforma de petróleo, porque eles foram à falência, o que não serviria pra vocês. E não processou os supervisores individuais, os caras que receberam propinas para falsificar os relatórios de inspeção, que agora estão presos. Isso complicaria a causa; atrapalharia a sua história de que a EnerGreen, e apenas a EnerGreen, é responsável por tudo que aconteceu.

– Dra. Wilder, devo lhe pedir mais uma vez...

– Foco no bolso dos ricos, certo? – Sorrio para ele. – Sabe de uma coisa, Kostova? Você teria sido um advogado bem decente num escritório de verdade.

É então que ele perde as estribeiras.

– Seu comportamento é inadmissível! – grita. – Quero um pronunciamento legal!

– Tudo bem – digo. – Negado.

– Quero um parecer do juiz, sua idiota! Vamos convocar o juiz.

– Grande ideia. – Fecho meu fichário. – Quem tem o telefone dele?

26

Chamamos o gabinete do juiz pelo viva-voz, e ficamos sabendo que ele está terminando uma audiência. Esperamos mais de uma hora, que Kostova passa olhando para mim, vó, remexendo-se numa excitação reprimida, e Pete, suando profusamente.

Eu? Estou ocupada com as minhas anotações.

Por fim, o telefone toca, e ouvimos vozes abafadas e o folhear de papéis.

– Seis e quinze de uma sexta-feira, gente – o juiz resmunga. – É bom que seja importante.

– Excelência – Kostova começa. – Peço desculpas por incomodá-lo, e asseguro que não teria feito isso se não sentisse que as circunstâncias me obrigavam...

– Direto ao assunto, doutor – diz o juiz.

Já presenciei um punhado de discussões e audiências na sala do juiz Forster, desde que esse processo deu entrada. Sempre gostei dele. É mal-humorado e objetivo, mas geralmente muito justo. No entanto, nunca conversei realmente com ele, e a perspectiva é, subitamente, aterrorizante.

– Excelência – Kostova diz –, respeito o escritório que representa a EnerGreen nesse processo, mas em vinte e cinco anos de prática, nunca fiquei tão atônito com as atitudes de um advogado em um depoimento, como fiquei hoje. O comportamento da dra. Wilder tem sido adolescente, ofensivo, degradante e altamente impróprio. Ela tem feito digressões registradas, orientado explicitamente sua testemunha, e, além disso, vem se comportando de modo extremamente impróprio para alguém que atua na corte. Parece que seu objetivo é perturbar o depoimento para esconder a profunda falta de preparo da sua testemunha.

Ele prossegue nessa toada por um tempo, falando em termos gerais, como esperei que fizesse. Nenhum advogado experiente quer, de fato, se lamuriar com um juiz, dizendo que seu oponente fez objeções cantando, caçoou do seu sotaque, e, além disso, foi cruel com ele. Kostova parece confiante que sua intensa indignação convencerá o juiz a me punir.

– Concluindo, Excelência, eu pediria que o senhor intimasse a testemunha a responder às minhas perguntas sem evasivas, e intimasse a advogada a seguir as regras da corte e se comportar profissionalmente. Acho que caberiam sanções, mas isso, é claro, cabe a Vossa Excelência decidir.

Ouço uns sussurros do assistente do juiz. Por fim, o juiz diz:

– Advogada pela EnerGreen, sua vez.

Posso fazer isto. Estou totalmente no controle!

Limpo a garganta, inclino-me em direção ao fone do viva-voz e digo algo que soa como:

– Hãaaa, gãaa?

– Como é? – o juiz Forster diz.

Estou nervosa, está bem? Faço um esforço para me controlar e tento novamente.

– Vossa Excelência, aqui é Lillian Wilder. Agradeço a oportunidade de responder. Como explicarei daqui a pouco, as reclamações do dr. Kostova sobre o meu comportamento não têm fundamento. No entanto, antes tenho um assunto mais imediato para trazer ao senhor. O registro estabeleceu que o pedido dos demandantes para o depoimento do sr. Hoffman era insuficiente. Sendo assim, peço que seja adiado.

Kostova fica de boca aberta:

– O quê?

– O dr. Kostova convocou o testemunho partindo do pressuposto de que o sr. Hoffman trabalha para uma subsidiária da EnerGreen, e não para a própria companhia – conto ao juiz. – Essa subsidiária não faz parte da ação. Sob as regras desta corte, os demandantes deveriam ter emitido uma citação para o depoimento do sr. Hoffman. Isso não foi feito. Portanto, este depoimento deveria ser adiado até que os demandantes corrijam seu erro.

Kostova começa, imediatamente, a se atropelar: – Isto é ridículo, Excelência! A EnerGreen concordou com este depoimento!

– Isto é verdade, dra. Wilder? – o juiz pergunta. – Vocês concordaram?

– Sim, Excelência.

– Vocês também permitiram que ele fosse em frente durante várias horas hoje, não permitiram?

– Deixe-me explicar nossa opinião a respeito, Excelência. Procuramos nos submeter às regras desta corte para que as partes trabalhassem juntas de boa-fé, resolvendo pendências na investigação. Os demandantes estavam ansiosos para que o sr. Hoffman depusesse, e no interesse de uma gentileza profissional, concordamos. Essa gentileza profissional não foi retribuída quando tentamos remarcar o depoimento por causa da tempestade na Costa Leste. Os demandantes recusaram-se a atender ao nosso pedido, o que significa que o dr. Gardiner, sócio responsável pelo caso da EnerGreen, não conseguiu comparecer. – Faço uma pausa. – E isso, Excelência, me leva ao meu segundo assunto, o comportamento abusivo que o dr. Kostova tem demonstrado em relação a mim mesma e à minha testemunha.

– O quê?! – exclama Kostova.

– O dr. Kostova tem me intimidado por fazer objeções perfeitamente apropriadas, tem feito longas explanações sobre trivialidades, e me punido por tentar realizar o meu trabalho. Eu poderia aceitar tudo isso se não fosse pela grosseria e maus-tratos que tem infligido à minha testemunha. Com vossa permissão, Excelência, vou fazer uma coisa que o dr. Kostova, em seu longo ataque à minha suposta conduta, não fez. Vou lhe dar alguns exemplos. – Viro-me para a estenógrafa: – Por favor, a senhora poderia ler a página quarenta e três, da linha vinte e quatro à vinte e seis?

A estenógrafa lê no seu tom monótono:

```
Testemunha: Poderia repetir a pergunta, por favor?
Dr. Kostova: Merda!
```

Kostova diz:

— Excelência, o que a transcrição não mostra é que um copo de água...
— O senhor terá sua vez daqui a pouco, dr. Kostova — diz o juiz. — No momento, a dra. Wilder está com a palavra.
— Senhora estenógrafa — digo —, poderia ler a página sessenta e dois da transcrição, da linha doze até a quinze?
A estenógrafa acata:

```
Testemunha: Poderia repetir a pergunta, por favor?
Dr. Kostova: Cale a boca!
```

— Excelência — Kostova diz —, isto não é...
— E poderia ler a página setenta e seis, linha nove?

```
Dr. Kostova: Quero um parecer do juiz, sua idiota!
```

— Excelência — digo. — Compreendo que o dr. Kostova esteja frustrado por não poder obter a declaração que deseja da minha testemunha. Mas isso não é justificativa para tal comportamento. Como o dr. Kostova sabe, esta é a primeira vez que defendo um depoimento. Não posso deixar de pensar que ele está se aproveitando indevidamente da minha inexperiência.

Há uma longa pausa. Kostova está roxo de indignação.

— Dr. Kostova — diz o juiz finalmente —, por que o senhor não concordou em adiar o depoimento?

— Excelência, eu já estava a caminho dos Keys quando o advogado da acusada me telefonou pedindo o adiamento. Para ser sincero, considerando a natureza explosiva de alguns dos documentos pertencentes a esta testemunha, suspeitei que eles estivessem usando o clima como um pretexto.

— Um pretexto? — diz o juiz, incrédulo. — O senhor andou assistindo aos noticiários, doutor? Estão chamando esta tempestade a tempestade do século. Ela está se estendendo de Boston até as Carolinas. O Weather Channel até nomeou a maldita coisa. Qual foi o nome que deram? — Ouvimos alguns murmúrios do outro lado. — Plutão! — exclama o juiz. — Deram o nome de Plutão! O nono planeta! Governante do submundo, dr. Kostova. Esta neve é um negócio sério!

— Sim, Excelência – Kostova diz hesitante.

— O senhor não pôde atender a um pedido razoável de adiamento do depoimento? – Agora, o juiz está ficando nervoso. – Em vez disso, o senhor prefere vir me procurar às pressas, no final de uma sexta-feira, com uma série de reclamações sobre uma associada júnior que, supostamente, está dificultando sua vida?

Kostova protesta.

— Excelência, a dra. Wilder está interferindo deliberadamente na minha habilidade em questionar a testemunha. Suas referências ao registro se abstêm totalmente de fornecer o contexto daquilo que aconteceu aqui hoje.

— Existe algo específico que o senhor deseje citar como apoio a seu argumento de que seja a dra. Wilder, e não o senhor, quem esteja agindo com extremo desrespeito ao decoro e à gentileza profissional, tanto antes, quanto durante o depoimento?

Sorrio para Kostova. Vá em frente, penso. Diga que fiz caretas pra você e lhe dei dobraduras de animais. Diga a ele que você deixou uma advogada infernizá-lo e que perdeu a paciência. Vamos ver como isso é considerado.

Kostova não tem tempo de percorrer a transcrição e procurar exemplos. O juiz está esperando.

— Ela cantarolou, Excelência – Kostova diz por fim. – E houve um... ela fez um cisne...

— Devo entender, dr. Kostova, que está procurando minha intervenção num depoimento porque a advogada contrária estava *cantarolando*?

— Excelência – ele diz –, se me der um tempinho, vou tentar encontrar alguns exemplos de seu comportamento desconcertante, e das longas falas que ela proferiu, mas...

— Falas, dr. Kostova? – O juiz dá uma risadinha. – Ora, ora. Se eu fosse aplicar penalidade a todos os advogados que discursam oficialmente, todos vocês estariam presos.

— Sim, Excelência – diz Kostova.

— O que talvez não seja uma má ideia – o juiz acrescenta. – Agora, aguarde um pouco.

Silêncio.

Fecho os olhos e rezo.

— Vou adiar este depoimento — ele diz.

— Puta que pariu — a vó murmura.

— O senhor deveria ter concordado com o adiamento, dr. Kostova — o juiz prossegue. — Teria sido a atitude profissional a tomar.

— Mas Excelência — Kostova protesta —, já começamos e...

— Não vou entrar nessa de ele-disse-ela-disse — o juiz continua. — Está me parecendo que todos precisam se acalmar. Sugiro que os senhores resolvam suas questões processuais e remarquem o depoimento para daqui a algumas semanas. Não tenho dúvida de que a advogada da EnerGreen será acessível e profissional. Não é um fato, dra. Wilder?

— Sem dúvida, Excelência. — Sorrio abertamente para Kostova.

— Excelência — ele diz —, eu pediria...

— Poupe-se, doutor. Já me pronunciei. Tenham um bom final de semana — diz o juiz, e desliga.

Os dedos da estenógrafa pairam sobre a máquina.

— Terminamos? — pergunta.

— Terminamos — digo, quase não acreditando em mim mesma. Ela digita algumas linhas finais e começa a embalar suas coisas. O câmera já está recolhendo os cabos. Solto meu microfone.

Kostova me olha com expressão assassina.

— O senhor disse que queria um pronunciamento legal — digo, inocentemente.

— Se ele soubesse a metade do que ocorreu aqui — ele diz.

Vó diz:

— Se o senhor quiser que alguma coisa conste dos registros, precisa ter certeza de que aparece na transcrição.

— Vou levar o vídeo deste depoimento perante o juiz imediatamente — Kostova me diz. — Vou solicitar sanções contra o seu escritório e contra você pessoalmente. Você vai ficar muito enrascada, mocinha...

Ele se interrompe. Sorrio para ele.

— Repita. Espere até ver o que tenho preparado para um bis.

Ele atira os papéis para dentro da sua pasta e sai ventando.
– Acabou mesmo? – Pete pergunta.
– Por enquanto – digo. – Mas não relaxe demais.
– Claro que não.
– Você deveria pensar em atualizar o seu currículo.
– Com certeza.
– Pode querer contratar seu próprio advogado.
– Posso contratar você? – pergunta, esperançoso.
– Nem pensar! Mas pode contratar ela. – Aponto a vó.
Ela levanta os olhos da bolsa.
– O quê?
– Dê a ele seus dados pra contato, Izzie. Você está de volta ao mercado.

Pete anota o número dela, despede-se e sai apressado. Eu e vó voltamo-nos uma para a outra.
– Lillian Grace Wilder – ela diz lentamente. – Isso foi irresponsável, perigoso e quase que totalmente antiético.

Suspiro.
– Eu sei, vó. Eu sei.
Ela me abraça com força.
– Há anos que eu não me divertia tanto!

Abro meu laptop e chamo Urs pelo Skype. Logo, seu rosto redondo, emoldurado por um cabelo preto-carvão, rigidamente repartido, me olha na tela. Conto tudo a ele o mais rapidamente que posso. Os e-mails de Pete, a verdade sobre a fraude. O rosto pálido de Urs empalidece mais. Narro o depoimento passo a passo, concluindo com a chamada ao juiz. Seus olhos arregalam-se. Quando termino, ele me olha atônito durante um bom tempo.

Vó dá um tapinha na tela.
– Congelou?
– Essa fraude – Urs diz lentamente, em seu tom preciso e acentuado. – Essa fraude é... Qual é o tamanho dessa fraude?
– Quinze bilhões de dólares – digo.

Urs parece se contorcer, mas poderia ser efeito do Wi-Fi na sala de reuniões.

– Essa testemunha, Hoffman – ele diz –, está preparada pra testemunhar quanto a isso?

– Ele é idiota demais pra ser impedido.

Urs começa a respirar mais rápido, em silêncio. Depois, sai da tela. Vó e eu trocamos um olhar. Espero não estar provocando uma parada cardíaca em mais um advogado.

Pouco depois, Urs reaparece, arrumando o cabelo com a mão.

– Agora você diz que interrompeu o depoimento e argumentou com o juiz, e com esse argumento forneceu citações à transcrição que eram... Como você as definiu? De certo modo enganosas? Muito enganosas?

– Ambíguas? – sugiro.

Ele me olha, desanimado.

– Esta é uma prática processual normal na América?

– Normal ou não, ela tirou seu cu da reta! – vó grita, aproximando-se da tela de tal maneira que a única coisa visível é seu assustador globo ocular de velha.

Urs recua para trás.

– Lily? Quem é essa pessoa assustadora?

– Minha avó – digo. – E sua advogada local.

Urs agarra a cabeça.

– Estou muito confuso.

– Ouça, Urs. Eis a questão. O que eu fiz funcionou, por enquanto. Mas assim que os demandantes obtiverem o vídeo deste depoimento, vão entrar com uma moção que mostrará ao juiz como o enganei. Nossa credibilidade ficará abalada, teremos uma pena severa, e o juiz ordenará o prosseguimento do depoimento. A EnerGreen precisa aceitar a proposta atual de acordo. Imediatamente.

– Como você sabe, tenho pouca influência sobre meus superiores. Não posso garantir que eles me escutarão.

– Você *tem que fazer* com que eles escutem, Urs. Acabei de me pôr na reta pra um bando de escroques, e eles têm que acertar as coisas, com os demandantes e comigo. Diga a eles que se não fizerem um acordo imediatamente, vou pedir demissão e contar à corte tudo que sei. E eu sei muito.

Urs concorda lentamente com a cabeça.

– É, é, isso deve convencê-los.

– Eles também têm que arrumar seus problemas contábeis, ou vou direto para o Departamento de Justiça.

– Tudo bem – ele diz. – Será tudo transmitido.

– Acho que é só. Alguma pergunta?

Urs sacode a cabeça.

– Esta foi uma chamada muito exaustiva pra mim, mas obrigado, Lily e avó da Lily. Vocês fizeram um excelente trabalho. Vou elogiar as duas pro Philip, quando ele se recuperar.

A tela escurece. Urs se foi.

Juntamos as coisas e estamos prontas para ir embora. Vó me passa meu celular. Tenho dezoito mensagens de texto.

Philip: Estou preocupado com a falta de notícias, Wilder.

Mattie: Esta é mais uma das suas brincadeiras???

Will: Por favor, não fique muda desse jeito.

Mattie: Dei duro pra este casamento ser perfeito, e é isto que recebo em troca?

Ana: Cadê você, Lilyursa?

Mattie: Mas como é que eu poderia esperar que você levasse isto a sério? Você não levou nada a sério esta semana. É tudo p isto e p aquilo.

Mattie: Estou tão cansada disso!!!

Philip: Mandei um e-mail pra Raney Moore. Ela me disse que está em Knoxville, e não em Key West. O que está havendo?

Freddy: a organizadora do seu casamento vai me matar

313131: Seu horário com dr. Gibbons está marcado para 03/02/14, 10h. Responda S para Confirmar, N para cancelar.

Mattie: Tenho novidades pra você, mocinha. Quando você fica dizendo sem querer ofender pra alguém, provavelmente está ofendendo!

Jane: Estamos todos péssimos, querida. Por favor, me ligue.

Farmacêutico: e aí, garota?

Mattie: Eu me demito!

Philip: Estou entrando em cirurgia. Por favor, qualquer novidade, chame a Betty.

Will: Acho que você está decidida.

Freddy: p.f., me ligue. perdi braços e pernas.

Will: nunca quis te magoar.

Levo a vó até sua casa e estaciono em frente. Ela se vira para mim:
— Estou orgulhosa de você, querida.
— Só segui o seu conselho e fiz o que era natural em mim: agir de maneira estúpida e enraivecer as pessoas.
— Não estou orgulhosa de você por ter ganhado. Estou orgulhosa por ter se exposto. Um monte de gente teria abandonado o barco. Você foi até o fim, e fez o melhor pela sua cliente, ainda que ela mereça apodrecer no inferno. — Ela aperta meu ombro. — Você é uma maldita de uma boa advogada.

O elogio de ninguém teria significado mais para mim. Nossa, meus olhos estão marejados.
— Obrigada, vó.
— Agora — ela continua —, você também fez uma porção de erros de merda. Vamos começar com o seu modo de se dirigir à corte.

Ela vai em frente, passando os quarenta e cinco minutos seguintes criticando tudo, da minha voz à minha linguagem corporal, ao meu conhecimento das regras de evidência.

– Somando tudo – conclui –, eu teria te dado um B, talvez um B-, considerando os evidentes erros éticos.

– Ichi, vó. Agradeço o reforço positivo.

Ela dá um tapinha no meu joelho.

– Não tem de quê. Agora entre, que eu vou te fazer um sanduíche.

– Nem pensar! – digo rapidamente. – Quero dizer, estou exausta. Vou voltar direto pro hotel e desmaiar.

Ela me lança um olhar cheio de amor e compreensão.

– Quais são seus planos depois disso?

– Fazer as malas, acho. Voltar pra Nova York.

Ela apanha a Rhode Island do chão do carro.

– Você vai vir aqui me ver, antes de ir embora?

– Claro.

Ela me dá um abraço apertado.

– Agradeço a referência, querida. Sinto-me de novo eu mesma. Ouça o que eu digo: aposentadoria é foda.

Ela pula para fora. Vou-me embora, olhando pelo retrovisor seus acenos de despedida.

27

Estou morta de cansaço. Minha cabeça ainda está zonza do depoimento, sem mencionar minha troca de mensagens com Will. Sua última mensagem foi há horas. Eu me pergunto onde ele está.

Estaciono o carro no hotel e fico ali parada por um bom tempo. Pelo menos, as últimas horas foram uma boa distração do fiasco completo que é minha vida pessoal. Não estou mais zangada com Will. Nem mesmo irritada. Mas não consigo mais pensar nisso. Amanhã, terei tempo de sobra para rever tudo. Talvez Freddy e eu possamos sair em lua de mel juntas. Isso daria tempo para Will fazer as malas e ir embora. Não teríamos que nos ver novamente.

Finalmente, desço do carro e me dirijo para dentro. Passo pelas portas e paro bruscamente. Teddy está sentado em um sofá. Ele me vê e se levanta.

– Oi – diz. – Podemos conversar?

Estou cansada pra danar de conversas. Mas ele parece ansioso, e quando volta a se sentar fazendo um gesto para eu fazer o mesmo, me sento.

– Queria pedir desculpas por ontem à tarde – ele diz. – Fui um sacana com você. Sinto muito.

– Não sinta. Eu mereci.

Ele pega a minha mão.

– Não mereceu. Passei um tempão ao longo dos anos te culpando por coisas. Tempo demais. Pensei que tinha parado. Pensei que tinha aceitado o que aconteceu com Lee e com... a gente. Foi há muito tempo, e nós éramos muito jovens. Mas aí você voltou, e tudo veio à tona novamente. Eu me senti ridículo por ficar nervoso, e isso me fez ficar ainda mais irritado. Descontei em você. – Ele solta a minha mão, mas continua me olhando intensamente. – Sinto muito.

– Você precisa saber de uma coisa – digo. – Pensei em você constantemente. Senti sua falta todo santo dia. Fiquei perdida sem você, Teddy. Mas desistir de você, foi o jeito de eu me castigar. Achei que merecia isso pelo que fiz.

Ele concorda com a cabeça.

– Não queria castigar você, também – acrescento. – Deveria ter te contado.

– Tudo bem. São águas passadas.

– Vou-me embora amanhã.

– E o casamento?

Apenas sacudo a cabeça. Ele parece surpreso, mas não diz nada. Sente pena de mim. E, repentinamente, fico perplexa pelo quanto tudo poderia ter sido diferente. Minha vida e a dele. Se eu não tivesse roubado a dinamite. Se não tivéssemos construído a bomba. Se não tivesse ido à casa de Lee. Se tivesse respondido às cartas de Teddy, e continuado escrevendo, escrevendo e escrevendo.

Teríamos nos acalmado? Teríamos seguido por um bom caminho? Poderíamos estar sentados juntos agora, aqui ou em algum outro lugar, de uma maneira totalmente diferente?

Levanto-me. Ele também.

– Estou com treze anos de atraso, mas posso te escrever agora? – pergunto.

Ele sorri.

– Claro.

De repente, me sinto constrangida. Deveríamos dar um abraço? Um aperto de mão? Teddy resolve o impasse, como sempre fez. Dá um passo à frente, inclina-se e me dá um beijo na boca, delicado, terno. Ponho as mãos em seus ombros e o trago para mim. Seu corpo é o mesmo, seu gosto é o mesmo, seus lábios se mexem do mesmo jeito.

Pela última vez, tenho de novo quatorze anos e estou no único lugar onde sempre quis estar.

É mágico.

E então, está acabado.

Ele se afasta e sorri para mim.

— Adeus, Lily.

Levanto a mão.

— Adeus, Teddy.

Ele se vira. Está indo embora, passando pela porta. Foi-se.

Ouço a campainha do elevador. Viro-me e vejo Freddy caminhando insegura pelo lobby, em direção ao bar. Vou atrás dela. Ela escolhe um banquinho e sobe nele. Sento-me ao lado. O barman aproxima-se.

— Vodca — Freddy diz, com a voz enrolada.

— E? — ele pergunta.

— Mais vodca.

Agarro o braço de Freddy.

— Ai, meu Deus, o que foi?

Ela me olha com os olhos arregalados. Não tenho certeza de que me reconheça.

— Fato pouco conhecido — ela diz, pausada e claramente. — Fato. Pou-co. Conhecido. É *surpreendentemente fácil* hipnotizar uma galinha.

— Ela já está bêbada — o barman observa.

Freddy levanta um dedo.

— Um: pressione o biquinho dela contra o chão. Dois: Risque um X na terra em frente a ela. — Ela desenha um X no bar, com o dedo. — Faça isso vezes seguidas, e a galinha segue o movimento com seus olhinhos redondos até... *voilà*! Você tem uma maldita galinha hipnotizada.

O barman coloca as bebidas à nossa frente. Freddy vira a dela de uma vez. Depois pega a minha e faz o mesmo.

— Passei o dia — ela comunica, alto demais — lidando com a organizadora do seu casamento.

— Foi ruim?

Ela dispensa a pergunta com um aceno de mão, mas o movimento tira seu equilíbrio, e ela começa a escorregar do banquinho. Coloco-a de novo em posição.

– Eu me vi frente a uma escolha impossível – ela diz. – Me destruir com drogas e álcool, ou matar a vaca insana. – Ela gesticula para o barman, pedindo outra rodada. – Escolhi a última.

– Você matou a Mattie?

– Opa! – ela exclama. – Quero dizer, "a primeira". Misturei tudo. Primeiro, último, esquerda, direita, em cima, embaixo. – Ela pega sua nova bebida. – Eu, o resto do mundo.

– Sinto muito ter te feito passar por isso.

– Eeiiii. – Ela passa um braço ao meu redor, e me abraça um pouco apertado demais. – Sou uma dama de honra. É por isso que estou aqui, certo? Pra ajudar a planejar o casamento, ajudar a desplanejar o casamento. Seja o que for, queridíssima, estou aqui por *você*.

– Sabe de uma coisa? – digo. – Acho que salvei o meu emprego.

– Louvado seja! – Ela dá um tapa no balcão. – Estava preocupada, achando que teríamos um advogado a menos no mundo.

Entorna outra dose, que, estranhamente, parece fazer com que fique um tantinho mais sóbria. Vira-se para mim, olhando sério.

– Ele está te esperando lá em cima.

Pouso o copo com cuidado.

– Ele ainda está aqui?

Ela confirma com a cabeça.

– O que você vai fazer?

– Não faço ideia. O que você acha que eu deveria fazer?

– Não sei, querida.

Isto não tem precedentes.

– Você não tem um conselho?

– Champanhe! – ela exclama.

O barman coloca uma flute à minha frente.

Sacudo a cabeça.

– Obrigada, Lloyd, mas não acho que ela pretenda pedir isso.

– Não, mas ele sim – o barman diz, apontando atrás de mim.

Freddy e eu nos viramos. Meu pai está sentado a uma mesa no canto. Levanta a taça para nós.

— Nossa, me faça ficar sóbria! – Freddy exclama, tocando seu cabelo. – Como estou?

Desço do banco.

— Volto já.

Papai está maravilhoso, como sempre. Vigoroso e descansado, embora um pouco melancólico.

Empurra uma cadeira para mim.

— Tome um drinque com seu velho pai.

Sento-me.

— Como foi seu dia, papai?

Ele olha o seu champanhe.

— Quer que eu seja sincero, pequenina? Um tanto problemático.

— Na última vez que te vi, você estava bem.

— Ah, você está se referindo à história com a sua mãe, a Ana e a Jane? Isso tudo foi resolvido. Mas a Trina me pediu o divórcio.

— O quê? Ela te adora!

— Adorava. – Ele completa as nossas taças, sacudindo a cabeça com gravidade. – Mas parece que recentemente eu mandei uma foto para ela, via e-mail, que era bem... – ele hesita – infeliz.

— Ah, papai.

— Eu sei, querida, eu sei. – Faz uma pausa. Acho que este agora vai sair caro.

— Não houve um acordo pré-nupcial?

Ele desvia o olhar.

— Você é um verdadeiro romântico, Henry.

— Esta sempre foi a minha fraqueza. – Ele faz um gesto ao barman, que traz outra garrafa de champanhe. Meu pai estoura a rolha e serve. Levantamos nossas taças, brindamos e tomamos.

— Bom, chega de falar de mim! – digo. – Como está você, papai?

Ele pousa a taça e se inclina para a frente, pegando a minha mão.

— Sinto muito, pequenina. Você está passando um inferno, não está? Tem alguma coisa que eu possa fazer?

Olho nos seus lindos olhos verdes. Deveria pedir seu conselho? Normalmente, esta é uma ideia péssima, mas talvez neste caso seja a coisa certa a se fazer. Afinal de contas, estou basicamente sentada em frente ao meu futuro eu, aqui.

Que se dane. Vale a tentativa.

– Tem tanta coisa que eu não sei, papai. Uma pessoa pode mudar? *Deveria* mudar? Dá pra se construir um relacionamento sólido sobre uma base de mentiras? Estou condenada a repetir os seus erros, só que de trás para a frente, e de salto alto? Será que o propósito do sexo é tornar um ao outro miserável? O casamento pode aliviar essa miséria? Uma pessoa bastará para sempre? Não passamos de animais? Se você quiser me ajudar, responda a estas perguntas. Chegou o momento das pérolas de sabedoria, Henry. Me passe tudo que você aprendeu.

Meu pai parece totalmente aturdido.

– Deixe-me simplificar – digo. – Eu e o Will deveríamos nos casar ou seguir caminhos separados?

Henry volta a encher sua taça, e espera que a espuma assente. Dá um gole pensativo.

– Você o ama?

– Amo. Mas é mais complicado do que isso.

– Não acho que seja, pequenina. Você conhece alguém e se apaixona. Vai durar pra sempre? Esta pergunta, assim como as outras que você fez, é interessante, mas acaba não ajudando. Acho que você mesma disse da melhor maneira, ontem à noite. Precisamos de um novo compromisso com a honestidade. Nunca fui sincero com nenhuma das minhas esposas. E se você não consegue ser sincero com a pessoa que escolheu para ser a mais íntima do mundo todo, por que escolheu essa pessoa? – Ele dá outro gole. – Por outro lado, se você *pode* ser honesta, se pode mostrar ao Will o seu verdadeiro eu, o que deve ser uma coisa muito, muito difícil de fazer, você tem uma chance real. Mas só você pode saber se isso é possível.

Henry, de fato, disse uma coisa com sentido. Não consigo acreditar nisso.

– Papai! – exclamo. – Você acertou na mosca! Obrigada!

— Não tem de quê, querida. — Ele dá um tapinha na minha mão. — Apesar disso, seja qual for sua decisão, tenho certeza de que será a errada.

— O quê?

— Desculpe, desculpe! — Ele ri. — Me expressei mal. A *certa*, é o que eu quis dizer. Seja qual for a sua decisão, será a *certa*. Peço desculpas, querida. Estou um pouquinho... — Sua mão vibra até a sua têmpora.

Coloco a cabeça na mesa.

— Aquela é sua amiguinha da faculdade? — ele pergunta.

Olho para cima. Ele está com o olhar fixo em Freddy, que finge não perceber.

Papai sorri para ela.

— Ela se tornou uma mulher bem atraente, não é?

Termino minha bebida e ponho a taça na mesa. Levanto-me e dou um tapinha no seu ombro.

— Henry? Não sei o que eu faria sem você.

Mas já o perdi. Está gesticulando para o barman:

— Do mesmo, meu caro — ele murmura. — Do mesmo.

Volto para Freddy e passo o braço em volta dela.

— Preciso de um favor — sussurro.

— O que quiser — Freddy sussurra de volta, olhando meu pai por sobre o ombro.

— O que quer que aconteça esta noite, nunca, jamais vou querer saber.

Ela concorda com a cabeça. O barman coloca uma flute à sua frente, e estoura a rolha de uma garrafa empoeirada. Beijo-a no rosto e saio do bar.

SÁBADO

28

Dentro do quarto, duas velas votivas estão acesas na mesa. As portas do terraço estão abertas. Vejo Will através das cortinas vaporosas. Está sentado com os pés apoiados na balaustrada, segurando um drinque, olhando a água.

A porta bate à minha passagem. Ele se levanta e vem para o quarto, parando a poucos metros. Não se barbeou. Está de jeans e camiseta, descalço.

– Oi – diz.
– Oi.
– Como foi o seu dia? – pergunta.
– Bom. O que você andou fazendo?
– Escrevendo pra você. – Ele me olha em estado de alerta. – Conversando com você, pensando em você.

Assinto com a cabeça, lentamente.
– Só isso?
– Só isso.

Largo minha bolsa no chão.
– Prove.

Jogo os braços ao redor do seu pescoço e o beijo com tanta força que sinto gosto de sangue. Ele perde o equilíbrio e caímos na cama, eu por cima. Levanto a saia e monto nele. Seu lábio está sangrando. Debruço-me sobre ele e lhe dou um beijo de leve.

– Pobrezinho – sussurro. – Machuquei você.

Ele sorri.

— Tudo bem! Eu...

Ponho um dedo sobre seus lábios. Digo:

— É hora de eu me abrir um pouco.

Começo a desabotoar o paletó do meu tailleur.

— Tive um dia puxado, Will. Uma semana puxada, na verdade. — Tiro o paletó, e deixo que caia no chão. — Passei uma porção de tempo me preocupando se a gente devia ou não se casar. Uma porção de tempo me sentindo culpada pela maneira como estava te tratando. Uma porção de tempo desejando poder mudar.

— Mas você não tem que...

— Shhh. — Desaboto minha blusa e a tiro. Solto meu sutiã e deixo que desça pelos meus braços. Coloco as mãos de Will sobre os meus seios. Debruço-me sobre ele, e ele os pega em sua boca, demorando-se com os lábios, a língua, os dentes. Tenta me girar e ficar por cima, mas o empurro de volta. Começo a soltar seu cinto.

— Agora você, Will, passou uma porção de tempo me dizendo que devo estar sentindo vergonha. Que devo lamentar quem sou e como me comporto. — Puxo os botões do seu jeans, e ele ergue o quadril para que eu possa deslizar sua calça pelas pernas, e em seguida sua cueca. Acaricio seu pau com a mão. — E, segundo você, me sinto assim porque me fizeram uma lavagem cerebral pra pensar que a monogamia é a única maneira certa de amar. Certo?

— Podemos falar sobre isso depois? — ele pergunta, sem fôlego.

Paro de abrir o zíper da minha saia.

— Temos que falar sobre isso agora. Se você quiser, a gente pode se vestir e descer pra discutir o assunto.

Ele põe a minha mão de volta no seu pau.

— Por favor, continue falando.

Desvencilho-me da minha saia e da minha calcinha. Ajudo Will a tirar sua camiseta. Estico-me por cima dele. Beijo-o com vontade na boca. Depois, paro e olho em seus olhos.

— O fato é que você não tem o quadro completo. — Beijo sua garganta, seus ombros e seu peito. — Como eu disse, é complicado. Às vezes, sinto vergonha. Às vezes, sinto culpa. Às vezes, quero mudar. Mas às vezes – beijo sua garganta, seus ombros e seu peito – não.

Agora, estamos ambos nus. Desço pelo seu corpo e pego seu pau na boca. Percorro com as mãos suas pernas fortes e esguias.

– Sabe o que Emerson disse a este respeito, não sabe?

Will olha para mim.

– Emerson?

Levanto os olhos para ele:

– Ralph Waldo Emerson.

– Eu sei quem é o Emerson. Só que... não estou entendendo por que estamos falando nele agora.

– Ele disse: "A consistência tola é o duende das mentes pequenas." – Acaricio o saco de Will delicadamente com as pontas dos dedos. – Não tenho uma mente pequena, Will. Minha mente é grande. Sou complexa, contraditória, confusa e inconsistente. – Beijo seu pau. – Não sou um arquétipo, nem um estereótipo. Não sou uma mulher com M maiúsculo, ou um ser humano com H maiúsculo. Você me simplificou demais. Deixou de me ver como indivíduo. Acho isso extremamente frustrante. – Volto a pôr minha boca na sua.

Will ofega.

– Meu raciocínio era muito reducionista.

Olho para ele, e, pela massa dos meus cabelos, posso vê-lo olhando para mim. Depois de um tempo, me sento, limpo a boca com as costas da mão e sorrio para ele. Passo a mão ao longo do seu corpo, admirando-o. Monto novamente nele e vou me abaixando lentamente, sentindo-o me preencher, enquanto ele se esforça para cima, para me penetrar o máximo possível. Começo a me mover sobre ele, subindo a ponto de ele quase me escapar, depois me deixando cair. Mais uma vez ele tenta me pegar, mas prendo seus braços contra a cama.

Ele diz:

– Lily?

E eu digo, com a boca próxima ao seu ouvido:

– Cale-se.

Beijo sua boca.

– Não gasto muita energia pensando por que sou como sou. Passamos tempo demais conversando sobre homens e mulheres, o que eles querem, que forças os moldam, blá, blá, blá. A vida é curta, Will. As pessoas são indecifráveis. Basta de teorização inútil. A gente deveria se divertir.

– Concordo totalmente – ele sussurra.

Solto seus braços e ponho suas mãos no meu quadril.

– Eu queria te dizer tudo isso hoje, mas estava ocupada.

Ele puxa meu rosto para o dele e beija meus lábios.

– Não consegui descobrir como colocar tudo isto num texto.

Ele cobre meu rosto de beijos.

– Acho que não tenho tanto talento pra escrever quanto você.

É então que ele para de me beijar e sorri. Joga-me de costas. Agarra uma porção do meu cabelo e me penetra até o fundo. Envolvo as pernas ao redor da sua cintura, e os braços em volta do seu pescoço.

É como nos três primeiros dias mais uma vez, mas melhor, porque agora sei quem ele é, e ele sabe quem sou. Sei por que é tão bom, por que somos tão bons juntos. Vamos para o sofá, de onde derrubamos um abajur no chão. Para uma poltrona. Contra a parede, onde acidentalmente derrubamos a cortina.

– Você deve se achar demais – sussurro. – Todas essas mulheres dando em cima de você.

Seus lábios estão na minha garganta.

– Tem a ver com ser arqueólogo? É um chamariz para as mulheres?

– Mal não faz. – Ele limpa a parte de cima da mesa com um gesto do braço e me deita em cima dela. Puxo-o para mim.

No banheiro, ele me penetra por trás, em pé, de modo que possamos nos ver no espelho.

Digo:

– Transei com uma garota ontem à noite.

Ele pousa a testa nas minhas costas, gemendo de leve.

– Eu poderia ter tido um *ménage* a três, com ela e o marido – acrescento. – Mas estava magoada demais pra dar conta disso.

Ele sai de dentro de mim. Viro-me e pulo para a beirada da pia. Enquanto ele entra em mim novamente, diz:

— Bom, você é uma boba, não é?

Rio.

— Quer saber o que houve?

— Quero — ele murmura.

Sorrio para ele pelo espelho.

— Quero o quê?

— Quero, por favor. Por favor, por favor, quero!

Então conto a ele sobre Sandra, como toquei nela, e ela me tocou. Cochicho tudo isto em seu ouvido. Quando não tenho mais nada a dizer, começo a inventar todas as coisas que teria feito com ela, e que ela teria feito comigo, que seu marido teria feito com ambas de nós, e o que teríamos feito com ele. Vou falando. Conto a Will tudo a meu respeito que ele não sabe. O que gosto. O que amo. O que experimentei. O que ainda não fiz. Os piores e os melhores momentos. Conto minhas fantasias, como faço quando estou sozinha. Conto a ele como o sexo me faz sentir, e por que amo isso, as mãos de outra pessoa pelo meu corpo, a boca no meu corpo, ou a língua, o pau, me fazem sentir totalmente presente, a sensação é de uma coisa verdadeira, reconhecível e honesta num mundo que, em outras circunstâncias, é totalmente irreal.

Acabamos na cama, com os corpos enroscados, gozando ao mesmo tempo. Ele desmorona em cima de mim, a cabeça no meu ombro. Beija meu cabelo. Ficamos um longo tempo quietos, enquanto nossa respiração desacelera e nosso coração para de golpear.

Fecho os olhos. Isso era exatamente o que eu precisava. E exatamente o motivo de ter vindo aqui. Talvez fosse óbvio. Para mim, era.

Minha mente vagueia por um tempo. Nossa, Will se segurou *uma vida*. Fecho os olhos. Penso nos homens jovens. Eles são legais. São muito, muito, muito...

— Lily?

— Hã?

Ele beija minha orelha.

— Estou feliz que você tenha voltado.

— Eu também. — Abro os olhos e o tiro de cima de mim. — E agora é melhor eu ir andando.

— O quê?

Acaricio seu braço, do ombro até o cotovelo. Inclino-me e beijo seu rosto.

— Estou indo.

— Não! — ele grita, sentando-se. — A gente vai se casar.

Sorrio para ele, com tristeza.

— Não vamos.

Ele aperta minhas mãos com força.

— Pensei que tivéssemos tudo resolvido. E o que é isto... O que é isto que acabou de acontecer?

— Foi incrível. Mas não significa que a gente deva se casar.

— Você não...

— A gente ainda pode se ver em Nova York — digo. — Podemos namorar.

— Não quero namorar você! Quero passar o resto da vida com você.

— Não dá, Will. Mesmo que quiséssemos. Cancelei o casamento.

Tento puxar minhas mãos das mãos dele, mas ele não me solta.

— Você não fez isso! Falei com a Mattie. Cancelei o cancelamento. Por favor, Lily. Quero me casar com você. Não quero nada mais.

— Você está fora de si.

— Você não me ama?

— Você sabe que sim.

— Então, qual é o problema?

— Qual é o problema? — Saio da cama e começo a pegar minhas roupas. — *Nós* somos o problema, Will. Tudo o que você disse hoje faz muito sentido. Liberdade, aproveitar a vida ao máximo, recusar-se a controlar a pessoa que você ama, todos princípios importantes para pautar a sua vida. E excelentes razões para não casar. — Encontro minha blusa no chão e dou umas sacudidas nela.

— Não, não são! Somos...

— Escute só. — Começo a abotoar a blusa. — Existe uma porção de discussões estúpidas por aí, sobre quem deveria poder se casar, certo? Mas com exceção de alguns alucinados que acham que quatro pessoas deveriam poder se casar umas com as outras, ou um homem com sua cabra, não existem muitas discussões sobre o *que* é o casamento. Trata-se de um acordo entre duas pessoas. Duas pessoas que dizem: "Sabe de uma coisa? Somos eu e você, baby. Só eu e você contra o mundo." E se, nesse estágio avançado da história humana, não podemos prometer até que a morte nos separe, podemos, pelo menos, dizer que seja pelo futuro previsível. Se o casamento for isso, se tiver a ver com união, companheirismo e segurança, acho que precisamos da monogamia.

Ele começa a falar, mas levanto a mão para impedi-lo.

— A vida é cheia de incertezas. — Busco minha saia debaixo da mesa de centro. — Cheia de perigos. Não se sabe quando a pessoa vai ser esmagada por um poste, explodida em um ataque terrorista, atropelada por um caminhão; ou perder o emprego, cair em depressão, ser diagnosticada com câncer. Casamento tem a ver com segurança, em ter um porto na tempestade de merda da vida. E acho que, para um mínimo de conforto e felicidade, é preciso prometer um ao outro que sua própria cama é um santuário, que o corpo do seu companheiro é seu, e o seu é dele. Não acho que um casamento possa funcionar de outro jeito.

Sim, estou defendendo uma fidelidade completa, total, irrestrita.

Acontece que sou uma pessoa muito tradicional.

Autoconhecimento!

— Podemos ter um casamento que funcione — Will diz. — Sei que podemos.

— Somos incapazes de ser fiéis! Você mesmo disse isso, o dia todo. O que temos exatamente pra oferecer um ao outro num casamento?

— Tudo que importa — ele retruca.

Enfio minha saia e puxo o zíper.

— Você só quer se casar por ser algo romântico.

— Errado — ele retruca. — Quero me casar porque não é.

Agora, ele está sentado na cama, de pernas cruzadas. Faz um gesto para que eu me junte a ele, mas não vou.

– Ouça, Lily, todos os casamentos dos seus pais fracassaram miseravelmente, certo? Noventa e nove por cento de todos os casamentos fracassam, quer as pessoas casadas admitam isso ou não. Sabe por quê? Porque os casamentos, da maneira como são concebidos e entendidos, são uma fraude.

Estou procurando minha roupa de baixo, mas isso me dá uma pausa.

– Argumento interessante.

– É verdade – ele insiste. – Você parte pra vida e não quer ficar sozinha. Então, escolhe alguém que te atraia. Alguém que te dê tesão, que te faça rir, com quem você consiga imaginar passar a vida. E você se apaixona, e é um romance arrebatador, abençoado, de conto de fadas. Você espera que a lua de mel dure pra sempre, como te levaram a acreditar que aconteceria. Mas não dura. Não dá. Temos vidas. Trabalho. Obrigações familiares. As pessoas enrolam muito bem a respeito de compartilhar uma vida na alegria e na tristeza, mas não pensam nos tempos difíceis e na rotina depois da lua de mel. Um bom cônjuge é alguém a quem você possa contar tudo, com quem você queira ter filhos, conviver numa casa. A pessoa que ouvirá seus sonhos, dará um google nos seus sintomas esquisitos, flagrará suas bobagens, e segurará sua mão enquanto você morre. É isso que um casamento deveria ser. Não uma fantasia ridícula de foram felizes para sempre.

Pego meus sapatos debaixo da cama.

– Você não ouviu nada do que eu disse hoje, ouviu? Não estou interessada em grandes teorias. Não estou interessada no grande "Nós". Não se trata de toda a humanidade.

– Tudo bem, mas... Dá pra você fazer o favor de parar de se vestir? – Ele está estendendo a mão. Sento na beirada da cama. – Trata-se de eu e você – ele diz. – Mas suas próprias ideias a respeito do casamento são tiradas do que você vê à sua volta, certo?

– Claro.

– Assim como as minhas. E eu sei que a minha mãe tem uma porção de defeitos, mas ela e o meu pai têm um casamento incrível. São parceiros de verdade. E, de algum modo, conseguiram fazer com que aquilo funcionasse durante trinta e cinco anos sem se perderem.

— Hã — digo.
— O quê?
— Nada. Continue.
— Mas, mesmo que um deles tivesse um caso, não tenho dúvidas de que o vínculo entre eles poderia ajudá-los. Eles se comunicam, resolvem seus problemas, cedem um ao outro.
— Vamos assumir que você esteja certo — digo. — Podemos formar um ótimo casal, uma grande dupla. Por que deveríamos nos casar?
— Porque é promissor, romântico, porque é divertido dar uma festa, porque há um mérito em se fazer uma promessa pública, em ficar de pé em frente a todo mundo que você ama e dizer: Sim, eu aceito você, e em me ouvir dizer a mesma coisa pra você. Significa alguma coisa. Talvez tudo.
— E quanto à fidelidade, Will? Pode ser uma seja-lá-o-que-você-chama, uma criação cultural, uma invenção social, mas as pessoas acreditam nisso. Elas surtam pra danar em relação a isso. Não precisamos fazer a promessa, mesmo que, no fim das contas, não possamos mantê-la?
— O que eu estou falando é de fidelidade — ele diz —, uma verdadeira fidelidade. Veja, Lily, eu amo mulheres, e você ama homens. A gente ama os corpos deles, a maneira como se movem, como cheiram, soam, do seu gosto. É normal. Não é certo ou errado. Mas todos nós aceitamos a ideia de que uma pessoa deveria bastar, para sempre. Estamos tão convencidos disso que, quando não bastamos para aquele que nos é único, e muito poucas pessoas bastam, nos sentimos aniquilados. Estamos mais comprometidos com a fidelidade sexual do que com o casamento, já que regularmente destroçamos famílias inteiras para vingar nosso próprio senso de traição por lapsos insignificantes. Você e eu temos alguma coisa a mais. Alguma coisa maior. Na cama e fora dela. Houve algumas vezes em que estávamos juntos e que fizemos uma espécie de conexão singular. Sei que você também sentiu isso.
Não respondo.
— Sexo não é uma coisa só — ele continua. — Nem sempre é sem sentido, nem sempre move a terra. A consistência é para mentes menores, certo? Não há nada de errado em termos uma coisa incrível, e ao mesmo

tempo sentirmos essa necessidade de estarmos com outras pessoas. Não quero te impedir de ser feliz. Nosso amor, nosso relacionamento, envolve muito mais do que sexo. Porque a verdade verdadeira, Lily, é que eu posso querer dormir com uma porção de gente, mas só quero ter intimidade com você.

– Então o que você está sugerindo? Um casamento aberto? Eles nunca funcionam.

– Claro que funcionam – ele retruca. – Mas na verdade, acho que deveríamos tentar a monogamia.

Olho para ele de boca aberta.

– Do que você está *falando*?

– Não começamos este relacionamento da maneira certa. Todos os subterfúgios, a desonestidade, a decepção? E ainda não passamos muito tempo juntos. Acho que deveríamos focar um no outro. Manter as outras pessoas fora disto. – Ele sorri para mim. – Agora é o *nosso* conto de fadas. Por que não aproveitá-lo enquanto dure?

– Mas você acabou de dizer...

Ele tira o cabelo da minha testa.

– A liberdade de agir também é a liberdade de não agir, certo?

Rio.

– Você passou o dia me saturando em relação ao amor livre, e agora quer tentar a monogamia?

Ele me puxa para si.

– O que eu quero é você. O fato de quase te perder me fez perceber do que estou disposto a desistir pra continuar com você.

Penso nisso por um minuto.

– Você me faz parecer uma verdadeira mala.

Ele beija meu ombro.

– A última coisa do mundo que você é, é uma mala.

– E se a gente não conseguir?

– Desde que a gente seja honesto um com o outro, discuta o assunto, e se ame? Vamos conseguir lidar com qualquer coisa que aconteça. – Ele está acariciando o meu braço. – Quem sabe? Pode ser que a monogamia seja um tesão. As coações podem ser interessantes...

Tento me mexer, mas ele me segura. Afunda o rosto no meu pescoço.

– Case-se comigo – diz.

Preciso de um minuto para pensar. Mas Will está me beijando, então é difícil.

Realmente, foi uma semana infernal.

Nos últimos dias, estava certa de que perderia o emprego que amo. Hoje, ainda estou empregada depois de chantagear minha sogra, além de cometer inúmeras incorreções éticas a serviço de salvar uma cliente odiosa da destruição inevitável.

Deus. Colocando tudo assim, preto no branco, realmente não parece bom.

Will me põe no colo, e passo os braços em volta do seu pescoço. Ele puxa a minha blusa, soltando-a, enfiando a mão sob ela.

O que mais? Provoquei um monte de emoções infelizes no meu amigo mais antigo, nesta semana. Mas Teddy está bem. Sem problemas. Aprendi que preciso ser mais honesta comigo mesma. Que não devo me esconder do passado.

Depois tem a minha família, cujos conselhos ignorei em relação ao casamento, e a quem ataquei injustamente como se fosse a raiz dos meus problemas. Mas minhas figuras maternas parecem estar bem. Quanto à vó, fiz com que voltasse ao trabalho, não fiz? Em geral, consegui uma medalha de ouro em relações familiares nesta semana, embora devesse parar de culpar Henry pelos maus genes e mau exemplo, e lhe ensinar o sistema de dois celulares de Will.

Por fim, há o Will. No começo da semana, eu tinha um noivo terno, generoso, maravilhoso, a quem eu adorava. Agora, tenho um noivo terno, generoso, maravilhoso que me ama *e* que é também um maníaco sexual bem-dotado e desinibido. Pensei que só me amasse por não me conhecer. Acontece que ele me ama *porque* me conhece.

E agora, como me sinto em relação a ele, agora que o conheço?

Amo-o, é claro.

Amo-o e não acho que possa viver sem ele.

O resultado? Fiz tudo errado, e tudo vai ficar bem.

Venci a conspiração de miséria sexual! A depravada venceu!

Mas resta uma pergunta. Eu e Will realmente devemos nos casar?

Uma brisa vinda da água faz as cortinas ondularem. O céu está ficando mais claro lá fora. Está amanhecendo.

– Quase me esqueci – Will diz. Ele alcança sua mesa de cabeceira e me mostra quatro tirinhas de uma planta trançada. – Você queria saber por que eu estava juntando todos aqueles sargaços. – Pega meu punho esquerdo e beija sua parte interna. Amarra uma das tranças ao seu redor. – É um antigo costume celta. Na noite anterior ao casamento, o noivo faz braceletes de ervas para os punhos e tornozelos da noiva. – Pega uma segunda trança e a amarra ao redor do meu punho direito, beijando-o também.

– Isto vem da *Arqueologia Americana*, ou coisa assim?

– Não. – Puxa meu tornozelo em sua direção, e amarra uma trança ao seu redor. – Descobri isto num site chamado Weddingzone.com.

Caio na risada.

– Provavelmente é apócrifo – acrescenta –, mas gosto dele. Aparentemente, os celtas achavam que esses braceletes de erva impediriam que a alma da noiva se despregasse do seu corpo. – Ele sorri para mim com tanta ternura que é quase insuportável.

– Minha alma não vai a lugar algum – digo a ele.

Ele amarra o último bracelete, debruçando-se para beijar a parte interna do meu tornozelo.

– As almas são ladinas. Os estoicos achavam que elas tinham oito partes. A *hegemonikon*, a...

Puxo-o e o beijo na boca.

– Chega da porra dos estoicos, Will.

– Isto é um sim?

– Você acha mesmo que conseguimos ser honestos um com o outro?

– Não temos bem um histórico – ele admite –, mas acho que conseguimos.

– Acha que conseguimos ser fiéis?

Ele dá de ombros.

– Se a gente não tentar, nunca saberá.

Dou uma boa risada, e ele me beija. Depois me solto e olho para ele. Subitamente, é como uma cena de cinema. Houve alguns ajustes mínimos das lentes da câmera, uma ligeira mudança de perspectiva, e vejo Will como realmente é. Não é um cara mau, nem bom. É inteligente, engraçado, nerd, sexy, apaixonado, bondoso, entusiasmado, obsceno, pensativo, carinhoso e degenerado.

É perfeito.

E um desastre.

E é meu, todo meu.

– Will, eu te amo! – grito. – Te amo demais, demais.

– Então, diga sim – ele sussurra.

– Prometa que a gente nunca vai brigar e sempre vai se amar.

– Prometo.

– Prometa que vai me mandar cinquenta mensagens de texto dia e noite.

– Prometo.

– Prometa que sempre vamos dizer a verdade um pro outro.

– Sempre vamos dizer a verdade um pro outro – ele diz –, e vamos ficar sempre juntos.

Sacudo a cabeça.

– É impossível.

– Talvez – ele diz. – Mas vamos tentar.

Rio.

– Quem *é* você?

– Case-se comigo. Case-se comigo, Lily Wilder, e descubra.

Este livro foi impresso na Intergraf Ind. Gráfica Eireli.
Rua André Rosa Coppini, 90 – São Bernardo do Campo – SP
para a Editora Rocco Ltda.